ET Classici
501

Einaudi Tascabili. Serie bilingue
Letteratura tedesca
Bertold Brecht, *Vita di Galileo*
Thomas Mann, *Tonio Kröger*
Franz Kafka, *Punizioni*
Bertold Brecht, *L'opera da tre soldi*
Schiller, *Guglielmo Tell*

Johann Wolfgang Goethe
Die Leiden des jungen Werther
I dolori del giovane Werther

A cura di Giuliano Baioni

Note al testo di Stefania Sbarra

Einaudi

Traduzione di Alberto Spaini nella revisione di Giuliano Baioni

www.einaudi.it

ISBN 978-88-06-17777-5

Introduzione

Leggere oggi il *Werther* vuol dire dimenticare le ormai vecchie formule che lo vogliono romanzo sentimentale o preromantico. Se il capolavoro goethiano è opera moderna o addirittura rappresenta l'inizio della letteratura moderna non è certo perché inauguri il preromanticismo europeo esaltando i diritti del cuore contro le astrazioni della ragione. La sua modernità è piuttosto il suo nichilismo, sono la disperazione e i dolori del suo protagonista per il quale vivere significa amare, ma anche consumarsi e distruggersi.

La grande rivelazione del *Werther* non è dunque il preromanticismo, ma il crollo dell'ottimismo illuminista che perde improvvisamente la propria innocenza e si rende conto di non essere solo la nobile utopia dell'illimitato progredire del genere umano verso la felicità universale, ma anche la filosofia delle sensazioni momentanee, in una parola la filosofia del rococò o dell'edonismo moderno. La felicità non è piú garantita dalla ragione o dalla virtú, come si illudeva ancora l'idealismo della cultura sentimentale. È invece legata all'energia erotica e vitale di un corpo fatalmente destinata a spendersi, dissiparsi, disperdersi. Vittima e campione del nuovo erotismo, Werther ha letteralmente fame di amore e di felicità, ma viene anche consumato e distrutto dalla felicità e dall'amore: «Con quanta avidità ho divorato tutto questo! Non avrei mai pensato che la via dovesse condurmi a questo punto!» (p. 283) – cosí scrive della propria innamorata esistenza pochi istanti prima di cacciarsi una pallottola in testa.

Al nichilismo del romanzo, al suo vitalismo sempre oscillante tra desiderio di felicità e cupo male di vivere corrisponde poi quel principio eminentemente moderno che è il realismo

della cronaca o dell'attualità che indusse Goethe non solo a raccontare le ultime ore di Werther pubblicando, quasi senza interventi, il resoconto di un suicidio reale, ma anche a introdurre poi nel romanzo la cronaca nera con l'episodio del garzone omicida per amore. Schopenhauer del resto intuí benissimo il nesso tra passione e notizia di stampa, quando osservava nel *Mondo come volontà e rappresentazione* che l'Europa poteva esibire ogni anno almeno una mezza dozzina di Werther e di Jacopo Ortis anonimi e sconosciuti di cui solo i cronisti dei giornali e i compilatori dei verbali di polizia potevano raccontare la storia. Non per nulla il clamoroso successo del *Werther*, che sin dalla sua pubblicazione nell'ottobre del 1774 fece del venticinquenne avvocato francofortese uno dei piú famosi scrittori europei, fu allora dovuto non solo al suo travolgente lirismo, ma anche alla finzione narrativa di un fatto di sangue immediatamente interpretato dai lettori come la storia del suicidio di Carl Wilhelm Jerusalem, un giovane intellettuale figlio di un alto dignitario della chiesa luterana, che appena due anni prima aveva destato enorme scalpore.

Il criterio dell'attualità o del fatto realmente accaduto, al quale Goethe si attenne fondendo materiale autobiografico con particolari e notizie tratti dal resoconto degli ultimi giorni di Jerusalem, si imponeva infatti con evidenza cosí immediata che il pubblico lesse il *Werther* come un romanzo a chiave con luoghi, circostanze e personaggi cosí facilmente riconoscibili che il brivido dell'immediatezza quotidiana esaltava il *pathos* sentimentale della storia: proprio come il suicidio di Jerusalem dell'ottobre 1772, il fatto sensazionale narrato nel romanzo non era accaduto in tempi e luoghi lontani e sconosciuti, ma nella realtà quotidiana del lettore medio borghese dal 4 maggio 1771 al 23 dicembre 1772. Nel presente del piccolo mondo della provincia tedesca era dunque esploso l'evento estremo del suicidio e qualcuno – l'editore delle lettere di Werther – aveva condotto un'accurata ricerca raccogliendo con scrupolo quasi religioso documenti e testimonianze che rendessero almeno comprensibile un atto cosí inaudito. È questa finzione narrativa dell'indagine che garantisce l'oggettività di un romanzo a lungo interpretato come il trionfo della soggettività moderna o addirittura come opera autobiografica: la soggetti-

vità è il problema e non la prospettiva di una storia che si offriva al pubblico dei giovani come la documentazione di una tragedia giovanile e fondava in questo modo quella nuova categoria letteraria che era la generazione o la cultura della generazione.

Se si pensa allo strabiliante successo del romanzo, ben presto oggetto di un culto che non solo produsse una infinità di imitazioni e perfino un florido commercio di stampe, ventagli, tazze e bicchieri decorati con le scene della sua storia, ma diede anche origine tra i giovani a un modo nuovo del costume e del comportamento provocando addirittura alcuni suicidi, è inevitabile vedere nel *Werther* la prima espressione della moderna cultura giovanile: il suo titolo non solo dichiarava che la giovinezza era angoscia e dolore, ma faceva anche pensare a un testo di edificazione religiosa, ricordava l'agiografia di un santo o di un martire e induceva addirittura a credere in modo davvero blasfemo che Werther fosse un giovane Cristo vittima di un sacrificio solitario la cui sola speranza era il nulla che segue la morte (pp. 197-99).

La blasfemia di Goethe tuttavia era soprattutto filosofica: la giovinezza stava naturalmente per l'intera esistenza e dichiarava la vita solitudine, passione e martirio senza senso e senza redenzione – questo era in pieno illuminismo, quando si considerava la felicità non solo un diritto, ma anche un dovere dell'uomo, lo scandalo e la provocazione di un romanzo, subito accolto e presto idolatrato dal fanatico entusiasmo di una generazione di giovani che, per la prima volta forse nella cultura europea, riusciva a immaginarsi il mondo senza la figura del padre.

Per intendere che cosa significasse il trauma prodotto dal vuoto della figura paterna per una cultura che affidava ancora la felicità generale al potere assoluto del sovrano – in Germania chiamato *Landesvater*, il padre della patria o dei suoi sudditi – bisogna immaginarsi un mondo improvvisamente senza autorità e senza divieti al centro del quale c'era già l'individuo moderno che stava per iniziare la sua avventura di soggetto assoluto, unico produttore e unico consumatore della propria felicità. Ciò vuol dire che i dolori del protagonista del romanzo goethiano non sono genericamente angoscia e passione di un amore infelice. Il morbo dell'infelicità fa già parte della sua vi-

ta molto prima che incontri la donna di cui si innamora ben sapendo che non sarà mai corrisposto. C'è infatti una storia che precede il romanzo, probabilmente molto piú importante di quella narrata nel romanzo, che ci racconta solo l'ultimo atto di una esistenza a priori destinata a distruggersi.

Nato in una piccola città di provincia, Werther è figlio unico di una facoltosa famiglia borghese. Alla morte prematura del padre, la madre, ambigua figura di donna ambiziosa e avida di danaro, porta via il piccolo Werther da quel «luogo caro e fidato» che è il mondo paterno per «andarsi a rinchiudere nella sua insopportabile città» (pp. 161-63). La città, il mondo della madre e la prigione del figlio, è naturalmente la *Residenz*, la sede della corte, che la letteratura borghese dipingeva come luogo del vizio e della corruzione aristocratica. Opponendo passato a presente, il piccolo mondo della provincia al grande mondo della capitale, Goethe ha già fatto intendere che i dolori del suo personaggio rappresentano il trauma di una transizione storica che ha strappato l'uomo dalle sue origini e dalle sue tradizioni scaraventandolo nel presente senza storia della modernità. Il mondo del padre morto infatti è manifestamente il luogo fidato e sicuro dei valori patriarcali ormai spazzati via dall'insorgere del moderno. Il mondo della madre invece rappresenta la tentazione, ma anche l'angoscia della nuova cultura dell'edonismo, la cultura del presente o la cultura dell'istante, dominata dal principio della moda, dell'instabilità e della mutevolezza, per la sensibilità del rococò il principio femminile per eccellenza.

È in questo mondo della femminilità pervertita – nel romanzo sentimentale borghese la donna era sempre la custode del focolare domestico – che Werther deve crescere. In una lettera del 1° giugno 1774, che scrive quando ha appena concluso il romanzo, Goethe lo definisce un «giovane che, dotato di vera penetrazione e di un sentire puro e profondo, si perde in folli sogni e si distrugge con le sue elucubrazioni, finché, per il sopraggiungere di una passione infelice e in particolare di un amore senza limiti, si spara una pallottola in testa». Per Goethe dunque c'è prima la situazione distruttiva di un giovane dotato di grande intelligenza e sensibilità, ma anche, come si legge nel romanzo, di un cuore «instabile e mutevole» che

passa «dall'angoscia alla dissolutezza, dalla piú dolce malinconia alla passione piú rovinosa» (pp. 11-13); e poi c'è il sopraggiungere di una passione fatalmente infelice, poiché è solo la conclusione di quel processo di autodistruzione iniziatosi prima del romanzo.

Ciò vuol dire che incostanza e mutevolezza, gli attributi della nuova cultura dell'edonismo, sono anche gli attributi del cuore di Werther. Il suo appetito insaziabile di felicità e di bellezza, ma anche il tedio che ha dell'esistenza, l'angoscia che prova per l'instabilità e l'incostanza dei propri sentimenti sono i sintomi fatali di una filosofia del piacere che isola l'individuo nella puntualità intermittente delle singole sensazioni nello stesso momento in cui sogna di farne il centro di un unico, totale sentimento del cosmo. Il famoso panteismo della giovinezza goethiana è, a ben guardare, desiderio di provare in assoluta solitudine tutto il piacere che la natura può offrire ai sensi dell'uomo. E infatti: la gioia, l'entusiasmo, la felicità, la bellezza di cui Werther parla infinite volte nelle sue lettere non sono mai comunicabili, non escono mai dal cuore di un soggetto disperatamente isolato nelle proprie sensazioni. «Ah, l'amore, la gioia, il calore e la felicità che non possiedo dentro di me – nessun altro potrà darmele e con un cuore pieno di beatitudine non potrò far felice un altro che mi stia davanti freddo ed inerte» (p. 193) – si legge nella lettera del 27 ottobre. In un romanzo d'amore, quale da sempre è stato considerato il *Werther*, fa un effetto terrificante constatare che l'amore non è mai dialogo, colloquio, dono e comunicazione di felicità, ma sempre solitaria beatitudine di un cuore felice solo nell'attimo in cui si sente onnipotente, solo nel momento in cui riesce a trasfigurare la propria solitudine in quella «sacra, vivificante energia» con la quale «crea dei mondi» intorno a sé (p. 195).

Il motivo dell'amore infelice o della passione che può trovare soddisfazione solo nella morte è cosí metafora della natura tragica del soggetto moderno fatalmente condannato a distruggersi. Nel momento in cui Goethe avverte la contraddizione tra il futuro dell'utopia umanitaria e il presente erotico della sensazione, l'ottimismo illuminista perde, come ho già osservato, la sua innocenza e si capovolge nel pessimismo di Werther: vivere vuol dire rincorrere quel piacere momentaneo che si

può trarre dalla soddisfazione dei propri appetiti, ma vuol dire anche consumarsi nella continua ricerca di un piacere nuovo e mai provato che ponga fine all'angoscia della sazietà e della noia. Vivere insomma – questa è la rivolta contro la filosofia della felicità allora dominante – vuol dire consumarsi tra gioia e dolore, tra esaltazione e apatia. In altre parole è quella «malattia mortale» di cui parla Werther per giustificare il suicidio, l'unica speranza che resti all'uomo quando non abbia piú l'energia di sognare e di illudersi dipingendo «figure variopinte e panorami luminosi» sulle pareti di quella prigione che è la sua esistenza terrena (p. 19).

Questo pessimismo, davvero scandaloso nell'età delle scienze e dell'ottimismo del progresso, è la filosofia del giovane Werther. Quando ci appare, presumibilmente ventenne, all'inizio del romanzo, è un uomo dall'io incerto, instabile e inconsistente, in una parola è già un uomo finito, depresso e malato di malinconia e l'autore può solo raccontare l'ultimo atto della sua storia. Abbastanza ricco per vivere della rendita paterna, non è costretto, a differenza del fidanzato di Lotte, a immiserirsi in una professione borghese e ha tutto il tempo per coltivare se stesso leggendo, disegnando, scrivendo brevi saggi, meditazioni, aforismi. Piú che un intellettuale, è probabilmente il primo esteta o il primo *dandy* della letteratura europea: è colto, ma la cultura per lui è piacere e ornamento, veste in modo non convenzionale, ma con molta eleganza e soprattutto piace alle donne e dunque non può evitare di essere un seduttore. Quando arriva nella cittadina dove conosce Lotte, è scappato dalla grande città per un affare di cuore – conteso tra due sorelle, è stato tanto incauto da illudere e da sedurre proprio la piú ingenua o la piú passionale – e ora, perseguitato da rimorsi e da sensi di colpa, cerca nella quiete della provincia il rimedio che lo guarisca dal morbo dell'insoddisfazione metropolitana.

Werther insomma è già l'uomo nato nella metropoli moderna, ha già vissuto tutto, provato tutto, consumato tutto e soffre quindi di noia e di sazietà, odia se stesso e si sente colpevole, vittima di una malinconia depressiva che gli fa scrivere nella sua prima lettera: «voglio godere il presente, e sia passato il passato» (p. 5). Con questo «Voglio godere il presente» Werther tuttavia non è per nulla, come è stato spesso scritto,

l'uomo nuovo dello *Sturm und Drang* che afferma, in un atto di energetica determinazione, l'attimo vitalistico della propria individuazione. È piuttosto il depresso e il malinconico che trasferisce nell'idillio della provincia, in apparenza ancora immune dai mali del moderno, l'imperativo del nuovo edonismo, che è appunto la filosofia dell'attimo del piacere o del presente della sensazione.

La cultura dell'illuminismo che produce l'ideale dell'individuo produttore, artefice e demiurgo, padrone e manipolatore della natura, come è il Prometeo goethiano, il massimo monumento dello *Sturm und Drang*, produce cosí anche Werther, l'individuo erotico, l'amoroso o l'edonista per il quale la natura non è ordine e legge, ma oggetto di piacere o di consumo erotico. Lo prova proprio la seconda lettera del romanzo, la celeberrima lettera del 10 maggio, oggetto di infinite esercitazioni critiche che la pongono tra i massimi documenti del panteismo goethiano.

Per intendere questa lettera, spesso fraintesa, è indispensabile ricordare che Goethe la concepisce quando la natura era ancora il luogo delle amicizie sublimi della cultura sentimentale. Creata da Dio per la felicità dell'uomo, la natura poteva essere ammirata e goduta solo in funzione dell'amicizia e si aveva allora il tripudio della Gioia – la *Freude* di Klopstock, Schiller e Beethoven – possibile solo nell'entusiasmo di un coro amicale che abbracciava idealmente l'intera umanità e si esprimeva in una vera e propria liturgia della gratitudine verso l'Onnipotente che aveva fatto del genere umano lo scopo della creazione. Ora il *Werther* rappresenta, sin dal suo *incipit*, la crisi di questa cultura degli ideali filadelfici: «Come sono felice di essere partito! Mio ottimo amico, che cosa è mai il cuore dell'uomo? Abbandonare te, che amo tanto e da cui ero inseparabile, ed esser felice!» (p. 5).

Lo stupore di Werther che, pur lontano dall'amico è felice di essere solo in quel «luogo paradisiaco» creato apposta per anime come la sua (p. 9) è la prima provocazione di Goethe nei confronti del lettore sentimentale e fa subito intendere che il protagonista del romanzo è figura moderna soprattutto perché è l'*homo eroticus* della nuova cultura metropolitana che profana la natura sublime, venerata dalla liturgia della moralità bor-

ghese, con il sensismo dell'erotismo rococò. Per la prima volta nella letteratura europea la natura non è quadro o edificio dell'intelligenza divina che l'uomo – con gli amici o pensando agli amici – può guardare, ammirare e contemplare da una distanza filosofica o religiosa. È invece oggetto di desiderio di un individuo isolato, qualcosa da toccare, mangiare e godere nell'immediatezza di un rapporto erotico che esclude del tutto l'organo della vista per affidarsi proprio a quei sensi che il razionalismo del Settecento dichiarava i meno nobili e i piú infantili: l'odorato, il gusto, il tatto.

Il rapporto tra uomo e natura, per l'illuminismo europeo, ma anche per il Goethe classico, determinato dall'occhio, l'organo della conoscenza teoretica, viene dunque improvvisamente investito da un erotismo elementare e addirittura infantile per il quale la natura è bella e materna solo nel senso che non è piano, disegno o progetto, ma cibo, nutrimento, piacere: «Ogni albero, ogni siepe è un mazzo di fiori e vorrei essere un maggiolino per volare in mezzo a questo mare di profumi e coglierVi il mio nutrimento» (p. 7). Il massimo esempio di questo nuovo rapporto è appunto la lettera del 10 maggio poc'anzi citata: la natura si manifesta dapprima come «presenza dell'Onnipotente che ci ha creati secondo la Sua immagine» per trasformarsi subito dopo, in maniera davvero scandalosa per il lettore del tempo, nella figura di una bellissima donna.

Se vi è allora una categoria che può definire il rapporto di Werther con la natura, questa non è certo il panteismo spesso invocato dalla critica, ma quella, meno nobile, ma piú moderna, del piacere, della fruizione immediata, in una parola di un consumismo appena scoperto con le prime forme del mercato moderno che ha ancora l'ingenuità e la freschezza dei desideri infantili: non per nulla Werther confessa di trattare il suo cuore come «un bambino malato al quale tutto è permesso» e paragona poi gli uomini ai bambini che non si chiedono quale sia la loro origine e quale la loro destinazione, ma si accontentano di vivere per il momento con il solo scopo di soddisfare il piú presto possibile i loro desideri e i loro appetiti (p. 13). Questo pessimismo, che riduce l'ideale di felicità che muove tutto l'illuminismo europeo al consumismo edonistico già nato nelle metropoli moderne, ha naturalmente molto del moralismo di

Rousseau, ma esprime anche la disperazione di un giovane che vorrebbe ma non può piú credere e, ormai vittima di tutti i mali della civiltà, distrugge l'idillio sentimentale della provincia tedesca portandovi l'angoscia del suo insaziabile bisogno d'amore e infine la scandalosa tragedia del suo suicidio.

La malinconia e la solitudine di Werther hanno dunque ben poco della fermezza morale del sublime allora di moda. Sono piuttosto l'altra faccia della volubilità rococò. Werther infatti è uno straordinario consumatore di sensazioni, si isola completamente nella sensazione ed è geniale e produttivo solo nel piacere e nella sensazione. In questo suo erotismo infantile di insaziabile consumatore di impressioni Werther tuttavia non distrugge solo se stesso, ma anche il mondo che lo circonda. La prima vittima della sua sensibilità è naturalmente Lotte. Poco piú che sedicenne, lettrice di Richardson, Goldsmith e dei loro imitatori tedeschi, Lotte sembra essere uscita davvero da uno dei molti romanzi sentimentali allora popolarissimi. Goethe ne costruisce il personaggio in modo tale da raccontare non solo il cammino di Werther verso l'autodistruzione, ma anche la deflorazione simbolica della loro virtuosa eroina da parte di un seduttore che non è piú il cinico libertino aristocratico, ma uno sventurato giovane borghese travolto dall'erotismo nato nelle capitali dell'aristocrazia: in una celebre scena Lotte, che dopo la morte della madre regge la casa paterna, appare a Werther intenta a dispensare il pane ai suoi fratellini (p. 39) e quindi è figlia, madre e sorella insieme e, come figlia, madre e sorella, è tre volte protetta dal tabú sessuale. A differenza della madre di Werther, Lotte è in altre parole la donna vigilata dalla figura e dalla legge del padre e quindi è la donna che ha ancora la purezza delle origini patriarcali e per questo è sacra, intoccabile, inavvicinabile e in nessun caso oggetto di desiderio.

Tutto il romanzo allora è la storia della contaminazione di questa ideale immagine femminile da parte di un uomo sin dall'infanzia corrotto, come ho già ricordato, da quella nuova immagine della femminilità pervertita rappresentata dalla madre. C'è infatti nel romanzo una scena che è come l'icona simbolica della vicenda, tanto che diventò presto popolarissima. In questo episodio Werther si reca con Lotte a una fontana appena fuori città, luogo di incontro delle giovani popolane che

vanno ad attingervi l'acqua e dunque luogo omerico o luogo sacro di una perduta età patriarcale, quando la donna era ancora custodita e protetta dalla figura del padre. Ora è proprio in questo luogo che Werther manifesta per la prima volta quanto impura sia la sua sensibilità di uomo moderno: contamina la sorellina di Lotte baciandola con eccessiva passione e per questo viene ripreso dalla stessa Lotte che lava la guancia della bambina con l'acqua purificatrice della fonte. Questa scena, paragonata, per lo scandalo dei lettori, alla cerimonia di un battesimo che cancella ogni impurità (p. 73), è già, come ho detto, l'icona simbolica del destino di Werther, che può essere purificato dalla sua smodata passionalità solo da Lotte e solo in quel luogo, apparentemente cosí lontano dai mali del moderno, che è la piccola città dove si conclude la sua storia.

È allora inevitabile che Werther, prodotto di una cultura che ha fatto di lui la nevrotica vittima dell'instabilità dei suoi desideri, possa amare solo innamorandosi della donna che non può avere ovvero della donna che non può consumare. Naturalmente questo non vuol dire che il *Werther* non sia un romanzo d'amore. È anzi un grande, sublime romanzo d'amore, proprio perché l'amore può amare se stesso solo nella sua perfezione assoluta. È questo nobilissimo petrarchismo, che celebra la purezza della donna e la purezza del sentimento d'amore, ciò che guadagnò al romanzo l'entusiasmo e l'ammirazione dei contemporanei. Il destino del giovane amoroso è infatti circoscritto da due brevi passi delle lettere del 13 e del 16 luglio. Il primo dice: «Come venero me stesso da quando so che mi ama» (p. 79); il secondo: «Lei è sacra per me. La sua presenza fa tacere ogni desiderio» (p. 81).

Il giovane angosciato dall'instabilità delle proprie passioni, e per di piú malinconico e depresso dal senso di colpa e dall'odio di sé, può dunque amare solo la donna che sia lo specchio del suo ideale sé e gli rimandi quell'immagine di se medesimo nella quale può finalmente amare se stesso. Lotte può cosí riflettere l'ideale perfezione dell'io wertheriano solo in quanto rappresenti un divieto pur restando oggetto del desiderio piú intenso. L'amore insomma deve contemplare solo se stesso, deve restare passione assoluta e non deve mai consumarsi, non deve mai tradursi in un rapporto reale. La proibizione di con-

ciliare amore e desiderio, petrarchismo e sensualità rococò, fa del *Werther* un grande romanzo d'amore, ma anche e soprattutto la tragica storia del disintegrarsi di una personalità concepita da Goethe proprio nel momento in cui esaltava nel genio l'individuo assoluto, unico signore e solo padrone di se medesimo, al quale, appena un anno prima del *Werther*, aveva dedicato il monumento del suo *Prometeo*.

Werther rappresenta infatti l'altra faccia del grande individuo dello *Sturm und Drang*. Il suo io, per nulla eroico o titanico e, anzi, amabile e accattivante proprio per la sua debolezza, è tutt'altro che autonomo e padrone di se medesimo, poiché dipende interamente dalla presenza e dalla purezza di Lotte. Werther insomma può esistere come persona solo a condizione di essere amato da Lotte e al tempo stesso solo a condizione di amarla senza poterla toccare. E infatti, non appena Lotte cessa di essere quello specchio incontaminato che riflette l'ideale immagine dell'amoroso, il romanzo si trasforma dalla storia d'amore che era all'inizio nella storia della dissoluzione di una coscienza. La causa di questa catastrofe è naturalmente l'infantilismo di Werther, è quel suo spontaneo, narcisistico bisogno di essere amato che l'induce a voler toccare, prendere, possedere: «Sono stato almeno un centinaio di volte sul punto di gettarle le braccia al collo! Dio sa cosa si prova nel vedersi passare davanti tanta grazia senza poterla afferrare. Eppure, allungare le mani è l'impulso piú naturale dell'uomo. E i bambini, non si prendono tutto quello che colpisce i loro sensi? E io?» (p. 193).

Se Lotte dunque è – come si legge nella lettera del 18 luglio – la luce della lanterna magica che proietta quelle figure nelle quali Werther può riconoscersi, amarsi e in qualche modo persistere come persona, è chiaro che senza Lotte la sua interiorità diventa una parete bianca e assolutamente vuota di immagini: la fonte di Narciso si fa insomma cieca, opaca, senza luce e quel narciso che è Werther non può piú amare se stesso e deve quindi distruggersi. «Mi sono ripromesso piú volte di non vederla piú cosí spesso» – scrive il 26 luglio, quando ormai sta per decidersi il suo destino di morte, e paragona Lotte alla montagna magnetica di una fiaba delle *Mille e una notte*: «Alle navi che vi si avvicinavano troppo venivano improvvisamente

strappati tutti gli oggetti di ferro, i chiodi volavano via attratti dalla montagna, e i poveri infelici naufragavano in mezzo al legname che si sfasciava» (p. 87). Non appena infatti è chiaro che Lotte può costituire, ma anche decomporre l'io di Werther la storia è arrivata a quel punto in cui il motivo dell'amore deve capovolgersi in quello della morte ovvero a quel momento in cui l'amore di Werther per Lotte si trasforma da venerazione in desiderio e Werther deve punirsi e morire, perché con la sua impura passione offende la lucidità dello specchio. Il vero tema del *Werther* è cosí la scoperta della passione, ma della passione intesa già come sensualità, desiderio fisico, sessualità, che il giovane Goethe, al centro di una cultura sentimentale con una concezione ideale e serafica dell'amore, avverte come una potenza terrificante capace di scompaginare l'unità apparentemente indistruttibile dell'io, della monade o dell'entelechia, piú tardi indiscusso fondamento del suo classicismo.

«Albert è arrivato e io me ne andrò» (p. 87) - cosí incomincia la lettera del 30 luglio. Dopo questa lettera il romanzo, che era la storia di un uomo che, innamorandosi, aveva ritrovato rispetto e amore di sé, diventa la cronaca di un io che si decompone, si sgretola, si distrugge. L'amico, certo, gli scrive che deve avere la forza di compiere una scelta e di tentare la conquista di Lotte, se è sicuro che Lotte lo ami, o di andarsene, se sa di non essere amato (p. 91). Con ciò lo pone di fronte a una scelta che non è in grado di fare, poiché è già l'*aut aut* che Kierkegaard riprende poi dal romanzo. Werther infatti è, per dirla con il filosofo danese, l'uomo incapace di scegliere la scelta, perché è già l'uomo amorale della cultura moderna o l'uomo estetico che vuole il piacere di un amore illimitato che vuole illimitatamente se stesso. Di quest'uomo dell'esistenza estetica, che è poi l'edonista prodotto dal mondo moderno, Kierkegaard scriverà che «muore ogni giorno», poiché la sua vita insegue solo la bellezza dell'istante e deve perciò fatalmente dissolversi in una serie lineare di istanti o di sensazioni singolari e isolate che in questa loro linearità tracciano il percorso del tempo che divora se stesso.

Se questo, come tutto fa credere, è vero, è vero anche che Werther, vivendo solo per l'istante, può vivere solo consu-

mando se medesimo. La sua esistenza è *Krankheit zum Tode*, la «malattia mortale» della lettera del 12 agosto, non a caso ripresa ancora da Kierkegaard. La natura umana – cosí argomenta Werther discutendo con Albert del suicidio – è in grado di sopportare il continuo alternarsi di gioia e dolore solo fino a un certo punto, superato il quale deve morire, perché non ha piú la forza di rigenerarsi e può dunque consumare solo le proprie energie (pp. 101-3). È chiaro che Werther, già in questa scena in cui giocando con le pistole di Albert improvvisamente se ne punta una alla tempia, non ha piú la forza di reggere l'alternarsi di gioia e dolore, in altre parole non ha piú l'energia vitale indispensabile per vivere solo per l'istante. Per questo il vitalismo implicito nella ricerca della bellezza dell'istante si capovolge nell'estenuazione del depresso e del malinconico e per questo Werther, che aveva esordito dichiarando di voler vivere solo per il presente, precipita nella coscienza del tempo che trascorre e consuma se stesso e la sua storia, e il romanzo primaverile che era all'inizio, si trasforma nel romanzo autunnale di una straziante decadenza. «Puoi forse dire: *questo è!* quando tutto trascorre, quando tutto svanisce con la velocità di un lampo [...]?» (p. 113) – si chiede nella lettera del 18 agosto che capovolge quella, famosa, del 10 maggio.

Di fronte a un passo come questo è davvero difficile credere ancora alle vecchie formule di un *Werther* romanzo di una passione o di un amore infelice. La verità è piuttosto che ci troviamo di fronte alla prima espressione del nichilismo moderno. Nella lettera del 18 agosto la natura, prima concepita come istanza femminile e materna che dispensa cibo e piacere, si rivela essere anche l'istanza che per nutrire deve divorare, consumare, distruggere: «Non c'è un istante che non ti consumi e non consumi coloro che ti sono vicini, non c'è un istante in cui tu non sia e non debba essere un distruttore. La piú innocente delle tue passeggiate costa la vita a migliaia di poveri vermi, un solo passo fa crollare le faticose costruzioni delle formiche e schiaccia tutto un piccolo mondo trasformandolo in una misera tomba» (p. 113). È però evidente che questa natura, il «mostro che eternamente divora, eternamente consuma» (p. 113), è ancora una volta la metafora dell'io di Werther che va distruggendosi: «Ciò che distrugge a poco a poco il mio cuore è il pen-

siero della vorace energia nascosta nel tutto della natura, la quale nessuna cosa ha creato che non debba distruggere se stessa e quella vicina» (p. 113). Werther insomma ha ora non solo il terrore, ma anche il desiderio di essere divorato. La vitalità del suo cuore è spesa e consumata, l'empito erotico dell'istante si è decomposto nella fuga piatta delle sensazioni, nell'angoscia di un tutto che trascorre e svanisce con la velocità di un lampo e Werther, ormai pronto per la morte, precipita nell'ambascia di un dolore senza rimedio: «Soffro molto perché ho perduto l'unica beatitudine della mia esistenza, quella sacra, vivificante energia con la quale creavo dei mondi intorno a me» (p. 195) - scrive il 3 novembre 1772.

Il *Werther* si trasforma cosí nel romanzo della passione che si consuma o nel romanzo in cui l'amore, ormai aperto, violento, incontenibile desiderio sessuale, diventa in qualche modo antropofagia: se l'amore è, come voleva la nuova letteratura dello *Sturm und Drang*, natura o naturalità, l'amore è per Werther anche quel «mostro che eternamente divora, eternamente consuma», sicché amare - non si potrebbe immaginare fine piú tragica del petrarchismo europeo - significa per lui non solo distruggere se stesso, ma anche distruggere Lotte. Per questo interpreta il proprio suicidio come un sacrificio che compie per amore di Lotte o come un calvario che, come ho già ricordato, fa di lui un Cristo senza discepoli e senza fratelli che pretende - e questa è la sua ultima blasfemia - di essere accolto dal Padre nella sua colpevole solitudine.

Non è allora un caso che questo calvario abbia inizio con un vero e proprio pellegrinaggio religioso ai luoghi dell'infanzia, che naturalmente è un ritorno al mondo del padre morto o una rivisitazione del passato o addirittura una ricerca del tempo perduto che ha già tutti i crismi del decadentismo, se Thomas Mann vi si ispirò per un noto episodio del suo *Tonio Kröger*. Dopo il congedo da Lotte, che conclude la prima parte dell'opera cosí com'era nelle aspettative dei lettori dei romanzi sentimentali con un innamorato infelice che rinuncia all'amata dando prova di virtú e di nobilissima forza d'animo, Werther tenta di rientrare nel mondo accettando un posto all'ambasciata, ma da questo mondo viene respinto per essere ricacciato nella sua distruttiva passione. Per questo, prima di ritornare

da Lotte, ormai sposa di Albert, vuole compiere questo pellegrinaggio al paese natale che è un definitivo congedo dall'innocenza, dalla felicità, dalla vita.

Solo dopo questo ritorno o dopo questo congedo il tono del romanzo acquista infatti un cupo *pathos* mortuario e sprofonda in una sorta di ebrezza che è noia, inerzia, apatia, sazietà e desiderio di morte. «Che sventura, Wilhelm! Tutte le mie energie sono degenerate in una angosciosa impotenza, non posso starmene inattivo, eppure sono incapace di fare. Non riesco a pensare, né a sentire la natura, i libri mi ripugnano. Abbiamo tutto perduto, quando abbiamo perduto noi stessi» (p. 115) – si legge nella lettera del 22 agosto. L'inedia della depersonalizzazione, l'angoscia dell'impotenza, la nausea della cultura – saranno anche i temi del futuro decadentismo europeo – costituiscono allora l'unica, vera realtà dei dolori di Werther, che non soffre perché il suo amore è infelice, ma perché non ha piú la forza di amare. La seconda parte della sua storia, costruita come un vero e proprio contrappunto narrativo della prima parte, diventa allora il resoconto di una tragica decadenza. «Come si rovescia una mano, tutto è cambiato in me [...]. Tutto, tutto è passato! Non un segno del mondo che è stato, non un battito dei sentimenti di un tempo. Provo ciò che dovrebbe provare uno spettro che ritrovi bruciato e distrutto il castello che un tempo, quando era ancora un giovane principe, costruí con i doni di ogni magnificenza per lasciarlo morendo, pieno di speranza, al figlio amato» (p. 173) – si legge il 21 agosto 1772.

«Tutto è cambiato in me» – cosí scrive Werther, ma è cambiato anche il piccolo mondo della provincia nel quale si era illuso di trovare salvezza dall'interiore dissoluzione della vita metropolitana. I segni che la modernità, di cui Werther è soggetto e vittima a un tempo, sta corrompendo l'idillio di Wahlheim sono nel romanzo innumerevoli. Il 1° luglio 1771 Werther fa visita con Lotte al vecchio parroco e sceglie proprio la casa del pastore luterano – con i due tigli secolari una vera e propria vignetta dell'idillio tedesco, infinite volte ripetuta e diffusa – per parlare della malinconia, per Goethe il peggior male dell'età moderna, da cui ormai è contagiato il giovane teologo, fidanzato della figlia e possibile successore del

vecchio pastore. La malinconia dunque, la malattia di Werther e il morbo della metropoli, è già penetrata nella parrocchia luterana, per la borghesia tedesca del tempo luogo di ogni integrità e di ogni virtú. Allo stesso modo il progresso spoglia di ogni poesia l'immagine idilliaca del piccolo mondo borghese: la moglie del nuovo pastore, una donna seguace del nuovo razionalismo, ma anche una donna nevrotica che odia la vita e vuole solo ordine, chiarezza e pulizia, ha fatto abbattere i due noci secolari, perché le toglievano la luce del giorno e portavano sudiciume e umidità nel suo cortile (p. 185).

Il mondo della provincia, dove Werther sogna di ritrovare la semplicità delle origini patriarcali, sta dunque per scomparire o è già scomparso. Quando ritorna nella cittadina della sua infanzia Werther vi trova un significativo mutamento: quello che una volta era l'edificio della scuola, ora è la bottega di un merciaio. La modernità insomma avanza e cambia ogni cosa, ma con il progresso arrivano nell'ancor arcaico idillio tedesco non solo il benessere che viene dal commercio, ma anche la follia e la violenza. Nella prima stesura del romanzo c'era solo l'episodio dello scrivano che, infelicemente innamorato di Lotte, cade in una pazzia delicata e a suo modo poetica. Nella seconda stesura invece Goethe aggiunge l'episodio del garzone che, respinto dalla padrona, diventa omicida e sottolinea in questo modo non solo la follia, ma anche la violenza che caratterizza il mondo moderno.

Basta pensare che all'inizio del romanzo Werther, che viene dalla capitale e soffre dell'incostanza e della volubilità dei suoi stati d'animo, trova ammirevole e stupefacente la purezza e la costanza dell'amore del garzone, per intendere che Goethe giudicava ormai una pia illusione il culto che, da Herder in poi, la cultura tedesca aveva avuto dell'innocenza popolare. Verso la fine del romanzo questo amore ha già contaminato in modo irreparabile l'idillio della provincia tedesca: «Quando, per arrivare alla locanda dove avevano deposto il cadavere, dovette passare in mezzo ai tigli, provò orrore per quel luogo altrimenti amato. La soglia, sulla quale i bambini del vicinato avevano giocato tante volte, era imbrattata di sangue. Amore e fedeltà, i sentimenti piú belli dell'uomo, si erano tramutati in violenza e omicidio» (p. 219).

In questo passo, presente solo nella seconda stesura del 1787, Goethe naturalmente processa la sua passione giovanile e l'assimila alla corruzione del mondo moderno che interpreta come declino e decadenza. E infatti, quando riprende la storia del garzone con la lettera del 4 settembre 1772 introduce nel romanzo il motivo dell'autunno: «Come la natura declina verso l'autunno, cosí tutto è già autunno in me e intorno a me. Le mie foglie ingialliscono e già sono cadute le foglie degli alberi vicini» (p. 173). Con questo passo Werther diventa il protagonista del tramonto e della fine dopo che nella prima parte della sua storia aveva vissuto la piú luminosa primavera. Con le lettere dell'ottobre 1772 Ossian ha preso il posto di Omero nel cuore di Werther e il culto delle origini non è piú mediterraneo, luminoso e solare, ma si fa nordico, nebbioso, funerario. Werther parla della sua anima come di un vuoto orrendo, vede ormai solo immagini di malattia e di consunzione. Ma già con il pellegrinaggio al mondo del padre, compiuto come un atto di penitenza e di espiazione, Werther non solo precipita nella coscienza del tempo che divora se stesso, ma diventa anche soggetto attivo della dissoluzione e della morte.

La sua passionalità diventa freddo e determinato impulso suicida e distrugge non solo se stessa, ma anche la vita di Lotte, che, un tempo intoccabile, è ormai contagiata dall'angoscia di Werther e mostra in viso i segni che soffre tutti i dolori del suo calvario. Il piano di Werther per mettere in opera la propria morte è ormai lucida e risoluta volontà di morire che ha la consapevole precisione di una liturgia. Come riferisce l'editore delle sue lettere, il suo suicidio «non doveva essere un gesto precipitoso e sconsiderato, voleva compierlo nel migliore dei modi e con la piú meditata risolutezza» (p. 231).

L'ultima parte del romanzo, là dove interviene l'editore con il resoconto dell'indagine che ha condotto sugli ultimi giorni di Werther raccogliendo ricordi e testimonianze tra coloro che lo conobbero, ha in effetti un ritmo preciso e inesorabile. Werther ha promesso a Lotte di non farle visita prima della vigilia di Natale, ma rompe con intenzione questa promessa, quando, presa ormai la decisione di morire, si presenta nella sua casa la sera del 21 dicembre per consumare quel sacrilegio che suggelli la sentenza di morte che ha già pronunciato nei

propri confronti. Il suo ultimo incontro con Lotte è infatti un vero e proprio rito suicida. Werther legge a Lotte un passo dell'Ossian dove si parla di amore e di morte e, nel presagio dell'autunno e della decadenza, si racconta di una passione che, con la morte dei figli, porta all'estinzione di una stirpe. Ora, è proprio a questo punto che Werther aggredisce Lotte con i suoi baci e compie cosí l'atto per il quale, come si legge nella lettera del 14 dicembre, deve provare orrore di se medesimo (p. 229).

Goethe dunque riprende in contrappunto l'episodio della fontana, dove Werther, con la sua incontenibile passionalità, aveva contaminato la purezza della bambina; solo che ora non sono piú possibili da parte di Lotte battesimi, lavacri, purificazioni. Con i suoi baci disperati e furiosi Werther ha offuscato in modo irreparabile la luce di quello specchio che è Lotte e lo specchio lo respinge e gli rimanda una immagine di sé cosí orribile da meritare la distruzione e la morte. Werther si uccide nella notte del solstizio d'inverno, la piú lunga dell'anno. Il mattino radioso della giovinezza e della natura primaverile che aveva aperto il romanzo ha fatto ora luogo a una notte che non ha fine. Ciò che resta di tutta la storia è il cervello spappolato di Werther, la sua lunga agonia e il suo ultimo rantolo. Nella chiusa laconica e straziante del romanzo Goethe sa di non poter inventare piú nulla e di non poter dire piú nulla di suo e raggiunge effetti di inaudito lirismo riproducendo quasi alla lettera il resoconto freddo e burocratico del suicidio di Jerusalem che Kestner gli aveva mandato nel novembre del 1772.

È chiaro che Goethe, nel concludere in questo modo il romanzo, chiede al lettore di comprendere e di non giudicare il destino di un giovane, nobile di cuore e di mente, per il quale, già prima che si inizi la storia, ha chiesto, proprio per questo, amore, compassione, rispetto. Sospendendo il giudizio morale, allora addirittura imperativo, e abbandonando il lettore al travolgente lirismo della sua prosa, Goethe naturalmente ha trovato di istinto la formula dello straordinario successo del suo romanzo: dichiarando Werther una vittima esprime una condanna della modernità tanto piú appassionante, quanto piú alto è l'immediato lirismo del suo giovane eroe. Come scriverà nel XIII libro di *Poesia e verità* rievocando gli anni del *Werther*, il

mondo moderno impone esperienze sempre nuove e diverse e alimenta cosí la malinconia, «il male peggiore, la malattia piú grave» del tempo, per la quale l'uomo, avido di novità e di sensazioni, non riesce piú ad accettare la quotidiana semplicità dell'esistenza o, come Goethe scrive, «il ritorno regolare delle cose esteriori» e si ammala quindi di noia, tedio, odio di sé e della vita fino ad arrivare al suicidio. Nel *Werther* insomma Goethe scopre per sé, e per il suo pubblico, l'uomo moderno e rimane terrorizzato dal nichilismo implicito nella sua cultura, tanto da costruire poi la difesa di un classicismo sempre armato contro la tentazione, mai del tutto soffocata, di scrivere un nuovo *Werther* che, «molto piú del primo – cosí si legge in una lettera del 1812 – avrebbe fatto rizzare a tutti i capelli in testa».

Certo è che il suo romanzo giovanile è davvero uno di quei rari testi che segnano l'inizio di un'epoca. In un momento in cui la letteratura europea celebrava, con l'ottimismo ancora ingenuo delle idee appena scoperte, il principio del soggetto moderno nei nomi del cuore, dell'entusiasmo, del genio e della passione, Goethe, certo il capofila della nuova sensibilità, ha il coraggio di vedere l'altra faccia della moderna cultura del soggetto e con il *Werther* ne rappresenta la clamorosa catastrofe. Il pessimismo che ha ispirato il romanzo infatti non capovolge solo l'ottimismo della filosofia della felicità e del piacere, ma anche quello, titanico e prepotente, dello *Sturm und Drang* che, proprio con Goethe, stava giocando tutte le sue carte sulla creatività e l'energia vitale del genio, illimitata per un demiurgo come Prometeo, ma finita e destinata a esaurirsi per Werther. Goethe registra cosí il passaggio, anche lessicale, da *Genius* a *Genie*, da genio come spirito tutelare a genio come talento creativo: l'entusiasmo geniale non è già lo stato di elezione di chi riceva la rivelazione della bellezza da un superiore principio che trascenda la sua individualità. La bellezza non è dono, grazia o epifania degli archetipi, come lo sarà per il Goethe classico. È invece lo stato euforico di una coordinazione psicofisica, il senso di potenza o l'energia vitale di un soggetto che, come Werther, può trasfigurare il mondo nell'esperienza di un attimo di suprema armonia solo consumando se stesso.

Si sa che Goethe trovò la salvezza da questo nichilismo nell'*Etica* di Spinoza che lesse nella primavera del 1773. Nel

XIV libro di *Poesia e verità* ricorda che ne fu affascinato per «la sconfinata assenza di egoismo che trapelava da ogni sua proposizione». Il suo metodo matematico o il suo «modo geometrico» – cosí osserva ancora – erano «l'opposto del suo modo di esprimersi e di sentire» e dunque erano il contrario della passionalità avida, inquieta e incostante che fu la croce della sua giovinezza. Ciò vuol dire naturalmente che, quando incomincia la stesura del romanzo nei primi mesi del 1774, Goethe ha già imparato da Spinoza come liberarsi dell'insaziato egoismo dell'io wertheriano. La natura – questa è la lezione di Spinoza – non è una funzione del soggetto, strumento o materia del suo isolato erotismo. Allo stesso modo Dio non è un padre o un sovrano assoluto che sottometta l'uomo con i vincoli del timore e della gratitudine dispensando, come si legge anche nel *Werther*, premi e punizioni (pp. 19-21).

È chiaro che Goethe legge in Spinoza la critica piú radicale dell'utilitarismo illuminista, fondamento dell'edonismo moderno. La società della moda e del lusso – cosí si diceva allora – opera in maniera del tutto arbitraria per scopi effimeri e per utilità particolari e produce cosí la malinconia, l'odio di sé e della vita, l'egoismo e il soggettivismo piú triste, i mali, come si è visto, del giovane Werther. La natura invece è necessità, imparziale armonia e immutabile ordine geometrico e nulla sa delle fragili illusioni e degli incostanti appetiti dell'uomo. Come si legge nel XVI libro di *Poesia e verità*, essa «opera per leggi cosí divine che nemmeno la divinità potrebbe modificarle». Il panteismo di Spinoza diventa cosí la filosofia del classicismo goethiano che nasce proprio nel momento in cui Goethe sa di poter scrivere *I dolori del giovane Werther*. Con Spinoza la natura non è piú qualcosa che si prenda, si tocchi, si gusti e si odori, non è insomma piú l'oggetto del tragico e infantile erotismo di Werther. È invece già la *Gestalt* del futuro classicismo goethiano, forma o figura che si rivela agli occhi dell'uomo nell'apparire dell'*Urphänomen*, per Goethe il grado massimo della progressione morfologica naturale e il limite estremo di fronte al quale l'uomo deve arrestarsi e stupire contemplandone la suprema armonia.

GIULIANO BAIONI

Genesi dell'opera

Nel XIII libro di *Poesia e verità* il Goethe maturo ricorda la genesi dei *Dolori del giovane Werther*. Dei dialoghi immaginari sarebbero alla base del romanzo epistolare scritto di getto «dopo preparativi segreti cosí lunghi e numerosi [...] in quattro settimane, senza avere uno schema del tutto e senza che l'elaborazione di una parte fosse stata in qualche modo messa per iscritto».

Tra i preparativi segreti ce ne sono, in realtà, anche alcuni di scritti, che Goethe qui non menziona: il *Fragment eines Romans in Briefen* (*Frammento di un romanzo epistolare*) e il cosiddetto *Frühestes Blatt* (*Il primissimo foglio*). Il frammento, proveniente dal lascito di Charlotte von Stein, risale presumibilmente alla prima metà del 1770. È il periodo che Goethe trascorre a Strasburgo – dove conosce Herder – per concludere gli studi di giurisprudenza. Si tratta di due lettere scritte da un certo Arianne all'amica Wetty. Il tono delle lettere, in cui riecheggiano le frivolezze rococò dell'esperienza lipsiense (1765-68), è ancora molto lontano dalla passionalità del *Werther* [1], ma già anticipa «la sensibilità e l'erotismo di quel campione dell'esistenza statica che è il giovane Werther» [2].

Il brevissimo *Frühestes Blatt*, scritto probabilmente verso la fine del 1772, è invece parte integrante di entrambe le stesure del romanzo, dove i suoi passi sono distribuiti nei brani diari-

[1] Nel *Fragment* «l'amore è una pura e semplice prestazione biologica, fondata su meccanismi analoghi a quelli della vista e del respiro, è una realtà fisica fondata su una forza di attrazione "simpatetica" e sullo stesso principio di polarità che presiede a ogni forma di vita». Maria Fancelli, introduzione a J. W. Goethe, *Werther*, Milano 1979, p. XXII.

[2] Giuliano Baioni, *Il giovane Goethe*, Torino 1996, p. 107.

stici della sezione finale *L'editore al lettore*. Ne riportiamo il testo integrale:

Sono passate [le pistole] per le sue mani, ha tolto la polvere, le bacio mille volte, lei vi ha toccate. E tu, o spirito celeste, favorisci la mia decisione. E lei mi porge lo strumento, lei, dalle cui mani desideravo ricevere la morte, e ora la ricevo. Tremava, ha detto il mio domestico, quando gli diede le pistole. O signore, disse il buon ragazzo, la vostra partenza dispiace tanto ai vostri amici. Albert stava in piedi allo scrittoio, senza voltarsi disse a *madame*: dagli le pistole, lei si alzò e lui disse: gli auguro un buon viaggio, e lei prese le pistole, tolse la polvere accuratamente, ed esitava, tremava nel darle al ragazzo e l'addio le restò in gola. Addio, addio.

Ecco qui davanti a me il nastro color carne che portava al petto quando la conobbi e che è stata cosí buona da regalarmi. Questo nastro! Ah! Allora non pensavo che il cammino mi avrebbe portato fin qui.

Ti prego, stai calma[3].

In questo passo si trova già uno dei molti riferimenti autobiografici alla vicenda di Wetzlar – il nastro color carne[4] – che abbondano nel romanzo[5]. Dal maggio al settembre 1772 lo scrittore è praticante presso il tribunale supremo del Reich, in giugno conosce Charlotte Buff e Johann Christian Kestner e l'11 settembre lascia Wetzlar per Francoforte senza congedarsi dagli amici.

Dello stesso periodo è la lettera di Kestner (2 novembre 1772) sul suicidio di Carl Wilhelm Jerusalem che Goethe riprende quasi integralmente per concludere il romanzo. Goethe la ricorda in *Poesia e verità* come l'evento decisivo per la stesura dell'opera tra il febbraio e il maggio del 1774.

Il manoscritto, stampato a giugno, è andato perduto. In autunno il *Werther*, pubblicato anonimo a Lipsia dall'editore

[3] È interessante l'osservazione di M. Fancelli: «come nell'*Urfaust* il punto di partenza è la tragedia dell'infanticida, cui si aggrega successivamente l'idea di un partner che sarà Faust, nel *Werther* è questo il nucleo tragico della storia, l'idea della catastrofe attorno alla quale nasce e concresce l'intera vicenda». Op. cit. p. XXIV.

[4] Cfr. nota 36 alla lettera del 28 agosto.

[5] Per uno studio dettagliato sull'uso che Goethe fa nel *Werther* delle sue esperienze giovanili a partire dagli anni di Lipsia (1765-68), di Strasburgo (1770-71) fino al periodo di Wetzlar, rimandiamo all'opera di Giuliano Baioni citata nella nota 2.

Weygand, è presentato alla *Michaelismesse*, la fiera del libro di Lipsia, dove riscuote un grande successo di pubblico che nello stesso anno impone la prima ristampa. Il 30 gennaio 1775, su richiesta della Facoltà di Teologia di Lipsia, la commissione libraria dell'elettorato di Sassonia ne vieta la ristampa. A questo punto il successo si fa addirittura strepitoso e il romanzo viene tradotto in quasi tutta Europa: in francese nel 1775, in inglese nel 1779 e in italiano nel 1781.

Le due stesure dei «Dolori del giovane Werther».
Lessico, ortografia, contenuto.

A Weimar tra il 1782 e il 1786 Goethe rimette mano al *Werther* in vista di una nuova edizione di tutte le sue opere. La seconda stesura esce a Lipsia nel 1787 presso l'editore Göschen.

Le modifiche ortografiche e lessicali apportate nella seconda stesura non hanno un carattere sistematico. Bisogna innanzi tutto tenere presente che Goethe non possedeva il testo originale del 1774 e lavorava su un'edizione non autorizzata del 1779. L'editore berlinese Himburg aveva già preferito a molte espressioni del tedesco meridionale forme piú familiari al suo pubblico.

Goethe sostituisce alcuni forestierismi con i termini tedeschi corrispondenti, passando ad esempio da *Dimißion* a *Entlassung*, da *Permission* a *Erlaubnis*, da *Taille* a *Größe*, da *passirt* a *widerfahren*. Rimangono comunque ancora molti francesismi (*lamentieren*, *radotieren*, *inkommodieren* ecc.) e i mesi *Juny* e *Juli* prendono le forme latinizzanti *Junius* e *Julius* (*May* e *Merz* compaiono invece nella loro forma corrente di *Mai* e *März*). I casi di declinazione dei nomi propri vengono ridotti a cominciare dal titolo, dove *Werther* perde la *s* del genitivo, ma non scompaiono del tutto.

Goethe elimina alcune espressioni troppo veementi, il che contribuisce a smorzare il tono polemico di alcune lettere. La reazione di Werther all'umiliazione subita all'ambasciata[6] ha infatti un tono meno aggressivo nella nuova stesura, dove non c'è la frase «darüber hätte ich ihn gern ausgeprügelt» (al che

[6] Cfr. la lettera del 24 dicembre.

mi sarei messo volentieri a piacchiarlo). I «cani» che Dio tollera sulla terra (*Hunde*) diventano «Menschen [..] ohne Sinn und Gefühl»; la moglie del nuovo pastore non è piú una «brutta faccia» (*Fratze*), bensí una «donna stramba», una «pazza» (*Närrin*); la zia blasonata della Signorina von B... non è piú un «vecchio catenaccio» (*alte Schachtel*, letteralmente «vecchia scatola») ma semplicemente una «vecchia» (*Alte*). Termini dialettali come *Bub'* e *Schoppen* vengono sostituiti con *Junge* (ragazzo) e *Flasche* (bottiglia), il sostantivo *Kerl* («tipo» nel linguaggio popolare) scompare quasi del tutto.

L'intervento sull'ortografia, che nella stesura del 1774 prescinde dalle norme già da tempo codificate, risponde all'esigenza di adeguare il testo a quanto prescritto da Christoph Adelung nel manuale *Über den Styl* del 1785. La spirante interdentale sorda *th* (*Thal*, *Theil*, *Monath*) diventa sorda (*Tal*, *Teil*, *Monat*); il nesso *kk* (*Verzükkung*, *Dekkel*) diventa *ck* (*Verzückung*, *Deckel*); il nesso *ss* in parole come *geniessen*, *vergiessen* e *ausser* viene corretto in *ß* (*genießen*, *vergießen*, *außer*); il nesso *zz* (*besizzen*, *Schazze*) cambia in *tz* (*besitzen*, *Schatz[e]*); nel dittongo *ey* (*bey*, *seyn*, *zwey*) *i* sostituisce *y* (*bei*, *sein*, *zwei*); al suffisso diminutivo dialettale francofortese *-gen* (*Mädgen*, *Bisgen*, *Würm-gen*) subentra la forma corretta *-chen* (*Mädchen*, *Bißchen*, *Würmchen*). Le apocopi vengono ridotte (*Brunnen* invece di *Brunn'*), molte *e* soppresse per sincope (*eigner*), apocope (*leg*) e aferesi (*den's*) vengono ripristinate. Anche la punteggiatura viene rivista, gli apostrofi ridotti o inseriti dove necessari (*ging's* invece di *gings*).

Le modifiche sul piano semantico sono piú numerose nel secondo libro. Nell'edizione del 1775 compaiono i *Leitsprüche* (motti), due quartine a rima incrociata da anteporre rispettivamente al primo e al secondo libro. La seconda è rivolta direttamente al lettore come un monito:

> Du beweinst, du liebst ihn, liebe Seele,
> Rettest sein Gedächtnis von der Schmach;
> Sieh, dir winkt sein Geist aus seiner Höhe:
> Sei ein Mann, und folge mir nicht nach[7].

Il motto, scomparso nelle edizioni successive, è indicativo del-

[7] Tu lo compiangi, lo ami, anima cara, | Salvi la sua memoria dall'infamia; | Guarda, dalla sua altezza il suo spirito ti ammonisce: | Sii uomo, e non seguirmi.

le intenzioni di Goethe anche nella revisione degli anni Ottanta. In seguito a numerosi casi di suicidio per emulazione[8], l'autore tenta di arginare il pericolo di identificazione narcisistica del lettore con il protagonista. È questo l'effetto piú immediato dell'ampliamento delle pagine riservate all'editore: la lettura si fa meno concitata, la successione dei momenti drammatici viene rallentata e l'identificazione con il giovane infelice non è piú immediata, ma nemmeno, si badi bene, neutralizzata. La figura di Albert non viene rivalutata solo per compiacere Kestner che si sentiva ritratto in un personaggio piuttosto gretto. Il mondo dei suoi valori borghesi appare in una luce migliore grazie alle ampie modifiche dell'ultima sezione. L'editore invita il lettore a un giudizio imparziale usando un espediente nuovo: le testimonianze degli amici di Albert. Se nella prima stesura era un piccolo borghese noioso, dedito solo agli affari, privo di passione e infastidito da Werther, gli amici ora lo descrivono come un uomo dalle spiccate virtú borghesi, ma nondimeno sensibile e innamorato. Se Werther lo giudica ingiustamente è quindi a causa dei propri limiti. Al recupero del borghese Albert corrisponde infatti un ridimensionamento sia di Werther che di Lotte, che nella seconda stesura acquistano personalità piú sfumate. Lotte cessa di personificare l'innocenza *tout court*: nella scena del canarino[9], costruita come un atto consapevole di seduzione, assume i tratti civettuoli di una damina rococò. Le aggiunte significative di alcune lettere o parti di lettere[10] mettono in luce lo stato patologico di Werther, che si isola in una cupa malinconia perdendo interesse per la vita e la natura[11].

L'aggiunta piú rilevante è indubbiamente la vicenda del giovane contadino[12] che, in preda a una passione proibita,

[8] Per uno studio accurato sulla ricezione del Werther rimandiamo a Klaus Scherpe, *«Werther» und Wertherwirkung*, Bad Homburg 1970 e a Johann Wilhelm Appel, *Werther und seine Zeit*, Oldenburg 1896.

[9] Cfr. lettera del 12 settembre.

[10] La lettera del 20 gennaio viene ampliata (cfr. nota seguente); sono aggiunte le lettere dell'8 febbraio, 16 giugno, 27 ottobre (*abends*), 22 e 26 novembre.

[11] Il passo aggiunto nella lettera del 20 gennaio mostra Werther in uno stato di accidia in cui nemmeno si alza dal letto.

[12] Se ne parla nelle lettere del 30 maggio, 4 settembre e nella sezione *L'editore al lettore*.

commette un omicidio. Questa storia parallela al destino di Werther rivela la minaccia insita nell'estrema passionalità, qualora la sua carica distruttiva si indirizzi alla società anziché implodere nel protagonista stesso.

Una revisione molto ampia quella che Goethe intraprende nel secondo libro per scongiurare il pericolo dell'emulazione e smussare le punte polemiche troppo scoperte. A questo punto vale la pena di ricordare le parole del vecchio Goethe: «È stata la prima edizione, nella sua violenta assolutezza, a fare quel grande effetto; non voglio sminuire le edizioni successive, ma in effetti sono state indebolite e regolate da influenze esterne e non hanno quella vita fresca e immediata...»

STEFANIA SBARRA

Johann Wolfgang Goethe
a proposito dei *Dolori del giovane Werther*[1]

Lettera del 26 aprile 1774 a Johann Caspar Lavater.

Proverai molta simpatia per i dolori dell'amabile giovane che rappresento. Abbiamo camminato l'uno accanto all'altro per circa sei anni senza incontrarci. E adesso ho prestato alla sua storia i miei sentimenti e cosí ne risulta un tutto meraviglioso.

Lettera del 1 giugno 1774 a Friedrich Ernst Schönborn.

Ho fatto cose nuove di ogni genere. Una storia dal titolo: *I dolori del giovane Werther*, dove rappresento un giovane che, dotato di vera penetrazione e di un sentire puro e profondo, si perde in folli sogni e si distrugge con le sue elucubrazioni, finché, per il sopraggiungere di una passione infelice e in particolare di un amore senza limiti, si spara una pallottola in testa.

Lettera dell'ottobre 1774 a Johann Christian e Charlotte Kestner.

Vi devo scrivere subito, miei cari e adirati amici, affinché mi venga dal cuore. È fatta, è pubblicato, perdonatemi se potete. Non voglio, ve ne prego, non voglio sentire nulla da parte vostra fino a che l'esito di tutta la vicenda non avrà confermato che le vostre preoccupazioni erano eccessive, e fino a che poi il vostro stesso cuore non avrà sentito nel libro con piú purezza l'innocente miscuglio di verità e menzogna.

[1] La scelta e la traduzione dei testi è a cura di Stefania Sbarra.

Lettera del 21 novembre 1774 a Johann Christian Kestner.

Non mi rimangerei Werther a costo della mia stessa vita. [...] Werther non può - non può non essere! - Voi non sentite *lui*, voi sentite solo *me* e *voi*, e quello che definite *appiccicato sopra* e che invece a dispetto vostro e di altri - vi è *intessuto dentro*.

Lettera del 7 marzo 1775 a Auguste zu Stolberg.

In futuro, se Dio vuole, voglio seppellire o trovare un posto alle mie donne e ai miei figli in un angolino, senza sbandierarlo al pubblico. Ne ho davvero abbastanza di vedere riesumare e sezionare il mio povero Werther.

Lettera del 21 novembre 1782 a Karl Ludwig von Knebel.

Ho rivisto il mio *Werther* e ne faccio scrivere un nuovo manoscritto; torna nel ventre della madre, lo vedrai dopo la sua rinascita. Visto che sono molto concentrato, mi sento in grado di affrontare un compito cosí delicato e pericoloso.

Lettera del 2 maggio 1783 a Johann Christian Kestner.

Ho ripreso il mio *Werther* in un momento di tranquillità e penso, senza toccare quello che ha fatto tanto scalpore, di renderlo ancora piú interessante. Tra l'altro volevo presentare Albert in modo tale che ne disconosca i meriti il giovane passionale, ma non il lettore. Questo produrrà l'effetto migliore e piú desiderato. Spero che ne sarete soddisfatto.

Lettera del 14 marzo 1786 a Charlotte von Stein.

Sto rivedendo il *Werther* e penso sempre che l'autore abbia fatto male a non spararsi dopo averlo scritto.

Dal «Viaggio in Italia», 2 febbraio 1788.

Qui mi importunano con le traduzioni del mio *Werther*, me le mostrano e chiedono quale sia la migliore e se la storia sia vera! È una sciagura che mi perseguiterebbe anche in India.

Friedrich von Müller, 1814. A proposito di una conversazione di Goethe con Lord Bristol il 10 giugno 1797.

Discorrendo raccontò di una strana conversazione con Lord Bristol che gli rimproverava i danni provocati dal suo *Werther*. «Quante vittime sacrificali cadono per compiacere il sistema commerciale inglese» rispose il poeta ancora piú duramente, «perché non posso avere anch'io per una volta il diritto di consacrare qualche vittima al *mio* sistema?»

Friedrich von Müller, 15 febbraio 1824. A proposito dell'incontro di Goethe e Napoleone nel 1808.

Assicurò di avere letto *I dolori di Werther* sette volte, e per dimostrarlo fece un'analisi molto penetrante di questo romanzo, insistendo però nel riscontrare in alcuni punti una mescolanza tra i motivi dell'ambizione umiliata e quelli dell'amore passionale. «Questo non è naturale e affievolisce nel lettore l'idea dell'influsso potentissimo che l'amore ha avuto su Werther. Perché l'ha fatto?»

Goethe trovò le altre motivazioni di questo rimprovero dell'imperatore cosí giuste e intelligenti che, parlandone piú tardi, le paragonava spesso alla perizia di un abile sarto che in una manica spacciata per un lavoro senza cucitura, scopre subito quella nascosta ad arte.

Lettera del 3 dicembre 1812 a Karl Friedrich Zelter dopo il suicidio di suo figlio.

Quando l'uomo è colto dal *teadium vitae* lo si può solo compiangere, non rimproverare. Che tutti i sintomi di questa singolare malattia, naturale e innaturale al contempo, abbiano sconvolto una volta anche il mio animo, lo prova il *Werther*

senza ombra di dubbio. So bene quali decisioni e fatiche mi è costato allora sfuggire alle onde della morte, cosí come piú tardi mi sono salvato a fatica da qualche naufragio, riprendendomi con difficoltà. [...] Credo che potrei scrivere un nuovo *Werther*, che piú del primo farebbe rizzare a tutti i capelli in testa.

Da «*Poesia e verità*», *libro XIII (1812-1813).*

Perciò quando giunse il momento di rappresentare quel tedio che gli uomini provano nella vita, senza che la necessità lo imponga, l'autore non poté illustrare le sue idee che usando la forma epistolare: giacché ogni forma di malinconia è un parto, una creatura della solitudine; chi le cede fugge da tutte le cose che possano contraddirla, e cosa la contraddice piú di una compagnia allegra? Il piacere di vivere degli altri è per lui uno sgradevole rimprovero e cosí, ciò che dovrebbe distrarlo da se stesso, lo rimanda nella sua interiorità. Se però vuole scrivere della propria malinconia, lo farà al meglio nella forma di una lettera: perché nessuno si contrappone direttamente a uno sfogo scritto, sia esso lieto o noioso; una risposta che contenga delle obiezioni dà però al solitario occasione per ostinarsi ancora di piú nelle sue fissazioni, un motivo per irrigidirsi ulteriormente. Le lettere di Werther, scritte in questo senso, sono di una bellezza cosí varia e diversa proprio perché i molti temi che contengono sono stati discussi in questi dialoghi immaginari con diversi individui, per essere poi rivolti nella composizione letteraria a un solo amico e interlocutore.

[...]

In una considerevole raccolta d'armi possedevo anche un prezioso pugnale ben affilato. Lo mettevo sempre vicino al letto e prima di spegnere la luce provavo, per vedere se mi riusciva, ad affondare per un paio di pollici la punta aguzza nel petto. Visto che non mi riusciva mai, finivo col ridere di me stesso, lasciavo perdere queste sciocchezze da malinconico e decidevo di vivere. Ma per poterlo fare serenamente dovevo eseguire un lavoro poetico nel quale esprimere tutto ciò che avevo provato, pensato e immaginato su questo importante argomento. Perciò raccolsi gli elementi che già da un paio d'anni si

agitavano dentro di me, ricordai quei casi che piú mi avevano oppresso e angosciato; ma nulla prendeva forma: mi mancava un avvenimento, una trama nella quale potessero prendere corpo. D'un tratto mi giunge notizia della morte di Jerusalem e, subito dopo le prime generiche voci, la piú precisa e dettagliata descrizione del fatto, e proprio in quel momento trovai il piano per il *Werther*, il tutto si coagulò in ogni sua parte diventando una massa solida, come l'acqua in un recipiente che, sul punto di ghiacciare, si trasforma, appena la si scuote, in un pezzo di ghiaccio.

[...]

La morte di Jerusalem, causata dall'infelice amore per la moglie di un amico, mi risvegliò bruscamente dai miei sogni, e siccome non mi limitavo a contemplare tranquillamente quello che era successo a lui e a me, ma ero invece violentemente scosso da quanto di simile mi stava in quel momento accadendo, non potei evitare di infondere all'opera a cui mi accingevo tutto quell'ardore che non sa distinguere tra poesia e realtà. Mi ero completamente isolato dal mondo esterno, proibendomi persino di vedere gli amici, e cosí misi da parte dentro di me tutto ciò che non era direttamente legato al mio progetto. Raccolsi invece tutti gli elementi che in qualche modo lo riguardavano, riepilogai tutti i fatti della mia vita recente che non avevo ancora usato a fini poetici. In queste circostanze, dopo tanti lunghi e segreti preparativi, scrissi il *Werther* in quattro settimane, senza che prima fosse stato concepito uno schema dell'insieme o lo svolgimento di una parte.

[...]

Siccome avevo scritto questa piccola opera quasi inconsciamente, come un sonnambulo, mi meravigliai io stesso quando lo rilessi per modificarlo e correggerlo. Pensando però che dopo un po' di tempo, esaminandolo da una certa distanza mi sarebbe venuto in mente qualcosa di utile per migliorarlo, lo feci leggere ai miei giovani amici, ai quali fece un effetto tanto piú grande quanto io, contrariamente alle mie abitudini, non ne avevo parlato né avevo rivelato le mie intenzioni a nessuno. Certo, era l'argomento che, ancora una volta, faceva impressione, e cosí il loro stato d'animo era opposto al mio: perché io, con quest'opera piú che con ogni altra, mi ero salvato da

una tempesta nella quale ero stato trascinato da una parte e dall'altra per colpa mia o di altri, per un modo di vivere scelto o casuale, di proposito o avventatamente, per ostinazione o per debolezza. Come dopo una confessione generale mi sentivo, di nuovo libero e felice, legittimato ad avere una nuova vita. Stavolta il vecchio rimedio aveva avuto un effetto eccellente. Ora che mi sentivo sollevato e rasserenato per avere trasformato la realtà in poesia, i miei amici, confondendosi, credettero di dover trasformare la poesia in realtà, imitare il romanzo e magari spararsi; e quello che all'inizio succedeva in un gruppo ristretto si verificò poi nel vasto pubblico, e questa operetta, che mi era stata tanto utile, fu diffamata e dichiarata sommamente dannosa.

Lettera del 26 marzo 1816 a Karl Friedrich Zelter in occasione della morte del figlio dell'amico.

Certo che ti è stato assegnato di nuovo un duro compito; purtroppo è sempre la solita storia, vivere a lungo significa sopravvivere a molti e alla fine non si sa nemmeno piú che cosa abbia voluto dire. Pochi giorni fa mi è capitata in mano casualmente la prima edizione del mio *Werther* e questa canzone, che dentro di me taceva da tempo, si è rifatta sentire. Non si riesce allora a capire come un uomo abbia potuto resistere per altri quarant'anni in un mondo che già nella prima giovinezza gli sembrava cosí assurdo.

Conversazione con Johann Peter Eckermann del 2 gennaio 1824.

Il discorso si spostò sul *Werther*. «Anche questa è una creatura – disse Goethe – che, come il pellicano, ho nutrito con il sangue del mio cuore. C'è cosí tanto di intimamente mio, uscitomi dal petto, cosí tanti sentimenti e pensieri da riempire un romanzo dieci volte piú lungo. Del resto, come ho detto spesso, ho riletto il libro una volta sola dopo la sua pubblicazione, e mi sono ben guardato dal rifarlo. È pieno di razzi incendiari! Mi inquieta e mi angoscia, e ho paura dello stato patologico che l'ha generato».

[...]

A dire il vero la tanto discussa epoca wertheriana, se la si guarda piú da vicino, non rientra nel corso della cultura universale, ma in quello della vita di ogni individuo dotato di una sensibilità innata e libera per la natura che deve imparare ad adattarsi e a rassegnarsi alle forme restrittive di un mondo antiquato. Felicità ostacolata, attività repressa e desideri non soddisfatti non sono i mali di un'epoca particolare, bensí di ogni singolo uomo, e sarebbe grave se una volta nella vita qualcuno non avesse un periodo nel quale il *Werther* gli appaia come se fosse stato scritto apposta per lui.

Il suicidio di Karl Wilhelm Jerusalem e la lettera di Kestner a Goethe del 2 novembre 1772

Il 30 ottobre 1772 il venticinquenne Karl Wilhelm Jerusalem, figlio del predicatore della corte di Braunschweig e segretario di legazione a Wetzlar, si uccide con un colpo di pistola alla testa. Nel tredicesimo libro di *Poesia e verità* Goethe indica nella notizia del giovane suicida la nascita del nucleo narrativo del *Werther*. Tra il 6 e il 10 novembre Goethe si trova a Wetzlar con l'amico Schlosser per raccogliere informazioni su questo fatto di cronaca attorno al quale si dovrà sviluppare la finzione letteraria del giovane scrittore. L'impulso decisivo per la stesura del romanzo arriva con la lettera che Kestner scrive a Goethe il 2 novembre: il suicidio di Jerusalem, che ha sconvolto la vita tranquilla di una cittadina di provincia, è qui raccontato con dovizia di particolari che Goethe userà per concludere la sua opera. Le ultime pagine dell'editore al lettore sono infatti una trascrizione quasi integrale del resoconto di Kestner che lo scrittore inserisce nel romanzo come un verbale di polizia o una perizia specialistica, senza inventare altri dettagli o aggiungere alcun commento. Goethe, per creare il suo personaggio fin dalle prime pagine del romanzo, si serve anche di alcuni passi iniziali della lettera dell'amico che illustrano il carattere di Jerusalem. È evidente che le affinità tra il giovane segretario e Werther ridimensionano notevolmente

una lettura dell'opera in chiave autobiografica. Infatti, come Werther, Jerusalem ha pessimi rapporti con il suo ambasciatore e si innamora della moglie di un collega. Riportiamo ora il passo in cui Kestner descrive la personalità del giovane suicida, che ispirerà poi quella di Werther:

«Evitava sempre la compagnia di altre persone, i passatempi e gli svaghi, amava passeggiare da solo al chiaro di luna, camminava spesso per miglia e miglia, e si abbandonava al suo cattivo umore e a un amore senza speranze. Tutto questo è già sufficiente per provocare le conseguenze che poi abbiamo visto. Una notte si era perduto in un bosco, incontrò infine dei contadini che gli indicarono la strada e arrivò a casa alle due del mattino.

Intanto si teneva dentro tutto il suo affanno, senza parlarne o spiegarne le cause nemmeno agli amici.

[...]

Leggeva molti romanzi, a sentire lui non ce n'era uno che non avesse letto. Le sue tragedie preferite erano le piú tremende. Leggeva inoltre appassionatamente opere filosofiche, rimuginando poi sul loro contenuto. Ha anche scritto diversi saggi filosofici che Kielmansegg ha letto, trovandovi delle idee molto divergenti dalla morale corrente; tra le altre c'era anche un'opera particolare in difesa del suicidio. Si lamentava spesso con Kielmansegg dei limiti angusti posti all'intelletto degli uomini, o perlomeno al suo. Riusciva a essere molto triste quando parlava di tutto quello che voleva conoscere e di ciò che invece gli era impossibile sondare, ecc. (Ho saputo di questo particolare solo di recente, e mi pare che spieghi gran parte del cattivo umore e della malinconia che gli si leggevano in faccia; una circostanza che gli fa onore e che ai miei occhi sembra nobilitare il suo atto estremo). Il *Fedone* di Mendelssohn era la sua lettura preferita, ma non era mai stato soddisfatto di come trattava la materia del suicidio; bisogna poi aggiungere che lo riteneva un atto lecito anche nella certezza, da lui stesso condivisa, dell'immortalità dell'anima...»

Le opere filosofiche di Jerusalem saranno pubblicate da Lessing nel 1776 come *Philosophische Aufsätze* (*Saggi filosofici*).

Una di queste, la cui prima parte è intitolata *Von der Freyheit* (*Sulla libertà*), compare sulla scena del suicidio. Tratta della libertà morale, e Kestner la sfoglia per vedere se ci sono dei legami tra questi pensieri e il suicidio, ma non ne trova. Goethe, nella sua trascrizione, omette questo particolare. Un'ulteriore omissione molto significativa riguarda il funerale di Werther: l'assenza di una prospettiva di redenzione in senso cristiano porta lo scrittore a omettere la frase «das Kreuz ward voraus getragen» (lo precedeva la croce), ma a conservare «nessun prete l'ha accompagnato» (cfr. p. 286). Ecco come Kestner descrive le ultime ore e la morte di Jerusalem:

«A mezzogiorno mangia a casa, ma poco, solo un po' di minestra. All'una manda un biglietto a me e uno al suo ambasciatore, pregandolo di inviargli il suo denaro per questo mese (o il prossimo). Il domestico viene da me. Non sono in casa, e nemmeno il mio domestico. Nel frattempo Jerusalem è uscito, rientra alle tre meno un quarto, il domestico gli restituisce il biglietto. Gli chiede perché non l'ha lasciato a qualcuno in casa mia, magari alla domestica. Risposta: siccome era aperto e non sigillato aveva preferito non farlo. E Jerusalem: non aveva alcuna importanza, lo poteva leggere chiunque, gli ordinò di tornare indietro e consegnarlo. Cosí il domestico si sentí autorizzato a leggerlo, lo legge e poi me lo manda tramite un ragazzo che fa servizio in casa. Intanto ero rientrato, dovevano essere le quattro meno un quarto quando ricevetti il biglietto:

"Posso pregare Vostra Signoria di prestarmi le Sue pistole per un viaggio imminente? J."

Siccome non sapevo nulla di quanto raccontato in precedenza sui suoi principî, non avendolo mai frequentato molto, non ebbi la benché minima esitazione a mandargli le pistole.

Il domestico aveva letto nel biglietto che il suo padrone voleva partire – gliel'aveva anche detto, aveva disposto ogni cosa, aveva chiamato persino il parrucchiere per il viaggio previsto per la mattina dopo alle sei, senza che il domestico sapesse per dove, con chi e in quale modo. Visto però che Jerusalem si era sempre occupato delle proprie iniziative tenendolo troppo all'oscuro di tutto, non si insospettí affatto. Pensava tuttavia

tra sé e sé: "Che il mio padrone voglia recarsi in segreto a Braunschweig e lasciarmi qui? ecc." Dovette portare le pistole dall'armaiolo e farle caricare.

Jerusalem trascorse tutto il pomeriggio sbrigando per conto suo delle faccende: rovistò tra le carte, scrisse, camminando spesso su e giú per la stanza nervosamente, come si poteva sentire al piano di sotto. È anche uscito piú volte, ha saldato i suoi piccoli debiti, dove non ha fatto mettere gli acquisti sul suo conto ha pagato, aveva preso a credito un paio di polsini e detto al domestico che non gli piacevano e di riportarli al negoziante; nel caso questi non li avesse ripresi di buon grado, ecco il denaro, che poi il negoziante ha preferito prendere.

Alle sette circa arrivò il maestro di lingua italiana. Lo trovò inquieto e di cattivo umore. Lamentava il riacutizzarsi della sua ipocondria e altro ancora; disse anche che la cosa migliore era lasciare questo mondo. L'italiano cercò di persuaderlo della necessità di soffocare simili passioni con la filosofia ecc. Jerusalem disse che non era cosí semplice, che oggi preferiva restare solo e lo pregò di andarsene. L'italiano gli raccomandò di vedere della gente, distrarsi, e cosí via. Jerusalem rispose che sarebbe uscito ancora. L'italiano, che aveva anche visto le pistole sul tavolo, si preoccupa di quello che può succedere, se ne va alle otto e mezzo da Kielmannsegg, non parla che di Jerusalem, della sua inquietudine e del malumore, senza però accennare alla sua preoccupazione per timore di essere deriso.

Il domestico va da Jerusalem per togliergli gli stivali. Questi però dice che uscirà ancora; cosa che ha poi davvero fatto, andando per la *Silbertor* nella *Starke Weide* e poi nella viuzza dove, con il cappello premuto sugli occhi, è passato rapidamente davanti a diverse persone senza guardare nessuno. Verso quest'ora lo si è anche visto a lungo presso il fiume in una posizione tale da far pensare che ci si volesse gettare (cosí dicono).

Torna a casa prima delle nove e dice al domestico di mettere ancora legna nella stufa perché non andrà a letto subito, deve anche sistemare tutto per la mattina alle sei, e si fa pure portare mezzo litro di vino. Il domestico, per essere a disposizione molto presto, visto che il suo padrone è sempre stato molto preciso, va a letto vestito.

Una volta sola, sembra che Jerusalem abbia preparato tutto

per l'orribile atto. Ha strappato l'intera corrispondenza gettandola sotto la scrivania, come ho visto io stesso. Ha scritto due lettere, una ai suoi parenti, l'altra a Herd; si dice che ce ne fosse un'altra per l'ambasciatore Höffler che forse l'ha fatta sparire. Erano sulla scrivania. La prima, letta dal medico la mattina dopo, conteneva soltanto quanto segue, come mi ha riferito il dottor Held che l'ha letta:

"Caro padre, cara madre, care sorelle e cari cognati, perdonate vostro figlio e fratello infelice; Dio, Dio vi benedica!"

Nella seconda ha chiesto perdono a Herd per aver disturbato la serenità e la felicità del suo matrimonio e provocato discordia in quella amata coppia ecc. All'inizio la sua inclinazione per sua moglie – cosí scrive – è stata solamente una virtú. Nella vita eterna egli spera comunque di poterle dare un bacio ecc. La lettera doveva consistere in tre fogli e concludersi cosí: "Ore una. Nell'altra vita ci rivedremo". (Presumibilmente si è sparato subito dopo aver finito di scrivere questa lettera).

Queste informazioni approssimative mi giungono da una persona che le ha avute in confidenza dall'ambasciatore Höffler, che ne deduce una condotta con la donna davvero deplorevole. Solo che non ci voleva molto per disturbare la tranquillità di Herd e provocare discordia. L'ambasciatore, mi sembra, cerca anche di spostare l'attenzione da sé portandola su questa vicenda amorosa, visto che le noie da lui procurate a Jerusalem hanno contribuito a determinare la sua decisione, tanto piú che l'ambasciatore ha fatto piú volte domanda affinché Jerusalem fosse richiamato dal suo ufficio, e pare che recentemente gli abbia causato dei pesanti rimproveri da parte della corte. Invece il principe ereditario di Braunschweig, che gli era affezionato, gli ha scritto poco tempo fa esortandolo a pazientare ancora un po', invitandolo a scrivergli se avesse avuto bisogno di soldi, senza rivolgersi al duca, suo padre.

Dopo questi preparativi, attorno all'una, si è sparato alla testa sopra l'occhio destro. Non si trova il proiettile da nessuna parte. Nessuno in casa ha sentito il colpo; a parte il padre francescano Guardian che ha anche visto il bagliore della polvere da sparo e, visto che è tornato il silenzio, non ha dato troppa importanza alla cosa. Il domestico la notte prima aveva dormi-

to poco e inoltre la sua stanza è da tutt'altra parte, verso il retro, come pure le camere delle altre persone che in casa dormono di sotto.

Pare che sia successo mentre sedeva nella poltrona davanti alla scrivania. Lo schienale era sporco di sangue, anche i braccioli. Poi è scivolato giú dalla poltrona, per terra c'era ancora molto sangue. Sul pavimento deve essersi rigirato nel sangue; appena accanto alla poltrona c'era una grande macchia di sangue; anche il panciotto era sporco di sangue sul petto; sembra che giacesse col viso a terra; poi, girando attorno alla poltrona, è arrivato vicino alla finestra, dove c'era pure molto sangue, ed è rimasto riverso esanime sulla schiena. (Era completamente vestito, indossava gli stivali e un frac azzurro con panciotto giallo).

La mattina alle sei il domestico entra nella stanza del suo padrone per svegliarlo; il lume si era spento, era buio, vede Jerusalem giacere per terra, si accorge che c'è del bagnato e pensa che abbia vomitato; ma vede la pistola sul pavimento, poi il sangue e grida: "Mio Dio, signor Assessore, che cosa avete fatto?" Lo scuote, non risponde, continua solo a rantolare. Corre a chiamare medici e chirurghi. Arrivano, ma non è possibile salvarlo. Il dottor Held mi racconta che quando è arrivato giaceva per terra, il polso batteva ancora; ma non c'era niente da fare. Tutte le membra erano come paralizzate perché il cervello era stato leso ed era anche fuoriuscito; inutilmente gli ha aperto una vena del braccio, per farlo ha dovuto tenergli il braccio rilassato, il sangue scorreva ancora. Non ha fatto altro che riprendere fiato perché il sangue circolava ancora nei polmoni, che quindi continuavano a funzionare.

La notizia di questo fatto si diffuse rapidamente; l'intera città si trovava in uno stato di spavento e agitazione. Lo venni a sapere soltanto alle nove, mi vennero in mente le mie pistole e non ho ricordo di uno spavento piú grande negli ultimi tempi. Mi vestii e andai da lui. Era sul letto, la fronte coperta, il viso già quello di un morto, non si muoveva piú, solo i polmoni si muovevano ancora e rantolava orribilmente, ora debolmente, ora piú forte, si attendeva la sua morte.

Del vino aveva bevuto solo un bicchiere. Sparsi qua e là c'erano dei libri e alcuni saggi di sua mano. *Emilia Galotti* era

aperta sul leggio alla finestra; accanto un manoscritto in quarto, spesso piú o meno come un dito, dal contenuto filosofico, la prima parte o lettera era intitolata *Sulla libertà*, e trattava della libertà morale. Lo sfogliai per vedere se il contenuto fosse in relazione con il suo atto estremo, ma non trovai nulla; ero però talmente commosso e costernato che non ricordo niente, nemmeno su quale scena fosse aperta l'*Emilia Galotti* nonostante avessi controllato attentamente.

Morí verso mezzogiorno. La sera fu sepolto alle undici meno un quarto nel cimitero comune (senza essere anatomizzato, perché si temevano degli interventi nei diritti legatizi da parte del distretto del maresciallo del regno) in silenzio, con dodici lanterne e alcuni accompagnatori; lo hanno portato a spalla degli apprendisti barbieri; lo precedeva la croce; nessun prete l'ha accompagnato.

L'impressione che questa vicenda ha provocato sull'animo di tutti ha qualcosa di piuttosto eccezionale. Alcuni che l'hanno visto a malapena una volta sola non riescono a darsi pace; molti non dormono piú da allora; in particolare le donne provano una grande compassione per il suo destino; era molto cortese con loro e il suo aspetto poteva piacere ecc.

Wetzlar, 2 novembre 1772».

Bibliografia

Edizioni principali dell'opera goethiana

Goethes Werke, herausgegeben im Auftrage der Großherzogin Sophie von Sachsen, Weimar 1887, edizione su licenza, Tokyo - Tübingen 1975; riproduzione anastatica München 1987.

J. W. von Goethe, *Gedenkausgabe der Werke, Briefe und Gespräche*, a cura di E. Beutler, Zürich 1948-71.

H. Fischer - Lamberg (a cura di), *Der junge Goethe*, nuova edizione in 5 voll., Berlin 1963-73.

E. Trunz (a cura di), *Goethes Werke*, 14 voll., München 1981.

J. W. von Goethe, *Sämtliche Werke*, a cura di K. Richter, München 1985.

J. W. von Goethe, *Sämtliche Werke, Briefe, Tagebücher und Gespräche*, Frankfurt am Main 1987.

Principali traduzioni italiane dei «Dolori del giovane Werther»

L. Graziani (a cura di), Firenze 1922; G. A. Borgese, Milano 1930; O. Ferrari, Milano 1949; P. Bianconi, Milano 1952; R. Ferrari, Milano 1958; G. V. Amoretti (a cura di), Torino 1961; A. Sabatini e A. M. Pozzan (a cura di), Roma 1962; A. Spaini, Torino 1962; A. Busi, Milano 1967; M. Fancelli (a cura di), *Werther, Prima stesura*, Milano 1979; A. G. Sabatini e A. M. Pozzan (a cura di), Roma 1993; S. Marini, Milano 1996.

Studi

J. W. Appell, *Werther und seine Zeit*, Leipzig 1855.

E. Schmidt, *Richardson, Rousseau und Goethe*, Jena 1875.

J. Voisine, *Des «délices du sentiment» au «roman de formation». L'influence de la «Nouvelle Héloïse» sur la génération de «Werther»*. In «Etudes Germaniques», 5, 1950.

G. Fittbogen, *Die Charaktere in den beiden Fassungen von Werthers Leiden* in «Euphorion», 17, 1910.

H. Glöel, *Goethes Wetzlarer Zeit*, Berlin 1911.

P. Kluckhohn, *Die Auffassung der Liebe in der Literatur des 18. Jahrhunderts und in der deutschen Romantik*, Halle 1922.

K. Pieper, *Werther und Jacopo Ortis*, in «Archiv für das Studium der neueren Sprachen und Literaturen», vol. 148, 1925.

W. Rehm, *Der Todesgedanke in der deutschen Dichtung*, Halle 1928.

G. A. Borghese, *Leopardi wertheriano e l'Omero di Ugo Foscolo*, in *Mélanges d'Histoire Littéraire offerts à F. Baldensperger*, tom I, Paris 1930.

I. Bickelmann, *Goethes «Werther» im Urteil des 19. Jahrhunderts. 1830-1880*, Gelnhausen 1937, Diss. Frankfurt am Main 1937.

E. Beutler, *Wertherfragen*, in «Goethe. Vierteljahrsschrift der Goethegesellschaft», 5, 1940.

W. Kayser, *Die Entstehung von Goethes «Werther»*, in «Deutsche Vierteljahrsschrift für Literaturwissenschaft und Geistesgeschichte», 19, 1941.

E. Trunz, *Seelische Kultur*, in «Deutsche Vierteljahrsschrift für Literaturwissenschaft und Geistesgeschichte», 24, 1950.

E. Staiger, *Goethe*, vol. I, Zürich-Freiburg 1952.

T. Mann, *Goethes «Werther»*, in *Mann, Altes und Neues*, Frankfurt am Main 1953.

L. Mittner, *Il «Werther», romanzo antiwertheriano* in *La letteratura tedesca del Novecento*, Torino 1960, pp. 44-90.

K. R. Eissler, *Goethe. A Psychoanalytic Study. 1775-1786*, Detroit 1963.

G. Baioni. *Classicismo e Rivoluzione. Goethe e la rivoluzione francese*, Napoli 1969.

K. R. Scherpe, *Werther und Wertherwirkung. Zum Syndrom bürgerlicher Gesellschaftsordnung im 18. Jahrhundert*, Bad Homburg, Berlin, Zürich 1970.

L. Mittner, *Storia della letteratura tedesca. Dal pietismo al romanticismo (1700-1820)*, Torino 1971.

M. Freschi, *Il «Werther» e la crisi dello Sturm und Drang*, Roma 1972.

G. Manacorda, *Materialismo e masochismo. Il «Werther», Foscolo e Leopardi*, Firenze 1973.

G. Bevilacqua, *Bicentenario del «Werther»*, in «Rivista di Letterature moderne e comparate», XXVIII, 4, dicembre 1975.

E. A. Blackall, *Goethe and the Novel*, Cornell University Press, Ithaca-New York 1976.

R. C. Zimmermann, *Das Weltbild des jungen Goethes*, München 1979.

M. Fancelli, *Introduzione a Werther. Prima stesura*, Milano 1979.

H. Flaschka, *Goethes Werther. Werkkontextuelle Deskription und Analyse*, München 1987.

G. Baioni, *Il giovane Goethe*, Torino 1996.

Die Leiden des jungen Werther
I dolori del giovane Werther

Was ich von der Geschichte des armen Werther nur habe auffinden können, habe ich mit Fleiß gesammelt und lege es euch hier vor, und weiß, daß ihr mir's danken werdet. Ihr könnt seinem Geist und seinem Charakter eure Bewunderung und Liebe, seinem Schicksale eure Tränen nicht versagen.

Und du gute Seele, die du eben den Drang fühlst wie er, schöpfe Trost aus seinem Leiden, und laß das Büchlein deinen Freund sein, wenn du aus Geschick oder eigener Schuld keinen nähern finden kannst.

Tutto quello che ho potuto scoprire della storia del povero Werther, l'ho raccolto con cura, ed ora ve lo presento e so che me ne sarete grati. Non potrete negare la vostra ammirazione e il vostro amore al suo spirito e al suo carattere, né le vostre lacrime al suo destino.

E tu, anima cara, che provi le sue stesse angosce, cerca conforto nei suoi dolori e fa' di questo libretto il tuo amico, se per colpa della sorte o per colpa tua non sei riuscito a trovarne uno migliore.

Erstes Buch

Am 4. Mai 1771.

Wie froh bin ich, daß ich weg bin! Bester Freund, was ist das Herz des Menschen! Dich zu verlassen, den ich so liebe, von dem ich unzertrennlich war, und froh zu sein! Ich weiß, du verzeihst mir's. Waren nicht meine übrigen Verbindungen recht ausgesucht vom Schicksal, um ein Herz wie das meine zu ängstigen? Die arme Leonore! Und doch war ich unschuldig. Konnt' ich dafür, daß, während die eigensinnigen[1] Reize ihrer Schwester mir eine angenehme Unterhaltung verschafften, daß eine Leidenschaft in dem armen Herzen sich bildete? Und doch – bin ich ganz unschuldig? Hab' ich nicht ihre Empfindungen genährt? hab' ich mich nicht an den ganz wahren Ausdrücken der Natur, die uns so oft zu lachen machten, so wenig lächerlich sie waren, selbst ergetzt? hab' ich nicht – O was ist der Mensch, daß er über sich klagen darf! Ich will, lieber Freund, ich verspreche dir's, ich will mich bessern, will nicht mehr ein bißchen Übel, das uns das Schicksal vorlegt, wiederkäuen, wie ich's immer getan habe; ich will das Gegenwärtige genießen, und das Vergangene soll mir vergangen sein. Gewiß, du hast recht, Bester, der Schmerzen wären minder unter den Menschen, wenn sie nicht – Gott weiß, warum sie so gemacht sind! – mit so viel Emsigkeit der Einbildungskraft sich beschäftigten, die Erinnerungen des vergangenen Übels zurückzurufen, eher als eine gleichgültige Gegenwart zu ertragen.

Du bist so gut, meiner Mutter zu sagen, daß ich ihr Geschäft bestens betreiben und ihr ehstens Nachricht davon ge-

[1] L'aggettivo *eigensinnig*, qui nel senso di 'volubile', 'capriccioso' (*kapriziös*, *launenhaft*), oggi significa solo 'caparbio', 'ostinato'.

Libro primo

4 maggio 1771.

Come sono felice di essere partito! Mio ottimo amico, che cosa è mai il cuore dell'uomo? Abbandonare te, che amo tanto e da cui ero inseparabile, ed esser felice! Ma so che mi perdonerai. Non pareva forse che il destino avesse scelto apposta tutte le mie relazioni, per angosciare un cuore come il mio? Povera Leonore! Eppure ero innocente. Era forse colpa mia, se, mentre le volubili grazie della sorella mi procuravano un piacevole passatempo, la passione intanto nasceva nel suo povero cuore? E tuttavia – sono davvero innocente? Non sono stato io forse a nutrire i suoi sentimenti? Non sono stato io a deliziarmi delle spontanee manifestazioni della sua natura, di cui si rideva, sebbene fossero tutt'altro che ridicole? Non ho forse... Oh, cosa è mai il cuore dell'uomo che è sempre insoddisfatto di se medesimo! Voglio correggermi, amico mio, te lo prometto, voglio correggermi, non voglio piú stare a rimuginare quel po' di male mandatomi dal destino, come ho fatto finora; voglio godere il presente, e sia passato il passato. Certo, tu hai ragione, mio caro, vi sarebbero molto meno dolori fra gli uomini se essi non impiegassero tanta fantasia – e Dio sa perché sono fatti cosí – per richiamare alla memoria i mali passati piuttosto che sopportare un presente banale e indifferente.

Sii cosí buono da dire a mia madre che mi occuperò meglio che posso dei suoi affari e gliene darò al piú presto notizia. Ho

ben werde. Ich habe meine Tante gesprochen und bei weitem das böse Weib nicht gefunden, das man bei uns aus ihr macht. Sie ist eine muntere, heftige Frau von dem besten Herzen. Ich erklärte ihr meiner Mutter Beschwerden über den zurückgehaltenen Erbschaftsanteil; sie sagte mir ihre Gründe, Ursachen und die Bedingungen, unter welchen sie bereit wäre, alles herauszugeben, und mehr als wir verlangten – Kurz, ich mag jetzt nichts davon schreiben, sage meiner Mutter, es werde alles gut gehen. Und ich habe, mein Lieber, wieder bei diesem kleinen Geschäft gefunden, daß Mißverständnisse und Trägheit vielleicht mehr Irrungen in der Welt machen als List und Bosheit. Wenigstens sind die beiden letzteren gewiß seltener.

Übrigens befinde ich mich hier gar wohl. Die Einsamkeit ist meinem Herzen köstlicher Balsam in dieser paradiesischen Gegend, und diese Jahrszeit der Jugend wärmt mit aller Fülle mein oft schauderndes Herz. Jeder Baum, jede Hecke ist ein Strauß von Blüten, und man möchte zum Maienkäfer werden, um in dem Meer von Wohlgerüchen herumschweben und alle seine Nahrung darin finden zu können.

Die Stadt selbst ist unangenehm, dagegen rings umher eine unaussprechliche Schönheit der Natur. Das bewog den verstorbenen Grafen von M..., einen Garten auf einem der Hügel anzulegen, die mit der schönsten Mannigfaltigkeit sich kreuzen und die lieblichsten Täler bilden. Der Garten ist einfach, und man fühlt gleich bei dem Eintritte, daß nicht ein wissenschaftlicher Gärtner, sondern ein fühlendes Herz den Plan gezeichnet, das seiner selbst hier genießen wollte. Schon manche Träne hab' ich dem Abgeschiedenen in dem verfallenen Kabinettchen geweint, das sein Lieblingsplätzchen war und auch meines ist. Bald werde ich Herr vom Garten sein; der Gärtner ist mir zugetan, nur seit den paar Tagen, und er wird sich nicht übel dabei befinden.

parlato con la zia e a dire il vero non ho affatto trovato in lei quella megera che ci si figura a casa nostra. È una donna energica e piena di vita e ha un ottimo cuore. Le ho spiegato le rimostranze di mia madre per la parte dell'eredità che si è trattenuta; lei mi ha detto gli scopi e le ragioni che aveva, e le condizioni alle quali sarebbe disposta a darci tutto, e anche piú di quello che noi chiedevamo – insomma, ora non ho voglia di dilungarmi, di' a mia madre che tutto andrà bene. Quanto a me, mio caro, mi sono nuovamente accorto in questa meschina faccenda che a questo mondo i malintesi e l'indolenza producono piú confusione che la cattiveria e la malafede. Queste almeno sono certamente molto piú rare.

Per il resto qui mi trovo molto bene, la solitudine in questo luogo paradisiaco è un balsamo prezioso per il mio cuore, e la giovane stagione riempie di calore il mio cuore che troppo spesso rabbrividisce. Ogni albero, ogni siepe è un mazzo di fiori e vorrei essere un maggiolino per volare in mezzo a questo mare di profumi e coglierví il mio nutrimento.

La città stessa non è per nulla piacevole, nei dintorni invece la natura è di una bellezza indicibile. Per questo il defunto Conte von M. fece trasformare in un giardino una delle colline che si incrociano qui intorno nei modi piú svariati e piú belli formando le valli piú deliziose. Il giardino è semplice e appena entrati ci si accorge che non è stato un giardiniere dalla mente scientifica a farne il disegno, ma un cuore sensibile che voleva godervi la propria solitudine. Ho già pianto qualche lacrima[1] alla memoria del defunto nel piccolo padiglione ormai quasi in rovina che era il suo posto favorito e ora è il mio. Presto sarò il vero padrone di questo giardino; già in questi pochi giorni il giardiniere mi si è molto affezionato e non se ne troverà male.

[1] Le lacrime di commozione per un defunto sconosciuto s'inscrivono nella temperie sentimentale dell'*Empfindsamkeit*, che coltiva sentimenti virtuosi in una cerchia di anime elette unite da un'amicizia, destinata a durare oltre la morte e fondata sulla comune capacità di sentire in modo sublime. Werther può cosí commuoversi per il conte von M... perché ha riconosciuto nel giardino all'inglese, allora di moda contro la razionale geometricità del giardino alla francese, l'opera di un *fühlendes Herz* affine al suo. Il giardino all'inglese riproduce un paesaggio naturale nel quale è in apparenza assente l'intervento di una razionalità organizzatrice.

Am 10. Mai.

Eine wunderbare Heiterkeit hat meine ganze Seele eingenommen, gleich den süßen Frühlingsmorgen, die ich mit ganzem Herzen genieße. Ich bin allein und freue mich meines Lebens in dieser Gegend, die für solche Seelen geschaffen ist wie die meine. Ich bin so glücklich, mein Bester, so ganz in dem Gefühle von ruhigem Dasein versunken, daß meine Kunst darunter leidet. Ich könnte jetzt nicht zeichnen, nicht einen Strich, und bin nie ein größerer Maler gewesen als in diesen Augenblicken. Wenn das liebe Tal um mich dampft, und die hohe Sonne an der Oberfläche der undurchdringlichen Finsternis meines Waldes ruht, und nur einzelne Strahlen sich in das innere Heiligtum stehlen, ich dann im hohen Grase am fallenden Bache liege, und näher an der Erde tausend mannigfaltige Gräschen mir merkwürdig werden; wenn ich das Wimmeln der kleinen Welt zwischen Halmen, die unzähligen, unergründlichen Gestalten der Würmchen, der Mückchen näher an meinem Herzen fühle, und fühle die Gegenwart des Allmächtigen, der uns nach seinem Bilde schuf, das Wehen des Alliebenden, der uns in ewiger Wonne schwebend trägt und erhält; mein Freund! wenn's dann um meine Augen dämmert, und die Welt um mich her und der Himmel ganz in meiner Seele ruhn wie die Gestalt einer Geliebten – dann sehne ich mich oft und denke: Ach könntest du das wieder ausdrücken, könntest du dem Papiere das einhauchen, was so voll, so warm in dir lebt, daß es würde der Spiegel deiner Seele, wie deine Seele ist der Spiegel des unendlichen Gottes! – Mein Freund – Aber ich gehe darüber zugrunde, ich erliege unter der Gewalt der Herrlichkeit dieser Erscheinungen.

Am 12. Mai.

Ich weiß nicht, ob täuschende Geister um diese Gegend schweben, oder ob die warme, himmlische Phantasie in meinem Herzen ist, die mir alles rings umher so paradiesisch macht. Da ist gleich vor dem Orte ein Brunnen, ein Brunnen,

10 maggio.

Una meravigliosa serenità, simile a questo dolce mattino di primavera, mi è scesa nell'anima e io ne godo con tutto il mio cuore. Sono solo e sono lieto di essere vivo in questo luogo creato per anime come la mia. Sono cosí felice, mio caro, cosí perduto nel senso di questa serena esistenza che la mia arte ne soffre. Ora non saprei disegnare nemmeno una linea, eppure non sono mai stato un pittore cosí grande come in questi momenti. Quando la bella valle effonde intorno a me i suoi vapori e il sole alto investe l'impenetrabile tenebra di questo bosco e solo qua e là qualche raggio riesce a penetrare in questo sacrario, e io mi stendo nell'erba alta accanto al torrente e, cosí vicino alla terra, scopro le piante piú diverse e piú singolari; quando sento vicino al mio cuore il brulichio del piccolo mondo in mezzo agli steli, le innumerevoli, incomprensibili figure dei bruchi e degli insetti e sento la presenza dell'Onnipotente che ci ha creati secondo la Sua immagine, l'alito del Supremo Amore che ci porta e ci sostiene in un'eterna beatitudine; quando, oh, amico mio!, i miei occhi si smarriscono in questa vertigine e l'universo e il cielo riposano nella mia anima come la figura di una donna amata, io provo allora l'angoscia di un desiderio e penso: oh, se tu potessi esprimere tutto questo, se potessi effondere sulla carta lo spirito di ciò che in te vive con tanta pienezza e con tanto calore, in modo da farne lo specchio della tua anima, come la tua anima è lo specchio del Dio infinito! Amico mio, io mi sento morire e soccombo alla forza e alla magnificenza di queste immagini!

12 maggio.

Non so se vi siano in questo luogo spiriti folletti o se non sia la calda, celestiale fantasia del mio cuore che mi fa apparire cosí paradisiaco tutto quello che trovo qui intorno. C'è per esempio, subito fuori del paese, una fontana, una fontana che

an den ich gebannt bin wie Melusine mit ihren Schwestern. – Du gehst einen kleinen Hügel hinunter und findest dich vor einem Gewölbe, da wohl zwanzig Stufen hinabgehen, wo unten das klarste Wasser aus Marmorfelsen quillt. Die kleine Mauer, die oben umher die Einfassung macht, die hohen Bäume, die den Platz rings umher bedecken, die Kühle des Orts; das hat alles so was Anzügliches[2], was Schauerliches. Es vergeht kein Tag, daß ich nicht eine Stunde da sitze. Da kommen dann die Mädchen aus der Stadt und holen Wasser, das harmloseste Geschäft und das nötigste, das ehemals die Töchter der Könige selbst verrichteten. Wenn ich da sitze, so lebt die patriarchalische Idee so lebhaft um mich, wie sie, alle die Altväter, am Brunnen Bekanntschaft machen und freien, und wie um die Brunnen und Quellen wohltätige Geister schweben. O der muß nie nach einer schweren Sommertagswanderung sich an des Brunnens Kühle gelabt haben, der das nicht mitempfinden kann.

Am 13. Mai.

Du fragst, ob du mir meine Bücher schicken sollst? – Lieber, ich bitte dich um Gottes willen, laß mir sie vom Halse! Ich will nicht mehr geleitet, ermuntert, angefeuert sein, braust dieses Herz doch genug aus sich selbst; ich brauche Wiegengesang, und den habe ich in seiner Fülle gefunden in meinem Homer. Wie oft lull' ich mein empörtes Blut zur Ruhe, denn so ungleich, so unstet hast du nichts gesehn als dieses Herz.

[2] Forma antiquata per *anziehend*, 'attraente', 'affascinante'. Oggi *anzüglich* significa 'insinuante', 'indecente'.

mi ha incantato, cosí come incantò Melusina[2] e le sue sorelle. – Tu scendi giú per una collinetta e ti trovi davanti a una volta nella quale discendono circa venti gradini e dove da alcune rocce di marmo zampilla un'acqua purissima. Il piccolo muro che in cima forma il parapetto, gli alti alberi che circondano e ricoprono tutto, la freschezza del luogo, tutto ha qualcosa che ti fa paura e ti affascina. Non passa giorno che non trascorra almeno un'ora laggiú. Vengono allora le ragazze dalla città ad attingere acqua, questa innocentissima fra tutte le occupazioni e insieme la piú necessaria, che una volta non disdegnavano le stesse figlie dei re. Mentre sto là seduto rivive in me il mondo dei patriarchi, quando presso le fontane ci si conosceva e si cercava una sposa e quando su fonti e sorgenti indugiavano gli spiriti benefici. Oh, non deve essersi mai ristorato alla freschezza di una fonte dopo una marcia faticosa in una giornata estiva, chi non è capace di simili sentimenti.

13 maggio.

Mi chiedi se devi mandarmi i miei libri. – Ti prego per l'amor di Dio, mio caro, risparmiami! Non voglio piú essere guidato, stimolato, eccitato; questo mio cuore è già abbastanza inquieto. Ho bisogno piuttosto delle nenie dell'infanzia e tante ne ho trovate nel mio Omero[3]. Quante volte devo placare il mio sangue agitato, poiché certamente tu non hai mai visto nulla di piú incostante e mutevole di questo mio cuore. Mio

[2] Melusina è una figura della tradizione favolistica francese che compare nel *Roman de Mélusine* di Jean d'Arras, composto tra il 1387 ed il 1394. In seguito a una maledizione Melusina è destinata a trasformarsi ogni sabato in serpente dalla vita in giú. È sposa felice di Raimondino fino al giorno in cui questi, rompendo la promessa di non vederla il sabato, assiste alla sua metamorfosi provocandone la scomparsa in forma di serpente alato. Già nel 1771 Goethe raccontava la fiaba di Melusina a Friederike Brion, l'innamorata di Sesenheim, ma scrisse solo molto piú tardi *Die neue Melusine* (*La nuova Melusina*) che pubblicò prima in due parti nel *Taschenbuch für Damen* (*Diario delle dame*) nel 1817 e 1819 e inserí poi nel terzo libro dei *Wanderjahre* (*Gli anni di pellegrinaggio di Wilhelm Meister*).

[3] La prima parte del romanzo è caratterizzata dalla presenza di Omero che nella seconda parte sarà sostituito da Ossian. Il mondo omerico evoca la semplicità, la naturalezza e la serenità di una lontana età patriarcale alla quale Werther, l'uomo del mondo moderno, guarda per sedare il tumulto delle sue instabili passioni.

Lieber! brauch' ich dir das zu sagen, der du so oft die Last getragen hast, mich vom Kummer zur Ausschweifung und von süßer Melancholie zur verderblichen Leidenschaft übergehen zu sehn? Auch halte ich mein Herzchen wie ein krankes Kind; jeder Wille wird ihm gestattet. Sage das nicht weiter; es gibt Leute, die mir es verübeln würden.

Am 15. Mai.

Die geringen Leute des Ortes kennen mich schon und lieben mich, besonders die Kinder. Eine traurige Bemerkung hab' ich gemacht. Wie ich im Anfange mich zu ihnen gesellte, sie freundschaftlich fragte über dies und das, glaubten einige, ich wollte ihrer spotten[3], und fertigten mich wohl gar grob ab. Ich ließ mich das nicht verdrießen; nur fühlte ich, was ich schon oft bemerkt habe, auf das lebhafteste: Leute von einigem Stande werden sich immer in kalter Entfernung vom gemeinen Volke halten, als glaubten sie durch Annäherung zu verlieren; und dann gibt's Flüchtlinge[4] und üble Spaßvögel, die sich herabzulassen scheinen, um ihren Übermut dem armen Volke desto empfindlicher zu machen.

Ich weiß wohl, daß wir nicht gleich sind, noch sein können; aber ich halte dafür, daß der, der nötig zu haben glaubt, vom so genannten Pöbel sich zu entfernen, um den Respekt zu erhalten, ebenso tadelhaft ist als ein Feiger, der sich vor seinem Feinde verbirgt, weil er zu unterliegen fürchtet.

Letzthin kam ich zum Brunnen und fand ein junges Dienstmädchen, das ihr Gefäß auf die unterste Treppe gesetzt hatte und sich umsah, ob keine Kamerädin kommen wollte, ihr es auf den Kopf zu helfen. Ich stieg hinunter und sah sie an. – „Soll ich Ihr helfen, Jungfer[5]?" sagte ich. – Sie ward[6] rot über

[3] *Spotten* con il genitivo è costruzione antiquata. Oggi si direbbe: *ich wollte mich über sie lustig machen*. Cfr. lettera del 30 novembre.

[4] *Flüchtling*, che oggi ha solamente il significato di 'profugo' o 'rifugiato', ha qui il senso di 'persona superficiale'. Cfr. l'aggettivo *flüchtig* che, tra l'altro, significa oggi appunto 'superficiale', 'fatto in fretta e con poca cura'.

[5] *Jungfer* significava allora ragazza non sposata ed era il titolo che si dava alle popolane, mentre *Fräulein* e *Mamsell* (cfr. lettera del 16 giugno) erano riservati alle donne dei ceti piú alti.

[6] *Ward* è forma antiquata di *wurde*, passato remoto del verbo *werden*.

caro! Ho bisogno di dirlo a te, che hai sopportato cosí spesso il fastidio di vedermi passare dall'angoscia alla dissolutezza, dalla piú dolce malinconia alla passione piú rovinosa? È vero, io tratto il mio cuore come un bambino malato al quale tutto è permesso. Ma non dirlo in giro, molti non me lo perdonerebbero.

15 maggio.

La gente semplice di questi luoghi mi conosce già e mi vuol bene, specialmente i bambini. Ma ho fatto una triste constatazione. I primi giorni, quando mi mescolavo in mezzo a loro e li interrogavo amichevolmente su questo e su quello, alcuni credevano che volessi prenderli in giro e si sbarazzavano di me in modo talvolta brusco. Ma non mi sono spaventato per questo; ho sentito ancora piú intensamente ciò che avevo notato già molte volte: gente di una certa classe si tiene a fredda distanza dal popolo, come se, avvicinandosi, credesse di perder qualcosa; ci sono poi i burloni e gli stupidi che fingono una certa degnazione per far sentire ancora di piú alla povera gente la loro arroganza.

So bene che non siamo né possiamo essere tutti uguali, ma sono anche convinto che chi crede indispensabile tenersi lontano dalla cosiddetta plebe per conservarne il rispetto, merita di essere biasimato come un vile che si nasconde al nemico, perché teme di essere sconfitto.

Pochi giorni fa sono stato alla fontana e ho trovato una giovane servetta che aveva collocato il secchio sul gradino piú basso e guardava se veniva qualche sua compagna che l'aiutasse a metterselo in testa. Sono sceso e l'ho guardata. – Vuoi che t'aiuti, figliola? – le ho detto. Lei si è fatta tutta rossa. – Oh,

und über. – „O nein, Herr!" sagte sie. – „Ohne Umstände." – Sie legte ihren Kringen zurecht, und ich half ihr. Sie dankte und stieg hinauf.

Den 17. Mai.

Ich habe allerlei Bekanntschaft gemacht, Gesellschaft habe ich noch keine gefunden. Ich weiß nicht, was ich Anzügliches für die Menschen haben muß; es mögen mich ihrer so viele und hängen sich an mich, und da tut mir's weh, wenn unser Weg nur eine kleine Strecke miteinander geht. Wenn du fragst, wie die Leute hier sind, muß ich dir sagen: wie überall! Es ist ein einförmiges Ding um das Menschengeschlecht. Die meisten verarbeiten den größten Teil der Zeit, um zu leben, und das bißchen, das ihnen von Freiheit übrig bleibt, ängstigt sie so, daß sie alle Mittel aufsuchen, um es los zu werden. O Bestimmung des Menschen!

Aber eine recht gute Art Volks! Wenn ich mich manchmal vergesse, manchmal mit ihnen die Freuden genieße, die den Menschen noch gewährt sind, an einem artig besetzten Tisch mit aller Offen- und Treuherzigkeit sich herumzuspaßen, eine Spazierfahrt, einen Tanz zur rechten Zeit anzuordnen, und dergleichen, das tut eine ganz gute Wirkung auf mich; nur muß mir nicht einfallen, daß noch so viele andere Kräfte in mir ruhen, die alle ungenutzt vermodern und die ich sorgfältig verbergen muß. Ach das engt das ganze Herz so ein. – Und doch! mißverstanden zu werden, ist das Schicksal von unsereinem[7].

Ach, daß die Freundin meiner Jugend dahin ist, ach, daß ich sie je gekannt habe! – Ich würde sagen: Du bist ein Tor! du suchst, was hienieden nicht zu finden ist! Aber ich habe sie gehabt, ich habe das Herz gefühlt, die große Seele, in deren Gegenwart ich mir schien mehr zu sein, als ich war, weil ich alles war, was ich sein konnte. Guter Gott! blieb da eine einzige Kraft meiner Seele ungenutzt? Konnt' ich nicht vor ihr das ganze wunderbare Gefühl entwickeln, mit dem mein

[7] *ist unser Schicksal.*

no signore! – Senza complimenti! – Si è sistemata in testa la sua ciambella e io l'ho aiutata. Mi ha ringraziato e se ne è andata su per la scala.

17 maggio.

Ho fatto ogni sorta di conoscenze, ma compagnia non ne ho ancora trovata. Non so che cosa ho di cosí attraente per gli altri; sono tanti a cui sono simpatico e che si attaccano a me, e poi soffro quando, dopo un breve tratto, le nostre strade si separano. Vuoi sapere come è qui la gente. Ti devo rispondere: come da qualsiasi altra parte; lo spettacolo che offre il genere umano è davvero monotono. La maggior parte consuma quasi tutto il suo tempo per vivere, e quel poco di libertà che ancora le resta, la spaventa tanto che cerca qualunque pretesto pur di liberarsene. Oh, il destino degli uomini!

Tuttavia è davvero gente come si deve. Quando talvolta riesco a distrarmi e mi concedo con loro le gioie che sono ancora concesse agli uomini, come stare in cordiale allegria intorno a una tavola bene imbandita oppure organizzare, quando è il tempo, un ballo o una gita o qualcosa di simile, tutto questo mi fa molto bene; solo non devo pensare che ci sono in me tante energie che si corrompono senza essere utilizzate e che devo accuratamente nascondere. Ah, il cuore mi si stringe a pensarci! Eppure, essere incompresi è il nostro destino.

Ah, perché è morta l'amica della mia giovinezza, perché mai l'ho conosciuta? Potrei dire a me stesso: sei pazzo! tu cerchi quello che non si può trovare quaggiú! Eppure io l'ho posseduta questa grande anima, io l'ho sentito quel cuore alla cui presenza mi sembrava di essere assai piú di quello che sono, poiché ero tutto ciò che posso essere. Dio mio! C'era allora una sola forza della mia anima che non fosse utilizzata? Non riuscivo forse a provare interamente davanti a lei quel meraviglioso sentimento con il quale il mio cuore abbraccia la natura?

Herz die Natur umfaßt? War unser Umgang nicht ein ewiges Weben von der feinsten Empfindung, dem schärfsten Witze[8], dessen Modifikationen, bis zur Unart, alle mit dem Stempel des Genies bezeichnet waren? Und nun! – Ach ihre Jahre, die sie voraus hatte, führten sie früher ans Grab als mich. Nie werde ich sie vergessen, nie ihren festen Sinn und ihre göttliche Duldung.

Vor wenig Tagen traf ich einen jungen V... an, einen offnen Jungen, mit einer gar glücklichen Gesichtsbildung. Er kommt erst von Akademien, dünkt sich eben nicht weise, aber glaubt doch, er wisse mehr als andere. Auch war er fleißig, wie ich an allerlei spüre, kurz, er hat hübsche Kenntnisse. Da er hörte, daß ich viel zeichnete und Griechisch könnte (zwei Meteore hierzulande), wandte er sich an mich und kramte viel Wissens aus, von Batteux bis zu Wood, von de Piles zu Winckelmann, und versicherte mich, er habe Sulzers Theorie, den ersten Teil, ganz durchgelesen und besitze ein Manuskript von Heynen über das Studium der Antike. Ich ließ das gut sein.

Noch gar einen braven Mann habe ich kennen lernen, den fürstlichen Amtmann, einen offenen, treuherzigen Menschen. Man sagt, es soll eine Seelenfreude sein, ihn unter seinen Kindern zu sehen, deren er neun hat; besonders macht man viel Wesens von seiner ältesten Tochter. Er hat mich zu sich gebe-

[8] *Witz* nell'accezione settecentesca significava – come *wit* in inglese – 'acume', 'intelligenza'. Oggi si direbbe *Klugheit* o *Verstand* e non *Witz* che ha solo il significato di 'barzelletta'.

Non erano i nostri rapporti un'eterna trama dei sentimenti piú delicati e dell'intelligenza piú acuta, i cui modi, anche là dove cadevano nella maniera, avevano l'impronta del genio? E ora? Ah, gli anni che aveva piú di me l'hanno condotta prima alla tomba. Mai potrò dimenticarla, mai potrò dimenticare la fermezza del suo animo e la sua divina sopportazione.

Pochi giorni fa ho trovato il giovane V., un ragazzo dal cuore aperto, con un volto bellissimo. È appena uscito dall'università, non pensa di sapere molto, ma crede tuttavia di sapere piú degli altri. Deve essersi anche applicato molto, come m'accorgo da vari indizi; insomma ha una bella cultura. Poiché aveva saputo che disegno molto e che so il greco (due meteore in questo paese), venne a trovarmi e tirò fuori tutta la sua scienza, da Batteux a Wood, da de Piles a Winckelmann, e mi assicurò di avere letto per intero la prima parte della teoria di Sulzer e di possedere un manoscritto di Heyne sullo studio dell'archeologia. L'ho lasciato parlare[4].

Un'altra cara persona ho conosciuto, l'amministratore del principe, che ha anche funzioni di podestà, un uomo sincero e cordiale. Mi hanno detto che è un vero piacere vederlo in mezzo ai suoi nove figli; ma tutti tengono in gran conto soprattutto la figlia maggiore. Mi ha invitato a casa sua e andrò a tro-

[4] Nella figura dello studente Werther critica l'erudizione razionalistica che si avvicina all'arte con dogmi o precetti anziché promuovere un'adesione immediata alla natura cosí come è auspicata nella lettera del 26 maggio. C. Batteux nel *Traité des beaux arts réduits à un seul principe* (*Le belle arti ridotte a un solo principio*, 1746) recensito da Herder nel 1772, riconosceva quale unico principio della produzione artistica l'imitazione del bello in natura attraverso la selezione di quelle parti adatte a formare un insieme perfetto. L'archeologo R. Wood, con *An Essay on the original Genius and Writings of Homer* (*Saggio sul genio e gli scritti originali di Omero*, 1768), era un'autorità nel campo degli studi omerici. R. de Piles (1635-1709) era pittore e autore di saggi critici. J. J. Winckelmann, nei *Gedanken über die Nachahmung der griechischen Werke in der Malerei und Bildhauerkunst* (*Considerazioni sull'imitazione delle opere greche nella pittura e nella scultura*, 1755) e nella *Geschichte der Kunst des Altertums* (*Storia dell'arte nell'antichità*, 1764), sosteneva che l'arte moderna doveva imitare i modelli greci che, anche in presenza delle piú devastanti passioni, mantenevano intatta la loro *edle Einfalt und stille Größe* (nobile semplicità e quieta grandezza). J. G. Sulzer, nella *Allgemeine Theorie der schönen Künste und Wissenschaften* (*Teoria generale delle belle arti e delle belle lettere*, 1771-74), attribuiva all'arte un fine pedagogico e morale. C. G. Heyne era un celebre professore di filologia classica all'università di Gottinga.

ten, und ich will ihn ehster Tage[9] besuchen. Er wohnt auf einem fürstlichen Jagdhofe, anderthalb Stunden von hier, wohin er nach dem Tode seiner Frau zu ziehen die Erlaubnis erhielt, da ihm der Aufenthalt hier in der Stadt und im Amthause zu weh tat.

Sonst sind mir einige verzerrte Originale in den Weg gelaufen, an denen alles unausstehlich ist, am unerträglichsten ihre Freundschaftsbezeigungen.

Leb' wohl! der Brief wird dir recht sein, er ist ganz historisch[10].

Am 22. Mai.

Daß das Leben des Menschen nur ein Traum sei, ist manchem schon so vorgekommen, und auch mit mir zieht dieses Gefühl immer herum. Wenn ich die Einschränkung ansehe, in welcher die tätigen und forschenden Kräfte des Menschen eingesperrt sind; wenn ich sehe, wie alle Wirksamkeit dahinaus läuft, sich die Befriedigung von Bedürfnissen zu verschaffen, die wieder keinen Zweck haben, als unsere arme Existenz zu verlängern, und dann, daß alle Beruhigung über gewisse Punkte des Nachforschens nur eine träumende Resignation ist, da man sich die Wände, zwischen denen man gefangen sitzt, mit bunten Gestalten und lichten Aussichten bemalt – Das alles, Wilhelm, macht mich stumm. Ich kehre in mich selbst zurück, und finde eine Welt! Wieder mehr in Ahnung und dunkler Begier als in Darstellung und lebendiger Kraft. Und da schwimmt alles vor meinen Sinnen, und ich lächle dann so träumend weiter in die Welt.

Daß die Kinder nicht wissen, warum sie wollen, darin sind alle hochgelahrten[11] Schul- und Hofmeister einig; daß aber auch Erwachsene gleich Kindern auf diesem Erdboden herum-

[9] *in den nächsten Tagen.*

[10] *tatsachengetreu.* La lettera è un vero e proprio resoconto di fatti e notizie.

[11] Già allora forma antiquata per l'aggettivo *gelehrt*, usato qui in senso ironico.

varlo uno dei prossimi giorni. Abita in una casa di caccia del principe, un'ora e mezzo da qui, dove ha avuto il permesso di ritirarsi dopo la morte della moglie, poiché, da allora, lo stare in città e nella podesteria gli era diventato troppo penoso.

Per il resto mi sono capitati fra i piedi alcuni ridicoli originali nei quali tutto è insopportabile, in particolare le loro dimostrazioni di amicizia.

Addio! Questa lettera ti piacerà, è del tutto storica.

22 maggio.

Che la vita dell'uomo sia solo un sogno è già stato presentito da molti e anche in me nasce spesso questo pensiero. Quando vedo i limiti entro i quali sono rinchiuse le energie e l'intelligenza dell'uomo; quando vedo che tutta la nostra attività ha l'unico scopo di procurarci la soddisfazione di bisogni i quali, a loro volta, non servono ad altro che a prolungare la nostra misera esistenza; e poi mi accorgo che, se ci dichiariamo soddisfatti su certi punti delle nostre speculazioni, lo facciamo solo per una trasognata rassegnazione, solo perché riusciamo a dipingere figure variopinte e panorami luminosi sulle pareti che ci tengono prigionieri – allora, Wilhelm, non so piú cosa dire. Rientro in me stesso e trovo un mondo! Piú presentito e oscuramente desiderato, è vero, che rappresentato con forza vitale. E allora tutto si confonde ai miei occhi e guardo il mondo con un trasognato sorriso.

Che i bambini non sappiano quello che vogliono, su questo sono perfettamente d'accordo precettori e maestri dottissimi; ma che anche gli adulti brancolino alla cieca su questo pianeta,

taumeln und wie jene nicht wissen, woher sie kommen und wohin sie gehen, ebensowenig nach wahren Zwecken handeln, ebenso durch Biskuit und Kuchen und Birkenreiser regiert werden: das will niemand gern glauben, und mich dünkt, man kann es mit Händen greifen.

Ich gestehe dir gern, denn ich weiß, was du mir hierauf sagen möchtest, daß diejenigen die Glücklichsten sind, die gleich den Kindern in den Tag hinein leben, ihre Puppen herumschleppen, aus- und anziehen und mit großem Respekt um die Schublade umherschleichen, wo Mama das Zuckerbrot hineingeschlossen hat, und, wenn sie das gewünschte endlich erhaschen, es mit vollen Backen verzehren und rufen: „Mehr!" – Das sind glückliche Geschöpfe. Auch denen ist's wohl, die ihren Lumpenbeschäftigungen oder wohl gar ihren Leidenschaften prächtige Titel geben und sie dem Menschengeschlechte als Riesenoperationen zu dessen Heil und Wohlfahrt anschreiben. – Wohl dem, der so sein kann! Wer aber in seiner Demut erkennt, wo das alles hinausläuft, wer da sieht, wie artig jeder Bürger, dem es wohl ist, sein Gärtchen zum Paradiese zuzustutzen weiß, und wie unverdrossen auch der Unglückliche unter der Bürde seinen Weg fortkeucht, und alle gleich interessiert sind, das Licht dieser Sonne noch eine Minute länger zu sehn – ja, der ist still[12] und bildet auch seine Welt aus sich selbst und ist auch glücklich, weil er ein Mensch ist. Und dann, so eingeschränkt er ist, hält er doch immer im Herzen das süße Gefühl der Freiheit, und daß er diesen Kerker verlassen kann, wann er will.

[12] L'aggettivo *still* (quieto, tranquillo), come pure *gelassen* (qualità dell'uomo privo di passioni violente, pacifico, che rasenta la rassegnazione) della lettera del 26 maggio, ha una forte connotazione pietistica. *Die Stillen im Lande* venivano allora definiti – non senza ironia – i seguaci del pietismo, il movimento religioso che si era sviluppato all'interno della Chiesa luterana in opposizione alla sua ortodossia. Al pietismo e al suo culto dell'anima si deve la diffusione di un linguaggio dell'introspezione che dà origine a innumerevoli carteggi e autobiografie.

come i bambini, e come loro non sappiano da dove vengano né dove vadano e infine che neppure loro agiscano per motivi veri e reali, ma si lascino invece guidare solo da zuccherini, dolci e frustate: questo nessuno è disposto a crederlo e a me invece sembra una verità addirittura evidente.

Non ho difficoltà a dirti, poiché so quello che mi risponderesti in proposito, che i piú felici sono per me quelli che, come i bambini, vivono alla giornata, portano a spasso le loro bambole, le vestono e le spogliano e con il piú grande rispetto girano intorno al cassetto dove la mamma ha rinchiuso i biscotti; e quando finalmente sono riusciti ad afferrare quello che vogliono, lo divorano a quattro palmenti e strillano: – Ancora! – Costoro sono creature felici. Stanno bene anche quelli che danno i titoli piú pomposi alle loro miserabili occupazioni o addirittura alle loro passioni, e le decantano come azioni grandiose compiute per la salvezza e il benessere del genere umano. Beato chi riesce a essere cosí! Ma chi umilmente riconosce quale misero scopo abbiano le nostre faccende, chi vede con quanta bravura ogni buon cittadino sa agghindare il suo giardinetto come un paradiso e con quanta pazienza anche il piú sventurato continui a trascinarsi per la sua strada ansimando sotto il suo fardello e infine come tutti siano uguali nel voler vedere un minuto di piú la luce del sole – ecco, anche quest'uomo è tranquillo, anche lui si costruisce da sé il proprio mondo, felice di essere un uomo. E allora, per quanto senta i suoi limiti, porta pur sempre nel cuore il dolce sentimento di essere libero e di poter abbandonare questo carcere quando lo voglia.

Am 26. Mai.

Du kennst von alters her meine Art, mich anzubauen, mir irgend an einem vertraulichen Orte ein Hüttchen aufzuschlagen und da mit aller Einschränkung zu herbergen. Auch hier habe ich wieder ein Plätzchen angetroffen, das mich angezogen hat.

Ungefähr eine Stunde von der Stadt liegt ein Ort, den sie Wahlheim* nennen. Die Lage an einem Hügel ist sehr interessant, und wenn man oben auf dem Fußpfade zum Dorf herausgeht, übersieht man auf einmal das ganze Tal. Eine gute Wirtin, die gefällig und munter in ihrem Alter ist, schenkt Wein, Bier, Kaffee; und was über alles geht, sind zwei Linden, die mit ihren ausgebreiteten Ästen den kleinen Platz vor der Kirche bedecken, der ringsum mit Bauerhäusern, Scheuern und Höfen eingeschlossen ist. So vertraulich, so heimlich hab' ich nicht leicht ein Plätzchen gefunden, und dahin lass' ich mein Tischchen aus dem Wirtshause bringen und meinen Stuhl, trinke meinen Kaffee da und lese meinen Homer. Das erstemal, als ich durch einen Zufall an einem schönen Nachmittage unter die Linden kam, fand ich das Plätzchen so einsam. Es war alles im Felde; nur ein Knabe von ungefähr vier Jahren saß an der Erde und hielt ein anderes, etwa halbjähriges, vor ihm zwischen seinen Füßen sitzendes Kind mit beiden Armen wider seine Brust, so daß er ihm zu einer Art von Sessel diente und ungeachtet der Munterkeit, womit er aus seinen schwarzen Augen herumschaute, ganz ruhig saß. Mich vergnügte der Anblick: ich setzte mich auf einen Pflug, der gegenüber stand, und zeichnete die brüderliche Stellung mit vielem Ergetzen. Ich fügte den nächsten Zaun, ein Scheunentor und einige gebrochene Wagenräder bei, alles, wie es hinter einander stand, und fand nach Verlauf einer Stunde, daß ich eine wohlgeordnete, sehr interessante Zeichnung verfertiget hatte, ohne das mindeste von dem Meinen hinzuzutun. Das bestärkte mich in meinem Vorsatze, mich künftig allein an die

* Der Leser wird sich keine Mühe geben, die hier genannten Orte zu suchen; man hat sicht genötigt gesehen, die im Originale befindlichen wahren Namen zu verändern.

26 maggio.

Tu conosci da tempo la mia abitudine di insediarmi in qualche posto, di costruire la mia capanna[5] in un luogo ameno e di viverci nella piú grande semplicità. Anche qui sono riuscito a scovare un posticino che mi ha vivamente attirato.

Circa a un'ora dalla città c'è un luogo che chiamano Wahlheim*. La sua posizione in cima alla collina è molto interessante e, se si esce per il sentiero che sale verso il villaggio, si scopre di colpo l'intera vallata. Una brava ostessa, molto gentile e molto svelta per la sua età, offre vino, birra, caffè; e, quel che piú importa, davanti alla chiesa ci sono due tigli che con i loro rami distesi coprono la piccola piazza, tutt'intorno chiusa da case di contadini, granai e cortili. Non ho mai trovato un luogo cosí intimo e cosí appartato; e lí mi faccio portare dall'osteria un tavolino e una sedia, bevo il caffè e leggo il mio Omero. La prima volta che per caso arrivai in un bel pomeriggio sotto i tigli, trovai il luogo completamente solitario. Tutti erano andati nei campi, solo un ragazzo di circa quattro anni stava seduto per terra e ne teneva un altro, di forse sei mesi, seduto davanti a sé in mezzo alle gambe, stringendolo con tutt'e due le braccia contro il petto, sicché gli serviva in certo modo da sedia, e, nonostante la vivacità con cui i suoi occhi neri guardavano in giro, se ne stava del tutto tranquillo. Quel quadretto mi piacque: mi sedetti su un aratro che stava di fronte ai due ragazzi, e disegnai con molto divertimento quella scenetta fraterna. Vi aggiunsi la siepe vicina, la porta di un fienile e alcune ruote da carro spezzate, tutto alla rinfusa come si trovava lí, e dopo circa un'ora mi accorsi di aver fatto un disegno ben composto e molto interessante, senza avervi aggiunto nulla di mio. Questo mi riconfermò nel mio proposito di ispirarmi per il futuro soltanto alla natura. Solo la natura è in-

* Il lettore non tenti di cercare i luoghi qui ricordati; siamo stati costretti a cambiare i veri nomi che si trovano nel manoscritto [*N.d.A.*].

[5] La capanna, luogo di raccoglimento e di pace lontano dal mondo, è un *topos* ricorrente della cultura sentimentale (*Empfindsamkeit*) di matrice pietistica.

Natur zu halten. Sie allein ist unendlich reich, und sie allein bildet den großen Künstler. Man kann zum Vorteile der Regeln viel sagen, ungefähr was man zum Lobe der bürgerlichen Gesellschaft sagen kann. Ein Mensch, der sich nach ihnen bildet, wird nie etwas Abgeschmacktes und Schlechtes hervorbringen, wie einer, der sich durch Gesetze und Wohlstand[13] modeln läßt, nie ein unerträglicher Nachbar, nie ein merkwürdiger Bösewicht werden kann; dagegen wird aber auch alle Regel, man rede was man wolle, das wahre Gefühl von Natur und den wahren Ausdruck derselben zerstören! Sag' du: ‚Das ist zu hart! sie schränkt nur ein, beschneidet die geilen[14] Reben' etc. – Guter Freund, soll ich dir ein Gleichnis geben? Es ist damit wie mit der Liebe. Ein junges Herz hängt ganz an einem Mädchen, bringt alle Stunden seines Tages bei ihr zu, verschwendet alle seine Kräfte, all sein Vermögen, um ihr jeden Augenblick auszudrücken, daß er sich ganz ihr hingibt. Und da käme ein Philister[15], ein Mann, der in einem öffentlichen Amte steht, und sagte zu ihm: ‚Feiner junger Herr! Lieben ist menschlich, nur müßt Ihr menschlich lieben! Teilet Eure Stunden ein, die einen zur Arbeit, und die Erholungsstunden widmet Eurem Mädchen. Berechnet Euer Vermögen, und was Euch von Eurer Notdurft übrig bleibt, davon verwehr' ich Euch nicht, ihr ein Geschenk, nur nicht zu oft, zu machen, etwa zu ihrem Geburts- und Namenstage' etc. – Folgt der Mensch, so gibt's einen brauchbaren jungen Menschen, und ich will selbst jedem Fürsten raten, ihn in ein Kollegium zu setzen; nur mit seiner Liebe ist's am Ende und, wenn er ein Künstler ist, mit seiner Kunst. O meine Freunde! warum der Strom des Genies so selten ausbricht, so selten in hohen Fluten hereinbraust und eure staunende Seele erschüttert? – Liebe Freunde, da wohnen die gelassenen Herren auf

[13] Forma antiquata per *Anstand* (decenza, decoro); oggi *Wohlstand* significa 'benessere', 'agiatezza'.

[14] *Geil*, qui usato nel senso di *üppig* (rigoglioso), ha assunto nel linguaggio moderno il significato di 'libidinoso', 'lascivo'.

[15] 'Piccolo borghese', qui nel senso ancora oggi attuale di uomo privo di cultura. La parola *Philister*, di origine biblica, è attestata nel suo significato di 'nemici di Dio' fin dal XVII secolo. Divenne poi termine del linguaggio studentesco per indicare i soldati e, successivamente, i borghesi, i 'non studenti'.

finitamente ricca, solo essa può formare il grande artista. Si possono dire molte cose in favore delle regole ed è pressappoco quello che si può dire in lode della società borghese. Un uomo che si educhi alle sue forme non produrrà mai niente che sia di cattivo gusto o mal fatto, cosí come chi si lascia guidare dalle leggi e dalla buona educazione non diventerà mai un vicino insopportabile o un malfattore dichiarato; d'altra parte tutte le regole messe insieme, si dica quel che si vuole, finiranno sempre col distruggere un sincero sentimento della natura e la sua schietta espressione! Tu mi dirai che questo è esagerato! Dirai che le regole pongono solo certi limiti, tagliano i tralci troppo rigogliosi e cosí via. Amico mio, ti posso rispondere con un paragone? Succede lo stesso anche nell'amore. Un giovane cuore non sa staccarsi dalla sua ragazza, passa tutte le ore della giornata con lei, dissipa tutte le sue forze, tutti i suoi averi, solo per poterle mostrare in ogni istante che le appartiene completamente. Ed ecco che arriva un filisteo, uno che riveste qualche pubblico ufficio, e gli dice: – Mio bel signorino! Amare è umano, solo che lei deve amare umanamente! Distribuisca meglio il suo tempo: una parte la dedichi al lavoro e le ore di riposo alla ragazza. Faccia un conto esatto di quello che possiede e, con quello che le rimane dopo essersi procurato il necessario, non le proibisco certo di farle un regalo, solo non troppo spesso, per esempio per il suo compleanno o per il suo onomastico –. Se obbedirà, il giovane diventerà certamente un uomo utile, e consiglierei a qualunque principe di dargli un posto in un Consiglio; solo che il suo amore sarà finito e, se è un artista, sarà finita la sua arte. Oh, amici miei! perché mai il fiume del genio[6] prorompe cosí raramente e cosí raramente, con le sue acque in piena, investe e scuote le vostre anime meravigliate? – Ma perché, cari amici, ci sono qui placidi signori

[6] L'idea del genio guida tutta la cultura europea di questi anni e soprattutto il cosiddetto *Sturm und Drang* di cui il giovane Goethe fu il massimo rappresentante negli anni in cui scrisse il *Werther*.

beiden Seiten des Ufers, denen ihre Gartenhäuschen, Tulpenbeete und Krautfelder zugrunde gehen würden, die daher in Zeiten mit Dämmen und Ableiten der künftig drohenden Gefahr abzuwehren wissen.

Am 27. Mai.

Ich bin, wie ich sehe, in Verzückung, Gleichnisse und Deklamation verfallen und habe darüber vergessen, dir auszuerzählen, was mit den Kindern weiter geworden ist. Ich saß, ganz in malerische Empfindung vertieft, die dir mein gestriges Blatt sehr zerstückt darlegt, auf meinem Pfluge wohl zwei Stunden. Da kommt gegen Abend eine junge Frau auf die Kinder los, die sich indes nicht gerührt hatten, mit einem Körbchen am Arm und ruft von weitem: „Philipps, du bist recht brav." – Sie grüßte mich, ich dankte ihr, stand auf, trat näher hin und fragte sie, ob sie Mutter von den Kindern wäre? Sie bejahte es, und indem sie dem ältesten einen halben Weck gab, nahm sie das kleine auf und küßte es mit aller mütterlichen Liebe. – „Ich habe", sagte sie, „meinem Philipps das Kleine zu halten gegeben und bin mit meinem Ältesten in die Stadt gegangen, um weiß Brot zu holen und Zucker und ein irden[16] Breipfännchen." – Ich sah das alles in dem Korbe, dessen Deckel abgefallen war. – „Ich will meinem Hans (das war der Name des Jüngsten) ein Süppchen kochen zum Abende; der lose Vogel, der Große, hat mir gestern das Pfännchen zerbrochen, als er sich mit Philippsen um die Scharre des Breis zankte." – Ich fragte nach dem Ältesten, und sie hatte mir kaum gesagt, daß er sich auf der Wiese mit ein paar Gänsen herumjage, als er gesprungen kam und dem Zweiten eine Haselgerte mitbrachte. Ich unterhielt mich weiter mit dem Weibe und erfuhr, daß sie des Schulmeisters Tochter sei, und daß ihr Mann eine Reise in die Schweiz gemacht habe, um die Erbschaft eines Vetters zu holen. – „Sie haben ihn drum be-

[16] Manca la desinenza dell'aggettivo *irden* (che deriva da *Erde*): 'di terracotta'; la forma regolare sarebbe *irdenes*.

che abitano sulle due rive del fiume, e i padiglioncini e i tulipani del loro giardino e i broccoli dell'orto sarebbero devastati dall'inondazione e perciò si danno cura di stornare a tempo il futuro pericolo con argini e canali.

27 maggio.

Mi accorgo di essermi perduto in estasi, immagini, declamazioni, tanto che mi sono dimenticato di raccontarti cosa è poi successo con quei bambini. Tutto sprofondato nelle emozioni pittoriche che ieri nella mia lettera ti ho descritto sia pure in modo frammentario, sono rimasto seduto sul mio aratro almeno due ore. Ed ecco che verso sera una giovane donna con un panierino sul braccio s'avvicina ai due bambini, che nel frattempo non si erano mossi, e grida da lontano: – Philipps, come sei stato bravo! – Mi salutò, io le risposi, mi alzai, mi avvicinai a lei e le chiesi se era la mamma dei due bambini. Rispose di sí, e mentre dava al maggiore un mezzo panino, prese in braccio il piccolo baciandolo col piú tenero amore materno. – Ho affidato il piccolo al mio Philipps, – mi disse, – e sono andata in città con il piú grande per comprare zucchero, pane bianco e una pentolina di coccio –. Vidi tutto questo nel suo paniere dal quale era caduto il coperchio. – Bisogna che cucini al mio Hans, – (è il nome del piú piccolo), – una zuppa per cena; e quel birbone del piú grande mi ha rotto ieri la pentola litigando con Philipps per il fondo della pappa –. Le chiesi dove era il maggiore e lei mi aveva appena risposto che stava correndo sul prato dietro a due oche, quando arrivò di corsa portando al secondo fratello una bacchetta di nocciolo. Continuai a discorrere con la donna e appresi che era la figlia del maestro di scuola e che suo marito era andato a fare un viaggio in Svizzera per riscuotere l'eredità di un cugino. – Hanno tentato di

triegen[17] wollen“, sagte sie, „und ihm auf seine Briefe nicht geantwortet; da ist er selbst hineingegangen. Wenn ihm nur kein Unglück widerfahren ist, ich höre nichts von ihm.“ – Es ward mir schwer, mich von dem Weibe los zu machen, gab jedem der Kinder einen Kreuzer, und auch fürs jüngste gab ich ihr einen, ihm einen Weck zur Suppe mitzubringen, wenn sie in die Stadt ginge, und so schieden wir von einander.

Ich sage dir, mein Schatz, wenn meine Sinne gar nicht mehr halten wollen, so lindert all den Tumult der Anblick eines solchen Geschöpfs, das in glücklicher Gelassenheit den engen Kreis seines Daseins hingeht, von einem Tage zum andern sich durchhilft, die Blätter abfallen sieht und nichts dabei denkt, als daß der Winter kommt.

Seit der Zeit bin ich oft draußen. Die Kinder sind ganz an mich gewöhnt, sie kriegen Zucker, wenn ich Kaffee trinke, und teilen das Butterbrot und die saure Milch mit mir des Abends[18]. Sonntags fehlt ihnen der Kreuzer nie, und wenn ich nicht nach der Betstunde da bin, so hat die Wirtin Ordre, ihn auszuzahlen.

Sie sind vertraut, erzählen mir allerhand, und besonder ergetze[19] ich mich an ihren Leidenschaften und simpeln[20] Ausbrüchen des Begehrens, wenn mehr Kinder aus dem Dorfe sich versammeln.

Viel Mühe hat mich's gekostet, der Mutter ihre Besorgnis zu nehmen, sie möchten den Herrn inkommodieren[21].

Am 30. Mai.

Was ich dir neulich von der Malerei sagte, gilt gewiß auch von der Dichtkunst; es ist nur, daß man das Vortreffliche er-

[17] Forma antiquata per *betrügen*.

[18] Forma antiquata per *am Abend, abends*.

[19] Oggi: *ergötzte*. Cfr. anche la lettera del 10 agosto.

[20] L'aggettivo *simpel*, che qui descrive una semplicità nei termini positivi di ingenuità e genuinità, ha assunto nel tedesco moderno la connotazione peggiorativa di 'sciocco', 'semplicione'. Oggi si userebbero gli aggettivi *einfach, unkompliziert, spontan*.

[21] Francesismo e forma antiquata di *belästigen* (molestare, importunare, infastidire).

imbrogliarlo, – disse, – e non rispondevano mai alle sue lettere; perciò è dovuto andarci di persona. Basta che non gli sia capitata qualche disgrazia, non ho piú avuto notizie –. Non mi fu facile liberarmi della donna, regalai un soldo ad ogni bambino e ne detti uno anche a lei per il piú piccolo, perché gli comperasse un panino per la zuppa, quando andava in città, e cosí ci separammo.

Credimi, amico mio, quando non riesco piú a dominare i miei nervi, per calmare la loro eccitazione basta la vista di una creatura come questa che percorre felice e serena il breve cerchio della sua esistenza, riesce a vivere da un giorno all'altro e quando vede cadere le foglie pensa soltanto che è venuto l'inverno.

Da quel giorno sono ritornato spesso là fuori. I ragazzi si sono completamente abituati a me, ricevono lo zucchero quando bevo il caffè, e spartiscono con me il pane imburrato e il latte acido della cena. Di domenica non restano mai senza il loro soldo e, se non ci sono dopo l'ora del vespro, l'ostessa ha l'ordine di sborsarlo per conto mio.

Non hanno nessuna soggezione, mi raccontano tutte le loro storie e piú di tutto mi divertono il manifestarsi delle loro passioni e gli ingenui sfoghi dei loro desideri, quando vengono gli altri ragazzi del villaggio.

Mi è costata molta fatica tranquillizzare la madre, preoccupata che potessero incomodare il signore.

30 maggio[7].

Quello che ti ho detto recentemente a proposito della pittura, vale certamente anche per la poesia; basta riconoscere l'es-

[7] La lettera del 30 maggio manca nella prima stesura del 1774. Goethe, aggiungendo la vicenda del contadino omicida a causa di un'incurabile passione, indica nell'azione criminale una soluzione alternativa plausibile al suicidio di Werther.

kenne und es auszusprechen wage, und das ist freilich mit wenigem viel gesagt. Ich habe heute eine Szene gehabt, die, rein abgeschrieben, die schönste Idylle von der Welt gäbe; doch was soll Dichtung, Szene und Idylle? muß es denn immer gebosselt[22] sein, wenn wir teil an einer Naturerscheinung nehmen sollen?

Wenn du auf diesen Eingang viel Hohes und Vornehmes erwartest, so bist du wieder übel betrogen; es ist nichts als ein Bauerbursch[23], der mich zu dieser lebhaften Teilnehmung hingerissen hat. Ich werde, wie gewöhnlich, schlecht erzählen, und du wirst mich, wie gewöhnlich, denk' ich, übertrieben finden; es ist wieder Wahlheim, und immer Wahlheim, das diese Seltenheiten hervorbringt.

Es war eine Gesellschaft draußen unter den Linden, Kaffee zu trinken. Weil sie mir nicht ganz anstand, so blieb ich unter einem Vorwande zurück.

Ein Bauerbursch kam aus einem benachbarten Hause und beschäftigte sich, an dem Pfluge, den ich neulich gezeichnet hatte, etwas zurecht zu machen. Da mir sein Wesen gefiel, redete ich ihn an, fragte nach seinen Umständen, wir waren bald bekannt und, wie mir's gewöhnlich mit dieser Art Leuten geht, bald vertraut. Er erzählte mir, daß er bei einer Witwe in Diensten sei und von ihr gar wohl gehalten[24] werde. Er sprach so vieles von ihr und lobte sie dergestalt, daß ich bald merken konnte, er sei ihr mit Leib und Seele zugetan. Sie sei nicht mehr jung, sagte er, sie sei von ihrem ersten Mann übel gehalten worden, wolle nicht mehr heiraten, und aus seiner Erzählung leuchtete so merklich hervor, wie schön, wie reizend sie für ihn sei, wie sehr er wünsche, daß sie ihn wählen möchte, um das Andenken der Fehler ihres ersten Mannes auszulöschen, daß ich Wort für Wort wiederholen müßte, um dir die reine Neigung, die Liebe und Treue dieses Menschen anschaulich zu machen. Ja, ich müßte die Gabe des größten Dichters

[22] *Bosseln* significa 'modellare', 'dare una forma'; è anche termine colloquiale per *basteln*: 'fare piccoli lavori manuali'.

[23] La forma oggi corrente è *Bauernbursche*. Il *Bauernbursche* o *Bauernknecht* era il contadino garzone alle dipendenze del contadino proprietario.

[24] Il verbo *halten* ha qui il significato di *behandeln* (trattare). Cfr. lettera dell'11 giugno.

senziale e avere il coraggio di esprimerlo, ma questo significa dir molto con poche parole. Ho partecipato oggi a una scena che, trascritta parola per parola, sarebbe il piú bell'idillio di questo mondo; ma che cosa importano idillio, scena, poesia? È proprio necessario mettersi da bravi a scrivere ogni volta che vogliamo essere partecipi di una manifestazione della natura?

Se da questo mio esordio ti aspetti qualcosa di sublime e di nobile, sarai nuovamente deluso, perché è stato un semplice garzone di contadino che ha destato in me questa viva simpatia. – Secondo il solito io racconterò male, e tu, secondo il solito, immagino che mi troverai esagerato; è naturalmente Wahlheim, null'altro che Wahlheim, che produce queste rarità.

Fuori, sotto i tigli, c'era una comitiva che beveva il caffè, e poiché mi garbavano poco rimasi in disparte con un pretesto. Un garzone uscí da una delle case vicine e si dette da fare per riparare qualcosa nell'aratro che recentemente avevo disegnato. Poiché i suoi modi mi piacevano, gli rivolsi la parola, gli chiesi come viveva, presto facemmo conoscenza e, come mi succede di solito con questo genere di gente, presto fummo anche amici. Mi raccontò che era a servizio da una vedova la quale lo trattava molto bene. Mi parlò tanto di lei e la lodò in tal modo che ben presto capii che le apparteneva anima e corpo. Mi disse che non era piú molto giovane, che il suo primo marito l'aveva trattata molto male e che non voleva piú sposarsi; dal suo racconto era cosí chiaro quanto lei fosse bella e affascinante ai suoi occhi e quanto lui desiderasse essere scelto come suo sposo per cancellare dalla sua memoria gli errori compiuti dal primo marito, che dovrei ripetere una per una le sue parole per renderti del tutto evidente il puro affetto, l'amore e la fedeltà di quest'uomo. Sí, dovrei possedere i doni di

besitzen, um dir zugleich den Ausdruck seiner Gebärden, die Harmonie seiner Stimme, das heimliche Feuer seiner Blicke lebendig darstellen zu können. Nein, es sprechen keine Worte die Zartheit aus, die in seinem ganzen Wesen und Ausdruck war; es ist alles nur plump, was ich wieder vorbringen könnte. Besonders rührte mich, wie er fürchtete, ich möchte über sein Verhältnis zu ihr ungleich denken[25] und an ihrer guten Aufführung zweifeln. Wie reizend es war, wenn er von ihrer Gestalt, von ihrem Körper sprach, der ihn ohne jugendliche Reize gewaltsam an sich zog und fesselte, kann ich mir nur in meiner innersten Seele wiederholen. Ich hab' in meinem Leben die dringende Begierde und das heiße, sehnliche Verlangen nicht in dieser Reinheit gesehen, ja wohl kann ich sagen, in dieser Reinheit nicht gedacht und geträumt. Schelte mich nicht, wenn ich dir sage, daß bei der Erinnerung dieser Unschuld und Wahrheit mir die innerste Seele glüht, und daß mich das Bild dieser Treue und Zärtlichkeit überall verfolgt, und daß ich, wie selbst davon entzündet, lechze und schmachte.

Ich will nun suchen, auch sie ehstens zu sehn, oder vielmehr, wenn ich's recht bedenke, ich will's vermeiden. Es ist besser, ich sehe sie durch die Augen ihres Liebhabers; vielleicht erscheint sie mir vor meinen eigenen Augen nicht so, wie sie jetzt vor mir steht, und warum soll ich mir das schöne Bild verderben?

Am 16. Junius[26].

Warum ich dir nicht schreibe? – Fragst du das und bist doch auch der Gelehrten einer. Du solltest raten, daß ich mich wohl befinde, und zwar – Kurz und gut, ich habe eine Bekanntschaft gemacht, die mein Herz näher angeht. Ich habe – ich weiß nicht.

Dir in der Ordnung zu erzählen, wie's zugegangen ist, daß

[25] *Ungleich* nell'accezione odierna significa 'diseguale', 'differente', 'dispari'. In questo caso *über etwas/jemanden ungleich denken* ha il senso di *sich eine schlechte Meinung über etwas/jemanden machen*.

[26] *Junius* e *Julius* sono termini latinizzanti, oggi antiquati, per *Juni* e *Juli* (giugno e luglio).

un grande poeta per rappresentarti in una sola vivida immagine l'eloquenza dei suoi gesti, l'armonia della sua voce, il fuoco segreto dei suoi sguardi. No, non vi sono parole per esprimere la tenerezza che appariva nel suo volto e in tutto il suo essere; tutto quello che potrei raccontarti sarebbe goffo e grossolano. Soprattutto mi commuoveva la sua preoccupazione che potessi pensare male dei loro rapporti e dubitare della buona condotta di lei. Quanto fosse bello sentirlo parlare della sua figura, del suo corpo che, pur privo del fascino della gioventú, lo attraeva con violenza e lo incantava, posso dirlo solo nel profondo della mia anima. Mai in vita mia ho visto una passione cosí violenta e un desiderio cosí imperioso uniti a tanta purezza e posso dire anzi che in questa purezza non li avrei mai immaginati o sognati. Non mi biasimare se ti dico che al ricordo di tanta innocenza e di tanta sincerità il mio animo piú profondo si accende e che l'immagine di quella fedeltà e di quell'affetto mi perseguita dovunque, sicché io stesso mi sento bruciare e spasimo e languo.

Vorrei conoscere al piú presto anche lei, ma, pensandoci bene, è meglio di no. È meglio che continui a vederla con gli occhi del suo innamorato; forse ai miei occhi essa non apparirebbe cosí come ora la vedo, e perché mai dovrei sciuparmi questa bella immagine?

16 giugno.

Perché non ti scrivo? – E me lo chiedi tu, che sai tante cose? Dovresti indovinare che sto molto bene, e cioè che... – insomma, ho fatto una conoscenza che mi sta molto a cuore. Ho... – non so come dirti.

Non sarà molto facile raccontarti con ordine come abbia co-

ich eins der liebenswürdigsten Geschöpfe habe kennen lernen, wird schwer halten. Ich bin vergnügt und glücklich, und also kein guter Historienschreiber.

Einen Engel! – Pfui! das sagt jeder von der Seinigen, nicht wahr? Und doch bin ich nicht imstande, dir zu sagen, wie sie vollkommen ist, warum sie vollkommen ist; genug, sie hat allen meinen Sinn gefangengenommen.

So viel Einfalt bei so viel Verstand, so viel Güte bei so viel Festigkeit, und die Ruhe der Seele bei dem wahren Leben und der Tätigkeit. –

Das ist alles garstiges Gewäsch[27], was ich da von ihr sage, leidige Abstraktionen, die nicht einen Zug ihres Selbst ausdrücken. Ein andermal – nein, nicht ein andermal, jetzt gleich will ich dir's erzählen. Tu' ich's jetzt nicht, so geschäh' es niemals. Denn, unter uns, seit ich angefangen habe zu schreiben, war ich schon dreimal im Begriffe, die Feder niederzulegen, mein Pferd satteln zu lassen und hinauszureiten. Und doch schwur[28] ich mir heute früh, nicht hinauszureiten, und gehe doch alle Augenblick' ans Fenster, zu sehen, wie hoch die Sonne noch steht. – – –

Ich hab's nicht überwinden können, ich mußte zu ihr hinaus. Da bin ich wieder, Wilhelm, will mein Butterbrot zu Nacht essen[29] und dir schreiben. Welch eine Wonne das für meine Seele ist, sie in dem Kreise der lieben, muntern Kinder, ihrer acht Geschwister, zu sehen! –

Wenn ich so fortfahre, wirst du am Ende so klug sein wie am Anfange. Höre denn, ich will mich zwingen, ins Detail zu gehen.

Ich schrieb dir neulich, wie ich den Amtmann S... habe kennen lernen, und wie er mich gebeten habe, ihn bald in seiner Einsiedelei oder vielmehr seinem kleinen Königreiche zu besuchen. Ich vernachlässigte das, und wäre vielleicht nie hin-

[27] *Gewäsch* è una forma popolare di *dummes Geschwätz* (chiacchiere, ciance). *Garstig* significa 'brutto', 'ripugnante'. Cfr. lettere del 15 marzo e del 24 dicembre.

[28] *schwor*. Il verbo *schwören* ha due forme di preterito: *schwor* e *schwur*. La forma oggi piú usata è *schwor*.

[29] Oggi: *zu Abend essen*.

nosciuto una delle piú amabili creature. Sono lieto, sono felice e quindi sono un pessimo cronista.

È un angelo! – Andiamo, questo lo dicono tutti della loro innamorata, non è vero? Eppure non sono in grado di dirti quanto è perfetta e perché è perfetta; insomma, domina tutti i miei sensi.

Quanta semplicità e quanta intelligenza, quanta bontà e quanta fermezza, e poi la calma e la serenità del suo carattere, pur cosí attivo e pieno di vita! –

Tutto quello che ho scritto di lei sono chiacchiere vuote, semplici astrazioni che non esprimono un solo tratto della sua persona. Un'altra volta – no, non un'altra volta, ora, subito, te lo voglio raccontare. Se non lo faccio ora, non lo farò mai piú. Perché, sia detto fra noi, da quando ho incominciato a scrivere sono già stato tre volte sul punto di deporre la penna, di far sellare il cavallo e di correre da lei. Eppure stamattina mi sono giurato di non andarla a trovare e invece vado tutti i momenti alla finestra per vedere quanto è alto ancora il sole. – – –

Non sono riuscito a vincermi, sono dovuto andare da lei. Eccomi di ritorno, Wilhelm, ora mangerò il mio pane e burro per cena e ti scriverò. Quale delizia è per la mia anima vederla in mezzo a quegli otto cari e vivaci bambini, i suoi fratelli e le sue sorelle! –

Ma se continuo cosí, alla fine di questa lettera ne saprai quanto al principio. Ascolta dunque, cercherò di raccontarti tutto nei minimi particolari.

Ti avevo scritto che avevo fatto la conoscenza del podestà S. che mi aveva invitato ad andarlo a trovare nel suo eremo o piuttosto nel suo piccolo regno. Io dimenticai l'invito e forse

gekommen, hätte mir der Zufall nicht den Schatz entdeckt, der in der stillen Gegend verborgen liegt.

Unsere jungen Leute hatten einen Ball auf dem Lande angestellt, zu dem ich mich denn auch willig finden ließ. Ich bot einem hiesigen guten, schönen, übrigens unbedeutenden Mädchen die Hand, und es wurde ausgemacht, daß ich eine Kutsche nehmen, mit meiner Tänzerin und ihrer Base[30] nach dem Orte der Lustbarkeit hinausfahren und auf dem Wege Charlotten[31] S... mitnehmen sollte. – „Sie werden ein schönes Frauenzimmer kennenlernen." sagte meine Gesellschafterin, da wir durch den weiten, ausgehauenen Wald nach dem Jagdhause fuhren. – „Nehmen Sie sich in acht," versetzte die Base, „daß Sie sich nicht verlieben!" – „Wieso?" sagte ich.– „Sie ist schon vergeben," antwortete jene, „an einen sehr braven Mann, der weggereist ist, seine Sachen in Ordnung zu bringen, weil sein Vater gestorben ist, und sich um eine ansehnliche Versorgung zu bewerben." – Die Nachricht war mir ziemlich gleichgültig.

Die Sonne war noch eine Viertelstunde vom Gebirge, als wir vor dem Hoftore anfuhren. Es war sehr schwül, und die Frauenzimmer äußerten ihre Besorgnis wegen eines Gewitters, das sich in weißgrauen, dumpfichten[32] Wölkchen rings am Horizonte zusammenzuziehen schien. Ich täuschte ihre Furcht mit anmaßlicher Wetterkunde, ob mir gleich selbst zu ahnen anfing, unsere Lustbarkeit werde einen Stoß leiden.

Ich war ausgestiegen, und eine Magd, die ans Tor kam, bat uns, einen Augenblick zu verziehen[33], Mamsell Lottchen würde gleich kommen. Ich ging durch den Hof nach dem wohlgebauten Hause, und da ich die vorliegenden Treppen hinaufgestiegen war und in die Tür trat, fiel mir das reizendste

[30] *Base* è a rigore la sorella del padre. Il termine veniva però usato per indicare qualsiasi grado di parentela femminile, e in particolare la cugina.

[31] Un tempo si declinavano i nomi propri con le desinenze dei sostantivi deboli. Cfr. lettera del 12 agosto: *Alberten war das zu allgemein gesprochen* e l'ultima pagina del romanzo: *Werthern hatte man auf das Bett gelegt*.

[32] Forma antiquata per *dumpfig*: 'stantio', 'umido', 'che sa di muffa' (*moderig*), qui nel senso di 'carico di pioggia'.

[33] *Verziehen* ha qui il senso di *warten*: 'aspettare', 'tardare', 'indugiare' (cfr. anche la lettera del 20 dicembre). Oggi prevalgono i significati di 'cambiare residenza', 'viziare', 'educare in modo sbagliato'.

non ci sarei mai andato se il caso non mi avesse fatto scoprire quale tesoro era nascosto in quel luogo sereno.

I nostri giovanotti avevano organizzato un ballo in campagna al quale ero felice di partecipare anch'io. Offrii la mia compagnia a una ragazza di qui, buona e bella, ma per il resto insignificante, e si stabilí che avrei preso una vettura e sarei andato con la mia dama e una sua cugina al luogo della festa e che lungo la strada avremmo preso con noi Charlotte[8] S. – Conoscerà una bella ragazza, – disse la mia accompagnatrice, mentre la carrozza attraversava l'ampia radura del bosco per condurci verso la casa di caccia. – Stia bene attento, – aggiunse la cugina, – di non innamorarsi! – E perché poi? – chiesi. – Perché, – rispose, – è già impegnata con un bravo giovanotto che, poiché suo padre è morto, ora è in viaggio per mettere ordine nei suoi affari e per cercare di ottenere un impiego decoroso –. La notizia mi lasciò del tutto indifferente.

Il sole era ancora poco sopra la collina, quando la carrozza si fermò davanti al cancello. Il tempo era afoso e le ragazze erano preoccupate perché pareva che all'orizzonte, dove si addensavano piccole nubi umide e grige, si preparasse un temporale. Cercai di dissipare la loro paura facendo sfoggio di grandi conoscenze meteorologiche, benché io stesso incominciassi a temere che la nostra festa finisse con l'essere sciupata.

Ero sceso dalla carrozza e una servetta che era venuta alla porta ci pregò di attendere un momento, madamigella Lotte sarebbe venuta subito. Attraversai il cortile dirigendomi verso la casa, un edificio di piacevole aspetto, salii la scalinata e, affacciandomi alla porta, fui sorpreso dal piú grazioso spetta-

[8] I contemporanei non ebbero difficoltà a riconoscervi Charlotte Buff, con Maximiliane Brentano il modello della Lotte del romanzo. Goethe attinge a materiale autobiografico, come indica uno scritto di J.C. Kestner, fidanzato di Lotte e modello di Albert: «... Den 9^{tah} Juni fügte es sich, daß er mit bey einem Ball auf dem Lande war, wo mein Mädchen und ich waren. Ich konnte erst nachkommen und ritt dahin. Mein Mädchen fuhr also in einer andern Gesellschaft hin; der Dr. Goethe war mit in Wagen und lernte Lottchen hier zuerst kennen [...].

Lottchen zog gleich seine ganze Aufmercksamkeit an sich». (il 9 giugno 1772 le circostanze vollero che Goethe si trovasse ad un ballo in campagna dove eravamo pure la mia ragazza ed io. Io vi potei andare solo piú tardi, a cavallo. La mia ragazza allora ci andò in compagnia d'altri; anche il Dottor Goethe era in carrozza e fu qui che conobbe Lotte. [...] Ella attirò subito tutta la sua attenzione).

uspiel in die Augen, das ich je gesehen habe. In dem Vorsaale wimmelten sechs Kinder von eilf[34] zu zwei Jahren um ein Mädchen von schöner Gestalt, mittlerer Größe, die ein simples weißes Kleid, mit blaßroten Schleifen an Arm und Brust, anhatte. Sie hielt ein schwarzes Brot und schnitt ihren Kleinen rings herum jedem sein Stück nach Proportion ihres Alters und Appetits ab, gab's jedem mit solcher Freundlichkeit, und jedes rief so ungekünstelt sein „Danke!", indem es mit den kleinen Händchen lange in die Höhe gereicht hatte, ehe es noch abgeschnitten war, und nun mit seinem Abendbrote vergnügt entweder wegsprang, oder nach seinem stillern Charakter gelassen davonging nach dem Hoftore zu, um die Fremden und die Kutsche zu sehen, darin ihre Lotte wegfahren sollte.– „Ich bitte um Vergebung," sagte sie, „daß ich Sie hereinbemühe und die Frauenzimmer[35] warten lasse. Über dem Anziehen und allerlei Bestellungen fürs Haus in meiner Abwesenheit habe ich vergessen, meinen Kindern ihr Vesperbrot[36] zu geben, und sie wollen von niemanden Brot geschnitten haben als von mir." – Ich machte ihr ein unbedeutendes Kompliment, meine ganze Seele ruhte auf der Gestalt, dem Tone, dem Betragen, und ich hatte eben Zeit, mich von der Überraschung zu erholen, als sie in die Stube lief, ihre Handschuhe und den Fächer zu holen. Die Kleinen sahen mich in einiger Entfernung so von der Seite an, und ich ging auf das jüngste los, das ein Kind von der glücklichsten Gesichtsbildung war. Es zog sich zurück, als eben Lotte zur Türe herauskam und sagte: „Louis, gib dem Herrn Vetter[37] eine Hand." – Das tat der Knabe sehr freimütig, und ich konnte mich nicht enthalten, ihn, ungeachtet seines kleinen Rotznäschens, herzlich zu küssen. – „Vetter?" sagte ich, indem ich ihr die Hand reichte, „glauben Sie, daß ich des Glücks wert sei, mit Ihnen verwandt zu sein?" – „O," sagte sie mit einem

[34] Già allora forma antiquata per *elf*. Cfr. lettera del 12 dicembre.

[35] Il termine *Frauenzimmer*, un tempo usato nel significato di *Frau*, ha oggi la connotazione dispregiativa di 'donnicciola', 'donnetta'.

[36] Il termine *Vesperbrot*, 'merenda' o 'cena' (*Abendbrot*), è usato soprattutto nella Germania meridionale.

[37] La parola *Vetter*, 'cugino' e 'zio', indicava nell'uso popolare anche un lontano parente (cfr. *Base*, nota 30).

colo che avessi mai visto. Nell'atrio sei bambini fra gli undici e i due anni facevano ressa intorno a una ragazza dalla bella figura, di media statura, che portava un semplice vestito bianco con nastri rosa pallido al petto e alle braccia. Teneva in mano un pane nero e tagliava per i suoi piccoli che la circondavano una fetta a ciascuno, in proporzione dell'età e dell'appetito; distribuiva il pane con grande amorevolezza ed ognuno rispondeva con altrettanta spontaneità: – Grazie! – afferrandolo con le manine tese sopra la testa, prima ancora che fosse tagliato, e poi scappava via allegro con la sua merenda, oppure, se era di un carattere calmo, se ne andava tranquillo verso il cancello per vedere gli estranei e la carrozza con la quale Lotte doveva andare al ballo[9]. – La prego di scusarmi, – disse, – di averla fatta venire fin qui e di fare aspettare le signore. Ma tra vestirmi e dare disposizioni per la casa durante la mia assenza, mi sono dimenticata di dare ai miei bambini la merenda, e loro vogliono farsi tagliare il pane solo da me –. Le feci un complimento insignificante, tutta la mia anima si beava della sua figura, del tono della sua voce, del suo portamento, e non avevo ancora avuto il tempo di rimettermi dalla sorpresa che era già corsa nella stanza accanto per prendere guanti e ventaglio. I bambini mi guardavano furtivamente da una certa distanza e io mi avvicinai al piú piccolo che era un bambino dal viso straordinariamente bello. Si tirò indietro, ma proprio in quel momento Lotte era rientrata dicendo: – Louis, da' la manina al signor cugino –. Il bambino lo fece molto volentieri e io non potei trattenermi dal baciarlo molto affettuosamente, nonostante il suo nasetto sporco. – Cugino? – dissi stendendole la mano, – crede che io sia degno della fortuna di essere imparentato con lei? – Oh,

[9] È d'obbligo citare qui uno dei molti parallelismi tra il romanzo di Goethe e *La nouvelle Héloïse* di Rousseau. Lotte appare a Werther per la prima volta nel medesimo atteggiamento materno di Julie che Saint-Preux rivede dopo una lunga separazione (*NH*, 4, VI): «Elle n'était pas seule. Qui pensez-vous qu'elle amenait avec elle? Milord, c'étaient ses enfants» (Non era sola. Chi pensate che portasse con sé? Signore, erano i suoi figli).

leichtfertigen Lächeln, „unsere Vetterschaft ist sehr weitläufig, und es wäre mir leid, wenn Sie der schlimmste drunter sein sollten.“ – Im Gehen gab sie Sophien, der ältesten Schwester nach ihr, einem Mädchen von ungefähr eilf Jahren, den Auftrag, wohl auf die Kinder acht zu haben und den Papa zu grüßen, wenn er vom Spazierritte nach Hause käme. Den Kleinen sagte sie, sie sollten ihrer Schwester Sophie folgen, als wenn sie's selber wäre, das denn auch einige ausdrücklich versprachen. Eine kleine, naseweise Blondine aber, von ungefähr sechs Jahren, sagte: „Du bist's doch nicht, Lottchen, wir haben dich doch lieber.“ – Die zwei ältesten Knaben waren hinten auf die Kutsche geklettert, und auf mein Vorbitten erlaubte sie ihnen, bis vor den Wald mitzufahren, wenn sie versprächen, sich nicht zu necken und sich recht fest zu halten.

Wir hatten uns kaum zurecht gesetzt, die Frauenzimmer sich bewillkommt, wechselsweise über den Anzug, vorzüglich über die Hüte ihre Anmerkungen[38] gemacht und die Gesellschaft, die man erwartete, gehörig durchgezogen, als Lotte den Kutscher halten und ihre Brüder herabsteigen ließ, die noch einmal ihre Hand zu küssen begehrten, das denn der älteste mit aller Zärtlichkeit, die dem Alter von fünfzehn Jahren eigen sein kann, der andere mit viel Heftigkeit und Leichtsinn tat. Sie ließ die Kleinen noch einmal grüßen, und wir fuhren weiter.

Die Base fragte, ob sie mit dem Buche fertig wäre, das sie ihr neulich geschickt hätte. – „Nein,“ sagte Lotte, „es gefällt mir nicht, Sie können's wiederhaben. Das vorige war auch nicht besser.“ – Ich erstaunte, als ich fragte, was es für Bücher wären, und sie mir antwortete:* – Ich fand so viel Charakter in allem, was sie sagte, ich sah mit jedem Wort neue Reize, neue Strahlen des Geistes aus ihren Gesichtszügen hervorbre-

* Man sieht sich genötiget, diese Stelle des Briefes zu unterdrücken, um niemand Gelegenheit zu einiger Beschwerde zu geben. Obgleich im Grunde jedem Autor wenig an dem Urteile eines einzelnen Mädchens und eines jungen, unsteten Menschen gelegen sein kann.

[38] Forma antiquata per *Bemerkung*: 'osservazione'. Oggi significa 'annotazione', 'nota'.

– rispose con un sorriso spensierato, – i nostri cugini sono molto numerosi e mi dispiacerebbe se lei dovesse essere il peggiore di tutti –. Andandosene dette ancora l'incarico a Sophie, la sorella maggiore dopo di lei, una bimba di circa undici anni, di star bene attenta ai bambini e di salutare il papà quando fosse tornato a casa dalla sua passeggiata a cavallo. Ai bambini disse che dovevano obbedire alla sorella Sophie come se fosse lei stessa, cosa che alcuni le promisero solennemente. Solo una piccola biondina impertinente di circa sei anni, disse: – Ma lei non è mica te, Lotte, a te vogliamo piú bene –. I due ragazzi maggiori si erano arrampicati dietro la carrozza e per mia intercessione ebbero il permesso di venire con noi fino al bosco, purché promettessero di non farsi dispetti e di tenersi forte.

Avevamo appena preso posto, le signore si erano salutate, avevano scambiato le loro osservazioni sui vestiti e specialmente sui cappelli, sottoponendo a una severa critica la compagnia che ci aspettava, quando Lotte fece fermare il cocchiere e disse ai suoi fratelli di scendere; loro però vollero baciarle ancora una volta la mano, cosa che il maggiore fece con tutta la tenerezza di cui può essere capace un ragazzo di quindici anni, l'altro invece con grande slancio e leggerezza. Disse loro ancora una volta di salutare i piccoli, e continuammo la nostra strada.

La cugina chiese se aveva già finito il libro che le aveva prestato da poco. – No, – disse Lotte, – non mi piace, può riaverlo, se vuole. Anche l'altro non era molto migliore –. Mi stupii quando le chiesi di che libri si trattava e mi rispose:...* Tutto quello che disse mi sembrò oltremodo pieno di carattere. Ad ogni sua parola vedevo risplendere una nuova grazia e una nuova luce dello spirito dai tratti del suo volto che a poco a po-

* Ci vediamo costretti a sopprimere questo passo della lettera, per non dare a nessuno occasione di lamentarsi. Sebbene, in fondo, a nessun autore dovrebbe importar troppo il giudizio di una qualsiasi ragazza e di un giovane incostante [*N.d.A.*].

chen, die sich nach und nach vergnügt zu entfalten schienen, weil sie an mir fühlte, daß ich sie verstand.

„Wie ich jünger war", sagte sie, „liebte ich nichts so sehr als Romane. Weiß Gott, wie wohl mir's war, wenn ich mich Sonntags in so ein Eckchen setzen und mit ganzem Herzen an dem Glück und Unstern einer Miß Jenny teilnehmen konnte. Ich leugne auch nicht, daß die Art noch einige Reize für mich hat. Doch da ich so selten an ein Buch komme, so muß es auch recht nach meinem Geschmack sein. Und der Autor ist mir der liebste, in dem ich meine Welt wiederfinde, bei dem es zugeht wie um mich, und dessen Geschichte mir doch so interessant und herzlich wird als mein eigen häuslich Leben, das freilich kein Paradies, aber doch im ganzen eine Quelle unsäglicher Glückseligkeit ist."

Ich bemühte mich, meine Bewegungen über diese Worte zu verbergen. Das ging freilich nicht weit: denn da ich sie mit solcher Wahrheit im Vorbeigehen vom Landpriester von Wakefield, vom –* reden hörte, kam ich ganz außer mich, sagte ihr alles, was ich mußte, und bemerkte erst nach einiger Zeit, da Lotte das Gespräch an die anderen wendete, daß diese die Zeit über mit offenen Augen, als säßen sie nicht da, dagesessen hatten. Die Base sah mich mehr als einmal mit einem spöttischen Näschen an, daran mir aber nichts gelegen war.

Das Gespräch fiel aufs Vergnügen am Tanze. – „Wenn diese Leidenschaft ein Fehler ist," sagte Lotte, „so gestehe ich Ihnen gern, ich weiß mir nichts übers Tanzen. Und wenn ich was im Kopfe habe und mir auf meinem verstimmten Klavier einen Contretanz vortrommle, so ist alles wieder gut."

Wie ich mich unter dem Gespräche[39] in den schwarzen

* Man hat auch hier die Namen einiger vaterländischen Autoren weggelassen. Wer teil an Lottens Beifalle hat, wird es gewiß an seinem Herzen fühlen, wenn er diese Stelle lesen sollte, und sonst braucht es ja niemand zu wissen.

[39] Oggi: *während des Gesprächs*.

co parvero distendersi e rallegrarsi, forse perché sentiva che la capivo.

– Quando ero piú giovane, – disse, – non c'era nulla che amassi tanto come i romanzi. Dio sa quanto ero felice, quando la domenica potevo sedermi in un angolino e partecipare con tutto il mio cuore alla felicità o alle sventure di qualche Miss Jenny[10]. Non nego che questo genere ha ancora qualche fascino per me; ma poiché ora mi riesce cosí di rado di leggere un libro, voglio che sia completamente di mio gusto. E soprattutto preferisco un autore in cui ritrovo il mio mondo, in cui tutto succede come se fosse intorno a me, e la cui storia è per me interessante e vicina al cuore come la vita di casa mia, che forse non sarà un paradiso, ma è senza dubbio una fonte di indicibile felicità.

Io cercavo di nascondere la mia emozione per queste parole. Certo, non potei farlo a lungo, perché, sentendola come per caso parlare con tanta sincerità del *Vicario di Wakefield* e di...*[11], non seppi piú dominarmi e le dissi tutto quello che avevo nell'animo, e solo quando Lotte rivolse la parola alle altre due, mi accorsi che queste per tutto il tempo erano state lí ad ascoltarci a bocca aperta, come se non ci fossero neppure. La cugina mi guardò piú di una volta con un sorrisetto ironico, senza però che io mi scomponessi gran che.

La conversazione cadde sui piaceri della danza. – Se questa passione è un difetto, – disse Lotte, – confesso volentieri che per me non c'è nulla di piú bello del ballo. Quando ho qualcosa per la testa e mi metto a pestare sulla mia spinetta scordata una contraddanza, tutto si aggiusta.

Come mi inebriavo dei suoi occhi neri durante questi di-

* Anche qui abbiamo omesso i nomi di alcuni nostri scrittori. Coloro che avranno avuto l'approvazione di Lotte, lo sentiranno nel proprio cuore, leggendo questo passo; e gli altri non hanno bisogno di saperlo [*N.d.A.*].

[10] Probabilmente si tratta della *Histoire de Miss Jenny Glanville* di M. J. Riccoboni, romanzo della moda sentimentale inaugurata da Richardson (*Pamela*, *Clarissa*) in cui la virtú dell'eroina deve affrontare e vincere le insidie di un mondo pieno di seduzioni.

[11] *The Vicar of Wakefield* (*Il vicario di Wakefield*, 1766) di Oliver Goldsmith riproduce l'idillio patriarcale delle virtú borghesi che informano la semplice e serena vita quotidiana della famiglia di Lotte.

Augen weidete – wie die lebendigen Lippen und die frischen, muntern Wangen meine ganze Seele anzogen – wie ich, in den herrlichen Sinn ihrer Rede ganz versunken, oft gar die Worte nicht hörte, mit denen sie sich ausdrückte – davon hast du eine Vorstellung, weil du mich kennst. Kurz, ich stieg aus dem Wagen wie ein Träumender, als wir vor dem Lusthause stille hielten, und war so in Träumen rings in der dämmernden Welt verloren, daß ich auf die Musik kaum achtete, die uns von dem erleuchteten Saal herunter entgegenschallte.

Die zwei Herren Audran und ein gewisser N. N. – wer behält alle die Namen –, die der Base und Lottens Tänzer waren, empfingen uns am Schlage, bemächtigten sich ihrer Frauenzimmer, und ich führte das meinige hinauf.

Wir schlangen uns in Menuetts um einander herum; ich forderte ein Frauenzimmer nach dem andern auf, und just die unleidlichsten konnten nicht dazu kommen, einem die Hand zu reichen und ein Ende zu machen. Lotte und ihr Tänzer fingen einen Englischen an, und wie wohl mir's war, als sie auch in der Reihe die Figur mit uns anfing, magst du fühlen. Tanzen muß man sie sehen! Siehst du, sie ist so mit ganzem Herzen und mit ganzer Seele dabei, ihr ganzer Körper eine Harmonie, so sorglos, so unbefangen, als wenn das eigentlich alles wäre, als wenn sie sonst nichts dächte, nichts empfände; und in dem Augenblicke gewiß schwindet alles andere vor ihr.

Ich bat sie um den zweiten Contretanz; sie sagte mir den dritten zu, und mit der liebenswürdigsten Freimütigkeit von der Welt versicherte sie mir, daß sie herzlich gern deutsch tanze. – „Es ist hier so Mode," fuhr sie fort, „daß jedes Paar, das zusammen gehört, beim Deutschen zusammenbleibt, und

scorsi! Come attiravano tutta la mia anima le sue vivide labbra e le sue guance fresche e colorite! Affascinato dall'intelligenza e dal buon senso del suo discorso, spesso non sentivo neanche le parole con le quali si esprimeva! E questo te lo puoi ben immaginare, poiché mi conosci. Insomma, quando ci fermammo davanti al padiglione, scesi dalla carrozza come uno che stesse sognando ed ero cosí perduto nei miei sogni in quel mondo sommerso nel crepuscolo che sentii appena la musica che giungeva fino a noi dalla sala illuminata.

Il signor Audran e un certo N. N. – chi ricorda tutti quei nomi! – che erano i cavalieri della cugina e di Lotte, ci vennero incontro allo sportello, si impossessarono delle loro dame e anch'io salii in casa con la mia.

Dapprima ballammo un minuetto[12] scambiando continuamente le coppie; io invitavo una dama dopo l'altra, e proprio le piú antipatiche non si decidevano mai a darmi la mano e a terminare cosí il ballo. Lotte e il suo cavaliere incominciarono un'inglese[13] e ti puoi immaginare come ero felice quando, venuto il nostro turno, fece una figura anche con noi. Bisogna vederla ballare! Vedi, si dà al ballo con tutto il cuore e con tutta l'anima, tutto il suo corpo è una sola armonia, cosí spensierata, cosí disinvolta, come se non esistesse null'altro per lei, come se non potesse pensare, sentire null'altro; e in quel momento certamente ogni altra cosa scompare ai suoi occhi.

Le chiesi la seconda contraddanza; lei mi concesse la terza e con la piú amabile sincerità del mondo mi assicurò che ballava la tedesca molto volentieri. – Qui da noi usa cosí, – continuò, – le coppie che sono venute insieme ballano insieme la tede-

[12] Antica danza rustica originaria del Poitou, il minuetto assume una forma raffinata con Luigi XIV e diventa alla corte francese il ballo aristocratico per eccellenza. Si danza a coppie aperte in ritmo ternario con andamento moderato, atteggiamento cerimonioso, aggraziato da piccoli passi, lenti giri e frequenti inchini. Tutte le coppie devono eseguire contemporaneamente i medesimi movimenti.

[13] Il ballo all'inglese, o contraddanza (*country-dance*), è una vivace danza borghese in cui le coppie sono contrapposte. Ne fanno parte la quadriglia (*große Achte*) e la *Promenade*, che vede i danzatori camminare seguendo una musica di marcia.

mein Chapeau[40] walzt schlecht und dankt mir's, wenn ich ihm die Arbeit erlasse. Ihr Frauenzimmer kann's auch nicht und mag nicht, und ich habe im Englischen gesehen, daß Sie gut walzen; wenn Sie nun mein sein wollen fürs Deutsche, so gehen Sie und bitten sich's von meinem Herrn aus, und ich will zu Ihrer Dame gehen." – Ich gab ihr die Hand darauf, und wir machten aus, daß ihr Tänzer inzwischen meine Tänzerin unterhalten sollte.

Nun ging's an, und wir ergetzten uns eine Weile an mannigfaltigen Schlingungen der Arme. Mit welchem Reize, mit welcher Flüchtigkeit[41] bewegte sie sich! und da wir nun gar ans Walzen kamen und wie die Sphären um einander herumrollten, ging's freilich anfangs, weil's die wenigsten können, ein bißchen bunt durcheinander. Wir waren klug und ließen sie austoben, und als die Ungeschicktesten den Plan geräumt hatten, fielen wir ein und hielten mit noch einem Paare, mit Audran und seiner Tänzerin, wacker aus. Nie ist mir's so leicht vom Flecke gegangen. Ich war kein Mensch mehr. Das liebenswürdigste Geschöpf in den Armen zu haben und mit ihr herumzufliegen wie Wetter[42], daß alles rings umher verging, und – Wilhelm, um ehrlich zu sein, tat ich aber doch den Schwur, daß ein Mädchen, das ich liebte, auf das ich Ansprüche hätte, mir nie mit einem andern walzen sollte als mit mir, und wenn ich drüber zugrunde gehen müßte. Du verstehst mich!

Wir machten einige Touren gehend im Saale, um zu verschnaufen. Dann setzte sie sich, und die Orangen, die ich beiseite gebracht hatte, die nun die einzigen noch übrigen waren, taten vortreffliche Wirkung, nur daß mir mit jedem Schnitt-

[40] Il termine francese *chapeau* (cappello), qui nel senso di 'cavaliere della dama' (*Tanzherr)*, si riferisce allo *chapeau-bas*, cappello piatto triangolare di seta nera che danzando l'uomo teneva sotto il braccio o in mano.

[41] Qui nel senso di 'agilità', 'leggerezza del movimento'. Oggi *Flüchtigkeit* significa soprattutto: 'fugacità, 'volubilità', 'incostanza', 'superficialità'.

[42] La parola *Wetter*, 'tempo atmosferico', ha anche il significato di 'temporale' (cfr. lettera del 20 gennaio), 'fulmine', 'tempesta'. Cfr. la lettera del 18 agosto *Wetterschnelle*: 'con la velocità di un fulmine' e la lettera del 16 luglio dove compare al posto di *Donner* nella locuzione *wie vom Wetter gerührt*: 'come fulminato'.

sca[14], ma il mio cavaliere balla male il valzer e mi è grato se gli risparmio la fatica. Anche la sua dama non è molto brava e non le piace ballarlo. Da come balla l'inglese ho capito però che lei deve essere bravo per il valzer; sicché, se vuol ballare con me la tedesca, vada dal mio cavaliere e gli chieda il permesso, e io andrò dalla sua dama –. Accettai senz'altro e cosí stabilimmo che nel frattempo il suo cavaliere avrebbe fatto compagnia alla mia ballerina.

E allora s'incominciò! Per un tratto ci dilettammo in tutte le possibili posizioni delle braccia. Con che grazia, con che scioltezza si muoveva! Quando poi incominciammo il valzer e ci mettemmo a turbinare come due sfere celesti girano l'una intorno all'altra, ci fu naturalmente da principio un po' di confusione, poiché quasi nessuno sapeva ballare. Ma noi avemmo l'accortezza di lasciarli sfogare; e quando i meno bravi ebbero sgombrato il campo, entrammo in lizza resistendo valorosamente insieme con un'altra coppia, Audran e la sua ballerina. Mai ero riuscito a ballare cosí bene e mi pareva di non essere piú un essere umano. Tenere fra le braccia la piú cara creatura e volare con lei in un turbine, tanto che tutto intorno spariva, e – Wilhelm, voglio essere sincero, giurai che mai una ragazza che io amassi e sulla quale avessi delle pretese, mai ti dico avrebbe dovuto ballare il valzer se non con me, dovesse costarmi la vita. Tu mi capisci!

Facemmo un paio di giri passeggiando intorno alla sala, per riprendere fiato. Poi lei si sedette e le arance che avevo messo da parte e che ormai erano le sole che fossero rimaste, ebbero un effetto meraviglioso, solo che ad ogni spicchio che lei per

[14] Il walzer, negli anni Settanta il ballo piú moderno e trasgressivo, coniuga il *deutscher Tanz* e l'austriaco *Ländler*. È veloce, a ritmo ternario – il walzer lento verrà piú tardi. Per la prima volta la donna è stretta dalle braccia dell'uomo e la coppia gira su se stessa senza doversi coordinare con le altre coppie. È significativo che Werther mal sopporti la compassata prassi del minuetto francese, per calarsi finalmente nella vertiginosa passionalità della danza tedesca. Lotte, ballando il walzer con entusiasmo, rivela la propria natura passionale.

chen, das sie einer unbescheidenen Nachbarin ehrenhalben zuteilte, ein Stich durchs Herz ging.

Beim dritten englischen Tanz waren wir das zweite Paar. Wie wir die Reihe durchtanzten und ich, weiß Gott mit wieviel Wonne, an ihrem Arm und Auge hing, das voll vom wahrsten Ausdruck des offensten, reinsten Vergnügens war, kommen wir an eine Frau, die mir wegen ihrer liebenswürdigen Miene auf einem nicht mehr ganz jungen Gesichte merkwürdig gewesen war. Sie sieht Lotten lächelnd an, hebt einen drohenden Finger auf und nennt den Namen Albert zweimal im Vorbeifliegen mit viel Bedeutung.

„Wer ist Albert?" sagte ich zu Lotten, „wenn's nicht Vermessenheit ist zu fragen." – Sie war im Begriff zu antworten, als wir uns scheiden mußten, um die große Achte zu machen, und mich dünkte einiges Nachdenken auf ihrer Stirn zu sehen, als wir so vor einander vorbeikreuzten. – „Was soll ich's Ihnen leugnen," sagte sie, indem sie mir die Hand zur Promenade bot. „Albert ist ein braver Mensch, dem ich so gut als verlobt bin." – Nun war mir das nichts Neues (denn die Mädchen hatten mir's auf dem Wege gesagt) und war mir doch so ganz neu, weil ich es noch nicht im Verhältnis auf sie, die mir in so wenig Augenblicken so wert geworden war, gedacht hatte. Genug, ich verwirrte mich, vergaß mich und kam zwischen das unrechte Paar hinein, daß alles drunter und drüber ging und Lottens ganze Gegenwart und Zerren und Ziehen nötig war, um es schnell wieder in Ordnung zu bringen.

Der Tanz war noch nicht zu Ende, als die Blitze, die wir schon lange am Horizonte leuchten gesehn und die ich immer für Wetterkühlen ausgegeben hatte, viel stärker zu werden anfingen und der Donner die Musik überstimmte. Drei Frauenzimmer liefen aus der Reihe, denen ihre Herren folgten; die Unordnung wurde allgemein, und die Musik hörte auf. Es ist natürlich, wenn uns ein Unglück oder etwas Schreckliches im Vergnügen überrascht, daß es stärkere Eindrücke auf uns macht als sonst, teils wegen des Gegensatzes, der sich so lebhaft empfinden läßt, teils und noch mehr, weil unsere Sinne einmal der Fühlbarkeit geöffnet sind und also desto schneller einen Eindruck annehmen. Diesen Ursachen muß ich die wunderbaren Grimassen zuschreiben, in die ich mehrere Frauen-

cortesia doveva spartire con una vicina indiscreta, provavo un colpo al cuore.

Al terzo ballo inglese noi eravamo la seconda coppia. Mentre attraversavamo ballando la fila, e Dio sa con quanta delizia io pendevo dalle sue braccia e dai suoi occhi che erano pieni della sincera espressione di una schietta e completa allegria, passammo davanti a una signora che già da tempo mi aveva colpito per l'espressione amabile e piena di grazia che aveva il suo viso non piú giovane. Guarda sorridendo Lotte e, volandosene via, la minaccia con un dito e ripete un paio di volte con molta intenzione il nome di Albert.

– Chi è Albert, – chiesi a Lotte, – se la domanda non è troppo indiscreta? – Stava per rispondermi, quando fummo costretti a separarci per fare il grande otto e mi parve di scorgere una certa preoccupazione sulla sua fronte quando le ripassai davanti. – Perché devo nasconderglielo? – mi disse piú tardi offrendomi il braccio per la promenade. – Albert è un brav'uomo con il quale si può dire che sono fidanzata –. Ora questa notizia non era nuova per me (perché le ragazze me ne avevano già parlato lungo la strada), eppure mi parve del tutto nuova, poiché prima non l'avevo messa in relazione con lei, che in cosí breve tempo mi era diventata tanto cara. Insomma, mi confusi, persi la testa, mi ficcai in mezzo alle altre coppie provocando un grande disordine e ci volle tutta la presenza di spirito di Lotte che incominciò a tirarci e a spingerci di qua e di là, per rimettere in breve tutti a posto.

Questa danza non era ancora finita quando i lampi, che già da tempo avevamo visto illuminare l'orizzonte e che io avevo tentato di far passare per semplici sfoghi della calura, si fecero piú forti e all'improvviso i tuoni soffocarono la musica. Tre damigelle scapparono via, seguite dai loro cavalieri; il disordine fu subito generale, e la musica tacque. È naturale che se una disgrazia o uno spavento ci sorprende in mezzo a una festa, fa una impressione piú forte che mai, sia per il contrasto che si fa sentire tanto piú vivo, sia, e forse a maggior ragione, perché i nostri sensi sono ormai eccitati e quindi subiscono le impressioni tanto piú fortemente. A queste cause devo attribuire le strane smorfie che vidi fare improvvisamente a diverse damigelle. La piú intelligente si sedette in un angolo voltan-

zimmer ausbrechen sah. Die klügste setzte sich in eine Ecke, mit dem Rücken gegen das Fenster, und hielt die Ohren zu. Eine andere kniete vor ihr nieder und verbarg den Kopf in der ersten Schoß. Eine dritte schob sich zwischen beide hinein und umfaßte ihre Schwesterchen mit tausend Tränen. Einige wollten nach Hause; andere, die noch weniger wußten, was sie taten, hatten nicht so viel Besinnungskraft, den Keckheiten unserer jungen Schlucker zu steuern, die sehr beschäftigt zu sein schienen, alle die ängstlichen Gebete, die dem Himmel bestimmt waren, von den Lippen der schönen Bedrängten wegzufangen. Einige unserer Herren hatten sich hinabbegeben, um ein Pfeifchen in Ruhe zu rauchen; und die übrige Gesellschaft schlug es nicht aus, als die Wirtin auf den klugen Einfall kam, uns ein Zimmer anzuweisen, das Läden und Vorhänge hätte. Kaum waren wir da angelangt, als Lotte beschäftigt war, einen Kreis von Stühlen zu stellen und, als sich die Gesellschaft auf ihre Bitte gesetzt hatte, den Vortrag[43] zu einem Spiele zu tun.

Ich sah manchen, der in Hoffnung auf ein saftiges Pfand sein Mäulchen spitzte und seine Glieder reckte. – „Wir spielen Zählens[44]!“ sagte sie. „Nun gebt acht! Ich geh' im Kreise herum von der Rechten zur Linken, und so zählt ihr auch rings herum, jeder die Zahl, die an ihn kommt, und das muß gehen wie ein Lauffeuer, und wer stockt oder sich irrt, kriegt eine Ohrfeige, und so bis tausend.“ – Nun war das lustig anzusehen: Sie ging mit ausgestrecktem Arm im Kreise herum. „Eins“, fing der erste an, der Nachbar „zwei“, „drei“ der folgende, und so fort. Dann fing sie an, geschwinder zu gehen, immer geschwinder; da versah's einer: Patsch! eine Ohrfeige, und über das Gelächter der folgende auch: Patsch! Und immer geschwinder. Ich selbst kriegte zwei Maulschellen und glaubte mit innigem Vergnügen zu bemerken, daß sie stärker seien, als sie sie den übrigen zuzumessen pflegte. Ein allge-

[43] *Vortrag*, qui nel senso di 'spiegazione', oggi significa: 'conferenza', 'recita' o 'declamazione di un testo'. Cfr. p. 220 *Der Herausgeber an den Leser* dove compare come 'discorso'.

[44] La costruzione antiquata con *spielen* seguito dal genitivo corrispondeva a 'giocare a...'.

do la schiena alla finestra e tappandosi le orecchie. Un'altra si buttò in ginocchio ai suoi piedi e le nascose il capo in grembo. Una terza si ficcò fra le due e abbracciò le sorelle piangendo come una disperata. Alcune volevano tornare a casa; altre, che proprio non sapevano quel che facevano, non avevano tanta presenza di spirito da sottrarsi all'ardire dei nostri baldi giovanotti i quali parevano molto occupati a cogliere direttamente dalle labbra delle belle spaventate tutte le preghiere angosciose che rivolgevano al cielo. Alcuni signori piú posati erano scesi per fumarsi in pace una pipetta; e il resto della compagnia fu molto contenta quando la padrona di casa ebbe la buona idea di condurci in una stanza che aveva tende e persiane alle finestre. Eravamo appena entrati, che Lotte si affrettò a preparare un giro di sedie, e quando la compagnia per suo invito si fu seduta, a spiegare le regole di un gioco.

Vidi piú d'uno che, nella speranza di qualche pegno saporito, già sporgeva le labbra agitandosi tutto. – Giochiamo alla conta, – disse Lotte. – State attenti! Io giro in mezzo a voi da destra a sinistra e voi contate per ordine e dite il numero che vi tocca, tutto però deve essere come un fuoco di fila e chi si ferma o si sbaglia si busca uno schiaffo, finché s'arriva a mille –. Lo spettacolo era davvero divertente. Lei girava dentro il circolo con il braccio teso. – Uno –, incominciò il primo, il vicino, – due, – tre – quello che seguiva, e cosí via. Poi lei si mise a camminare piú presto, sempre piú presto; ed ecco che uno si sbaglia, ciac! Uno schiaffo e poiché tutti ridono, anche il vicino, ciac! E sempre piú presto. Io stesso mi presi due ceffoni e con un'intima gioia credetti di notare che erano piú forti di quelli che aveva rifilato agli altri. Risa generali e un gran chias-

meines Gelächter und Geschwärm endigte das Spiel, ehe noch das Tausend ausgezählt war. Die Vertrautesten zogen einander beiseite, das Gewitter war vorüber, und ich folgte Lotten in den Saal. Unterwegs sagte sie: „Über die Ohrfeigen haben sie Wetter und alles vergessen!" – Ich konnte ihr nichts antworten. – „Ich war", fuhr sie fort, „eine der Furchtsamsten, und indem ich mich herzhaft stellte, um den andern Mut zu geben, bin ich mutig geworden." – Wir traten ans Fenster. Es donnerte abseitwärts, und der herrliche Regen säuselte[45] auf das Land, und der erquickendste Wohlgeruch stieg in aller Fülle einer warmen Luft zu uns auf. Sie stand auf ihren Ellenbogen gestützt, ihr Blick durchdrang die Gegend; sie sah gen Himmel und auf mich, ich sah ihr Auge tränenvoll, sie legte ihre Hand auf die meinige und sagte: „Klopstock!" – Ich erinnerte mich sogleich der herrlichen Ode, die ihr in Gedanken lag, und versank in dem Strome von Empfindungen, den sie in dieser Losung über mich ausgoß. Ich ertrug's nicht, neigte mich auf ihre Hand und küßte sie unter den wonnevollsten Tränen. Und sah nach ihrem Auge wieder – Edler! hättest du deine Vergötterung in diesem Blicke gesehen, und möcht' ich nun deinen so oft entweihten Namen nie wieder nennen hören!

[45] Cfr. l'ultima strofa dell'ode di Friedrich Gottlieb Klopstock *Frühlingsfeier* (*Festa di primavera*): «Siehe, nun kommt Jehova nicht mehr im Wetter, | In stillem, sanftem Säuseln | Kommt Jehova, | Und unter ihm neigt sich der Bogen des Friedens» (Guarda, ora Geova non viene piú con la tempesta, | In un sussurrio quieto e soave | Viene Geova, | E sotto di lui si piega l'arco della pace).

so misero fine al gioco prima ancora che si fosse arrivati a mille. Le coppie che erano piú in confidenza si appartarono un poco, il temporale era passato, e io seguii Lotte nella sala. Camminando mi disse: – A forza di schiaffi si sono dimenticati del temporale e di tutto il resto! – Non fui capace di risponderle. – Io avevo, – continuò, – piú paura di tutti, ma sforzandomi di far coraggio agli altri, è venuto coraggio anche a me –. Ci avvicinammo alla finestra, tuonava ancora lontano, una magnifica pioggia cadeva scrosciando leggera e soave sui campi e un profumo vivificante saliva fino a noi come un soffio di vento pieno di tepore. Stava appoggiata sui gomiti e contemplava la campagna; alzò gli occhi al cielo, poi li rivolse verso di me e io vidi che erano pieni di lacrime. Posò la sua mano sulla mia e disse: – Klopstock! – Mi ricordai subito della stupenda ode[15] che era nei suoi pensieri e sprofondai nel fiume di sensazioni che con questo nome aveva riversato su di me. Non potei trattenermi, mi chinai sulla sua mano e la baciai versando le lacrime piú deliziose. Tornai a guardarla negli occhi – oh nobile poeta! Se avessi potuto vedere la tua apoteosi in quello sguardo, e se mi fosse concesso di non sentir piú fare il tuo nome, cosí spesso profanato!

[15] Nella stesura del 1787 Goethe inserisce il riferimento esplicito alla popolarissima ode dopo l'evocazione di Klopstock (1724-1803), ai tempi del *Werther* la massima autorità poetica in Germania. L'ode a cui Lotte allude è *Frühlingsfeier* (*Festa di primavera*) del 1759 appena citata. La terra è scossa da un violento temporale che, secondo i canoni codificati piú tardi nel sublime dinamico kantiano, suscita dapprima un sentimento di terrore. Poi il cielo si rasserena e allo sgomento segue la gratitudine commossa verso Dio che con la pioggia ha ridato vigore alla natura per il benessere e la felicità dell'uomo, che sa di essere lo scopo della creazione e che perciò non deve temere il Creatore. La lirica di Klopstock evoca sentimenti sublimi nei quali le anime elette dell'*Empfindsamkeit* si riconoscono nel comune linguaggio dell'ineffabile. L'esperienza di Lotte e Werther rinnova le parole dell'amante della *Nouvelle Héloïse*: «J'ose me flatter quelquefois que le ciel a mis une conformité secrète entre nos affections [...]. Avant que d'avoir pris les uniformes préjugés du monde, nous avons des manières uniformes de sentir et de voir» (Oso lusingarmi qualche volta che il cielo abbia messo una segreta conformità nei nostri affetti [...]. Prima di avere acquisito i pregiudizi uniformi del mondo, abbiamo dei modi uniformi di sentire e di vedere) (*NH*, 1, I).

Am 19. Junius.

Wo ich neulich mit meiner Erzählung geblieben bin, weiß ich nicht mehr; das weiß ich, daß es zwei Uhr des Nachts war, als ich zu Bette kam, und daß, wenn ich dir hätte vorschwatzen können, statt zu schreiben, ich dich vielleicht bis an den Morgen aufgehalten hätte.

Was auf unserer Hereinfahrt vom Balle geschehen ist, habe ich noch nicht erzählt, habe auch heute keinen Tag dazu.

Es war der herrlichste Sonnenaufgang. Der tröpfelnde Wald und das erfrischte Feld umher! Unsere Gegellschafterinnen nickten ein. Sie fragte mich, ob ich nicht auch von der Partie sein wollte; ihrentwegen[46] sollt' ich unbekümmert sein. – „So lange ich diese Augen offen sehe", sagte ich und sah sie fest an, „so lange hat's keine Gefahr." – Und wir haben beide ausgehalten bis an ihr Tor, da ihr die Magd leise aufmachte und auf ihr Fragen versicherte, daß Vater und Kleine wohl seien und alle noch schliefen. Da verließ ich sie mit der Bitte, sie selbigen Tags[47] noch sehen zu dürfen; sie gestand mir's zu, und ich bin gekommen – und seit der Zeit können Sonne, Mond und Sterne geruhig ihre Wirtschaft treiben, ich weiß weder daß Tag noch daß Nacht ist, und die ganze Welt verliert sich um mich her.

Am 21. Junius.

Ich lebe so glückliche Tage, wie sie Gott seinen Heiligen aufspart; und mit mir mag werden was will, so darf ich nicht sagen, daß ich die Freuden, die reinsten Freuden des Lebens nicht genossen habe. – Du kennst mein Wahlheim; dort bin ich völlig etabliert, von da habe ich nur eine halbe Stunde zu Lotten, dort fühl' ich mich selbst und alles Glück, das dem Menschen gegeben ist.

[46] Oggi: *ihretwegen*.

[47] *am gleichen Tag*. Oggi, però già antiquato, *am selbigen Tag*. *Selbig* si riferisce a cosa o persona appena nominati.

19 giugno.

Non so piú dove sono rimasto con il mio racconto nella mia ultima lettera; ricordo solo che erano già le due di notte quando andai a letto, e che, se avessi potuto chiacchierare con te invece di scriverti, forse ti avrei tenuto in piedi fino al mattino.

Quello che è successo durante il nostro ritorno dal ballo non te l'ho ancora raccontato, e neppure oggi ho il tempo di farlo.

Era un'alba meravigliosa. Il bosco stillante e i campi freschi di pioggia intorno a noi! Le nostre compagne si erano assopite. Mi chiese se volevo far loro compagnia, che non dovevo fare complimenti per lei. – Finché vedrò aperti questi occhi, – dissi fissandola, – non c'è pericolo che mi addormenti –. E siamo rimasti svegli tutti e due, sino alla sua porta, che la domestica aprí senza far rumore e, rispondendo alla sua domanda, la rassicurò che il padre e i bambini stavano bene e dormivano ancora. La lasciai dopo averle chiesto di poterla rivedere quello stesso giorno; acconsentí e io sono tornato: e da allora il sole e la luna e le stelle possono continuare tranquilli il loro corso, io non so se sia giorno o sia notte, e l'universo intero è svanito intorno a me.

21 giugno.

Vivo giorni felici come quelli che Dio riserva ai suoi santi; e qualunque cosa mi succeda, non potrò certo dire di non aver goduto le gioie piú pure della vita. – Tu conosci il mio Wahlheim; mi ci sono completamente insediato, perché ho solo mezz'ora di strada per arrivare a casa di Lotte, dove sono me stesso e provo tutta la felicità che può esser concessa ad un uomo.

h gedacht, als ich mir Wahlheim zum Zwecke meigänge wählte, daß es so nahe am Himmel läge! ort habe ich das Jagdhaus, das nun alle meine Wünsche einschließt, auf meinen weiten Wanderungen, bald vom Berge, bald von der Ebne über den Fluß gesehn!

Lieber Wilhelm, ich habe allerlei nachgedacht, über die Begier im Menschen, sich auszubreiten, neue Entdeckungen zu machen, herumzuschweifen; und dann wieder über den inneren Trieb, sich der Einschränkung willig zu ergeben, in dem Gleise der Gewohnheit so hinzufahren und sich weder um Rechts noch um Links zu bekümmern.

Es ist wunderbar: wie ich hierher kam und vom Hügel in das schöne Tal schaute, wie es mich rings umher anzog. – Dort das Wäldchen! – Ach könntest du dich in seine Schatten mischen! – Dort die Spitze des Berges! – Ach könntest du von da die weite Gegend überschauen! – Die in einander geketteten Hügel und vertraulichen Täler! – O könnte ich mich in ihnen verlieren! – – Ich eilte hin, und kehrte zurück, und hatte nicht gefunden, was ich hoffte. O es ist mit der Ferne wie mit der Zukunft! Ein großes dämmerndes Ganze ruht vor unserer Seele, unsere Empfindung verschwimmt darin wie unser Auge, und wir sehnen uns, ach! unser ganzes Wesen hinzugeben, uns mit aller Wonne eines einzigen, großen, herrlichen Gefühls ausfüllen zu lassen. – Und ach! wenn wir hinzueilen, wenn das Dort nun Hier wird, ist alles vor wie nach, und wir stehen in unserer Armut, in unserer Eingeschränktheit, und unsere Seele lechzt nach entschlüpftem Labsale.

So sehnt sich der unruhigste Vagabund zuletzt wieder nach seinem Vaterlande und findet in seiner Hütte, an der Brust seiner Gattin, in dem Kreise seiner Kinder, in den Geschäften zu ihrer Erhaltung die Wonne, die er in der weiten Welt vergebens suchte.

Wenn ich des Morgens mit Sonnenaufgange hinausgehe nach meinem Wahlheim und dort im Wirtsgarten mir meine Zuckererbsen selbst pflücke, mich hinsetze, sie abfädne[48] und dazwischen in meinem Homer lese; wenn ich in der kleinen

[48] *abfädele.*

Non avrei mai pensato, quando scelsi Wahlheim come meta delle mie passeggiate, che fosse cosí vicino al cielo! Quante volte non ho veduto durante le mie lunghe camminate, ora dal monte, ora dalla pianura oltre il fiume, la casa di caccia che racchiude ormai l'oggetto di tutti i miei desideri.

Caro Wilhelm, ho fatto ogni sorta di considerazioni sulla smania degli uomini di uscire dalla propria casa, di fare nuove scoperte, di perdersi lontano nel mondo; e poi sull'impulso che abbiamo di porci di buon grado dei limiti, di seguire il solco delle abitudini e di non preoccuparci di quel che succede a destra e a sinistra.

È straordinario: mentre venivo quassú e dall'alto della collina guardavo la bella vallata, tutto mi attirava qui intorno. «Guarda quel boschetto! Oh, se potessi immergerti nelle sue ombre! E la cima di quel monte! Oh, se potessi ammirare di lassú la vasta contrada! E quella catena di colline e quelle valli amiche e fidate! Oh, potessi perdermi in loro!» Correvo fin là e ritornavo indietro senza avere trovato quello che speravo. Oh, la lontananza è come il futuro! Dinanzi alla nostra anima c'è un tutto indistinto e senza confini e i nostri sensi e i nostri occhi vi si perdono e noi altro non desideriamo che abbandonarci con tutto il nostro essere per lasciarci colmare dalla voluttà di un solo grande, splendido sentimento. E tuttavia, non appena corriamo incontro a tutto questo, non appena quello che prima era là ora è qui, nulla è cambiato, siamo sempre ugualmente poveri, ugualmente limitati, e la nostra anima spasima per un balsamo che abbiamo perduto.

Cosí, anche il vagabondo piú inquieto finisce per aver nostalgia della patria, e nella sua capanna, tra le braccia della sua sposa, in mezzo ai suoi bambini, nel lavoro per sostentarli, ritrova le delizie che invano aveva cercato nell'ampio mondo.

Quando la mattina esco di casa con il levar del sole per recarmi al mio Wahlheim e là, nell'orto dell'osteria, raccolgo da me i piselli freschi, mi siedo a sgranarli e intanto leggo nel mio Omero; quando poi nella piccola cucina scelgo una pento-

Küche mir einen Topf wähle, mir Butter aussteche, Schoten ans Feuer stelle, zudecke und mich dazusetze, sie manchmal umzuschütteln: da fühl' ich so lebhaft, wie die übermütigen Freier der Penelope Ochsen und Schweine schlachten, zerlegen und braten. Es ist nichts, das mich so mit einer stillen, wahren Empfindung ausfüllte als die Züge patriarchalischen Lebens, die ich, Gott sei Dank, ohne Affektation in meine Lebensart verweben kann.

Wie wohl ist mir's, daß mein Herz die simple, harmlose Wonne des Menschen fühlen kann, der ein Krauthaupt auf seinen Tisch bringt, das er selbst gezogen, und nun nicht den Kohl allein, sondern all die guten Tage, den schönen Morgen, da er ihn pflanzte, die lieblichen Abende, da er ihn begoß, und da er an dem fortschreitenden Wachstum seine Freude hatte, alle in einem Augenblicke wieder mitgenießt.

Am 29. Junius.

Vorgestern kam der Medikus[49] hier aus der Stadt hinaus zum Amtmann und fand mich auf der Erde unter Lottens Kindern, wie einige auf mir herumkrabbelten[50], andere mich neckten, und wie ich sie kitzelte und ein großes Geschrei mit ihnen erregte. Der Doktor, der eine sehr dogmatische Drahtpuppe ist, unterm Reden seine Manschetten in Falten legt und einen Kräusel ohne Ende herauszupft, fand dieses unter der Würde eines gescheiten Menschen; das merkte ich an seiner Nase. Ich ließ mich aber in nichts stören, ließ ihn sehr vernünftige Sachen abhandeln und baute den Kindern ihre Kartenhäuser wieder, die sie zerschlagen hatten. Auch ging er darauf in der Stadt herum und beklagte, des Amtmanns Kinder wären so schon ungezogen genug, der Werther verderbe sie nun völlig.

[49] Oggi antiquato e usato solo ironicamente per *Arzt*, 'medico'.

[50] Cosí Goethe scriveva a Kestner nella lettera del 6-7 ottobre 1772: «Wollte ich säße noch zu Lottens Füßen, und die Jungen krabelten auf mir herum» (Vorrei essere seduto ai piedi di Lotte con i bambini che mi si arrampicano addosso).

la, vi metto a struggere il burro, metto i piselli al fuoco, li copro e mi siedo accanto per rimenarli ogni tanto, allora comprendo davvero perché i prepotenti Proci di Penelope macellavano, squartavano e mettevano ad arrostire buoi e maiali[16]. Non vi è nulla che mi comunichi un sentimento di pace e di verità come questi tratti di vita patriarcale che riesco a intessere, grazie a Dio senza nessuna affettazione, nella mia vita quotidiana.

Come son contento che il mio cuore sappia sentire le ingenue, innocenti delizie di un uomo che porta in tavola un cavolo che lui stesso ha coltivato e non gusta solo il suo cavolo, ma anche, nello stesso momento, tutte le buone giornate trascorse, anche il mattino in cui l'ha piantato, anche le sere serene in cui lo innaffiava e gioiva nel vederlo cresciuto.

29 giugno.

Ier l'altro venne dalla città il medico per far visita al podestà e mi trovò steso a terra in mezzo ai bambini di Lotte, mentre alcuni mi si arrampicavano addosso, altri mi facevano dispetti, e io li solleticavo e facevo con loro un gran chiasso. Il dottore, che è una marionetta oltremodo dogmatica e ha l'abitudine, mentre parla, di pieghettare i polsini e di tirarne fuori una gala senza fine, trovava che quello spettacolo non era degno di un uomo sensato; me n'accorsi dal modo come arricciava il naso. Ma io non mi scomposi, lo lasciai sbrigare i suoi importantissimi affari e tornai a costruire per i ragazzi il castello di carte che avevano abbattuto. Subito dopo naturalmente è andato in giro per la città lamentandosi che i figli del podestà erano già abbastanza maleducati e che ora quel Werther finiva di rovinarli.

[16] Werther si riferisce all'episodio dei Proci nel ventesimo canto dell'*Odissea*.

Ja, lieber Wilhelm, meinem Herzen sind die Kinder am nächsten auf der Erde. Wenn ich ihnen zusehe und in dem kleinen Dinge die Keime aller Tugenden, aller Kräfte sehe, die sie einmal so nötig brauchen werden; wenn ich in dem Eigensinne künftige Standhaftigkeit und Festigkeit des Charakters, in dem Mutwillen guten Humor und Leichtigkeit, über die Gefahren der Welt hinzuschlüpfen, erblicke, alles so unverdorben, so ganz! – immer, immer wiederhole ich dann die goldenen Worte des Lehrers der Menschen: „Wenn ihr nicht werdet wie eines von diesen!" Und nun, mein Bester, sie, die unseresgleichen sind, die wir als unsere Muster ansehen sollten, behandeln wir als Untertanen. Sie sollen keinen Willen haben! – Haben wir denn keinen? und wo liegt das Vorrecht? – Weil wir älter sind und gescheiter! – Guter Gott von deinem Himmel, alte Kinder siehst du und junge Kinder, und nichts weiter; und an welchen du mehr Freude hast, das hat dein Sohn schon lange verkündigt. Aber sie glauben an ihn und hören ihn nicht – das ist auch was Altes! – und bilden ihre Kinder nach sich und – Adieu, Wilhelm! Ich mag darüber nicht weiter radotieren[51].

Am 1. Julius.

Was Lotte einem Kranken sein muß, fühl' ich an meinem eigenen armen Herzen, das übler dran ist als manches, das auf dem Siechbette verschmachtet. Sie wird einige Tage in der Stadt bei einer rechtschaffnen Frau zubringen, die sich nach der Aussage der Ärzte ihrem Ende naht und in diesen letzten Augenblicken Lotten um sich haben will. Ich war vorige Woche mit ihr, den Pfarrer von St... zu besuchen; ein Örtchen, das eine Stunde seitwärts im Gebirge liegt. Wir kamen gegen

[51] Francesismo ormai antiquato per *schwatzen* (chiacchierare), *faseln* (vaneggiare), *Unsinn reden* (dire delle stupidaggini).

Sí, caro Wilhelm, non c'è nulla su questa terra che sia cosí vicino al mio cuore come i bambini. Quando sto a guardarli e in quei piccoli esseri scorgo il germe di tutte le virtú, di tutte le energie delle quali un giorno avranno tanto bisogno; quando scorgo nella loro ostinazione la futura costanza e fermezza del carattere, nei loro capricci il buon umore e la facilità di sfuggire ai pericoli del mondo, e tutto cosí schietto e incorrotto! – allora torno continuamente a ripetermi le auree parole del Maestro degli uomini: «Guai se non diventerete come uno di loro!»[17]. Eppure mio caro, questi, che sono i nostri pari, che dovremmo anzi considerare i nostri modelli, noi li trattiamo come dei sudditi. Non permettiamo loro di avere una volontà propria! Forse che noi non l'abbiamo? E perché allora dovremmo avere un privilegio? Perché siamo piú vecchi e piú ragionevoli? Buon Dio, dall'alto dei cieli non vedi che dei bambini, non importa se giovani o vecchi; e chi siano quelli da cui hai maggior gioia, lo ha già detto Tuo Figlio. Ma gli uomini non credono in Lui e non Lo ascoltano – anche questa non è una novità – e crescono i loro figli prendendo a modello se stessi. Adieu, Wilhelm, basta con queste sciocchezze!

1° luglio.

Cosa possa essere Lotte per un ammalato, lo sento nel mio povero cuore che si trova forse in peggiori condizioni di chi langue nel suo letto di dolore. Passerà alcuni giorni in città in casa di una brava donna che, secondo il verdetto dei medici, è vicina alla fine e in questi ultimi istanti vuole avere Lotte accanto a sé. La scorsa settimana sono stato insieme con lei a far visita al parroco di St., un paesetto che si trova a un'ora da qui, appartato in mezzo alle montagne. Vi arrivammo verso le quattro. Lotte aveva preso con sé la sua seconda sorella.

[17] «In verità vi dico: se voi non vi convertite e non diventate come i fanciulli, non entrerete nel regno dei cieli». (Matteo, 18.3). Kestner scriveva di Goethe: «Er liebt die Kinder und kann sich mit ihnen sehr beschäftigen» (Ama i bambini e sa come occuparsi di loro). Come Rousseau Werther condanna la rigida educazione dogmatica rappresentata dal medico che, come si legge nella lettera del 29 giugno, va a trovare il padre di Lotte.

vier dahin. Lotte hatte ihre zweite Schwester mitgenommen. Als wir in den mit zwei hohen Nußbäumen überschatteten Pfarrhof traten, saß der gute alte Mann auf einer Bank vor der Haustür, und da er Lotten sah, ward er wie neu belebt, vergaß seinen Knotenstock und wagte sich auf, ihr entgegen. Sie lief hin zu ihm, nötigte ihn sich niederzulassen, indem sie sich zu ihm setzte, brachte viele Grüße von ihrem Vater, herzte seinen garstigen, schmutzigen jüngsten Buben, das Quakelchen[52] seines Alters. Du hättest sie sehen sollen, wie sie den Alten beschäftigte, wie sie ihre Stimme erhob, um seinen halb tauben Ohren vernehmlich zu werden, wie sie ihm von jungen, robusten Leuten erzählte, die unvermutet gestorben wären, von der Vortrefflichkeit des Karlsbades, und wie sie seinen Entschluß lobte, künftigen Sommer hinzugehen, wie sie fand, daß er viel besser aussähe, viel munterer sei als das letztemal, da sie ihn gesehn. – Ich hatte indes der Frau Pfarrerin meine Höflichkeiten gemacht. Der Alte wurde ganz munter, und da ich nicht umhin konnte, die schönen Nußbäume zu loben, die uns so lieblich beschatteten, fing er an, uns, wiewohl mit einiger Beschwerlichkeit, die Geschichte davon zu geben. – „Den alten", sagte er, „wissen wir nicht, wer den gepflanzt hat; einige sagen dieser, andere jener Pfarrer. Der jüngere aber dort hinten ist so alt als meine Frau, im Oktober funfzig Jahr. Ihr Vater pflanzte ihn des Morgens, als sie gegen Abend geboren wurde. Er war mein Vorfahr im Amt, und wie lieb ihm der Baum war, ist nicht zu sagen; mir ist er's gewiß nicht weniger. Meine Frau saß darunter auf einem Balken und strickte, da ich vor siebenundzwanzig Jahren als ein armer Student zum erstenmale hier in den Hof kam." – Lotte fragte nach seiner Tochter; es hieß, sie sei mit Herrn Schmidt auf die Wiese hinaus zu den Arbeitern, und der Alte fuhr in seiner Erzählung fort: wie sein Vorfahr ihn liebgewonnen und die Tochter dazu, und wie er erst sein Vikar und dann sein Nachfolger geworden. Die Geschichte war nicht lange zu Ende, als die Jungfer Pfarrerin mit dem sogenannten Herrn Schmidt durch den Garten herkam: sie bewillkommte Lotten mit herzlicher Wär-

[52] Termine del dialetto francofortese per *Nesthäkchen*: 'uccellino implume'.

Quando arrivammo alla parrocchia che è ombreggiata da due alti alberi di noce, il buon vecchio stava seduto su una panca davanti alla porta di casa e non appena vide Lotte parve come rianimato, dimenticò il suo nodoso bastone e provò ad alzarsi per andarle incontro. Lei corse verso di lui, lo costrinse a rimettersi sulla panca, sedendogli accanto, gli portò i saluti di suo padre e abbracciò il figlio piú piccolo del parroco, un marmocchio sporco e viziato, che era il coccolo della sua vecchiaia. Avresti dovuto vederla come si occupava del vecchio, come alzava la voce per vincere la sua sordità, come gli raccontava di certi giovani sani e robusti che erano morti all'improvviso, come vantava l'efficacia della cura di Karlsbad e approvava la sua decisione di recarvisi la prossima estate, e infine come gli diceva che aveva un aspetto molto migliore, che era molto piú arzillo dell'ultima volta che l'aveva visto. Intanto io avevo fatto i miei complimenti alla moglie del parroco. Il vecchio era diventato tutto allegro e poiché io non potevo trattenermi dall'ammirare i magnifici noci che ci coprivano con la loro ombra gradevole, incominciò, anche se con qualche difficoltà, a raccontare la loro storia. – Quello, che è il piú vecchio, – disse, – non sappiamo chi sia che l'ha piantato: alcuni dicono questo, altri quel pastore. Quello piú giovane però, là dietro, ha esattamente la stessa età di mia moglie, cinquant'anni in ottobre. Suo padre lo piantò la mattina del giorno in cui lei verso sera venne al mondo. Era il mio predecessore in questa parrocchia, e non si può dire quanto amasse quest'albero; e io certamente non l'amo di meno. Mia moglie stava seduta là sotto, sopra una trave, e lavorava a maglia, quando ventisette anni or sono entrai per la prima volta in questo cortile da povero studente –. Lotte chiese notizie di sua figlia e la risposta fu che era andata col signor Schmidt a vedere gli operai che lavoravano sul prato, e il vecchio continuò il suo racconto: che il suo predecessore, insieme con la figlia, lo avevano preso a benvolere e che lui era diventato dapprima il suo vicario e quindi il suo successore. La storia era appena finita, quando attraverso il giardino arrivò la figlia del parroco con il suddetto signor Schmidt; salutò Lotte con gran-

me, und ich muß sagen, sie gefiel mir nicht übel; eine rasche, wohlgewachsene Brünette, die einen die kurze Zeit über auf dem Lande wohl unterhalten hätte. Ihr Liebhaber (denn als solchen stellte sich Herr Schmidt gleich dar), ein feiner, doch stiller Mensch, der sich nicht in unsere Gespräche mischen wollte, ob ihn gleich Lotte immer hereinzog. Was mich am meisten betrübte, war, daß ich an seinen Gesichtszügen zu bemerken schien, es sei mehr Eigensinn und übler Humor als Eingeschränktheit des Verstandes, der ihn sich mitzuteilen hinderte. In der Folge ward dies leider nur zu deutlich; denn als Friederike beim Spazierengehen mit Lotten und gelegentlich auch mit mir ging, wurde des Herrn Angesicht, das ohnedies einer bräunlichen Farbe war, so sichtlich verdunkelt, daß es Zeit war, daß Lotte mich beim Ärmel zupfte und mir zu verstehn gab, daß ich mit Friederiken zu artig getan. Nun verdrießt mich nichts mehr, als wenn die Menschen einander plagen, am meisten, wenn junge Leute in der Blüte des Lebens, da sie am offensten für alle Freuden sein könnten, einander die paar guten Tage mit Fratzen verderben und nur erst zu spät das Unersetzliche ihrer Verschwendung einsehen. Mich wurmte das, und ich konnte nicht umhin, da wir gegen Abend in den Pfarrhof zurückkehrten und an einem Tische Milch aßen und das Gespräch auf Freude und Leid der Welt sich wendete, den Faden zu ergreifen und recht herzlich gegen die üble Laune zu reden. – „Wir Menschen beklagen uns oft", fing ich an, „daß der guten Tage so wenig sind und der schlimmen so viel, und, wie mich dünkt, meist mit Unrecht. Wenn wir immer ein offenes Herz hätten, das Gute zu genießen, das uns Gott für jeden Tag bereitet, wir würden alsdann auch Kraft genug haben, das Übel zu tragen, wenn es kommt." – „Wir haben aber unser Gemüt nicht in unserer Gewalt;" versetzte die Pfarrerin; „wie viel hängt vom Körper ab! Wenn einem nicht wohl ist, ist's einem überall nicht recht." – Ich gestand ihr das ein. – „Wir wollen es also", fuhr ich fort, „als eine Krankheit ansehen und fragen, ob dafür kein Mittel ist?" – „Das läßt sich hören," sagte Lotte, „ich glaube wenigstens, daß viel von uns abhängt. Ich weiß es an mir. Wenn mich etwas neckt und mich verdrießlich machen will, spring' ich auf

de cordialità e devo dire che mi piacque molto: era una brunetta vispa e ben fatta che certamente avrebbe fatto passar presto il tempo a uno che vivesse in campagna. Il suo fidanzato (poiché ben presto cosí si presentò il signor Schmidt) era un uomo fine, ma riservato, che non voleva prender parte alla nostra conversazione, sebbene Lotte si rivolgesse continuamente a lui. Soprattutto provai dispiacere accorgendomi dall'espressione del suo viso, che ciò che gli impediva di partecipare ai nostri discorsi era ritrosia e malumore piuttosto che mancanza di intelligenza. In seguito questo apparve purtroppo tanto piú evidente; poiché, durante una passeggiata, quando Friederike si accompagnava con Lotte e all'occasione anche con me, il volto di quel signore, che già di per sé era di un colore piuttosto scuro, si rabbuiava talmente che Lotte pensò bene di tirarmi per la manica e di farmi capire che ero stato troppo galante con Friederike. Ora non c'è nulla che mi urti di piú che vedere gli uomini tormentarsi a vicenda, e soprattutto quando i giovani, nel fiore della vita, mentre potrebbero godere di tutte le gioie, si guastano con le loro stupidaggini le poche buone giornate che concede loro la vita e, quando si accorgono come sia irrecuperabile quello che hanno sciupato, è troppo tardi. Mi rodevo per questo e quando verso sera ritornammo alla parrocchia e ci mettemmo a tavola per bere il latte e cenare e il discorso cadde su gioie e dolori di questo mondo, non potei trattenermi dal cogliere il filo del discorso e parlare con molto calore contro la malinconia. – Noi uomini ci lamentiamo spesso, – incominciai, – perché di giorni buoni ce ne sono cosí pochi, e tanti invece di cattivi, ma mi sembra davvero che abbiamo torto. Se avessimo sempre un cuore aperto per godere il bene che Dio ci manda ogni giorno, avremmo anche forza sufficiente per sopportare il male quando arriva. – Ma noi non siamo padroni dei nostri stati d'animo, – rispose la moglie del parroco, – quante cose non dipendono dal corpo! Quando uno sta male, non c'è nulla che gli vada bene. Io consentii con lei: – Vogliamo allora considerarla come una malattia e chiederci se non ci sia qualche mezzo per guarirne? – Questo mi pare giusto, – disse Lotte, – o per lo meno credo che molto dipenda da noi. Lo so per mia esperienza. Quando c'è qualcosa che mi urta e mi infastidisce, basta che salti su e canti un paio di

und sing' ein paar Contretänze den Garten auf und ab, gleich ist's weg." – „Das war's, was ich sagen wollte," versetzte ich, „es ist mit der üblen Laune völlig wie mit der Trägheit, denn es ist eine Art von Trägheit. Unsere Natur hängt sehr dahin[53], und doch, wenn wir nur einmal die Kraft haben, uns zu ermannen, geht uns die Arbeit frisch von der Hand, und wir finden in der Tätigkeit ein wahres Vergnügen." – Friederike war sehr aufmerksam, und der junge Mensch wandte mir ein, daß man nicht Herr über sich selbst sei und am wenigsten über seine Empfindungen gebieten könne.– „Es ist hier die Frage von einer unangenehmen Empfindung", versetzte ich, „die doch jedermann gerne los ist; und niemand weiß, wie weit seine Kräfte gehen, bis er sie versucht hat. Gewiß, wer krank ist, wird bei allen Ärzten herumfragen, und die größten Resignationen, die bittersten Arzeneien wird er nicht abweisen, um seine gewünschte Gesundheit zu erhalten." – Ich bemerkte, daß der ehrliche Alte sein Gehör anstrengte, um an unserm Diskurse teilzunehmen, ich erhob die Stimme, indem ich die Rede gegen ihn wandte. „Man predigt gegen so viele Laster," sagte ich, „ich habe noch nie gehört, daß man gegen die üble Laune[54] vom Predigtstuhle gearbeitet hätte."* – „Das müßten

* Wir haben nun von Lavatern eine treffliche Predigt hierüber, unter denen über das Buch Jonas.

[53] *neigt sehr dazu.*

[54] Era allora l'espressione comunemente usata per 'malinconia', che Goethe considerava la malattia piú grave del tempo. Cfr. *Dichtung und Wahrheit* (*Poesia e verità*) III, 13: «Alles Behagen am Leben ist auf eine regelmäßige Wiederkehr der äußeren Dinge gegründet. Der Wechsel von Tag und Nacht, der Jahreszeiten, der Blüten und Früchte, und was uns sonst von Epoche zu Epoche entgegentritt, damit wir es genießen können und sollen, diese sind die eigentlichen Triebfedern des irdischen Lebens. Je offener wir für diese Genüsse sind, desto glücklicher fühlen wir uns; wälzt sich aber die Verschiedenheit dieser Erscheinungen vor uns auf und nieder, ohne daß wir daran teil nehmen, sind wir gegen so holde Anerbietungen unempfänglich: dann tritt das größte Übel, die schwerste Krankheit ein, man betrachtet das Leben als eine ekelhafte Last» (Tutta la bellezza della vita si basa su un ritorno regolare delle cose esteriori. L'avvicendarsi di giorno e notte, delle stagioni, dei fiori e dei frutti, e ciò che normalmente ci si fa incontro di epoca in epoca affinché noi ne possiamo e dobbiamo godere, sono i veri motori della vita terrena. Quanto piú siamo aperti a questi piaceri, tanto piú ci sentiamo felici; se però questi fenomeni molteplici si dipanano davanti a noi lasciandoci indifferenti, se siamo insensibili a offerte cosí gradevoli: allora sopraggiunge il male piú grande, la malattia piú grave, si considera la vita un peso disgustoso).

contraddanze passeggiando in giardino e tutto è passato –. Era quello che volevo dire anch'io, – risposi. – La malinconia è proprio come la pigrizia, perché anch'essa è una specie di pigrizia. La nostra natura vi è molto portata, eppure se riusciamo a trovare la forza di scuoterci, il lavoro va avanti da solo e nell'attività finiamo col trovare un vero piacere –. Friederike ascoltava molto attentamente e il giovane mi obiettò che non siamo padroni di noi stessi e soprattutto non possiamo comandare ai nostri sentimenti. – Qui si tratta piuttosto di un sentimento sgradevole, – risposi, – del quale ognuno vorrebbe liberarsi; e nessuno può conoscere la misura delle proprie forze finché non le ha messe alla prova. Certo, chi è malato corre da tutti i medici e non si sottrae alle medicine piú amare e ai piú duri sacrifici, pur di riavere il bene della salute –. Mi accorsi che il buon vecchio tendeva l'orecchio per prendere parte al nostro discorso, alzai perciò la voce rivolgendomi a lui: – Si predica contro tanti vizi, – dissi, – ma non ho mai sentito che dal pulpito si sia combattuto contro la malinconia*. – Questo lo dovrebbero fare i pastori di città, – disse, – i contadini non

* Abbiamo ora un'eccellente predica di Lavater su questo argomento, tra quelle sul libro di Giona[18] [*N. d. A.*].

[18] Goethe apprezzava molto il nuovo tipo di analisi psicologica del libro di Johann Kaspar Lavater *Predigten über das Buch Jonas* (*Prediche sul Libro di Giona*) pubblicato a Zurigo nel 1773 che conteneva la predica *Mittel gegen Unzufriedenheit und üble Laune* (*Rimedi contro l'infelicità e la malinconia*) cui si riferisce la nota.

die Stadtpfarrer tun," sagte er, „die Bauern haben keinen bösen Humor; doch könnte es auch zuweilen nicht schaden, es wäre eine Lektion für seine Frau wenigstens und für den Herrn Amtmann." - Die Gesellschaft lachte, und er herzlich mit, bis er in einen Husten verfiel, der unsern Diskurs[55] eine Zeitlang unterbrach; darauf denn der junge Mensch wieder das Wort nahm: „Sie nannten den bösen Humor ein Laster; mich deucht[56], das ist übertrieben." - „Mit nichten," gab ich zur Antwort, „wenn das, womit man sich selbst und seinem Nächsten schadet, diesen Namen verdient. Ist es nicht genug, daß wir einander nicht glücklich machen können, müssen wir auch noch einander das Vergnügen rauben, das jedes Herz sich noch manchmal selbst gewähren kann? Und nennen Sie mir den Menschen, der übler Laune ist und so brav dabei, sie zu verbergen, sie allein zu tragen, ohne die Freude um sich her zu zerstören! Oder ist sie nicht vielmehr ein innerer Unmut über unsere eigene Unwürdigkeit, ein Mißfallen an uns selbst, das immer mit einem Neide verknüpft ist, der durch eine törichte Eitelkeit aufgehetzt wird? Wir sehen glückliche Menschen, die wir nicht glücklich machen, und das ist unerträglich." - Lotte lächelte mich an, da sie die Bewegung sah, mit der ich redete, und eine Träne in Friederikens Auge spornte mich fortzufahren.- „Wehe denen," sagte ich, „die sich der Gewalt bedienen, die sie über ein Herz haben, um ihm die einfachen Freuden zu rauben, die aus ihm selbst hervorkeimen. Alle Geschenke, alle Gefälligkeiten der Welt ersetzen nicht einen Augenblick Vergnügen an sich selbst, den uns eine neidische Unbehaglichkeit unsers Tyrannen vergällt hat."

Mein ganzes Herz war voll in diesem Augenblicke; die Erinnerung so manches Vergangenen drängte sich an meine Seele, und die Tränen kamen mir in die Augen.

„Wer sich das nur täglich sagte:" rief ich aus, „du vermagst nichts auf deine Freunde, als ihnen ihre Freuden zu lassen und ihr Glück zu vermehren, indem du es mit ihnen genießest.

[55] Francesismo per *Gespräch*.

[56] Presente indicativo antiquato del verbo impersonale *dünken* che si costruisce con l'accusativo. Oggi: *mir scheint...*, *ich glaube...* Cfr. lettera del 10 ottobre.

sono mai malinconici; e tuttavia anche qui non farebbe male per nulla, sarebbe almeno una lezione per la propria moglie e per il signor podestà –. La compagnia scoppiò a ridere e anche lui rise di cuore, ma fu preso da un nodo di tosse che per un certo tempo interruppe la nostra conversazione, finché il giovane poté riprendere la parola: – Lei ha detto che la malinconia è un vizio; mi pare che questo sia esagerato. – Niente affatto, – ribattei, – perché merita di essere chiamato un vizio ciò che danneggia noi stessi e il nostro prossimo. Non basta forse che non sappiamo renderci felici l'un l'altro, dobbiamo anche toglierci a vicenda la gioia che ogni cuore è talvolta in grado di procurare a se stesso? E mi trovi poi uno che sia di cattivo umore, ma sia anche cosí bravo da nasconderlo e tenerlo tutto per sé senza distruggere la gioia degli altri! Non è forse una disperazione interiore per la nostra indegnità, una insoddisfazione di noi stessi che è sempre legata a un sentimento di invidia esasperato da una stupida vanità? Vediamo intorno a noi della gente felice la cui felicità non dipende da noi e questo ci sembra intollerabile –. Lotte mi sorrise vedendo la commozione con la quale parlavo, e una lacrima negli occhi di Friederike mi indusse a continuare. – Guai a coloro, – dissi, – che si servono del potere che hanno sopra un cuore, per togliergli le semplici gioie che vi possono germogliare. Tutti i doni, tutti i favori del mondo non potranno ripagarci di un momento di gioia che ci sia stato amareggiato dalla nera invidia di un tiranno.

In quell'istante il mio cuore traboccava; molte memorie del passato facevano ressa nella mia anima e gli occhi mi si riempirono di lacrime.

– Ogni giorno, – esclamai, – bisognerebbe ripetersi: tu non puoi far nulla per i tuoi amici se non accettare che siano felici e aumentare anzi la loro felicità godendone insieme con loro.

Vermagst du, wenn ihre innere Seele von einer ängstigenden[57] Leidenschaft gequält, vom Kummer zerrüttet ist, ihnen einen Tropfen Linderung zu geben?

Und wenn die letzte, bangste Krankheit dann über das Geschöpf herfällt, das du in blühenden Tagen untergraben hast, und sie nun daliegt in dem erbärmlichsten Ermatten, das Auge gefühllos gen Himmel sieht, der Todesschweiß auf der blassen Stirne abwechselt, und du vor dem Bette stehst wie ein Verdammter, in dem innigsten Gefühl, daß du nichts vermagst mit deinem ganzen Vermögen, und die Angst dich inwendig krampft, daß du alles hingeben möchtest, dem untergehenden Geschöpfe einen Tropfen Stärkung, einen Funken Mut einflößen zu können."

Die Erinnerung einer solchen Szene, wobei ich gegenwärtig war, fiel mit ganzer Gewalt bei diesen Worten über mich. Ich nahm das Schnupftuch vor die Augen und verließ die Gesellschaft, und nur Lottens Stimme, die mir rief, wir wollten fort, brachte mich zu mir selbst. Und wie sie mich auf dem Wege schalt über den zu warmen Anteil an allem, und daß ich drüber zugrunde gehen würde! daß ich mich schonen sollte! – O der Engel! Um deinetwillen muß ich leben!

Am 6. Julius.

Sie ist immer um ihre sterbende Freundin, und ist immer dieselbe, immer das gegenwärtige, holde Geschöpf, das, wo sie hinsieht, Schmerzen lindert und Glückliche macht. Sie ging gestern abend mit Marianen und dem kleinen Malchen spazieren, ich wußte es und traf sie an, und wir gingen zusammen. Nach einem Wege von anderthalb Stunden kamen wir gegen die Stadt zurück, an den Brunnen, der mir so wert und nun tausendmal werter ist. Lotte setzte sich aufs Mäuerchen, wir standen vor ihr. Ich sah umher, ach, und die Zeit, da mein Herz so allein war, lebte wieder vor mir auf. – „Lieber Brunnen," sagte ich, „seither hab' ich nicht mehr an deiner Kühle

[57] *beängstigenden.*

E se la loro anima è tormentata nell'intimo da una passione angosciosa ed è distrutta dal dolore, sai recar loro una goccia di sollievo?

– E quando una cruda, mortale malattia coglie la creatura che tu nei giorni felici hai lentamente distrutto, e la vedi misera e sfinita, con l'occhio spento rivolto verso il cielo, e il sudore della morte le imperla la pallida fronte, allora stai davanti al suo letto come un dannato e dal profondo del cuore senti che a nulla valgono tutte le tue forze e che l'angoscia dentro ti divora, sicché vorresti dar tutto pur di poter recare alla creatura morente una goccia di sangue, una scintilla di vita.

A queste parole mi assalí con violenza il ricordo di una scena molto simile a questa, alla quale ero stato presente. Mi nascosi gli occhi nel fazzoletto e lasciai la compagnia, e solo la voce di Lotte, che mi gridava che dovevamo partire, mi richiamò a me stesso. Oh, come mi rimproverò lungo la via del ritorno dicendomi che partecipavo a tutto con troppa passione, che dovevo risparmiarmi, che cosí avrei finito col rovinare me stesso! – Oh, che angelo! Per amor tuo bisogna che viva!

6 luglio.

È sempre al capezzale della sua amica morente ed è sempre la stessa creatura assidua e cara che, ovunque volga lo sguardo, allevia i dolori e rende felici. Ieri sera andò a passeggiare con Marianne e con la piccola Malchen; io lo sapevo, le andai incontro e cosí camminammo insieme per un tratto. Dopo circa mezz'ora di strada, ritornando in città, passammo davanti alla fontana che amo tanto e ora mi è mille volte piú cara. Lotte si sedette sul muricciolo e noi stavamo davanti a lei. Mi guardai intorno e in me tornò vivo il tempo in cui il mio cuore era cosí solo. – Cara fontana, – dissi, – da allora non ho piú riposato nella tua freschezza, e talvolta passandoti in fretta davanti non

geruht, hab' in eilendem Vorübergehn dich manchmal nicht angesehn." – Ich blickte hinab und sah, daß Malchen mit einem Glase Wasser sehr beschäftigt heraufstieg. – Ich sah Lotten an und fühlte alles, was ich an ihr habe. Indem kommt Malchen mit einem Glase. Mariane wollt' es ihr abnehmen: „Nein!" rief das Kind mit dem süßesten Ausdrucke, „nein, Lottchen, du sollst zuerst trinken!" – Ich ward über die Wahrheit, über die Güte, womit sie das ausrief, so entzückt, daß ich meine Empfindung mit nichts ausdrücken konnte, als ich nahm das Kind von der Erde und küßte es lebhaft, das sogleich zu schreien und zu weinen anfing. – „Sie haben übel getan," sagte Lotte. – Ich war betroffen. – „Komm, Malchen," fuhr sie fort, indem sie es bei der Hand nahm und die Stufen hinabführte, „da wasche dich aus der frischen Quelle geschwind, geschwind, da tut's nichts." – Wie ich so dastand und zusah, mit welcher Emsigkeit das Kleine mit seinen nassen Händchen die Backen rieb, mit welchem Glauben, daß durch die Wunderquelle alle Verunreinigung abgespült und die Schmach abgetan würde, einen häßlichen Bart zu kriegen; wie Lotte sagte: „Es ist genug!" und das Kind doch immer eifrig fortwusch, als wenn Viel mehr täte als Wenig – ich sage dir, Wilhelm, ich habe mit mehr Respekt nie einer Taufhandlung beigewohnt; und als Lotte heraufkam, hätte ich mich gern vor ihr niedergeworfen wie vor einem Propheten, der die Schulden einer Nation weggeweiht hat.

Des Abends konnte ich nicht umhin, in der Freude meines Herzens den Vorfall einem Manne zu erzählen, dem ich Menschensinn zutraute, weil er Verstand hat; aber wie kam ich an! Er sagte, das sei sehr übel von Lotten gewesen; man solle den Kindern nichts weis machen; dergleichen gebe zu unzähligen Irrtümern und Aberglauben Anlaß, wovor man die Kinder frühzeitig bewahren müsse. – Nun fiel mir ein, daß der Mann vor acht Tagen hatte taufen lassen, drum ließ ich's vorbeigehen und blieb in meinem Herzen der Wahrheit getreu: Wir sollen es mit den Kindern machen wie Gott mit uns, der uns am glücklichsten macht, wenn er uns in freundlichem Wahne so hintaumeln läßt.

ti ho neanche rivolto uno sguardo –. Volsi in giú gli occhi e vidi Malchen che saliva su per la scala tutta indaffarata a portare un bicchiere d'acqua. Guardai Lotte e sentii quanto significhi per me. In quel momento arriva Malchen con il bicchiere. Marianne glielo voleva togliere. – No! – gridò la bambina con l'espressione piú dolce, – no, Lotte, prima devi bere tu! – Rimasi cosí incantato per la sincerità, per l'affetto con cui aveva detto queste parole, che non seppi esprimere il mio sentimento in altro modo che sollevando la bambina da terra e baciandola con tanto impeto che si mise a piangere e a gridare. – Le ha fatto male, – disse Lotte –. Io ero confuso e sorpreso. – Vieni, Malchen, – continuò prendendola per mano e scendendo con lei gli scalini, – lavati subito con l'acqua fresca della sorgente, ti passerà tutto –. Rimasi lí a guardare con che serietà la piccina si sfregava le guance con le manine bagnate, tutta persuasa che la sorgente miracolosa avrebbe portato via ogni impurità e scongiurato il pericolo che potesse crescere anche a lei una brutta barba; e mentre Lotte le diceva: – Ora basta – la bambina continuava lo stesso a lavarsi con grande zelo persuasa che molto servisse piú di poco. – Te lo dico, Wilhelm, non ho mai assistito con maggiore rispetto a un battesimo e quando Lotte risalí mi sarei gettato ai suoi piedi come davanti a un profeta che ha purificato un popolo dalle sue colpe.

La sera non mi potei trattenere, mentre il mio cuore ancora palpitava di gioia, dal descrivere la scenetta ad un uomo al quale attribuivo sentimenti di umanità, semplicemente perché ha intelligenza e buon senso, ma capitai male! Disse che Lotte aveva avuto torto. Non bisognava dare a intendere nulla ai bambini, perché cosí si fanno nascere in loro errori e superstizioni da cui si deve preservarli il piú presto possibile. A questo punto mi ricordai che proprio quell'uomo aveva fatto battezzare il suo bambino appena la settimana prima; per questo lasciai perdere convinto in fondo al cuore di questa verità: dobbiamo comportarci con i bambini come Dio con noi, il quale ci rende piú felici quando ci fa girare la testa con le piú rosee illusioni.

Am 8. Julius.

Was man ein Kind ist! Was man nach so einem Blicke geizt! Was man ein Kind ist! – Wir waren nach Wahlheim gegangen. Die Frauenzimmer fuhren hinaus, und während unserer Spaziergänge glaubte ich in Lottens schwarzen Augen – ich bin ein Tor, verzeih mir's! du solltest sie sehen, diese Augen. – Daß ich kurz bin (denn die Augen fallen mir zu vor Schlaf): siehe, die Frauenzimmer stiegen ein, da standen um die Kutsche der junge W..., Selstadt und Audran und ich. Da ward aus dem Schlage geplaudert mit den Kerlchen, die freilich leicht und lüftig[58] genug waren. – Ich suchte Lottens Augen; ach, sie gingen von einem zum andern! Aber auf mich! mich! mich! der ganz allein auf sie resigniert[59] dastand, fielen sie nicht! – Mein Herz sagte ihr tausend Adieu! Und sie sah mich nicht! Die Kutsche fuhr vorbei, und eine Träne stand mir im Auge. Ich sah ihr nach und sah Lottens Kopfputz sich zum Schlage herauslehnen, und sie wandte sich um zu sehen, ach! nach mir? – Lieber! In dieser Ungewißheit schwebe ich; das ist mein Trost: vielleicht hat sie sich nach mir umgesehen! Vielleicht! – Gute Nacht! O, was ich ein Kind bin[60]!

Am 10. Julius.

Die alberne Figur, die ich mache, wenn in Gesellschaft von ihr gesprochen wird, solltest du sehen! Wenn man mich nun gar fragt, wie sie mir gefällt? – Gefällt! das Wort hasse ich auf den Tod. Was muß das für ein Mensch sein, dem Lotte gefällt, dem sie nicht alle Sinne, alle Empfindungen ausfüllt! Gefällt! Neulich fragte mich einer, wie mir Ossian gefiele!

[58] *luftig*. La metafonia compariva solo nella lingua parlata.

[59] *Resigniert*, oggi 'rassegnato', significa qui 'umile', 'devoto'. Oggi si direbbe: *ihr ergeben*.

[60] Nella lettera di Goethe a Lotte Buff del 16 giugno 1774 si legge: «O Lotte was ich ein Kind bin».

8 luglio.

Come si può essere cosí bambini! Come si può cercare con tanta passione uno sguardo! Come si può essere cosí bambini! Eravamo andati a Wahlheim. Le signore avevano preso la carrozza e mentre noi passeggiavamo a piedi ebbi l'impressione che negli occhi neri di Lotte – sono un pazzo, perdonami! Ma dovresti vederli, questi occhi! – Per farla breve (poiché gli occhi mi si chiudono dal sonno), le signore salgono in carrozza e intorno alla vettura siamo il giovane W., Selstadt, Audran e io. Si trattennero a chiacchierare dal finestrino con questi giovanotti, che senza dubbio erano molto allegri e spensierati. – Io cercavo gli occhi di Lotte; ah, passavano dall'uno all'altro! Ma su di me! su di me che stavo lí tutto umile, solo per lei, su di me non si posavano mai! Il mio cuore le disse mille volte addio! E lei non mi guardava! La carrozza partí e nei miei occhi c'era una lacrima. Seguendo la carrozza con lo sguardo vidi d'un tratto i capelli di Lotte che si sporgeva dal finestrino e si voltava indietro per guardare, ah! Cercava forse di me? – Mio caro, sono ancora in questa incertezza; ed è questo che mi consola: forse si è voltata per vedermi! Forse! – Buona notte! Oh, come posso essere cosí bambino!

10 luglio.

Dovresti vedere che sciocca figura faccio quando in qualche compagnia si parla di lei o quando addirittura mi chiedono se mi piace. «Mi piace!» ecco una parola che odio a morte. Che razza di uomo deve essere uno al quale Lotte semplicemente piace e non colma invece tutti i sensi, tutti i sentimenti! Mi piace! Giorni fa un tale mi ha chiesto se Ossian[19] mi piace!

[19] È il primo riferimento alla lettura di Ossian che dominerà tutto il secondo libro.

Am 11. Julius.

Frau M... ist sehr schlecht; ich bete für ihr Leben, weil ich mit Lotten dulde. Ich sehe sie selten bei einer Freundin, und heute hat sie mir einen wunderbaren Vorfall erzählt. – Der alte M... ist ein geiziger, rangiger Filz[61], der seine Frau im Leben was Rechts geplagt und eingeschränkt hat; doch hat sich die Frau immer durchzuhelfen gewußt. Vor wenigen Tagen, als der Arzt ihr das Leben abgesprochen hatte, ließ sie ihren Mann kommen (Lotte war im Zimmer) und redete ihn also an: „Ich muß dir eine Sache gestehen, die nach meinem Tode Verwirrung und Verdruß machen könnte. Ich habe bisher die Haushaltung geführt, so ordentlich und sparsam als möglich; allein du wirst mir verzeihen, daß ich dich diese dreißig Jahre her hintergangen habe. Du bestimmtest im Anfange unserer Heirat ein Geringes für die Bestreitung der Küche und anderer häuslichen Ausgaben. Als unsere Haushaltung stärker wurde, unser Gewerbe größer, warst du nicht zu bewegen, mein Wochengeld nach dem Verhältnisse zu vermehren; kurz, du weißt, daß du in den Zeiten, da sie am größten war, verlangtest, ich solle mit sieben Gulden die Woche auskommen. Die habe ich denn ohne Widerrede genommen und mir den Überschuß wöchentlich aus der Losung[62] geholt, da niemand vermutete, daß die Frau die Kasse bestehlen würde. Ich habe nichts verschwendet und wäre auch, ohne es zu bekennen, getrost der Ewigkeit entgegengegangen, wenn nicht diejenige, die nach mir das Hauswesen zu führen hat, sich nicht zu helfen wissen würde, und du doch immer darauf bestehen könntest, deine erste Frau sei damit ausgekommen.“

Ich redete mit Lotten über die unglaubliche Verblendung des Menschensinns, daß einer nicht argwohnen soll, dahinter müsse was anders stecken, wenn eins mit sieben Gulden hinreicht, wo man den Aufwand vielleicht um zweimal so viel sieht. Aber ich habe selbst Leute gekannt, die des Propheten

[61] Forma popolare per *habgieriger Geizhals*, ‘avaraccio’, ‘spilorcio’, ‘pitocco’.

[62] *Losung* significa in primo luogo ‘parola d’ordine’, ‘motto’. Raramente si usa nell’accezione di ‘incasso della giornata’; piú comuni: *Erlös*, *Einnahmen*.

11 luglio.

La signora M. sta molto male; prego per la sua vita giacché anch'io soffro per lei insieme con Lotte. Ora la vedo solo di rado in casa di una amica, ed oggi mi ha raccontato un caso curioso. – Il vecchio M. è uno spilorcio di prim'ordine che ha tormentato sua moglie per tutta la vita lesinandole il soldo; la donna tuttavia ha saputo sempre cavarsela. Alcuni giorni fa, quando il medico le ha detto che per lei non c'erano speranze, ha fatto chiamare il marito – Lotte era nella stanza – e gli ha fatto questo discorso: «Ti devo confessare una cosa che, dopo la mia morte, potrebbe turbarti e darti dispiacere. Finora ho diretto la casa con tutto l'ordine e l'economia possibili: ma tu mi devi perdonare se in questi trent'anni sono stata costretta a ingannarti. Al principio del nostro matrimonio tu fissasti una cifra minima per la cucina e per le altre spese di casa. Quando la nostra famiglia s'ingrandí e la nostra azienda si ampliò, non ci fu modo di indurti ad aumentare in proporzione la quota settimanale; insomma, tu sai che anche nei tempi in cui la nostra casa era piú grande, pretendevi che dovessi cavarmela con sette fiorini la settimana. Perciò io li ho presi senza discutere e il resto lo toglievo settimanalmente dalle rendite, poiché nessuno avrebbe immaginato che la padrona di casa potesse derubare la cassa. Non ho certo sperperato nulla, e sarei andata tranquilla incontro all'eternità senza confessartelo se non fosse che colei che dovrà dirigere la casa dopo di me non saprebbe come fare, e tu seguiteresti a sostenere che la tua prima moglie ci riusciva benissimo».

Parlai con Lotte di questa incredibile cecità degli uomini che impedisce loro persino di concepire il sospetto che ci debba essere qualche cosa sotto, se sette fiorini bastano a sostenere una spesa che evidentemente è almeno del doppio. Ma io ho conosciuto certuni che non si sarebbero meravigliati nemmeno

ewiges Ölkrüglein ohne Verwunderung in ihrem Hause angenommen hätten.

Am 13. Julius.

Nein, ich betriege mich nicht! Ich lese in ihren schwarzen Augen wahre Teilnehmung an mir und meinem Schicksal. Ja ich fühle, und darin darf ich meinem Herzen trauen, daß sie – o darf ich, kann ich den Himmel in diesen Worten aussprechen? – daß sie mich liebt!

Mich liebt! – Und wie wert ich mir selbst werde, wie ich – dir darf ich's wohl sagen, du hast Sinn für so etwas – wie ich mich selbst anbete, seitdem sie mich liebt!

Ob das Vermessenheit ist oder Gefühl des wahren Verhältnisses? – Ich kenne den Menschen nicht, von dem ich etwas in Lottens Herzen fürchtete. Und doch – wenn sie von ihrem Bräutigam spricht, mit solcher Wärme, solcher Liebe von ihm spricht – da ist mir's wie einem, der aller seiner Ehren und Würden entsetzt und dem der Degen genommen wird.

Am 16. Julius.

Ach wie mir das durch alle Adern läuft, wenn mein Finger unversehens den ihrigen berührt, wenn unsere Füße sich unter dem Tische begegnen! Ich ziehe zurück wie vom Feuer, und eine geheime Kraft zieht mich wieder vorwärts – mir wird's so schwindelig vor allen Sinnen. – O! und ihre Unschuld, ihre unbefangne Seele fühlt nicht, wie sehr mich die kleinen Vertraulichkeiten peinigen. Wenn sie gar im Gespräch ihre Hand auf die meinige legt und im Interesse der Unterredung näher zu mir rückt, daß der himmlische Atem ihres Mundes meine Lippen erreichen kann: – ich glaube zu versinken, wie vom Wetter gerührt. – Und, Wilhelm! wenn ich mich jemals unterstehe, diesen Himmel, dieses Vertrauen –! Du verstehst

di scoprire che in casa loro c'era l'inesauribile orcio d'olio[20] del profeta.

13 luglio.

No, non mi inganno! Leggo nei suoi occhi neri un sincero interesse per me e per la mia sorte. Sí, lo sento e in questo so di potermi fidare del mio cuore, che lei – oh, come oserò, come potrò esprimere tutto il paradiso che c'è in queste parole? – che lei mi ama!

Mi ama! – E che enorme valore ho acquistato io per me, come – a te posso dirlo, tu sei in grado di comprendere queste cose – come venero me stesso da quando so che mi ama!

Chissà se è presunzione o senso della realtà. Io non conosco nessuno di cui possa avere paura per il posto che occupa nel cuore di Lotte. Eppure, quando parla del fidanzato, e parla di lui con tanto calore e con tanto affetto – allora mi sento come uno destituito da cariche e onori al quale sia stata tolta la spada.

16 luglio.

Ah, che fuoco mi corre per tutte le vene quando inavvertitamente il mio dito sfiora il suo dito, quando i nostri piedi si incontrano sotto la tavola! Io mi tiro indietro come se fossi scottato, ma una forza misteriosa torna a spingermi in avanti e io provo una vertigine che oscura tutti i miei sensi. – Oh, la sua innocenza, la sua anima ingenua non sentono quanto mi torturano queste piccole intimità. E se parlando mette addirittura una mano sulla mia mano e nel calore del discorso mi si avvicina tanto che l'alito celeste della sua bocca raggiunge le mie labbra – allora mi sembra di morire come se fossi folgorato da un fulmine. – Oh, Wilhelm, questo cielo, questa fiducia! Se mai osassi pensare..., tu mi comprendi. No, il mio cuore

[20] Citazione dall'Antico Testamento, Libro dei Re, 17.12-16.

mich. Nein, mein Herz ist so verderbt nicht! Schwach! schwach genug! – Und ist das nicht Verderben? –

Sie ist mir heilig. Alle Begier schweigt in ihrer Gegenwart. Ich weiß nie, wie mir ist, wenn ich bei ihr bin; es ist, als wenn die Seele sich mir in allen Nerven umkehrte. – Sie hat eine Melodie, die sie auf dem Klaviere spielet mit der Kraft eines Engels, so simpel und so geistvoll! Es ist ihr Leiblied, und mich stellt es von aller Pein, Verwirrung und Grillen her, wenn sie nur die erste Note davon greift.

Kein Wort von der Zauberkraft der alten Musik ist mir unwahrscheinlich. Wie mich der einfache Gesang angreift! Und wie sie ihn anzubringen weiß, oft zur Zeit, wo ich mir eine Kugel vor den Kopf schießen möchte! Die Irrung und Finsternis meiner Seele zerstreut sich, und ich atme wieder freier.

Am 18. Julius.

Wilhelm, was ist unserem Herzen die Welt ohne Liebe! Was eine Zauberlaterne ist ohne Licht! Kaum bringst du das Lämpchen hinein, so scheinen dir die buntesten Bilder an deine weiße Wand! Und wenn's nichts wäre als das, als vorübergehende Phantome, so macht's doch immer unser Glück, wenn wir wie frische Jungen davor stehen und uns über die Wundererscheinungen entzücken. Heute konnte ich nicht zu Lotten, eine unvermeidliche Gesellschaft hielt mich ab. Was war zu tun? Ich schickte meinen Diener hinaus, nur um einen Menschen um mich zu haben, der ihr heute nahe gekommen wäre. Mit welcher Ungeduld ich ihn erwartete, mit welcher Freude ich ihn wiedersah! Ich hätte ihn gern beim Kopfe genommen und geküßt, wenn ich mich nicht geschämt hätte.

Man erzählt von dem Bononischen Steine, daß er, wenn man ihn in die Sonne legt, ihre Strahlen anzieht und eine Weile bei Nacht leuchtet. So war mir's mit dem Burschen. Das Gefühl, daß ihre Augen auf seinem Gesichte, seinen Backen, seinen Rockknöpfen und dem Kragen am Surtout[63]

[63] Il termine tedesco per 'soprabito' è *Überrock*.

non è cosí corrotto! Però è debole, ahimè, troppo debole! Ma anche questo, non significa forse essere corrotti?

Lei è sacra per me. La sua presenza fa tacere ogni desiderio. Io non so quello che provo, quando sono con lei; è come se l'anima mi si rivoltasse in tutti i nervi. – Sa una canzone sulla spinetta che suona con la forza di un angelo, cosí semplice e cosí penetrante! È la sua canzone preferita e riesce a guarirmi di ogni paura, di ogni turbamento, di ogni malumore solo che ne suoni le prime note.

Tutto quello che è stato detto della forza magica della musica antica, mi sembra verosimile quando quel semplice canto s'impossessa di me. E come sa iniziarlo a proposito, spesso proprio nel momento in cui vorrei spararmi una pallottola in testa! Lo smarrimento e le tenebre dell'anima mia si dissolvono e io posso tirare di nuovo il respiro.

18 luglio.

Wilhelm, cosa è mai per il nostro cuore il mondo senza l'amore? È come una lanterna magica senza luce! Ma appena tu vi introduci la lampada, le piú belle immagini compaiono sulla parete bianca! E anche se non fossero altro che fantasmi evanescenti, ci rendono tuttavia felici quando stiamo lí come tanti ragazzi e andiamo in estasi per queste meravigliose apparizioni. Oggi non sono potuto andare da Lotte. Me lo ha impedito un ricevimento al quale non potevo mancare. Che potevo fare? Ho mandato da lei il mio servitore solo per avere accanto qualcuno che oggi le era stato vicino. Con che impazienza l'attendevo, con che gioia l'ho visto rientrare! Avrei voluto prendergli la testa fra le mani e baciarlo, se non me ne fossi vergognato.

Si racconta della pietra di Bologna[21] che, se la si lascia al sole, ne assorbe i raggi e per un certo tempo splende nell'oscurità. Lo stesso mi pareva che fosse successo a quel giovane. Il pensiero che gli occhi di lei si erano posati sul suo volto, sulle sue guance, sui bottoni della sua giacca e sul bavero del suo so-

[21] Tipo di minerale spato (baritina) con proprietà fosforescenti.

geruht hatten, machte mir das alles so heilig, so wert! Ich hätte in dem Augenblick den Jungen nicht um tausend Taler gegeben. Es war mir so wohl in seiner Gegenwart. – Bewahre dich Gott, daß du darüber lachest. Wilhelm, sind das Phantome, wenn es uns wohl ist?

Den 19. Julius.

„Ich werde sie sehen!" ruf' ich morgens aus, wenn ich mich ermuntere und mit aller Heiterkeit der schönen Sonne entgegenblicke; „ich werde sie sehen!" Und da habe ich für den ganzen Tag keinen Wunsch weiter. Alles, alles verschlingt sich in dieser Aussicht.

Den 20. Julius.

Eure Idee will noch nicht die meinige werden, daß ich mit dem Gesandten nach *** gehen soll. Ich liebe die Subordination nicht sehr, und wir wissen alle, daß der Mann noch dazu ein widriger Mensch ist. Meine Mutter möchte mich gern in Aktivität haben, sagst du, das hat mich zu lachen gemacht. Bin ich jetzt nicht auch aktiv, und ist's im Grunde nicht einerlei, ob ich Erbsen zähle oder Linsen? Alles in der Welt läuft doch auf eine Lumperei hinaus, und ein Mensch, der um anderer willen, ohne daß es seine eigene Leidenschaft, sein eigenes Bedürfnis ist, sich um Geld oder Ehre oder sonst was abarbeitet, ist immer ein Tor.

Am 24. Julius.

Da dir so sehr daran gelegen ist, daß ich mein Zeichnen nicht vernachlässige, möchte ich lieber die ganze Sache übergehen als dir sagen, daß zeither[64] wenig getan wird.

[64] Forma allora in uso per *seither* (da allora).

prabito, mi rendeva tutto sacro e inestimabile! In quel momento non avrei ceduto quel giovane per mille talleri. Mi sentivo cosí bene accanto a lui. – Dio ti guardi dal ridere di tutto questo. Cosa importa, Wilhelm, che siano fantasmi, se ci fanno star bene?

19 luglio.

«Oggi la vedrò!» esclamo la mattina, quando mi sveglio e pieno di allegria guardo il sole che splende; «oggi la vedrò!» E poi per tutto il giorno non ho altri desideri. Tutto, tutto scompare in questa attesa.

20 luglio.

La vostra idea di farmi andare insieme con l'ambasciatore a *** non sarà mai la mia. Io non amo molto la disciplina e sappiamo tutti che lui è per giunta un uomo insopportabile. Mia madre vorrebbe vedermi svolgere un'attività, tu mi scrivi; questo mi ha fatto ridere. Non sono attivo anche ora? e in fondo non è la stessa cosa se conto piselli o lenticchie? Tutto a questo mondo finisce per essere una inezia, e un uomo che per il vantaggio di un altro si affatica per danaro, onori o per qualunque altra cosa, senza una vera passione o un vero bisogno, è sempre uno sciocco.

24 luglio.

Poiché ti sta tanto a cuore che non trascuri il disegno, vorrei non risponderti neanche sull'argomento piuttosto di dirti che da molto tempo non ho fatto piú quasi niente.

Noch nie war ich glücklicher, noch nie war meine Empfindung an der Natur, bis aufs Steinchen, aufs Gräschen herunter, voller und inniger, und doch – Ich weiß nicht, wie ich mich ausdrücken soll, meine vorstellende Kraft ist so schwach, alles schwimmt und schwankt so vor meiner Seele, daß ich keinen Umriß packen kann; aber ich bilde mir ein, wenn ich Ton hätte oder Wachs, so wollte ich's wohl herausbilden. Ich werde auch Ton nehmen, wenn's länger währt, und kneten, und sollten's Kuchen werden!

Lottens Porträt habe ich dreimal angefangen, und habe mich dreimal prostituiert[65]; das mich um so mehr verdrießt, weil ich vor einiger Zeit sehr glücklich im Treffen war. Darauf habe ich denn ihren Schattenriß gemacht, und damit soll mir g'nügen[66].

Am 26. Julius.

Ja, liebe Lotte, ich will alles besorgen und bestellen; geben Sie mir nur mehr Aufträge, nur recht oft. Um eins bitte ich Sie: keinen Sand mehr auf die Zettelchen, die Sie mir schreiben. Heute führte ich es schnell nach der Lippe, und die Zähne knisterten mir.

[65] Forma antiquata per *sich bloßstellen, sich blamieren*: 'rendersi ridicolo'. Nella lettera del 24 dicembre ha invece il senso di 'abbassarsi' e 'degradarsi'. Oggi significa solo 'prostituirsi'.

[66] *g'nügen*. Tipico esempio delle forme ortografiche popolareggianti usate dal giovane Goethe – nonostante le norme della lingua tedesca fossero già state codificate da Johann Christoph Gottsched (1700-66) – che presto diventeranno una moda nel linguaggio «geniale» dello *Sturm und Drang*. Friedrich Nicolai ne fa la caricatura nella sua parodia *Die Freuden des jungen Werthers* (*Le gioie del giovane Werther*, 1775). Nella seconda stesura Goethe elimina la maggior parte di queste espressioni e adegua il testo alle norme ortografiche proposte da Johann Christoph Adelung nel trattato *Über den deutschen Styl* (1785). Restano tuttavia numerosi esempi di sincope (*offnes* invece di *offenes*), apocope (*trag'* invece di *trage*), aferesi (*'s* invece di *es*) e di riduzione del morfema in desinenza (*schöners* invece di *schöneres*; *gesehn* invece di *gesehen*), tutte forme che abbondavano nella parodia di Nicolai con evidenti intenti caricaturali.

Non sono mai stato piú felice, il mio senso della natura non è mai stato piú pieno e piú intenso, arriva al filo d'erba, alla piú piccola pietra, eppure... – Non so come dire, la mia capacità di rappresentare la natura è cosí debole, tutto si confonde e si dissolve davanti alla mia anima e non riesco piú a cogliere nemmeno un contorno; e tuttavia mi illudo che, se avessi della cera o della creta, sarei in grado di farlo. Prenderò della creta se questo stato dura ancora, e modellerò, anche se dovesse uscirne una torta.

Tre volte ho incominciato il ritratto di Lotte e per tre volte è stato una vergogna; e questo mi fa tanto piú rabbia perché un tempo coglievo le somiglianze con tanta facilità. Allora ho disegnato il suo profilo[22] e di questo dovrò accontentarmi.

26 luglio[23].

Sí, cara Lotte, farò tutto quello che mi ha chiesto; mi dia ancora altre commissioni, piú spesso che può. Avrei solo una preghiera: non metta piú sabbia sui biglietti che mi scrive. Quello di oggi l'ho portato troppo in fretta alle labbra e i denti mi stridono ancora.

[22] Anche Saint-Preux nella *Nouvelle Héloïse* conserva gelosamente il ritratto di Julie (*NH*, 4, IX). Goethe teneva la *silhouette* di Lotte Buff appesa nella sua camera di Francoforte, come si legge in una lettera a Kestner del 26 settembre 1772. La persona da ritrarre veniva posta tra una fonte di luce e un foglio teso in una cornice su un cavalletto. Prima si tratteggiava il profilo, poi si dipingeva tutta la sagoma di nero, e la si ritagliava per incollarla su uno sfondo bianco.

[23] Goethe ha aggiunto questa prima breve lettera del 26 luglio nella stesura del 1787.

Am 26. Julius.

Ich habe mir schon manchmal vorgenommen, sie nicht so oft zu sehn. Ja wer das halten könnte! Alle Tage unterlieg' ich der Versuchung und verspreche mir heilig: morgen willst du einmal wegbleiben. Und wenn der Morgen kommt, finde ich doch wieder eine unwiderstehliche Ursache, und ehe ich mich's versehe, bin ich bei ihr. Entweder sie hat des Abends gesagt: „Sie kommen doch morgen?" – Wer könnte da wegbleiben? Oder sie gibt mir einen Auftrag, und ich finde schicklich, ihr selbst die Antwort zu bringen; oder der Tag ist gar zu schön, ich gehe nach Wahlheim, und wenn ich nun da bin, ist's nur noch eine halbe Stunde zu ihr! – Ich bin zu nah in der Atmosphäre – Zuck! so bin ich dort. Meine Großmutter hatte ein Märchen vom Magnetenberg: die Schiffe, die zu nahe kamen, wurden auf einmal alles Eisenwerks beraubt, die Nägel flogen dem Berge zu, und die armen Elenden scheiterten zwischen den übereinanderstürzenden Brettern.

Am 30. Julius.

Albert ist angekommen, und ich werde gehen; und wenn er der beste, der edelste Mensch wäre, unter den ich mich in jeder Betrachtung zu stellen bereit wäre, so wär's unerträglich, ihn vor meinem Angesicht im Besitz so vieler Vollkommenheiten zu sehen. – Besitz! – Genug, Wilhelm, der Bräutigam ist da! Ein braver, lieber Mann, dem man gut sein muß. Glücklicherweise war ich nicht beim Empfange! Das hätte mir das Herz zerrissen. Auch ist er so ehrlich[67] und hat Lotten in meiner Gegenwart noch nicht ein einzigmal geküßt. Das lohn' ihm Gott! Um des Respekts willen, den er vor dem Mädchen hat, muß ich ihn lieben. Er will mir wohl, und ich vermute, das ist Lottens Werk mehr als seiner eigenen Empfindung;

[67] L'aggettivo *ehrlich*, qui usato nel senso di 'a modo' (*anständig*), oggi significa 'onesto', 'sincero', 'leale'.

26 luglio.

Mi sono ripromesso piú volte di non vederla piú cosí spesso. Ma chi potrebbe resistere? Ogni giorno cedo alla tentazione e mi prometto solennemente: domani, una volta tanto, resterai a casa, e quando l'indomani viene, trovo sempre una ragione irresistibile e, prima di rendermene conto, sono da lei. O è lei che la sera mi dice: – Verrà, vero, domani? – Come potrei non andarci? Oppure mi dà un incarico, e trovo piú garbato portarle di persona la risposta; oppure la giornata è bellissima e io vado a Wahlheim, e quando sono lí non ci vuole piú di mezz'ora per arrivare da lei! – Sono troppo immerso in quell'atmosfera – zac! ed eccomi là. Mia nonna sapeva una fiaba del monte magnetico[24]. Alle navi che vi si avvicinavano troppo venivano improvvisamente strappati tutti gli oggetti di ferro, i chiodi volavano via attratti dalla montagna, e i poveri infelici naufragavano in mezzo al legname che si sfasciava.

30 luglio.

Albert è arrivato e io me ne andrò; e anche se fosse il migliore, il piú nobile degli uomini e se io fossi disposto a considerarmi sotto ogni punto di vista inferiore a lui, mi sarebbe insopportabile vederlo davanti a me in possesso di tante perfezioni. – Possesso! – Insomma, Wilhelm, il fidanzato è arrivato! È un bravo e simpatico giovane, al quale non si può non voler bene. Per fortuna non ero presente al suo arrivo! Mi avrebbe strappato il cuore. Del resto è molto discreto e non ha mai baciato Lotte in mia presenza. Che Dio gliene renda merito! Devo anche amarlo per il rispetto che dimostra alla ragazza. Mi vuol bene e sospetto che questa sia opera di Lotte piuttosto che un suo sentimento personale: le donne in queste co-

[24] La novella della montagna magnetica si trova nella raccolta *Mille e una notte* e nel *Volksbuch* del Duca Ernst.

denn darin sind die Weiber fein und haben recht; wenn sie zwei Verehrer in gutem Vernehmen mit einander erhalten können, ist der Vorteil immer ihr, so selten es auch angeht.

Indes kann ich Alberten meine Achtung nicht versagen. Seine gelassene Außenseite sticht gegen die Unruhe meines Charakters sehr lebhaft ab, die sich nicht verbergen läßt. Er hat viel Gefühl und weiß, was er an Lotten hat. Er scheint wenig üble Laune zu haben, und du weißt, das ist die Sünde, die ich ärger hasse am Menschen als alle andre.

Er hält mich für einen Menschen von Sinn; und meine Anhänglichkeit an Lotten, meine warme Freude, die ich an allen ihren Handlungen habe, vermehrt seinen Triumph, und er liebt sie nur desto mehr. Ob er sie nicht manchmal mit kleiner Eifersüchtelei peinigt, das lasse ich dahingestellt sein, wenigstens würd' ich an seinem Platze nicht ganz sicher vor diesem Teufel bleiben.

Dem sei nun wie ihm wolle, meine Freude, bei Lotten zu sein, ist hin. Soll ich das Torheit nennen oder Verblendung? – Was braucht's Namen! erzählt die Sache an sich! – Ich wußte alles, was ich jetzt weiß, ehe Albert kam; ich wußte, daß ich keine Prätension[68] an sie zu machen hatte, machte auch keine – das heißt, insofern es möglich ist, bei so viel Liebenswürdigkeit nicht zu begehren – Und jetzt macht der Fratze große Augen, da der andere nun wirklich kommt und ihm das Mädchen wegnimmt.

Ich beiße die Zähne auf einander und spotte über mein Elend, und spottete derer doppelt und dreifach, die sagen könnten, ich sollte mich resignieren, und weil es nun einmal nicht anders sein könnte. – Schafft mir diese Strohmänner vom Halse! – Ich laufe in den Wäldern herum, und wenn ich zu Lotten komme, und Albert bei ihr sitzt im Gärtchen unter der Laube, und ich nicht weiter kann, so bin ich ausgelassen närrisch und fange viel Possen, viel verwirrtes Zeug an. – „Um Gottes willen," sagte mir Lotte heut, „ich bitte Sie, keine Szene wie die von gestern abend! Sie sind fürchterlich, wenn Sie so lustig sind." – Unter uns, ich passe die Zeit ab,

[68] Il francesismo *Prätension* è oggi forma ricercata per *Anspruch* (pretesa) e *Anmaßung* (presunzione).

se sono insuperabili e hanno ragione. Se riescono a fare andare d'accordo due corteggiatori, è sempre un vantaggio per loro, anche se ci riescono raramente.

Per ora non posso negare la mia stima ad Albert. Il suo aspetto cosí calmo contrasta vivamente con l'irrequietezza del mio carattere che non riesco a nascondere. Ha molto sentimento e sa che cosa significa per lui il possesso di Lotte. Non mi pare che soffra di malinconia e tu sai che questo è il vizio che odio piú d'ogni altro negli uomini.

Mi considera una persona intelligente; e il mio attaccamento per Lotte, l'ardente gioia che provo per tutto ciò che fa, aumenta il suo trionfo e lui l'ama per questo ancora di piú. Non voglio sapere se qualche volta la tormenti con qualche piccola scena di gelosia; io almeno al suo posto non mi sentirei troppo al sicuro da questo demone.

Ma lasciamolo ai suoi affari! La mia gioia di vivere vicino a Lotte è finita. Devo dire che era pazzia o cecità? – Che importano i nomi! I fatti parlano da sé! – Io sapevo tutto quello che so ora, prima che Albert arrivasse; sapevo che non potevo avere nessuna pretesa su di lei e nemmeno ne avevo – almeno per quanto è possibile non aver desideri di fronte a una creatura cosí amabile. – E ora il povero sciocco si meraviglia che l'altro sia arrivato davvero e gli porti via la ragazza.

Stringo i denti e rido della mia miseria, e riderei due, tre volte di piú di chi mi consigliasse di rassegnarmi visto che le cose non si possono cambiare. – Levatemi d'attorno queste marionette! – Vado in giro per i boschi, e quando ritorno da Lotte e trovo Albert che sta seduto accanto a lei nel giardino sotto la pergola, non so che fare, mi abbandono a una sfrenata allegria e invento ogni sorta di scherzi e le trovate piú strane. – Per l'amor di Dio, – mi ha detto oggi Lotte, – la prego, non faccia piú scene come quella di ieri sera! Lei fa paura quando è cosí allegro –. Detto tra noi, sto sempre attento ai tempi in

wenn er zu tun hat; wutsch! bin ich drauß, und da ist mir's immer wohl, wenn ich sie allein finde.

Am 8. August.

Ich bitte dich, lieber Wilhelm, es war gewiß nicht auf dich geredet, wenn ich die Menschen unerträglich schalt, die von uns Ergebung in unvermeidliche Schicksale fordern. Ich dachte wahrlich nicht daran, daß du von ähnlicher Meinung sein könntest. Und im Grunde hast du recht. Nur eins, mein Bester! In der Welt ist es sehr selten mit dem Entweder-Oder getan; die Empfindungen und Handlungsweisen schattieren sich so mannigfaltig, als Abfälle[69] zwischen einer Habichts- und Stumpfnase sind.

Du wirst mir also nicht übelnehmen, wenn ich dir dein ganzes Argument einräume und mich doch zwischen dem Entweder-Oder durchzustehlen suche.

Entweder, sagst du, hast du Hoffnung auf Lotten, oder du hast keine. Gut, im ersten Fall suche sie durchzutreiben, suche die Erfüllung deiner Wünsche zu umfassen: im anderen Fall ermanne dich und suche einer elenden Empfindung los zu werden[70], die alle deine Kräfte verzehren muß. – Bester! das ist wohl gesagt, und – bald gesagt.

Und kannst du von dem Unglücklichen, dessen Leben unter einer schleichenden Krankheit unaufhaltsam allmählich abstirbt, kannst du von ihm verlangen, er solle durch einen Dolchstoß der Qual auf einmal ein Ende machen? Und raubt das Übel, das ihm die Kräfte verzehrt, ihm nicht auch zugleich den Mut, sich davon zu befreien?

Zwar könntest du mir mit einem verwandten Gleichnisse antworten: Wer ließe sich nicht lieber den Arm abnehmen, als daß er durch Zaudern und Zagen sein Leben aufs Spiel setzte? – Ich weiß nicht! – und wir wollen uns nicht in Gleichnis-

[69] Oggi: *Abstufungen*, *Neigungsgrade* (gradazioni). La forma plurale di *Abfall*, che significa 'distacco', 'caduta' e 'pendenza', ha oggi principalmente il senso di 'rifiuti'.

[70] Al verbo *etwas/jemanden loswerden* (liberarsi di qualcosa / qualcuno) oggi si fa seguire l'accusativo e non, come in questo caso, il genitivo.

cui lui è occupato; e allora, via! corro da lei e sono sempre felice di trovarla sola.

8 agosto.

Ti prego, caro Wilhelm, non pensavo certo a te, quando chiamavo insopportabili quelli che pretendono da noi rassegnazione davanti a un destino inevitabile. Non pensavo davvero che tu potessi essere di questa opinione. E in fondo hai ragione. Di una cosa dovresti però ricordarti, mio caro: a questo mondo si combina ben poco con gli aut aut; i sentimenti e i modi di agire hanno tante sfumature cosí varie e diverse quante ne passano fra un naso aquilino e un naso camuso.

Non te ne avrai perciò a male se convengo con te in tutti i tuoi argomenti e ciononostante cerco di sottrarmi all'aut aut.

O hai buone speranze con Lotte, mi dici, o non ne hai. Bene, nel primo caso cerca di realizzarle, cerca di arrivare al compimento dei tuoi desideri; nel secondo caso fatti forza e cerca di liberarti di un deplorevole sentimento che può solo consumare tutte le tue forze – sono belle parole, mio caro, ma si fa presto a dirle.

Puoi forse pretendere dall'infelice che per una insidiosa malattia sta spegnendosi lentamente, ma senza remissione, puoi forse pretendere da lui che metta d'un tratto fine alle sue pene con un colpo di pugnale? Il male che consuma le sue forze, non gli toglie forse anche il coraggio di liberarsene?

Tu potresti, è vero, rispondermi con un paragone[25] analogo: chi non si lascerebbe tagliare un braccio piuttosto che mettere in gioco la propria vita fra esitazioni e paure? – Io non lo so! – E non staremo certo a bisticciare per dei paragoni. Per farla

[25] Matteo, 18.8: «Se la tua mano o il tuo piede ti è di scandalo, taglali e gettali via da te: è meglio per te entrare nella vita monco o zoppo, che avere due mani o due piedi, ed essere gettato nel fuoco eterno».

sen herumbeißen. Genug – Ja, Wilhelm, ich habe manchmal so einen Augenblick aufspringenden, abschüttelnden Muts, und da – wenn ich nur wüßte wohin, ich ginge wohl.

Abends.

Mein Tagebuch, das ich seit einiger Zeit vernachlässiget, fiel mir heut wieder in die Hände, und ich bin erstaunt, wie ich so wissentlich in das alles, Schritt vor Schritt, hineingegangen bin! Wie ich über meinen Zustand immer so klar gesehen und doch gehandelt habe wie ein Kind, jetzt noch so klar sehe, und es noch keinen Anschein zur Besserung hat.

Am 10. August.

Ich könnte das beste, glücklichste Leben führen, wenn ich nicht ein Tor wäre. So schöne Umstände vereinigen sich nicht leicht, eines Menschen Seele zu ergetzen, als die sind, in denen ich mich jetzt befinde. Ach so gewiß ist's, daß unser Herz allein sein Glück macht. – Ein Glied der liebenswürdigen Familie zu sein, von dem Alten geliebt zu werden wie ein Sohn, von den Kleinen wie ein Vater, und von Lotten! – dann der ehrliche Albert, der durch keine launische Unart mein Glück stört; der mich mit herzlicher Freundschaft umfaßt; dem ich nach Lotten das Liebste auf der Welt bin! – Wilhelm, es ist eine Freude, uns zu hören, wenn wir spazierengehen und uns einander von Lotten unterhalten: es ist in der Welt nichts Lächerlichers[71] erfunden worden als dieses Verhältnis, und doch kommen mir oft darüber die Tränen in die Augen.

Wenn er mir von ihrer rechtschaffenen Mutter erzählt: wie sie auf ihrem Todbette Lotten ihr Haus und ihre Kinder übergeben und ihm Lotten anbefohlen habe, wie seit der Zeit ein ganz anderer Geist Lotten belebt habe, wie sie, in der Sorge

[71] *Lächerlicheres.* Esempio di riduzione del morfema in desinenza di aggettivo. Cfr. nota 66.

breve, Wilhelm, talvolta ho dei momenti di ribellione improvvisa, ho voglia di scuotermi e liberarmi – e allora me ne andrei volentieri, solo se sapessi dove.

Sera[26].

Il mio diario, che da qualche tempo ho trascurato, mi è capitato oggi di nuovo fra le mani e sono stupefatto per come, passo dopo passo, mi sono lasciato prendere coscientemente da tutto questo. Ho sempre avuto la chiara consapevolezza del mio stato, eppure mi sono comportato come un bambino; anche adesso vedo tutto chiaro, eppure non c'è segno di miglioramento.

10 agosto.

Potrei condurre la vita piú bella e felice del mondo, se non fossi uno sciocco. Non è facile riunire tante circostanze fortunate per rallegrare l'anima di un uomo, come quelle in cui ora mi trovo. Ah, come è vero che il nostro cuore può trarre felicità solo da se medesimo! Appartenere a quella cara famiglia, essere amato dal vecchio come un figlio, dai bambini come un padre e da Lotte! – e poi l'ottimo Albert, mai sgarbato o scontroso, che non turba la mia felicità, mi circonda della piú cordiale amicizia e, dopo Lotte, ha in me la cosa piú cara del mondo. Wilhelm, è un piacere starci a sentire quando andiamo a spasso insieme e parliamo di Lotte. Non è mai stato inventato al mondo niente di piú ridicolo di questa amicizia, e tuttavia mi fa spesso venire le lacrime agli occhi.

Quando mi racconta che brava donna fosse la madre di Lotte, come sul suo letto di morte abbia affidato a Lotte i figli e la casa e abbia poi messo Lotte nelle sue mani; e come Lotte, da allora, sia stata animata da uno spirito del tutto diverso e

[26] Con la nota *abends* (sera), aggiunta nella seconda stesura, Goethe introduce la forma del diario, accanto alla lettera, uno dei grandi generi letterari della sua epoca. L'annotazione è inoltre molto significativa perché fa intendere che Werther si innamora di Lotte proprio perché sa che non potrà mai averla. Cfr. p. 237.

für ihre Wirtschaft und in dem Ernste, eine wahre Mutter geworden, wie kein Augenblick ihrer Zeit ohne tätige Liebe, ohne Arbeit verstrichen, und dennoch ihre Munterkeit, ihr leichter Sinn sie nie dabei verlassen habe. – Ich gehe so neben ihm hin und pflücke Blumen am Wege, füge sie sehr sorgfältig in einen Strauß und – werfe sie in den vorüberfließenden Strom und sehe ihnen nach, wie sie leise hinunterwallen. – Ich weiß nicht, ob ich dir geschrieben habe, daß Albert hier bleiben und ein Amt mit einem artigen Auskommen vom Hofe erhalten wird, wo er sehr beliebt ist. In Ordnung und Emsigkeit in Geschäften habe ich wenig seinesgleichen gesehen.

Am 12. August.

Gewiß, Albert ist der beste Mensch unter dem Himmel. Ich habe gestern eine wunderbare Szene mit ihm gehabt. Ich kam zu ihm, um Abschied von ihm zu nehmen; denn mich wandelte die Lust an, ins Gebirge zu reiten, von woher ich dir auch jetzt schreibe, und wie ich in der Stube auf und ab gehe, fallen mir seine Pistolen in die Augen. – „Borge mir die Pistolen", sagte ich, „zu meiner Reise." – „Meinetwegen," sagte er, „wenn du dir die Mühe nehmen willst, sie zu laden; bei mir hängen sie nur pro forma." – Ich nahm eine herunter, und er fuhr fort: „Seit mir meine Vorsicht einen so unartigen Streich gespielt hat, mag ich mit dem Zeuge nichts mehr zu tun haben." – Ich war neugierig, die Geschichte zu wissen. – „Ich hielt mich", erzählte er, „wohl ein Vierteljahr auf dem Lande bei einem Freunde auf, hatte ein paar Terzerolen[72] ungeladen und schlief ruhig. Einmal an einem regnichten Nachmittage, da ich müßig sitze, weiß ich nicht, wie mir einfällt: wir könnten überfallen werden, wir könnten die Terzerolen nötig haben und könnten – du weißt ja, wie das ist. – Ich gab sie dem Bedienten, sie zu putzen und zu laden; und der dahlt[73] mit den

[72] Dall'italiano 'terzaruolo', oggi 'terzetta'. La terzetta era una pistola a canna corta ridotta a due terzi della lunghezza normale che si poteva portare in tasca.

[73] Il verbo *dahlen* è una forma dialettale per *albern*, *scherzen*: 'fare lo sciocco', 'scherzare'.

sia diventata, nella conduzione della casa e nella sua nuova responsabilità, una vera madre; e infine come nemmeno un solo istante della sua vita sia passato senza lavoro e senza amorevole dedizione, pur senza perdere per questo la sua allegria e il suo buonumore – in questi momenti cammino accanto a lui e raccolgo fiori lungo la strada, li dispongo con cura in un bel mazzo e – li getto nel torrente che ci scorre vicino e li seguo con gli occhi mentre si perdono in lontananza. – Non so se ti ho scritto che Albert rimarrà qui, e che a Corte, dove è molto ben visto, ha ottenuto un impiego con un ottimo stipendio. Ne ho conosciuto pochi che nel loro lavoro siano, come lui, cosí ordinati e infaticabili.

12 agosto.

Albert è senza dubbio l'uomo migliore del mondo. Ieri ho avuto con lui una scena piuttosto curiosa. Ero andato da lui per salutarlo, perché mi era venuta voglia di fare un giro a cavallo sui monti, da dove anzi ora ti scrivo, e, come passeggiavo su e giú per la stanza, gli occhi mi cadono sulle sue pistole. – Prestami le pistole per il viaggio, – dissi. – Per conto mio, – rispose, – basta che ti prenda la pena di caricarle; io le tengo là appese solo *pro forma* –. Ne staccai una e lui continuò: – Da quando la mia prudenza mi ha giocato un brutto scherzo, non voglio aver piú nulla a che fare con quegli arnesi –. Io ero curioso di sentire tutta la storia. – Ho passato, – mi raccontò, – circa tre mesi in campagna in casa di un amico, tenevo un paio di terzette scariche e dormivo tranquillo. Un giorno durante un pomeriggio piovoso che stavo lí senza far niente, non so come mi viene l'idea che qualcuno ci potesse assalire, che potessimo aver bisogno delle terzette e che potessimo – insomma, sai bene com'è. Le detti al servitore per pulirle e caricarle; e quello si mette a scherzare con le serve, pensa di spaventarle

Mädchen, will sie erschrecken, und Gott weiß wie, das Gewehr geht los, da der Ladstock noch drin steckt, und schießt den Ladstock einem Mädchen zur Maus herein an der rechten Hand und zerschlägt ihr den Daumen. Da hatte ich das Lamentieren[74], und die Kur zu bezahlen obendrein, und seit der Zeit lass' ich alles Gewehr ungeladen. Lieber Schatz[75], was ist Vorsicht? die Gefahr läßt sich nicht auslernen! Zwar..." – Nun weißt du, daß ich den Menschen sehr lieb habe bis auf seine Zwar; denn versteht sich's nicht von selbst, daß jeder allgemeine Satz Ausnahmen leidet? Aber so rechtfertig[76] ist der Mensch! wenn er glaubt, etwas Übereiltes, Allgemeines, Halbwahres gesagt zu haben, so hört er dir nicht auf zu limitieren[77], zu modifizieren und ab- und zuzutun, bis zuletzt gar nichts mehr an der Sache ist. Und bei diesem Anlaß kam er sehr tief in Text[78]: ich hörte endlich gar nicht weiter auf ihn, verfiel in Grillen, und mit einer auffahrenden Gebärde drückte ich mir die Mündung der Pistole übers rechte Aug' an die Stirn.– „Pfui!" sagte Albert, indem er mir die Pistole herabzog, „was soll das?" – „Sie ist nicht geladen." sagte ich. – „Und auch so, was soll's?" versetzte er ungeduldig. „Ich kann mir nicht vorstellen, wie ein Mensch so töricht sein kann, sich zu erschießen; der bloße Gedanke erregt mir Widerwillen."

„Daß ihr Menschen," rief ich aus, „um von einer Sache zu reden, gleich sprechen müßt: ‚das ist töricht, das ist klug, das ist gut, das ist bös!' Und was will das alles heißen? Habt ihr deswegen die innern Verhältnisse einer Handlung erforscht? Wißt ihr mit Bestimmtheit die Ursachen zu entwickeln, warum sie geschah, warum sie geschehen mußte? Hättet ihr das, ihr würdet nicht so eilfertig mit euren Urteilen sein."

„Du wirst mir zugeben," sagte Albert, „daß gewisse Hand-

[74] Francesismo entrato allora nell'uso popolare per *jammern*: 'lagnarsi', 'lamentarsi'.

[75] Al tempo era normale che un uomo dicesse ad un amico *lieber Schatz* (tesoro caro). Oggi l'espressione rientra solo nel linguaggio amoroso.

[76] *pedantisch*. Già allora aggettivo antiquato per *gerecht* (giusto) e *rechtschaffen* (per bene, retto). Probabilmente attinto dal linguaggio giuridico, indicava colui che si difende ancor prima che gli si muovano delle accuse.

[77] Francesismo per *einschränken*.

[78] *Tief in den Text kommen*: 'approfondire un argomento' (*ein Thema gründlich erörten*). Cfr. lettera dell'8 novembre.

e, Dio sa come, la pistola spara mentre c'è ancora dentro la bacchetta, sicché questa si caccia nel palmo della mano destra di una ragazza e le fracassa il pollice. Io dovetti sentirmi tutti i lamenti e pagare per giunta le spese della cura, e da allora lascio scariche tutte le armi. Mio caro, che cos'è la prudenza? Non s'impara mai come sfuggire i pericoli! Però... – Ora tu sai che ho molta simpatia per lui, ma non per i suoi *però*; poiché è ovvio che ogni regola abbia le sue eccezioni. Ma lui è un uomo cosí pedante! Quando crede di aver detto qualcosa di affrettato, generico, approssimativo, non la smette piú di chiarire e correggere, di mettere e togliere, finché di tutto quello che ha detto non rimane piú nulla. Anche durante la nostra conversazione non la finiva piú di precisare e di approfondire, tanto che non lo stavo piú a sentire, mi persi nei miei umori e, con un gesto rabbioso, mi piantai d'un tratto la bocca della pistola sulla fronte, sopra l'occhio destro. – Ma no! – disse Albert tirando giú la pistola. – Ma non è carica! – dissi io. – Non importa! Che senso ha? – rispose spazientito. – Non riesco a capire come un uomo possa essere cosí insensato da uccidersi; il solo pensiero mi fa andare in bestia.

– Chissà perché, – esclamai, – quando parlate di una cosa dovete subito dire: questo è insensato, questo è ragionevole, questo è bene, questo è male! Che vuol dire? Forse che con ciò avete penetrato gli intimi motivi di un'azione? Potete spiegare con chiarezza le cause per cui è accaduta; perché è dovuta accadere? Se lo aveste fatto, non sareste cosí pronti a sputare le vostre sentenze.

– Mi concederai, – rispose Albert, – che certe azioni riman-

lungen lasterhaft bleiben, sie mögen geschehen, aus welchem Beweggrunde sie wollen."

Ich zuckte die Achseln und gab's ihm zu. – „Doch, mein Lieber," fuhr ich fort, „finden sich auch hier einige Ausnahmen. Es ist wahr, der Diebstahl ist ein Laster: aber der Mensch, der, um sich und die Seinigen vom gegenwärtigen Hungertode zu erretten, auf Raub ausgeht, verdient der Mitleiden oder Strafe? Wer hebt den ersten Stein auf gegen den Ehemann, der im gerechten Zorne sein untreues Weib und ihren nichtswürdigen Verführer aufopfert? Gegen das Mädchen, das in einer wonnevollen Stunde sich in den unaufhaltsamen Freuden der Liebe verliert? Unsere Gesetze selbst, diese kaltblütigen Pedanten, lassen sich rühren und halten ihre Strafe zurück."

„Das ist ganz was anders," versetzte Albert, „weil ein Mensch, den seine Leidenschaften hinreißen, alle Besinnungskraft verliert und als ein Trunkener, als ein Wahnsinniger angesehen wird."

„Ach ihr vernünftigen Leute!" rief ich lächelnd aus. „Leidenschaft! Trunkenheit! Wahnsinn! Ihr steht so gelassen, so ohne Teilnehmung[79] da, ihr sittlichen Menschen, scheltet den Trinker, verabscheut den Unsinnigen, geht vorbei wie der Priester und dankt Gott wie der Pharisäer, daß er euch nicht gemacht hat wie einen von diesen. Ich bin mehr als einmal trunken gewesen, meine Leidenschaften waren nie weit vom Wahnsinn, und beides reut mich nicht: denn ich habe in meinem Maße begreifen lernen, wie man alle außerordentlichen Menschen, die etwas Großes, etwas Unmöglichscheinendes wirkten, von jeher für Trunkene und Wahnsinnige ausschreien mußte.

Aber auch im gemeinen Leben ist's unerträglich, fast einem jeden bei halbweg einer freien, edlen, unerwarteten Tat nachrufen zu hören: ‚Der Mensch ist trunken, der ist närrisch!' Schämt euch, ihr Nüchternen! Schämt euch, ihr Weisen!"

[79] Oggi: *Anteilnahme* (partecipazione, simpatia, interesse).

gono riprovevoli qualunque sia il motivo per cui sono state compiute.

Alzai le spalle e gli diedi ragione. – Eppure, mio caro, – continuai, – anche qui ci sono delle eccezioni. Il furto è un peccato, questo è vero, ma uno che va a rubare per salvare se stesso ed i suoi da un'imminente morte di fame, merita d'essere punito o compatito? Chi osa scagliare[27] la prima pietra contro il marito che in un momento di giusta ira sacrifica la moglie infedele e il suo indegno seduttore? O contro la fanciulla che in un momento di passione cede al piacere irresistibile dell'amore? Persino le nostre leggi, cosí pedanti e insensibili, si commuovono e perdonano.

– Ma questo è un caso del tutto diverso, – rispose Albert, – perché un uomo che si lascia trasportare dalle sue passioni, perde ogni facoltà di giudizio e viene considerato un ubriaco o un pazzo.

– Ah, voi gente assennata! – esclamai sorridendo. – Passione! Ebrezza! Follia! Ve ne state lí tranquilli e imperturbabili, voi gente per bene! Biasimate chi beve, avete orrore di chi ha perso la ragione, andate per la vostra strada come lo scriba e ringraziate Iddio come il fariseo[28] che non vi ha fatti simili a costoro. Mi sono ubriacato piú di una volta, le mie passioni non sono mai state molto lontane dalla pazzia, eppure non me ne pento: poiché nel mio piccolo sono riuscito a capire che tutti gli uomini straordinari che hanno compiuto qualcosa di grande, qualcosa che sembrava impossibile, sono sempre stati accusati di essere pazzi o ubriachi.

– Ma anche nella vita quotidiana è insopportabile sentir gridare dietro a chiunque abbia compiuto un'azione anche solo relativamente ardita, nobile e inconsueta: quell'uomo è ubriaco, quell'uomo è pazzo! Vergognatevi, voi gente sobria! Vergognatevi, voi gente giudiziosa.

[27] Giovanni, 8.4: «Chi di voi è senza peccato scagli la prima pietra contro di lei».

[28] Doppia citazione dal Nuovo Testamento. Luca, 10.31: «Ora, un sacerdote, per caso, scendeva per la medesima strada, lo vide, ma passò oltre». Luca, 18.11: «Il fariseo, ritto in piedi, cosí pregava dentro di sé: o Dio ti ringrazio, perché non sono come tutti gli altri uomini, rapaci, ingiusti, adulteri, e neppure come questo pubblicano».

„Das sind nun wieder von deinen Grillen," sagte Albert, „du überspannst alles und hast wenigstens hier gewiß unrecht, daß du den Selbstmord, wovon jetzt die Rede ist, mit großen Handlungen vergleichst: da man es doch für nichts anders als eine Schwäche halten kann. Denn freilich ist es leichter zu sterben, als ein qualvolles Leben standhaft zu ertragen."

Ich war im Begriff abzubrechen; denn kein Argument bringt mich so aus der Fassung, als wenn einer mit einem unbedeutenden Gemeinspruche angezogen kommt, wenn ich aus ganzem Herzen rede. Doch faßte ich mich, weil ich's schon oft gehört und mich öfter darüber geärgert hatte, und versetzte ihm mit einiger Lebhaftigkeit: „Du nennst das Schwäche? Ich bitte dich, laß dich vom Anscheine nicht verführen. Ein Volk, das unter dem unerträglichen Joch eines Tyrannen seufzt, darfst du das schwach heißen, wenn es endlich aufgärt und seine Ketten zerreißt? Ein Mensch, der über dem Schrecken, daß Feuer sein Haus ergriffen hat, alle Kräfte gespannt fühlt und mit Leichtigkeit Lasten wegträgt, die er bei ruhigem Sinne kaum bewegen kann; einer, der in der Wut der Beleidigung es mit sechsen aufnimmt und sie überwältigt, sind die schwach zu nennen? Und, mein Guter, wenn Anstrengung Stärke ist, warum soll die Überspannung das Gegenteil sein?" – Albert sah mich an und sagte: „Nimm mir's nicht übel, die Beispiele, die du da gibst, scheinen hieher gar nicht zu gehören." – „Es mag sein", sagte ich, „man hat mir schon öfters vorgeworfen, daß meine Kombinationsart manchmal an Radotage[80] grenze. Laßt uns denn sehen, ob wir uns auf eine andere Weise vorstellen können, wie dem Menschen zu Mute sein mag, der sich entschließt, die sonst angenehme Bürde des Lebens abzuwerfen. Denn nur insofern wir mitempfinden, haben wir Ehre, von einer Sache zu reden.

Die menschliche Natur", fuhr ich fort, „hat ihre Grenzen: sie kann Freude, Leid, Schmerzen bis auf einen gewissen Grad ertragen und geht zugrunde, sobald der überstiegen ist. Hier ist also nicht die Frage, ob einer schwach oder stark ist, sondern ob er das Maß seines Leidens ausdauern kann, es mag nun moralisch oder körperlich sein. Und ich finde es ebenso

[80] Parola francese per *unsinniges Geschwätz*: 'discorso strampalato, insulso'.

– Questi sono i tuoi soliti grilli, – disse Albert, – tu esageri sempre, e almeno qui mi sembra che tu abbia torto, poiché consideri il suicidio di cui stiamo parlando, come una grande azione, quando invece lo si può giudicare soltanto come un gesto di debolezza. Senza dubbio è piú facile morire che sopportare con fermezza una vita di tormenti.

Stavo per troncare la discussione, poiché non c'è nulla che mi faccia perder la calma come uno che, mentre io parlo con il cuore in mano, ti arriva con uno stupido luogo comune. Tuttavia mi ripresi subito perché quella frase l'avevo già sentita spesso e spesso mi aveva fatto arrabbiare, e ribattei con una certa vivacità: – Tu la chiami debolezza? Ti prego, non farti ingannare dalle apparenze. Un popolo che langue sotto il giogo insopportabile di un tiranno può essere chiamato debole se alla fine insorge e spezza le sue catene? Un uomo, che, per lo spavento di vedere il fuoco distruggere la sua casa, sente tutte le proprie forze moltiplicarsi e con facilità trasporta pesi che in condizioni normali potrebbe appena sollevare; o uno che, per la rabbia di essere stato offeso, combatte contro sei nemici e li vince, possono costoro essere chiamati deboli? E poi, mio caro, se la fatica è vigore, perché l'eccesso di tensione dovrebbe essere il contrario? – Albert mi guardò e disse: – Non te ne avere a male; ma gli esempi che hai citato mi pare che siano completamente fuori posto. – Può essere, – dissi. – Mi è già stato spesso rimproverato che il mio modo di ragionare arriva talvolta all'assurdo. Vediamo un po' se riusciamo a immaginarci in un altro modo quale possa essere lo stato d'animo di chi si decide a gettare il peso altrimenti cosí dolce della vita. Poiché solo provando gli stessi sentimenti abbiamo il diritto di parlare di una cosa.

– La natura umana, – continuai, – ha i suoi limiti, può sopportare la gioia, il dolore, le sofferenze fino ad un certo punto e crolla non appena questo punto sia superato. Qui non si tratta piú dunque di sapere se uno è forte o debole, ma se è in grado di sopportare la misura del suo dolore – sia esso fisico o morale; e io trovo che sia molto strano dire: l'uomo che si toglie

wunderbar[81] zu sagen, der Mensch ist feige, der sich das Leben nimmt, als es ungehörig wäre, den einen Feigen zu nennen, der an einem bösartigen Fieber stirbt."

„Paradox! sehr paradox!" rief Albert aus. – „Nicht so sehr, als du denkst." versetzte ich. „Du gibst mir zu, wir nennen das eine Krankheit zum Tode, wodurch die Natur so angegriffen wird, daß teils ihre Kräfte verzehrt, teils so außer Wirkung gesetzt werden, daß sie sich nicht wieder aufzuhelfen, durch keine glückliche Revolution den gewöhnlichen Umlauf des Lebens wieder herzustellen fähig ist.

Nun, mein Lieber, laß uns das auf den Geist anwenden. Sieh den Menschen an in seiner Eingeschränktheit, wie Eindrücke auf ihn wirken, Ideen sich bei ihm festsetzen, bis endlich eine wachsende Leidenschaft ihn aller ruhigen Sinneskraft beraubt und ihn zugrunde richtet.

Vergebens, daß der gelassene, vernünftige Mensch den Zustand des Unglücklichen übersieht, vergebens, daß er ihm zuredet! Ebenso wie ein Gesunder, der am Bette des Kranken steht, ihm von seinen Kräften nicht das geringste einflößen kann."

Alberten war das zu allgemein gesprochen. Ich erinnerte ihn an ein Mädchen, das man vor weniger Zeit im Wasser tot gefunden, und wiederholte ihm ihre Geschichte. – „Ein gutes, junges Geschöpf, das in dem engen Kreise häuslicher Beschäftigungen, wöchentlicher bestimmter Arbeit herangewachsen war, das weiter keine Aussicht von Vergnügen kannte, als et-

[81] Qui nel senso di *merkwürdig, sonderbar*: 'strano', 'singolare'. Oggi *wunderbar* significa solo 'meraviglioso'. Cfr. lettera del 15 marzo.

la vita è un vile, cosí come non sarebbe lecito chiamare vile uno che muore di una febbre maligna.

– Sei paradossale! sei troppo paradossale! – esclamò Albert. – Non tanto come ti sembra, – ribattei. – Sarai d'accordo con me a chiamare mortale una malattia[29] dalla quale la natura è cosí scossa, che le sue forze o sono in parte consumate o sono in parte cosí inefficienti, che non è piú capace di riprendersi e di ristabilire con una felice rivoluzione la consueta circolazione della vita[30].

– E ora, mio caro, permettimi di applicare tutto questo allo spirito. Considera l'uomo nella sua limitatezza, come su di lui agiscano le impressioni e come in lui si costituiscano le idee, finché una passione sempre piú forte lo priva di ogni forza di pensare e lo porta infine alla rovina.

– Inutilmente un uomo posato e ragionevole capirà lo stato dell'infelice, inutilmente gli darà i suoi consigli, proprio come un uomo sano che si trovi al capezzale di un ammalato non potrà infondergli nemmeno una scintilla delle proprie energie.

Per Albert questi erano discorsi troppo generici. Io gli ricordai quella ragazza[31] che poco tempo prima era stata trovata morta annegata, e gli ripetei la sua storia: – Una creatura giovane e buona, cresciuta nel piccolo cerchio delle occupazioni domestiche, in un lavoro regolato giorno per giorno, che non conosceva altro svago se non una breve passeggiata fuori porta

[29] Giovanni, 11.4: «Udito ciò Gesú rispose: "Questa non è una malattia da morire, ma è per la gloria di Dio, affinché il figlio di Dio ne sia glorificato"». *La malattia mortale* (*Sygdommen Til Döden*, 1848) è anche il titolo di un'opera di Søren Kierkegaard, tratto probabilmente da questo passo del *Werther*.

[30] Anche Saint-Preux paragona la vita del suicida a una malattia mortale discutendone con l'amico Edouard: «Qu'on me montre donc comment il est plus permis de se délivrer d'un mal passager en faisant des remèdes, que d'un mal incurable en s'ôtant la vie» (Che mi si dimostri dunque in che modo sia piú lecito liberarsi di un male passeggero ricorrendo a dei rimedi che di un male incurabile togliendosi la vita) (*NH*, 3, XXI).

[31] Goethe si ricorda forse di un fatto della cronaca nera francofortese: nel 1769 la ventitreenne Anna Elisabeth Stöber si era uccisa annegandosi per una delusione amorosa. È possibile che Goethe, che si sente colpevole della seduzione di Friederike Brion, la figlia del parroco di Sesenheim conosciuta nel suo periodo di Strasburgo, voglia suggerire al lettore il sospetto che Werther in passato possa essere stato capace di una simile seduzione. Cfr. il *Faust* con la seduzione di Gretchen ottenuta grazie alle arti di Mefistofele.

wa Sonntags in einem nach und nach zusammengeschafften Putz mit ihresgleichen um die Stadt spazierenzugehen, vielleicht alle hohen Feste einmal zu tanzen und übrigens mit aller Lebhaftigkeit des herzlichsten Anteils manche Stunde über den Anlaß eines Gezänkes, einer übeln Nachrede mit einer Nachbarin zu verplaudern – deren feurige Natur fühlt nun endlich innigere Bedürfnisse, die durch die Schmeicheleien der Männer vermehrt werden; ihre vorigen Freuden werden ihr nach und nach unschmackhaft, bis sie endlich einen Menschen antrifft, zu dem ein unbekanntes Gefühl sie unwiderstehlich hinreißt, auf den sie nun alle ihre Hoffnungen wirft, die Welt rings um sich vergißt, nichts hört, nichts sieht, nichts fühlt als ihn, den Einzigen, sich nur sehnt nach ihm, dem Einzigen. Durch die leeren Vergnügungen einer unbeständigen Eitelkeit nicht verdorben, zieht ihr Verlangen gerade nach dem Zweck, sie will die Seinige werden, sie will in ewiger Verbindung all das Glück antreffen, das ihr mangelt, die Vereinigung aller Freuden genießen, nach denen sie sich sehnte. Wiederholtes Versprechen, das ihr die Gewißheit aller Hoffnungen versiegelt, kühne Liebkosungen, die ihre Begierden vermehren, umfangen ganz ihre Seele; sie schwebt in einem dumpfen Bewußtsein, in einem Vorgefühl aller Freuden, sie ist bis auf den höchsten Grad gespannt, sie streckt endlich ihre Arme aus, all ihre Wünsche zu umfassen – und ihr Geliebter verläßt sie. – Erstarrt, ohne Sinne steht sie vor einem Abgrunde; alles ist Finsternis um sie her, keine Aussicht, kein Trost, keine Ahnung[82]! denn der hat sie verlassen, in dem sie allein ihr Dasein fühlte. Sie sieht nicht die weite Welt, die vor ihr liegt, nicht die vielen, die ihr den Verlust ersetzen könnten, sie fühlt sich allein, verlassen von aller Welt, – und blind, in die Enge gepreßt von der entsetzlichen Not ihres Herzens, stürzt sie sich hinunter, um in einem rings umfangenden Tode alle ihre Qualen zu ersticken. – Sieh, Albert, das ist die Geschichte so manches Menschen! und sag', ist das nicht der Fall der Krankheit? Die Natur findet keinen Ausweg aus dem La-

[82] *Keine Ahnung haben* oggi significa: 'non avere la piú pallida idea'. Qui ha il senso di 'non avere un piano o progetto', 'non sapere che fare'.

fatta la domenica con le sue compagne, con vestitini messi insieme un poco alla volta, o forse un ballo nelle grandi solennità e per il resto qualche ora passata a chiacchierare con una vicina, con tutta la vivacità del suo cuore sensibile, a proposito di una piccola lite o di qualche pettegolezzo – un essere la cui natura focosa incomincia finalmente a sentire bisogni piú intimi, che le lusinghe degli uomini rendono ancora piú urgenti; le piccole gioie di un tempo diventano a poco a poco insignificanti per lei, finché trova un uomo verso il quale l'attira irresistibilmente un sentimento sconosciuto e sul quale costruisce ormai tutte le proprie speranze, tanto che dimentica il mondo intorno a sé, non ode, non vede, non sente null'altro che lui, l'unico, non desidera altro che lui, l'unico. Non corrotta dai fatui piaceri di una volubile vanità, il suo desiderio la trascina a un unico scopo, vuole essere sua, vuole trovare, per sempre congiunta con lui, tutta la felicità che le manca, provare tutte le gioie che aveva tanto voluto. Ripetute promesse suggellano le sue speranze, audaci carezze, che accrescono il suo desiderio, posseggono ormai la sua anima. Come sospesa in un confuso stato di incoscienza, nel presentimento di ogni delizia, è eccitata all'estremo e tende le braccia per cogliere tutti i suoi desideri – ed ecco il suo amante l'abbandona. Impietrita, incapace di intendere, si trova davanti a un abisso; tutto è tenebra intorno a lei, non ha via d'uscita, non ha conforto, non sa che fare perché l'ha abbandonata colui che colmava tutto il suo essere. Non vede piú il mondo che le si apre davanti, né gli uomini che potrebbero sostituire quello che ha perduto, si sente sola, abbandonata da tutti – e cieca, spinta agli estremi dalla terribile angoscia del suo cuore, si lascia cadere, per soffocare la sua pena, in una morte che avvolga tutto quanto le è intorno. Vedi, Albert, questa è la storia di molti di noi! Non trovi forse che sia la storia di una malattia? La natura non trova la

byrinthe der verworrenen und widersprechenden Kräfte, und der Mensch muß sterben.

Wehe dem, der zusehen und sagen könnte: ‚Die Törin! Hätte sie gewartet, hätte sie die Zeit wirken lassen, die Verzweifelung würde sich schon gelegt, es würde sich schon ein anderer sie zu trösten vorgefunden haben.‘ – Das ist eben, als wenn einer sagte: ‚Der Tor, stirbt am Fieber! Hätte er gewartet, bis seine Kräfte sich erholt, seine Säfte sich verbessert, der Tumult seines Blutes sich gelegt hätten: alles wäre gut gegangen, und er lebte bis auf den heutigen Tag!‘“

Albert, dem die Vergleichung[83] noch nicht anschaulich war, wandte noch einiges ein, und unter andern: ich hätte nur von einem einfältigen Mädchen gesprochen; wie aber ein Mensch von Verstande, der nicht so eingeschränkt[84] sei, der mehr Verhältnisse übersehe, zu entschuldigen sein möchte, könne er nicht begreifen. – „Mein Freund,“ rief ich aus, „der Mensch ist Mensch, und das bißchen Verstand, das einer haben mag, kommt wenig oder nicht in Anschlag, wenn Leidenschaft wütet und die Grenzen der Menschheit einen drängen. Vielmehr – Ein andermal davon...“ sagte ich und griff nach meinem Hute. O mir war das Herz so voll – Und wir gingen auseinander, ohne einander verstanden zu haben. Wie denn auf dieser Welt keiner leicht den andern versteht.

Am 15. August.

Es ist doch gewiß, daß in der Welt den Menschen nichts notwendig macht als die Liebe. Ich fühl's an Lotten, daß sie mich ungern verlöre, und die Kinder haben keinen andern Begriff, als daß ich immer morgen wiederkommen würde. Heute war ich hinausgegangen, Lottens Klavier zu stimmen, ich konnte aber nicht dazu kommen, denn die Kleinen verfolgten mich um ein Märchen, und Lotte sagte selbst, ich sollte ihnen den Willen tun. Ich schnitt ihnen das Abendbrot, das sie nun fast so gern von mir als von Lotten annehmen, und erzählte

[83] Per ‘paragone’ oggi è piú comune *Vergleich*.
[84] Oggi: *beschränkt*.

via d'uscita dal labirinto delle forze confuse e contrastanti, e l'uomo deve morire.

– Guai a colui che assista a tutto questo e dica: Che pazza! Se avesse atteso, se avesse lasciato che il tempo facesse la sua opera, la sua disperazione si sarebbe placata e certo avrebbe trovato qualcun altro per consolarla! È come se uno dicesse: Quel pazzo, muore di febbre! Se avesse aspettato fino a che le sue forze non si fossero ricostituite, i suoi umori rianimati, il tumulto del suo sangue sedato, tutto sarebbe andato bene e lui oggi sarebbe ancora vivo!

Albert, che non riusciva a vedere l'evidenza del paragone, fece ancora qualche obiezione dicendo fra l'altro che avevo parlato di una povera ragazza e che proprio non capiva come fosse possibile scusare un uomo assennato che non è cosí sprovveduto e sa vedere piú a fondo nelle cose. – Amico mio, – esclamai, – l'uomo è uomo e quel po' di intelligenza che può avere serve poco o nulla quando la passione infuria e si è oppressi dai limiti della natura umana. Piuttosto..., ma te lo dirò un'altra volta, – dissi prendendo il cappello. Oh, come era agitato il mio cuore! Ci separammo senza esserci capiti, come del resto succede sempre a questo mondo dove nessuno comprende facilmente gli altri.

15 agosto.

Non c'è dubbio, al mondo non c'è nulla che ci renda indispensabili come l'amore. Me ne accorgo con Lotte, alla quale dispiacerebbe molto di perdermi, e con i bambini, che non riescono nemmeno a pensare che l'indomani non ritorni da loro. Oggi ci sono andato per accordare la spinetta di Lotte, ma non sono riuscito a farlo perché i piccoli volevano a tutti i costi che raccontassi una fiaba e Lotte mi ha detto di accontentarli. Ho tagliato loro il pane per la merenda che ora prendono da me quasi cosí volentieri come da Lotte e ho raccontato il mio pez-

ihnen das Hauptstückchen[85] von der Prinzessin, die von Händen bedient wird. Ich lerne viel dabei, das versichre ich dich, und ich bin erstaunt, was es auf sie für Eindrücke macht. Weil ich manchmal einen Inzidentpunkt[86] erfinden muß, den ich beim zweitenmal vergesse, sagen sie gleich, das vorigemal wär' es anders gewesen, so daß ich mich jetzt übe, sie unveränderlich in einem singenden Silbenfall an einem Schnürchen[87] weg zu rezitieren. Ich habe daraus gelernt, wie ein Autor durch eine zweite, veränderte Ausgabe seiner Geschichte, und wenn sie poetisch noch so besser geworden wäre, notwendig seinem Buche schaden muß. Der erste Eindruck findet uns willig, und der Mensch ist gemacht, daß man ihn das Abenteuerlichste überreden kann; das haftet aber auch gleich so fest, und wehe dem, der es wieder auskratzen und austilgen will!

Am 18. August.

Mußte denn das so sein, daß das, was des Menschen Glückseligkeit macht, wieder die Quelle seines Elendes würde?

Das volle, warme Gefühl meines Herzens an der lebendigen Natur, das mich mit so vieler Wonne überströmte, das rings umher die Welt mir zu einem Paradiese schuf, wird mir jetzt zu einem unerträglichen Peiniger, zu einem quälenden Geist, der mich auf allen Wegen verfolgt. Wenn ich sonst vom Felsen über den Fluß bis zu jenen Hügeln das fruchtbare Tal überschaute und alles um mich her keimen und quellen sah; wenn ich jene Berge, vom Fuße bis auf zum Gipfel, mit hohen, dichten Bäumen bekleidet, jene Täler in ihren mannigfaltigen Krümmungen von den lieblichsten Wäldern beschattet sah, und der sanfte Fluß zwischen den lispelnden Rohren dahingleitete[88] und die lieben Wolken abspiegelte, die der sanfte

[85] *Lieblingsstück*, 'la fiaba preferita'. Il termine *Hauptstück* nel diritto civile è 'articolo fondamentale'.

[86] Antiquato per *Nebenpunkt*. Nel linguaggio giuridico significava infatti 'punto secondario controverso'. Qui ha il significato di 'episodio'.

[87] *Etwas am Schnürchen haben*: 'conoscere qualcosa a menadito'; *wie am Schnürchen* (*flüssig, reibungslos, ohne Schwierigkeiten*): 'senza difficoltà', 'con disinvoltura'. La locuzione era riferita un tempo alla corona del rosario.

[88] *glitt*. Goethe coniuga qui *gleiten* come un verbo debole.

zo forte, la storia della principessa che viene servita da mani invisibili[32]. Imparo molto in queste occasioni, te l'assicuro, e mi stupisco a vedere cos'è che fa loro impressione. Poiché sono portato talora a inventare dei particolari che la volta successiva dimentico, loro dicono subito che prima era diverso, sicché mi esercito a recitare la storiella tutta d'un fiato, senza cambiare nulla e con una cadenza cantante. Cosí ho capito che uno scrittore inevitabilmente danneggia il suo libro con una seconda, diversa stesura della sua storia, anche se questa riuscisse poeticamente migliore. La prima impressione ci trova pronti ad accoglierla e l'uomo è fatto in modo che gli si possono far credere le cose piú strane e inverosimili: si imprimono subito tenacemente nella sua memoria e guai a chi cerca di cancellarle e distruggerle!

18 agosto.

È dunque inevitabile che ciò che fa la felicità di un uomo sia poi anche la fonte delle sue sofferenze?

Quel sentimento, caldo e pieno, che il mio cuore aveva per la natura vivente e mi colmava di tanta beatitudine da trasformare il mondo in un paradiso ora è un intollerabile carnefice, uno spirito maligno che mi perseguita ad ogni passo. Una volta, quando contemplavo da questa roccia la fertile vallata fino a quelle colline al di là del fiume e intorno a me vedevo germogliare e sgorgare piante ed acque; quando vedevo quei monti, coperti dal fondo alla cima da alberi alti e folti, e quelle valli ombreggiate dai boschi piú ameni nelle loro molteplici anse, mentre il fiume soavemente scorreva fra i giunchi bisbiglianti e rispecchiava le nubi gentili che il vento lieve della sera cullava

[32] *La chatte blanche*, in *Contes de Fées* di M. C. d'Aulnoy (ca. 1650-1705).

Abendwind am Himmel herüberwiegte; wenn ich dann die Vögel um mich den Wald beleben hörte, und die Millionen Mückenschwärme im letzten roten Strahle der Sonne mutig tanzten, und ihr letzter zuckender Blick[89] den summenden Käfer aus seinem Grase befreite, und das Schwirren und Weben um mich her mich auf den Boden aufmerksam machte, und das Moos, das meinem harten Felsen seine Nahrung abzwingt, und das Geniste, das den dürren Sandhügel hinunter wächst, mir das innere, glühende, heilige Leben der Natur eröffnete: wie faßte ich das alles in mein warmes Herz, fühlte mich in der überfließenden Fülle wie vergöttert, und die herrlichen Gestalten der unendlichen Welt bewegten sich allbelebend in meiner Seele. Ungeheure Berge umgaben mich, Abgründe lagen vor mir, und Wetterbäche stürzten herunter, die Flüsse strömten unter mir, und Wald und Gebirg erklang; und ich sah sie wirken und schaffen ineinander in den Tiefen der Erde, alle die unergründlichen Kräfte; und nun über der Erde und unter dem Himmel wimmeln die Geschlechter der mannigfaltigen Geschöpfe. Alles, alles bevölkert mit tausendfachen Gestalten; und die Menschen dann sich in Häuslein zusammen sichern und sich annisten und herrschen in ihrem Sinne über die weite Welt! Armer Tor! der du alles so gering achtest, weil du so klein bist. – Vom unzugänglichen Gebirge über die Einöde, die kein Fuß betrat, bis ans Ende des unbekannten Ozeans weht der Geist des Ewigschaffenden und freut sich jedes Staubes, der ihn vernimmt und lebt. – Ach damals, wie oft habe ich mich mit Fittichen eines Kranichs, der über mich hin flog, zu dem Ufer des ungemessenen Meeres gesehnt, aus dem schäumenden Becher des Unendlichen jene schwellende Lebenswonne zu trinken und nur einen Augenblick in der eingeschränkten Kraft meines Busens einen Tropfen der Seligkeit des Wesens zu fühlen, das alles in sich und durch sich hervorbringt.

Bruder, nur die Erinnerung jener Stunden macht mir wohl. Selbst diese Anstrengung, jene unsäglichen Gefühle zurückzurufen, wieder auszusprechen, hebt meine Seele über sich selbst

[89] Qui ancora nel suo significato originale, oggi antiquato, di: 'improvviso splendore', 'fulgore', 'baleno'. Cfr. lettere del 21 agosto e del 20 dicembre.

nel cielo; quando poi sentivo gli uccelli animare il bosco intorno a me, mentre milioni di moscerini danzavano a sciami nell'ultimo raggio rosso del sole, il cui estremo fulgore liberava dall'erba l'insetto ronzante, e il brulicare e il frullare intorno a me richiamavano la mia attenzione alla terra, al muschio che strappa il suo nutrimento alla dura pietra, e ai rovi che crescono giú per l'arida collina di sabbia, sí che mi si rivelava l'intima, ardente, sacra vita della natura: allora accoglievo tutto questo nel mio cuore commosso, mi sentivo come divinizzato in quella traboccante pienezza e le meravigliose figure dell'universo si muovevano nella mia anima destando ovunque la vita. Monti enormi mi circondavano, abissi mi si aprivano davanti, torrenti furiosi precipitavano, fiumi in piena scorrevano sotto di me e boschi e monti ne risonavano; e io le vedevo creare e agire l'una nell'altra nelle profondità della terra tutte queste energie imperscrutabili, mentre sulla terra e sotto il cielo si affollavano le generazioni delle piú diverse creature. Tutto, tutto è popolato di migliaia di figure diverse e intanto gli uomini si chiudono timorosi nella loro casetta, vi fanno il loro nido e nella loro fantasia credono di dominare il mondo infinito! Povero pazzo che stimi tutto cosí poco, solo perché sei cosí piccolo. – Dalla montagna inaccessibile, oltre il deserto che nessun piede ha ancora calcato, sino ai confini dell'oceano sconosciuto alita lo spirito dell'Eterno Creatore e gioisce di ogni granello di polvere che lo accoglie e ne vive. – Oh quante volte allora ho desiderato di giungere sino alle rive del mare sconfinato con le ali di una gru che volava sopra a me, di bere dalla coppa traboccante dell'infinito la crescente voluttà della vita, di sentire per un solo istante, nella forza limitata del mio petto, una sola goccia della beatitudine dell'essere che crea tutto in sé e per sé.

Fratello mio, il semplice ricordo di quelle ore mi fa bene. Persino lo sforzo di richiamare e di esprimere quei sentimenti indicibili solleva la mia anima al disopra di se stessa e mi fa poi

und läßt mich dann das Bange des Zustandes doppelt empfinden, der mich jetzt umgibt.

Es hat sich vor meiner Seele wie ein Vorhang weggezogen, und der Schauplatz des unendlichen Lebens verwandelt sich vor mir in den Abgrund des ewig offenen Grabes. Kannst du sagen: Das ist! da alles vorübergeht? da alles mit der Wetterschnelle vorüberrollt, so selten die ganze Kraft seines Daseins ausdauert, ach, in den Strom fortgerissen, untergetaucht und an Felsen zerschmettert wird? Da ist kein Augenblick, der nicht dich verzehrte und die Deinigen um dich her, kein Augenblick, da du nicht ein Zerstörer bist, sein mußt; der harmloseste Spaziergang kostet tausend armen Würmchen das Leben, es zerrüttet ein Fußtritt die mühseligen Gebäude der Ameisen und stampft eine kleine Welt in ein schmähliches Grab. Ha! nicht die große, seltne Not der Welt, diese Fluten, die eure Dörfer wegspülen, diese Erdbeben, die eure Städte verschlingen, rühren mich; mir untergräbt das Herz die verzehrende Kraft, die in dem All der Natur verborgen liegt; die nichts gebildet hat, das nicht seinen Nachbar, nicht sich selbst zerstörte. Und so taumle ich beängstigt. Himmel und Erde und ihre webenden Kräfte um mich her: ich sehe nichts als ein ewig verschlingendes, ewig wiederkäuendes Ungeheuer.

Am 21. August.

Umsonst strecke ich meine Arme nach ihr aus, morgens, wenn ich von schweren Träumen aufdämmere, vergebens suche ich sie nachts in meinem Bette, wenn mich ein glücklicher, unschuldiger Traum getäuscht hat, als säß' ich neben ihr auf der Wiese und hielt' ihre Hand und deckte sie mit tausend

doppiamente sentire la tristezza dello stato in cui ora mi trovo.

È come se davanti alla mia anima sia stato strappato un fitto velo e lo spettacolo della vita infinita si sia trasformato nell'abisso di una tomba eternamente spalancata. Puoi forse dire: *questo è!*, quando tutto trascorre, quando tutto svanisce con la velocità di un lampo e solo raramente consuma tutta la forza della propria esistenza e viene, ahimè, travolto e trascinato via dalla corrente per essere infine sfracellato contro le rocce? Non c'è un istante che non ti consumi e non consumi coloro che ti sono vicini, non c'è un istante in cui tu non sia e non debba essere un distruttore. La piú innocente delle tue passeggiate costa la vita a migliaia di poveri vermi, un solo passo fa crollare le faticose costruzioni delle formiche e schiaccia tutto un piccolo mondo trasformandolo in una misera tomba. Ah! Non mi commuovono certo le grandi e rare catastrofi dell'universo, le inondazioni che trascinano via i vostri villaggi, i terremoti che divorano le vostre città; ciò che distrugge a poco a poco il mio cuore è il pensiero della vorace energia nascosta nel tutto della natura, la quale nessuna cosa ha creato che non debba distruggere se stessa e quella vicina. E cosí mi prende una vertigine che mi riempie di angoscia! Il cielo e la terra e le loro forze vitali sono intorno a me: io non vedo che un mostro che eternamente divora, eternamente consuma[33].

21 agosto.

Inutilmente stendo le braccia verso di lei la mattina quando mi desto dai miei sogni angosciosi, inutilmente la notte la cerco nel mio letto, quando un sogno felice mi ha illuso che mi sieda accanto su un prato, io tenga la sua mano e la copra di

[33] La lettera del 18 agosto capovolge radicalmente quella del 10 maggio, nella quale la natura appariva a Werther nell'immagine di una bellissima donna. Qui è quella natura mostruosa descritta da Goethe nel 1772 nella recensione a un'opera di Johann Georg Sulzer, allora noto critico e teorico della letteratura e delle arti: «Ciò che noi vediamo della natura è energia che divora energia, nulla è fermo, tutto trascorre, mille germi di vita vengono distrutti da un passo e nello stesso momento mille altri vengono generati, grandi e cospicui, in una molteplicità infinita; bello e brutto, bene e male esistono l'uno accanto all'altro con lo stesso diritto».

.. Ach, wenn ich dann noch halb im Taumel des Schla- [illegible]ch ihr tappe und drüber mich ermuntere – ein Strom von Tränen bricht aus meinem gepreßten Herzen, und ich weine trostlos einer finstern Zukunft entgegen.

Am 22. August.

Es ist ein Unglück, Wilhelm, meine tätigen Kräfte sind zu einer unruhigen Lässigkeit verstimmt, ich kann nicht müßig sein und kann doch auch nichts tun. Ich habe keine Vorstellungskraft, kein Gefühl an der Natur, und die Bücher ekeln mich an. Wenn wir uns selbst fehlen, fehlt uns doch alles. Ich schwöre dir, manchmal wünschte ich, ein Tagelöhner zu sein, um nur des Morgens beim Erwachen eine Aussicht auf den künftigen Tag, einen Drang, eine Hoffnung zu haben. Oft beneide ich Alberten, den ich über die Ohren in Akten begraben sehe, und bilde mir ein, mir wäre wohl, wenn ich an seiner Stelle wäre! Schon etlichemal ist mir's so aufgefahren[90], ich wollte dir schreiben und dem Minister, um die Stelle bei der Gesandtschaft anzuhalten, die, wie du versicherst, mir nicht versagt werden würde. Ich glaube es selbst. Der Minister liebt mich seit langer Zeit, hatte lange mir angelegen, ich sollte mich irgendeinem Geschäfte widmen; und eine Stunde ist mir's auch wohl drum zu tun. Hernach, wenn ich wieder dran denke und mir die Fabel vom Pferde einfällt, das, seiner Freiheit ungeduldig, sich Sattel und Zeug auflegen läßt und zuschanden geritten wird – ich weiß nicht, was ich soll. – Und, mein Lieber! ist nicht vielleicht das Sehnen in mir nach Veränderung des Zustands eine innere, unbehagliche Ungeduld, die mich überallhin verfolgen wird?

Am 28. August.

Es ist wahr, wenn meine Krankheit zu heilen wäre, so würden diese Menschen es tun. Heute ist mein Geburtstag, und

[90] *ist es mir plötzlich eingefallen.* Nell'accezione moderna *auffahren* significa 'balzar su', 'adirarsi'.

baci. Quando poi mi desto cercandola con la mano ancora nell'incertezza del sonno – un torrente di lacrime mi sgorga dal cuore oppresso e piango sconsolato sul mio oscuro avvenire.

22 agosto.

Che sventura, Wilhelm! Tutte le mie energie sono degenerate in una angosciosa impotenza, non posso starmene inattivo, eppure sono incapace di fare. Non riesco a pensare, né a sentire la natura, i libri mi ripugnano. Abbiamo tutto perduto, quando abbiamo perduto noi stessi. Ti giuro che talvolta vorrei essere un povero operaio a giornata solo per avere, svegliandomi al mattino, una spinta, una speranza, qualcosa da fare per il giorno che viene. Spesso invidio Albert, che vedo sepolto tra le carte fin sopra la testa e mi immagino che mi sentirei bene se mi trovassi al suo posto! Già varie volte sono stato sul punto di scrivere a te e al ministro e chiedere quel posto presso l'ambasciata che, come tu mi assicuri, non mi verrebbe rifiutato. Anch'io lo credo. Il ministro mi è affezionato già da tempo e spesso mi ha spinto a dedicarmi a una qualche attività; e talvolta sembra anche che lo farei volentieri. Quando poi torno a pensarci e mi ricordo della favola del cavallo[34] il quale, stanco della sua libertà, si fa mettere sella e briglie e viene cavalcato a morte – non so piú cosa fare. – E, mio caro, questo eterno desiderio che ho di mutare la mia condizione non è forse una morbosa impazienza che mi perseguiterà dovunque?

28 agosto.

È vero, se fosse possibile guarire il mio male, questa gente ci riuscirebbe. Oggi è il mio compleanno[35] e questa mattina

[34] La favola è presente in Fedro, Stesicoro, Orazio e La Fontaine. Il cavallo, per difendersi dal cervo, diventa lo schiavo dell'uomo.

[35] Il 28 agosto è anche il compleanno di Goethe e di Kestner.

in aller Frühe empfange ich ein Päckchen von Alberten. Mir fällt beim Eröffnen sogleich eine der blaßroten Schleifen in die Augen, die Lotte vor hatte[91], als ich sie kennen lernte, und um die ich sie seither etlichemal gebeten hatte. Es waren zwei Büchelchen in Duodez[92] dabei, der kleine Wetsteinische Homer, eine Ausgabe, nach der ich so oft verlangt, um mich auf dem Spaziergange mit dem Ernestischen nicht zu schleppen. Sieh! so kommen sie meinen Wünschen zuvor, so suchen sie alle die kleinen Gefälligkeiten der Freundschaft auf, die tausendmal werter sind als jene blendenden Geschenke, wodurch uns die Eitelkeit des Gebers erniedrigt. Ich küsse diese Schleife tausendmal, und mit jedem Atemzuge schlürfe ich die Erinnerung jener Seligkeiten ein, mit denen mich jene wenigen, glücklichen, unwiederbringlichen Tage überfüllten. Wilhelm, es ist so, und ich murre nicht, die Blüten des Lebens sind nur Erscheinungen! Wie viele gehn vorüber, ohne eine Spur hinter sich zu lassen, wie wenige setzen Frucht an, und wie wenige dieser Früchte werden reif! Und doch sind deren noch genug da; und doch – O mein Bruder! – können wir gereifte Früchte vernachlässigen, verachten, ungenossen verfaulen lassen?

Lebe wohl! Es ist ein herrlicher Sommer; ich sitze oft auf den Obstbäumen in Lottens Baumstück mit dem Obstbrecher, der langen Stange, und hole die Birnen aus dem Gipfel. Sie steht unten und nimmt sie ab, wenn ich sie ihr herunterlasse.

Am 30. August.

Unglücklicher! Bist du nicht ein Tor? Betriegst du dich nicht selbst? Was soll diese tobende, endlose Leidenschaft?

[91] *anhatte*.

[92] Dal latino *duodecim*. È un piccolo formato con la segnatura di dodici pagine per foglio. Werther si riferisce all'edizione in dodicesimo dei poemi omerici uscita presso J. H. Wetstein ad Amsterdam nel 1707. Visto che la conoscenza del greco non era molto diffusa, l'edizione riportava accanto al testo originale una traduzione in latino. Anche l'edizione del noto teologo e filologo lipsiense J. A. Ernesti (1759-64), citata piú avanti, era bilingue.

presto ho ricevuto un pacchetto da Albert. Aprendolo mi sono caduti subito gli occhi sopra i nastri rosa che Lotte portava il giorno in cui la conobbi e che spesso le avevo chiesto di regalarmi[36]. C'erano anche due volumetti in dodicesimo, il piccolo Omero di Wetstein, una edizione che spesso avevo desiderato di avere per non dovermi trascinare dietro nelle mie passeggiate quella di Ernesti. Vedi, come vengono incontro ai miei desideri, come cercano di dimostrarmi tutte quelle piccole attenzioni dell'amicizia che valgono mille volte di piú di un dono vistoso con cui la vanità del donatore ci umilia. Bacio questi nastri infinite volte e ad ogni respiro rivive in me il ricordo di quella beatitudine di cui ero colmo in quei pochi giorni felici e irrimediabilmente perduti. Wilhelm, cosí è e non mi lamento, i fiori della vita sono solo parvenze! Quasi tutti si dileguano senza lasciare traccia di sé e ben pochi sono quelli che producono frutti e di questi frutti pochissimi arrivano a maturare! Eppure ce ne sono tanti anche di questi, eppure, o fratello, possiamo forse trascurare, disprezzare questi pochi frutti maturi e lasciarli marcire senza averli gustati?

Addio! L'estate è magnifica, spesso mi arrampico sopra un albero nel frutteto di Lotte, con una lunga stanga in mano, e stacco dalla cima dei rami le pere mature. Lei sta di sotto e le raccoglie via via che le faccio cadere.

30 agosto.

Infelice! Non sei forse pazzo? non inganni forse te stesso? Dove ti può condurre questa passione folle, senza fine? Non

[36] Charlotte Buff aveva regalato a Goethe i nastri rosa del vestito che indossava al ballo del 9 giugno 1772, come si legge nella lettera del 9 ottobre successivo in cui il poeta la ringrazia.

Ich habe kein Gebet mehr als an sie; meiner Einbildungskraft erscheint keine andere Gestalt als die ihrige, und alles in der Welt um mich her sehe ich nur im Verhältnisse mit ihr. Und das macht mir denn so manche glückliche Stunde – bis ich mich wieder von ihr losreißen muß! Ach Wilhelm! wozu mich mein Herz oft drängt! – Wenn ich bei ihr gesessen bin, zwei, drei Stunden, und mich an ihrer Gestalt, an ihrem Betragen, an dem himmlischen Ausdruck ihrer Worte geweidet habe, und nun nach und nach alle meine Sinne aufgespannt werden, mir es düster vor den Augen wird, ich kaum noch höre, und es mich an die Gurgel faßt wie ein Meuchelmörder, dann mein Herz in wilden Schlägen den bedrängten Sinnen Luft zu machen sucht und ihre Verwirrung nur vermehrt – Wilhelm, ich weiß oft nicht, ob ich auf der Welt bin! Und – wenn nicht manchmal die Wehmut das Übergewicht nimmt und Lotte mir den elenden Trost erlaubt, auf ihrer Hand meine Beklemmung auszuweinen, – so muß ich fort, muß hinaus, und schweife dann weit im Felde umher; einen jähen Berg zu klettern ist dann meine Freude, durch einen unwegsamen Wald einen Pfad durchzuarbeiten, durch die Hecken, die mich verletzen, durch die Dornen, die mich zerreißen! Da wird mir's etwas besser! Etwas! Und wenn ich vor Müdigkeit und Durst manchmal unterwegs liegen bleibe, manchmal in der tiefen Nacht, wenn der hohe Vollmond über mir steht, im einsamen Walde auf einen krumm gewachsenen Baum mich setze, um meinen verwundeten Sohlen nur einige Linderung zu verschaffen, und dann in einer ermattenden Ruhe in dem Dämmerschein hinschlummre! O Wilhelm! die einsame Wohnung einer Zelle, das härene Gewand und der Stachelgürtel wären Labsale, nach denen meine Seele schmachtet. Adieu! Ich sehe dieses Elendes kein Ende als das Grab.

Am 3. September.

Ich muß fort! Ich danke dir, Wilhelm, daß du meinen wankenden Entschluß bestimmt hast. Schon vierzehn Tage gehe ich mit dem Gedanken um, sie zu verlassen. Ich muß fort. Sie

posso piú pronunciare una preghiera che non sia diretta a lei; alla mia fantasia non compaiono altre immagini se non la sua, intorno a me vedo solo ciò che è in rapporto con lei. E questo mi dà qualche ora di felicità – finché non giunge il momento in cui devo strapparmi nuovamente da lei! Ah Wilhelm! a cosa mai mi spinge il cuore! – Quando sono stato accanto a lei due o tre ore e mi sono deliziato della sua figura, del suo portamento, della celeste espressione delle sue parole e a poco a poco tutti i miei sensi si eccitano, una vertigine mi prende, non odo piú nulla e mi sento stringere alla gola come dalla mano di un assassino, allora il mio cuore con un battito impetuoso cerca di dare sfogo ai miei sensi sconvolti e riesce solamente ad aumentarne il turbamento. – Wilhelm, spesso non so piú se sono ancora al mondo! E – talvolta, se la malinconia non prende il sopravvento e Lotte non mi concede il misero conforto di calmare il mio affanno piangendo sulle sue mani – se questo non accade, devo fuggire, devo andar via! e vago a lungo per la campagna. Per me è una gioia arrampicarmi su un monte scosceso, aprirmi un sentiero attraverso un bosco impervio, attraverso i rovi che mi feriscono, attraverso le spine che mi lacerano! Allora mi sento un po' meglio! Ma solo un po' meglio. Talvolta per la stanchezza e la sete mi getto a terra lungo la via, oppure nella notte profonda, quando la luna piena sta alta sopra il mio capo, mi siedo nel bosco deserto sopra il tronco contorto di un albero per dare un po' di sollievo ai miei piedi feriti e infine, in una calma che viene dallo sfinimento, mi assopisco in quella penombra! Oh, Wilhelm, la solitudine di una cella, un ruvido saio e un cilicio sarebbero un refrigerio di cui ha sete la mia anima. Addio, non vedo altra fine di questa miseria che la tomba.

3 settembre.

Devo andarmene! Ti ringrazio, Wilhelm, di avere rafforzato il mio proponimento ancora incerto. Sono già due settimane che sto pensando di lasciarla. Devo andarmene. Lei è di nuovo

ist wieder in der Stadt bei einer Freundin. Und Albert – und – ich muß fort!

Am 10. September.

Das war eine Nacht! Wilhelm! nun überstehe ich alles. Ich werde sie nicht wiedersehn! O daß ich nicht an deinen Hals fliegen, dir mit tausend Tränen und Entzückungen ausdrücken kann, mein Bester, die Empfindungen, die mein Herz bestürmen. Hier sitze ich und schnappe nach Luft, suche mich zu beruhigen, erwarte den Morgen, und mit Sonnenaufgang sind die Pferde bestellt.

Ach, sie schläft ruhig und denkt nicht, daß sie mich nie wieder sehen wird. Ich habe mich losgerissen, bin stark genug gewesen, in einem Gespräch von zwei Stunden mein Vorhaben nicht zu verraten. Und Gott, welch ein Gespräch!

Albert hatte mir versprochen, gleich nach dem Nachtessen mit Lotten im Garten zu sein. Ich stand auf der Terrasse unter den hohen Kastanienbäumen und sah der Sonne nach, die mir nun zum letztenmale über dem lieblichen Tale, über dem sanften Fluß unterging. So oft hatte ich hier gestanden mit ihr und eben dem herrlichen Schauspiele zugesehen, und nun – Ich ging in der Allee auf und ab, die mir so lieb war; ein geheimer sympathetischer Zug hatte mich hier so oft gehalten, ehe ich noch Lotten kannte, und wie freuten wir uns, als wir im Anfang unserer Bekanntschaft die wechselseitige Neigung zu diesem Plätzchen entdeckten, das wahrhaftig eins von den romantischsten ist, die ich von der Kunst hervorgebracht gesehen habe.

Erst hast du zwischen den Kastanienbäumen die weite Aussicht – ach, ich erinnere mich, ich habe dir, denk' ich, schon viel davon geschrieben, wie hohe Buchenwände einen endlich einschließen und durch ein daranstoßendes Boskett die Allee immer düsterer wird, bis zuletzt alles sich in ein geschlossenes Plätzchen endigt, das alle Schauer der Einsamkeit umschweben. Ich fühle es noch, wie heimlich mir's ward, als ich zum erstenmale an einem hohen Mittage hineintrat; ich ahnete

in città, in casa di un'amica. E Albert – e io, io devo partire!

10 settembre.

Che notte, Wilhelm! Ormai potrei sopportare qualunque cosa. Non la rivedrò piú. Oh, mio caro, se potessi correre fra le tue braccia, esprimerti nel pianto, nell'estasi le sensazioni che travolgono il mio cuore! Ora sono qui e tento di riprendere fiato, tento di calmarmi, aspetto il mattino, ho ordinato i cavalli per il levar del sole.

Ah, lei dorme tranquilla e non pensa che non mi rivedrà mai piú. Mi sono strappato da lei, sono stato tanto forte, durante un colloquio di due ore, da non tradire il mio proposito. Mio Dio, e che colloquio è stato!

Albert mi aveva promesso di trovarsi in giardino insieme con Lotte subito dopo cena. Io stavo sulla terrazza sotto gli alti castagni e guardavo il sole che per me tramontava per l'ultima volta su questa cara vallata, su questo fiume soave. Quante volte vi ero stato con lei e avevo guardato lo stesso stupendo spettacolo, e ora... – Andavo su e giú per il viale che mi è cosí caro; una segreta simpatia mi aveva spesso trattenuto qui prima ancora ch'io conoscessi Lotte, e che lieta sorpresa provammo quando, al principio della nostra conoscenza, scoprimmo il nostro comune affetto per questo luogo che veramente è uno dei piú romantici che io abbia veduto fra quelli creati dall'arte.

Innanzi tutto un ampio panorama ti si apre davanti agli occhi tra gli alberi di castagno. – Ah, ora mi ricordo di averti già descritto a lungo come le alte pareti dei faggi chiudano a un certo punto la vista e un vicino boschetto renda il viale sempre piú buio fino a che termina in una piccola radura chiusa, percorsa da tutti i brividi della solitudine. Ricordo ancora il senso di intimità che provai quando per la prima volta entrai in que-

ganz leise, was für ein Schauplatz das noch werden sollte von Seligkeit und Schmerz.

Ich hatte mich etwa eine halbe Stunde in den schmachtenden, süßen Gedanken des Abscheidens, des Wiedersehens geweidet, als ich sie die Terrasse heraufsteigen hörte. Ich lief ihnen entgegen, mit einem Schauer faßte ich ihre Hand und küßte sie. Wir waren eben heraufgetreten, als der Mond hinter dem buschigen Hügel aufging; wir redeten mancherlei und kamen unvermerkt dem düstern Kabinette näher. Lotte trat hinein und setzte sich, Albert neben sie, ich auch; doch meine Unruhe ließ mich nicht lange sitzen; ich stand auf, trat vor sie, ging auf und ab, setzte mich wieder: es war ein ängstlicher Zustand. Sie machte uns aufmerksam auf die schöne Wirkung des Mondenlichtes, das am Ende der Buchenwände die ganze Terrasse vor uns erleuchtete: ein herrlicher Anblick, der um so viel frappanter war, weil uns rings eine tiefe Dämmerung einschloß. Wir waren still, und sie fing nach einer Weile an: „Niemals gehe ich im Mondenlichte spazieren, niemals, daß mir nicht der Gedanke an meine Verstorbenen begegnete, daß nicht das Gefühl von Tod, von Zukunft über mich käme. Wir werden sein!" fuhr sie mit der Stimme des herrlichsten Gefühls fort; „aber, Werther, sollen wir uns wieder finden? wieder erkennen? Was ahnen Sie? Was sagen Sie?"

„Lotte," – sagte ich, indem ich ihr die Hand reichte und mir die Augen voll Tränen wurden, „wir werden uns wiedersehn! Hier und dort wiedersehn!" – Ich konnte nicht weiterreden – Wilhelm, mußte sie mich das fragen, da ich diesen ängstlichen Abschied im Herzen hatte!

„Und ob die lieben Abgeschiednen von uns wissen," fuhr sie fort, „ob sie fühlen, wann's uns wohl geht, daß wir mit warmer Liebe uns ihrer erinnern[93]? O! die Gestalt meiner Mutter schwebt immer um mich, wenn ich am stillen Abend unter ihren Kindern, unter meinen Kindern sitze und sie um

[93] *Sich erinnern* con il genitivo è ormai antiquato. Oggi: *sich an etwas/jemanden erinnern*.

sto luogo in pieno meriggio; presagivo già vagamente quale teatro di beatitudine e di dolore sarebbe stato per me.

Mi ero abbandonato da circa mezz'ora ai piú languidi e dolci pensieri del commiato e del ritorno, quando li sentii salire sulla terrazza. Corsi loro incontro e con un brivido le afferrai la mano e gliela baciai. Eravamo appena saliti quando la luna spuntò dietro alla collina boscosa; parlammo di varie cose e alla fine ci avvicinammo senza accorgercene al buio padiglione[37]. Lotte entrò e si mise a sedere, Albert accanto a lei e io dall'altra parte; ma la mia inquietudine non mi permise di rimanere seduto a lungo; mi alzai, mi fermai davanti a lei, andai su e giú, mi sedetti di nuovo: ero in uno stato angoscioso. Lei ci fece osservare il bellissimo effetto prodotto dalla luce della luna che, dove finivano le pareti dei faggi, illuminava l'intera terrazza davanti a noi: uno spettacolo meraviglioso, che era tanto piú stupefacente perché noi eravamo rinchiusi nell'oscurità piú profonda. Rimanemmo in silenzio e dopo un poco lei incominciò a dire: – Non posso mai passeggiare al chiaro di luna senza che mi venga il pensiero dei miei morti e mi assalga il sentimento della morte e dell'aldilà. Continueremo certo a esistere! – esclamò con una voce vibrante di purissimo sentimento, – ma, Werther, potremo ritrovarci? Riconoscerci? Che pensa? cosa dice?

– Lotte, – dissi mentre le prendevo la mano e gli occhi mi si riempivano di lacrime, – di certo noi ci rivedremo! In questa e nell'altra vita ci rivedremo! – Non potei dire altro; Wilhelm, proprio questo doveva chiedermi, mentre avevo nel cuore l'angoscia dell'addio!

– E chissà se i nostri cari morti sanno di noi, – continuò, – se sentono quando stiamo bene e ci ricordiamo di loro con l'amore piú fervido? Oh! l'immagine di mia madre è sempre davanti a me, quando nella pace della sera siedo tra i suoi bambini, tra i miei bambini, e loro si raccolgono intorno a me cosí

[37] Il *Kabinett* ed il *Boskett* ricorrono anche nella *Nouvelle Héloïse* all'inizio e verso la metà della vicenda: i due amanti si uniscono nel *cabinet* (*NH*, 1, LIV) del giardino di Julie; dopo qualche anno apprendiamo da Julie che de Wolmar, il marito, li accompagna «dans ce même bosquet où commencèrent tous les malheurs de ma vie» (... nello stesso boschetto dove cominciarono tutte le sventure della mia vita) (*NH*, 4, XII).

mich versammelt sind, wie sie um sie versammelt waren. Wenn ich dann mit einer sehnenden Träne gen Himmel sehe und wünsche, daß sie hereinschauen könnte einen Augenblick, wie ich mein Wort halte, das ich ihr in der Stunde des Todes gab: die Mutter ihrer Kinder zu sein. Mit welcher Empfindung rufe ich aus: ‚Verzeihe mir's, Teuerste[94], wenn ich ihnen nicht bin, was du ihnen warst. Ach! tue ich doch alles, was ich kann; sind sie doch gekleidet, genährt, ach, und, was mehr ist als das alles, gepflegt und geliebt. Könntest du unsere Eintracht sehen, liebe Heilige! du würdest mit dem heißesten Danke den Gott verherrlichen, den du mit den letzten, bittersten Tränen um die Wohlfahrt deiner Kinder batest.'" –

Sie sagte das! o Wilhelm, wer kann wiederholen, was sie sagte! Wie kann der kalte, tote Buchstabe diese himmlische Blüte des Geistes darstellen! Albert fiel ihr sanft in die Rede: „Es greift Sie zu stark an, liebe Lotte! ich weiß, Ihre Seele hängt sehr nach diesen Ideen, aber ich bitte Sie..." – „O Albert," sagte sie, „ich weiß, du vergissest[95] nicht die Abende, da wir zusammensaßen an dem kleinen, runden Tischchen, wenn der Papa verreist war, und wir die Kleinen schlafen geschickt hatten. Du hattest oft ein gutes Buch und kamst so selten dazu, etwas zu lesen – War der Umgang dieser herrlichen Seele nicht mehr als alles? Die schöne, sanfte, muntere und immer tätige Frau! Gott kennt meine Tränen, mit denen ich mich oft in meinem Bette vor ihn hinwarf: er möchte mich ihr gleich machen."

„Lotte!" rief ich aus, indem ich mich vor sie hinwarf, ihre Hand nahm und mit tausend Tränen netzte, „Lotte! der Segen Gottes ruht über dir und der Geist deiner Mutter!" – „Wenn Sie sie gekannt hätten," sagte sie, indem sie mir die Hand drückte, – „sie war wert, von Ihnen gekannt zu sein!" – Ich glaubte zu vergehen. Nie war ein größeres, stolzeres Wort über mich ausgesprochen worden – und sie fuhr fort: „Und diese Frau mußte in der Blüte ihrer Jahre dahin, da ihr jüngster Sohn nicht sechs Monate alt war! Ihre Krankheit dauerte

[94] *Liebste. Teuer* oggi significa soprattutto 'costoso'. Cfr. lettera del 20 dicembre p. 101 riga 16.
[95] *vergißt.*

come stavano raccolti intorno a lei. Allora con una lacrima di nostalgia alzo gli occhi al cielo e mi auguro che possa guardarci un momento solo per vedere come io mantengo la parola che le ho dato nell'ora della morte: di essere la mamma dei suoi bambini. Con che emozione esclamo allora: «Perdonami, cara, se non sono per loro quello che eri tu. Eppure faccio tutto quello che posso; eppure loro sono vestiti, nutriti e, quel che piú conta, sono amati e curati. Potessi tu vedere la nostra armonia, santa adorata! Glorificheresti allora con la piú calda gratitudine quel Dio dal quale supplicavi con le tue ultime lacrime amare il benessere dei tuoi figli».

Questo diceva! Oh, Wilhelm, chi potrebbe ripetere tutto quello che disse? Come può la fredda lettera morta rappresentare questo fiore celeste dello spirito? Albert con dolcezza la interruppe: – Lei è troppo commossa, cara Lotte! Lo so, la sua anima è molto presa da questi pensieri, ma la prego... – Oh Albert, – lei lo interruppe, – lo so che non dimentichi le sere in cui sedevamo insieme intorno al piccolo tavolo rotondo, quando il babbo era in viaggio e noi avevamo già mandato a letto i bambini. Spesso avevi con te un buon libro e tuttavia raramente ti riusciva di leggere... La compagnia di quella splendida anima non valeva piú di ogni altra cosa? Una donna cosí bella, soave, allegra e sempre attiva! Dio conosce le lacrime con le quali tante volte, nel mio letto, l'ho supplicato di farmi simile a lei.

– Lotte! – esclamai gettandomi ai suoi piedi, prendendole la mano e bagnandola di mille lacrime. – Lotte! la benedizione di Dio e lo spirito di tua madre sono su di te! – O se lei l'avesse conosciuta, – disse stringendomi la mano, – essa era degna di essere conosciuta da lei! – Credetti di svenire. Mai era stata detta di me parola piú alta e sublime. E lei continuò: – E proprio questa donna doveva andarsene nel fiore degli anni, quando il suo ultimo bambino non aveva ancora sei mesi! La malattia non fu molto lunga; era tranquilla, rassegnata, solo le

nicht lange; sie war ruhig, hingegeben, nur ihre Kinder taten ihr weh, besonders das kleine. Wie es gegen das Ende ging und sie zu mir sagte: ‚Bringe mir sie herauf!' und wie ich sie hereinführte, die kleinen, die nicht wußten, und die ältesten, die ohne Sinne waren, wie sie ums Bette standen, und wie sie die Hände aufhob und über sie betete, und sie küßte nach einander und sie wegschickte und zu mir sagte: ‚Sei ihre Mutter!' – Ich gab ihr die Hand drauf! – ‚Du versprichst viel, meine Tochter', sagte sie, ‚das Herz einer Mutter und das Aug' einer Mutter. Ich habe oft an deinen dankbaren Tränen gesehen, daß du fühlst, was das sei. Habe es für deine Geschwister, und für deinen Vater die Treue und den Gehorsam einer Frau. Du wirst ihn trösten.' – Sie fragte nach ihm, er war ausgegangen, um uns den unerträglichen Kummer zu verbergen, den er fühlte, der Mann war ganz zerrissen.

Albert, du warst im Zimmer. Sie hörte jemand gehn und fragte und forderte dich zu sich, und wie sie dich ansah und mich, mit dem getrösteten, ruhigen Blicke, daß wir glücklich sein, zusammen glücklich sein würden...“ – Albert fiel ihr um den Hals und küßte sie und rief: „Wir sind es! wir werden es sein!“ – Der ruhige Albert war ganz aus seiner Fassung, und ich wußte nichts von mir selber.

„Werther,“ fing sie an, „und diese Frau sollte dahin sein! Gott! wenn ich manchmal denke, wie man das Liebste seines Lebens wegtragen läßt, und niemand als die Kinder das so scharf fühlt, die sich noch lange beklagten, die schwarzen Männer hätten die Mama weggetragen!“

Sie stand auf, und ich ward erweckt[96] und erschüttert, blieb sitzen und hielt ihre Hand. – „Wir wollen fort,“ sagte sie, „es wird Zeit.“ – Sie wollte ihre Hand zurückziehen, und ich hielt sie fester. – „Wir werden uns wieder sehen,“ rief ich, „wir werden uns finden, unter allen Gestalten werden wir uns erkennen. Ich gehe,“ fuhr ich fort, „ich gehe willig, und doch, wenn ich sagen sollte auf ewig, ich würde es nicht aushalten. Leb' wohl, Lotte! Leb' wohl, Albert! Wir sehn uns wieder.“

[96] *Erweckt*, termine della mistica pietistica, è il participio passato del verbo *erwecken*: ‘svegliare’ o ‘suscitare’. Qui, usato come aggettivo, ha il senso di ‘emozionato’ (*erregt*), ‘commosso’ (*bewegt*).

dispiaceva per i suoi bambini, soprattutto per il piú piccolo. Quando sentí avvicinarsi la fine, mi disse: «Portameli su» e io li feci entrare, i piú piccoli che non sapevano nulla, e i piú grandi che erano fuori di sé. Quando furono attorno al suo letto lei alzò le mani e pregò per loro, poi li baciò ad uno ad uno, li mandò via, e mi disse: «Sii per loro una madre!» Io le detti la mano. «Tu prometti molto, figlia mia, – disse, – devi avere per loro il cuore di una madre e l'occhio di una madre. Spesso dalle tue lacrime di gratitudine ho capito che senti ciò che questo significa. Dovrai esserlo per i tuoi fratelli e le tue sorelle e avere per tuo padre la fedeltà e l'obbedienza di una sposa. Tu saprai consolarlo». Chiese ancora di lui, ma era uscito per nasconderci il suo insopportabile strazio; era del tutto sconvolto.

– Albert, anche tu eri nella stanza. Sentí qualcuno che camminava, chiese chi era e ti volle vicino; e poi, quando guardò te e me e vide con occhio sereno e rassicurato che eravamo felici, che saremmo stati insieme felici... – Albert le gettò le braccia al collo e la baciò esclamando: – Lo siamo! Lo saremo sempre! – Albert, sempre cosí posato, aveva perso ogni controllo e io ero fuori di me.

– Werther, – prese a dire Lotte, – proprio questa donna doveva morire! Dio mio, se penso a come ci lasciamo portar via le cose piú care della nostra vita; nessuno lo sente piú dei bambini: per molto tempo ancora si lamentarono degli uomini neri che avevano portato via la mamma!

Lei si alzò, io mi ero ripreso ed ero commosso, ma rimasi seduto e trattenni la sua mano. – Dobbiamo andarcene, – disse, – è tardi –. Voleva ritirare la mano ma io la strinsi piú forte. – Ci rivedremo, – esclamai, – ci ritroveremo, sapremo riconoscerci fra tutte le altre creature. Io me ne vado, – continuai, – me ne vado spontaneamente, eppure se dovessi dire che me ne vado per sempre, non saprei sopportarlo. Addio, Lotte! Addio, Albert! Ci rivedremo! – Domani, penso, – rispose lei

– „Morgen, denke ich." versetzte sie scherzend. – Ich fühlte das Morgen! Ach, sie wußte nicht, als sie ihre Hand aus der meinen zog – Sie gingen die Allee hinaus, ich stand, sah ihnen nach im Mondscheine und warf mich an die Erde und weinte mich aus und sprang auf und lief auf die Terrasse hervor und sah noch dort unten im Schatten der hohen Lindenbäume ihr weißes Kleid nach der Gartentür schimmern, ich streckte meine Arme aus, und es verschwand.

scherzando –. Che effetto mi fece quel: domani! Ah, lei non sapeva, quando ritrasse la sua mano dalla mia. – Si allontanarono per il viale, io rimasi fermo a guardarli mentre passavano nel chiaro di luna, mi gettai a terra e piansi tutte le mie lacrime, poi saltai su e corsi sulla terrazza e potei ancora vedere sotto l'ombra dei grandi tigli il bagliore del suo vestito bianco sulla porta del giardino, tesi le braccia, e già era scomparso.

Zweites Buch

Am 20. Oktober 1771.

Gestern sind wir hier angelangt. Der Gesandte ist unpaß[97] und wird sich also einige Tage einhalten[98]. Wenn er nur nicht so unhold wäre, wär' alles gut. Ich merke, ich merke, das Schicksal hat mir harte Prüfungen zugedacht. Doch gutes Muts[99]! Ein leichter Sinn trägt alles! Ein leichter Sinn? Das macht mich zu lachen[100], wie das Wort in meine Feder kommt. O ein bißchen leichteres Blut würde mich zum Glücklichsten unter der Sonne machen. Was! da, wo andere mit ihrem bißchen Kraft und Talent vor mir in behaglicher Selbstgefälligkeit herumschwadronieren, verzweifle ich an meiner Kraft, an meinen Gaben? Guter Gott, der du mir das alles schenktest, warum hieltest du nicht die Hälfte zurück und gabst mir Selbstvertrauen und Genügsamkeit?

Geduld! Geduld! es wird besser werden. Denn ich sage dir, Lieber, du hast recht. Seit ich unter dem Volke alle Tage herumgetrieben werde und sehe, was sie tun und wie sie's treiben, stehe ich viel besser mit mir selbst. Gewiß, weil wir doch einmal so gemacht sind, daß wir alles mit uns und uns mit allem vergleichen, so liegt Glück oder Elend in den Gegenständen, womit wir uns zusammenhalten, und da ist nichts gefährlicher als die Einsamkeit. Unsere Einbildungskraft, durch ihre

aiutano

[97] *unpäßlich.*
[98] *Sich einhalten* ha qui il senso di *zu Hause bleiben* (rimanere a casa). Oggi *einhalten* non si usa piú come verbo riflessivo e significa 'rispettare', 'adempiere' oppure 'interrompere', 'fermarsi'.
[99] *guten Mutes.*
[100] *das macht mich lachen.*

Libro secondo

20 ottobre 1771.

Siamo arrivati qui ieri. L'ambasciatore è indisposto e dovrà perciò riguardarsi per qualche giorno. Se non fosse cosí sgarbato, tutto andrebbe bene. Mi accorgo però che dure prove mi ha riservato il destino! Ma coraggio! Un animo lieto sopporta qualunque cosa! Un animo lieto? Mi vien da ridere che questa parola mi sia caduta dalla penna. Oh, se avessi l'umore un po' meno nero, sarei l'uomo piú felice del mondo. Come?! Mentre gli altri vanno in giro presuntuosi e compiaciuti e si vantano di quel poco di forza e di talento che hanno, io dovrei disperare delle mie energie, delle mie doti? Buon Dio, tu che mi hai dato tanto, perché non ti sei tenuto metà dei tuoi doni e non mi hai concesso in cambio di essere sicuro e contento di me?

Pazienza! pazienza! Tutto andrà meglio, poiché ti dico, mio caro, che tu hai ragione. Da quando sono costretto ogni giorno a mescolarmi alla gente e vedo quello che fanno e come lo fanno, vado molto piú d'accordo con me stesso. Certo, visto che siamo fatti cosí e dobbiamo confrontarci con ogni cosa e ogni cosa con noi, sentirci felici o miserabili dipende dagli oggetti con i quali ci confrontiamo, e quindi nulla è piú pericoloso della solitudine. La nostra fantasia, spinta per sua natura ad

Natur gedrungen sich zu erheben, durch die phantastischen Bilder der Dichtkunst genährt, bildet sich eine Reihe Wesen hinauf, wo wir das unterste sind und alles außer uns herrlicher erscheint, jeder andere vollkommner ist. Und das geht ganz natürlich zu. Wir fühlen so oft, daß uns manches mangelt, und eben was uns fehlt, scheint uns oft ein anderer zu besitzen, dem wir denn auch alles dazu geben, was wir haben, und noch eine gewisse idealische[101] Behaglichkeit dazu. Und so ist der Glückliche vollkommen fertig, das Geschöpf unserer selbst[102].

Dagegen, wenn wir mit all unserer Schwachheit und Mühseligkeit nur gerade fortarbeiten, so finden wir gar oft, daß wir mit unserem Schlendern und Lavieren[103] es weiter bringen als andere mit ihrem Segeln und Rudern – und – das ist doch ein wahres Gefühl seiner selbst, wenn man andern gleich oder gar vorläuft.

Am 26. November 1771.

Ich fange an, mich insofern ganz leidlich hier zu befinden. Das beste ist, daß es zu tun genug gibt; und dann die vielerlei Menschen, die allerlei neuen Gestalten machen mir ein buntes Schauspiel vor meiner Seele. Ich habe den Grafen C... kennen lernen, einen Mann, den ich jeden Tag mehr verehren muß, einen weiten, großen Kopf, und der deswegen nicht kalt ist, weil er viel übersieht[104]; aus dessen Umgange so viel Empfindung für Freundschaft und Liebe hervorleuchtet. Er nahm teil an mir, als ich einen Geschäftsauftrag an ihn ausrichtete und er bei den ersten Worten merkte[105], daß wir uns verstanden, daß er mit mir reden konnte wie nicht mit jedem. Auch kann

[101] *ideale.*

[102] *unser Geschöpf selbst.*

[103] Verbo tratto dal gergo marinaresco che significa ‘bordeggiare’, ‘veleggiare a zig-zag controvento’. Qui ha il senso di *sich durchwinden*: ‘barcamenarsi’, ‘destreggiarsi’.

[104] Qui nel senso di *überschauen*: ‘abbracciare con lo sguardo’ (cfr. lettera dell’8 gennaio). *Übersehen* significa anche ‘non vedere’ e ‘fingere di non vedere’, ‘ignorare’.

[105] *bemerkte.*

elevarsi ed eccitata dalle figure fantastiche della poesia, si immagina una scala ascendente di esseri dove noi occupiamo l'ultimo posto e ogni altra cosa ci sembra piú splendida e ogni altro migliore di noi. E ciò accade in maniera molto semplice. Molto spesso sentiamo che ci manca qualcosa e proprio ciò che ci manca ci sembra di ritrovarlo in un altro, al quale attribuiamo non solo tutto quello che abbiamo, ma anche una certa ideale felicità. E cosí, questo essere beato, che noi stessi abbiamo creato, è completo e perfetto.

Se noi invece, pur con le nostre debolezze e le nostre miserie, pensiamo solo a continuare il nostro lavoro, ci accorgiamo subito che con il nostro passo tardo e lento arriviamo piú lontano degli altri con tutti i loro remi e il loro vento in poppa – e allora, se restiamo alla pari con gli altri o addirittura passiamo loro davanti, finiamo con l'avere per noi un certo rispetto.

26 novembre.

Qui incomincio a trovarmi abbastanza bene, almeno fino a un certo punto. La cosa migliore è che ho da lavorare parecchio; e poi tutta questa gente cosí diversa: tutte queste persone sono per il mio spirito un avvincente spettacolo. Ho conosciuto il conte von C., un uomo che devo ammirare ogni giorno di piú, una mente alta ed aperta, che non è per nulla freddo, perché vede e conosce molte cose, e dalla cui compagnia traspare una grande sensibilità per l'amicizia e l'affetto. Mi dimostrò la sua simpatia un giorno che andai da lui per una commissione d'ufficio, e sin dalle prime parole si accorse che ci si comprendeva e che poteva parlare con me meglio che con mol-

ich sein offnes[106] Betragen gegen mich nicht genug rühmen. So eine wahre, warme Freude ist nicht in der Welt, als eine große Seele zu sehen, die sich gegen einen öffnet.

Am 24. Dezember 1771.

Der Gesandte macht mir viel Verdruß, ich habe es vorausgesehn. Er ist der pünktlichste[107] Narr, den es nur geben kann; Schritt vor Schritt und umständlich wie eine Base; ein Mensch, der nie mit sich selbst zufrieden ist, und dem es daher niemand zu Danke machen[108] kann. Ich arbeite gern leicht weg, und wie es steht, so steht es; da ist er imstande, mir einen Aufsatz zurückzugeben und zu sagen: „Er ist gut, aber sehen Sie ihn durch, man findet immer ein besseres Wort, eine reinere Partikel." – Da möchte ich des Teufels werden. Kein Und, kein Bindewörtchen darf außenbleiben[109], und von allen Inversionen, die mir manchmal entfahren, ist er ein Todfeind; wenn man seinen Period[110] nicht nach der hergebrachten Melodie heraborgelt, so versteht er gar nichts drin. Das ist ein Leiden, mit so einem Menschen zu tun zu haben.

Das Vertrauen des Grafen von C... ist noch das einzige, was mich schadlos hält[111]. Er sagte mir letzthin ganz aufrichtig, wie unzufrieden er mit der Langsamkeit und Bedenklichkeit meines Gesandten sei. „Die Leute erschweren es sich und andern. Doch", sagte er, „man muß sich darein resignieren[112] wie ein Reisender, der über einen Berg muß; freilich, wäre der Berg nicht da, so wäre der Weg viel bequemer und kürzer; er ist nun aber da, und man soll hinüber!" –

[106] *offenes*. Esempio di sincope (caduta di una vocale intermedia non accentata). Cfr. nota 88.

[107] L'aggettivo *pünktlich* oggi significa 'puntuale'. Qui ha il senso di 'pedante', 'pignolo' (*übergenau, pedantisch*).

[108] *Jemandem etwas zu Danke machen* è oggi espressione rara per *jemandem einen Gefallen tun* (fare un favore a qualcuno). Qui significa 'fare qualcosa per accontentare qualcuno'.

[109] *wegbleiben*.

[110] *seine Periode*.

[111] *Jemanden für etwas schadlos halten* significa 'risarcire qualcosa a qualcuno'. Piú comune l'espressione: *jemanden für etwas entschädigen*.

[112] *sich darein schicken*.

ti altri. Non finirò mai di lodare il contegno franco e schietto che ha nei miei confronti. Non c'è al mondo una gioia piú vera e piú grande che vedere una nobile anima aprirsi ad un'altra.

24 dicembre.

L'ambasciatore mi opprime e mi assilla, come avevo previsto. È lo sciocco piú pedante che sia mai esistito: fa un passettino alla volta ed è noioso e ciarliero come una comare; un uomo che non è mai contento di sé, e perciò non si può fare mai nulla che gli vada bene. A me piace lavorare alla svelta e lasciare stare le cose come sono venute; e lui è capace di restituirmi una relazione e di dirmi: – Va bene, però la riveda ancora una volta, si trova sempre una parola piú appropriata, una particella piú pura –. Allora darei l'anima al diavolo. Guai se mi resta nella penna questa o quella piccola congiunzione; e poi è un nemico mortale di tutte le inversioni[38] che a me invece sfuggono spesso. Se i periodi non vengono giú come una vecchia litania, lui non ci capisce niente. È una pena aver a che fare con un uomo simile.

La confidenza che mi concede il conte di C. è la sola consolazione che io abbia. Recentemente mi ha detto con tutta sincerità quanto sia irritato per le lungaggini e la pedanteria del mio ambasciatore. – Gente come questa rende la vita difficile a sé e agli altri; però –, aggiunse, – bisogna rassegnarvisi, come un viaggiatore che deve attraversare una montagna; si capisce che se la montagna non ci fosse, la strada sarebbe molto piú comoda e piú breve; ma la montagna c'è, e bisogna passare dall'altra parte!

[38] L'inversione di soggetto e verbo, che in una frase affermativa sovverte l'ordine sintattico delle parole, era uno strumento espressivo molto in voga tra i poeti dello *Sturm und Drang* che si opponevano ad una concezione razionalistica della lingua. «Quanto piú l'attenzione, la sensitività, l'affetto si ferma su un punto di fuga, tanto piú vuol mostrare agli altri anche questo lato, mostrarlo in primo luogo, mostrarlo nel modo piú chiaro, e ciò è l'origine dell'inversione». J. G. Herder, *Fragmente über die neuere deutsche Literatur*, 1767 (*Frammenti sulla nuova letteratura tedesca*).

n Alter spürt auch wohl den Vorzug, den mir der Graf m gibt, und das ärgert ihn, und er ergreift jede Gelegenheit, Übels[113] gegen mich vom Grafen zu reden, ich halte, wie natürlich, Widerpart[114], und dadurch wird die Sache nur schlimmer. Gestern gar brachte er mich auf, denn ich war mit gemeint: zu so Weltgeschäften sei der Graf ganz gut, er habe viele Leichtigkeit zu arbeiten und führe eine gute Feder, doch an gründlicher Gelehrsamkeit mangle es ihm wie allen Belletristen. Dazu machte er eine Miene, als ob er sagen wollte: „Fühlst du den Stich?" Aber es tat bei mir nicht die Wirkung; ich verachtete den Menschen, der so denken und sich so betragen konnte. Ich hielt ihm stand und focht mit ziemlicher Heftigkeit. Ich sagte, der Graf sei ein Mann, vor dem man Achtung haben müsse, wegen seines Charakters sowohl als wegen seiner Kenntnisse. „Ich habe", sagt' ich, „niemand gekannt, dem es so geglückt wäre, seinen Geist zu erweitern, ihn über unzählige Gegenstände zu verbreiten und doch diese Tätigkeit fürs gemeine[115] Leben zu behalten." – Das waren dem Gehirne spanische Dörfer[116], und ich empfahl mich, um nicht über ein weiteres Deraisonnement[117] noch mehr Galle zu schlucken.

Und daran seid ihr alle schuld, die ihr mich in das Joch geschwatzt und mir so viel von Aktivität vorgesungen habt. Aktivität! Wenn nicht der mehr tut, der Kartoffeln legt und in die Stadt reitet, sein Korn zu verkaufen, als ich, so will ich zehn Jahre noch mich auf der Galeere abarbeiten, auf der ich nun angeschmiedet bin.

Und das glänzende Elend, die Langeweile unter dem garstigen Volke, das sich hier neben einander sieht! die Rang-

[113] *Übles.*

[114] *Widerpart halten* è espressione antiquata per *widersprechen* (contraddire, dire il contrario).

[115] *alltägliche*. L'aggettivo *gemein* ha qui il senso di 'semplice', 'normale'. Oggi significa oltre a 'comune' soprattutto 'volgare', 'perfido', 'malvagio'.

[116] Oggi è piú frequente dire *böhmische Dörfer* per significare qualcosa dal nome incomprensibile.

[117] *unvernünftiges Reden*. Nel XVIII secolo la filosofia e la letteratura francesi rappresentavano la cultura dominante in Europa. Ecco perché molti termini francesi erano entrati nell'uso comune.

Il vecchio si rende conto benissimo della preferenza che il conte ha per me e questo lo irrita e coglie ogni occasione per dir male del conte davanti a me. Naturalmente io gli tengo testa e cosí la situazione non fa che peggiorare. Ieri mi ha fatto addirittura perder la pazienza, perché alludeva anche a me, quando ha detto che il conte va assai bene per gli affari mondani, che lavora con facilità ed è un'ottima penna, ma che gli manca, come a tutti gli uomini di lettere, una solida dottrina. E intanto faceva una faccia come per dire: – Hai sentito il colpo? – Ma a me non ha fatto alcun effetto, poiché sento solo disprezzo per un uomo che parla e si comporta in questo modo. Gli ho tenuto testa e gli ho risposto con una certa veemenza. Gli ho detto che il conte è un uomo che bisogna stimare tanto per il suo carattere quanto per la sua cultura. – Non ho mai conosciuto nessuno, – ho detto, – che sia riuscito a formarsi una mentalità cosí vasta fino a comprendere un cosí grande numero di cognizioni, pur continuando la sua attività nella vita pratica –. Ma questi sono discorsi incomprensibili per la sua mente, e io gli ho chiesto licenza di andarmene per non dover inghiottire altra bile stando a sentire i suoi stupidi ragionamenti.

E di tutto questo la colpa è vostra, che mi avete spinto con le vostre chiacchiere sotto il giogo e mi avete cantato tante belle cose a proposito dell'attività. L'attività! Se non è piú attivo di me uno che pianta patate e va col carro in città a vendere il suo grano, voglio consumarmi per altri dieci anni in questa galera alla quale sono ormai incatenato.

E poi la miseria dorata, la noia in mezzo a questa brutta gente che fa solo mostra di sé, l'ambizione con cui si tengono

sucht unter ihnen, wie sie nur wachen und aufpassen, einander ein Schrittchen abzugewinnen; die elendesten, erbärmlichsten Leidenschaften, ganz ohne Röckchen. Da ist ein Weib, zum Exempel[118], die jedermann von ihrem Adel und ihrem Lande unterhält, so daß jeder Fremde denken muß: Das ist eine Närrin, die sich auf das bißchen Adel und auf den Ruf ihres Landes Wunderstreiche einbildet[119]. – Aber es ist noch viel ärger: eben das Weib ist hier aus der Nachbarschaft eine Amtschreiberstochter. – Sieh, ich kann das Menschengeschlecht nicht begreifen, das so wenig Sinn hat, um sich so platt zu prostituieren[120].

Zwar ich merke[121] täglich mehr, mein Lieber, wie töricht man ist, andere nach sich zu berechnen. Und weil ich so viel mit mir selbst zu tun habe und dieses Herz so stürmisch ist – ach ich lasse gern die andern ihres Pfades gehen[122], wenn sie mich auch nur könnten gehen lassen.

Was mich am meisten neckt, sind die fatalen bürgerlichen Verhältnisse. Zwar weiß ich so gut als einer[123], wie nötig der Unterschied der Stände ist, wie viel Vorteile er mir selbst verschafft: nur soll er mir nicht eben gerade im Wege stehen, wo ich noch ein wenig Freude, einen Schimmer von Glück auf dieser Erde genießen könnte. Ich lernte neulich auf dem Spaziergange ein Fräulein von B... kennen, ein liebenswürdiges Geschöpf, das sehr viele Natur mitten in dem steifen Leben erhalten hat. Wir gefielen uns in unserem Gespräche, und da wir schieden, bat ich sie um Erlaubnis, sie bei sich sehen zu dürfen. Sie gestattete mir das mit so vieler Freimütigkeit, daß ich den schicklichen Augenblick kaum erwarten konnte, zu ihr zu gehen. Sie ist nicht von hier und wohnt bei einer Tante im Hause. Die Physiognomie der Alten gefiel mir nicht. Ich bezeigte ihr viel Aufmerksamkeit, mein Gespräch war meist an

[118] *zum Beispiel.*
[119] *sich Großartiges einbildet.*
[120] *entwürdigen.*
[121] *bemerke.*
[122] Costruzione antiquata del verbo *gehen* con il genitivo.
[123] *wie jeder.*

d'occhio e si sorvegliano per sorpassarsi di un mezzo gradino; le piú miserabili, le piú spregevoli passioni messe in mostra senza pudore! C'è qui una donna, per esempio, che racconta a tutti delle sue terre e del suo nobile lignaggio, tanto che chiunque deve pensare: questa sciocca crede di essere chissà chi per quel po' di nobiltà e per il nome delle sue terre. Solo che c'è di peggio, perché la donna non è che la figlia di uno scrivano qui dei dintorni. Vedi, non riesco proprio a capire questa gente che ha tanto poco cervello da prostituirsi cosí stupidamente.

Ogni giorno di piú mi rendo conto come sia stolto giudicare gli altri con i nostri criteri. E poiché sono cosí occupato con me stesso e il mio cuore è cosí inquieto – ah, lascio volentieri che gli altri vadano per la loro strada a patto che io possa andarmene per la mia.

Quello che piú mi fa rabbia sono i maledetti rapporti sociali. Lo so bene anch'io quanto sia necessaria la differenza fra le classi e quanti vantaggi anzi procuri anche a me; solo che non dovrebbe essermi di ostacolo proprio là dove potrei godere ancora un po' di gioia e un barlume di felicità su questa terra. Alla passeggiata ho fatto recentemente la conoscenza di una certa signorina von B., una amabile creatura che ha conservato molta naturalezza in mezzo a questa vita cosí formale e artificiosa. Conversando abbiamo provato una reciproca simpatia e quando ci siamo separati, le ho chiesto il permesso di farle visita. Me lo ha concesso con tanta cordialità che mi è costato fatica aspettare il momento opportuno per andare da lei. – Non è di qua, e abita in casa di una zia –. La fisionomia della vecchia non mi piacque. Le dimostrai il massimo della defe-

sie gewandt, und in minder[124] als einer halben Stunde hatte ich so ziemlich weg[125], was mir das Fräulein nachher selbst gestand: daß die liebe Tante in ihrem Alter Mangel von allem, kein anständiges Vermögen, keinen Geist und keine Stütze hat als die Reihe ihrer Vorfahren, keinen Schirm als den Stand, in den sie sich verpalisadiert[126], und kein Ergetzen, als von ihrem Stockwerk herab über die bürgerlichen Häupter wegzusehen. In ihrer Jugend soll sie schön gewesen sein und ihr Leben weggegaukelt, erst mit ihrem Eigensinne manchen armen Jungen gequält, und in den reifern Jahren sich unter den Gehorsam eines alten Offiziers geduckt haben, der gegen diesen Preis und einen leidlichen Unterhalt das eherne[127] Jahrhundert mit ihr zubrachte und starb. Nun sieht sie im eisernen sich allein und würde nicht angesehn, wär' ihre Nichte nicht so liebenswürdig.

Den 8. Januar 1772.

Was das für Menschen sind, deren ganze Seele auf dem Zeremoniell ruht, deren Dichten und Trachten jahrelang dahin geht, wie sie um einen Stuhl weiter hinauf bei Tische sich einschieben wollen! Und nicht, daß sie sonst keine Angelegenheit hätten: nein, vielmehr häufen sich die Arbeiten, eben weil man über den kleinen Verdrießlichkeiten von Beförderung der wichtigen Sachen abgehalten wird. Vorige Woche gab

[124] *weniger.*

[125] *Etwas weghaben* significa 'conoscere bene qualcosa' (es.: *sein Handwerk weghaben*, conoscere bene il proprio mestiere). Qui ha il senso di *begreifen*, *erfassen* (capire).

[126] Il verbo oggi antiquato *verpallisadieren* o *verpalissadieren* (dal francese *palissade*) significava 'munire di palizzate' (*mit Palisaden versehen*).

[127] Gli aggettivi *ehern* ('ferreo', 'di metallo', ma anche, come in questo caso, 'di bronzo') e *eisern* (di ferro) si riferiscono alle ultime delle quattro età del mondo di Ovidio: età dell'oro, dell'argento, del bronzo e del ferro. L'età del bronzo coincide con il momento di fioritura delle arti ma è anche segnato da continue guerre, proprio come il matrimonio di cui Werther sta parlando. L'età del ferro, che porta invece fatica e lavoro, rappresenta un tempo di tristezza e sterilità. L'accostamento delle quattro età del mondo alle fasi della vita dell'uomo era allora un motivo ricorrente noto a qualsiasi lettore. *Jahrhundert* ha qui il senso originario del latino *saeculum*: 'era', 'età' (oggi: *Zeitalter*).

renza, rivolsi quasi esclusivamente a lei la parola, e in meno di mezz'ora avevo su per giú capito quello che poi anche la signorina mi confermò: che la cara zia, nella sua vecchiaia, mancava ormai di tutto e non possedeva un patrimonio decente, né altro spirito o altro sostegno, che la sfilza dei suoi antenati, né altra difesa che la casta in cui si era trincerata, né altra soddisfazione che quella di poter guardare, dall'alto delle sue finestre, sulle teste dei semplici borghesi. Sembra che in gioventú sia stata bella e che abbia dissipato la sua vita prima tormentando qualche povero giovane con i suoi capricci, e poi, negli anni piú maturi, sopportando la tirannia di un vecchio ufficiale che, a queste condizioni e in cambio di un discreto appannaggio, ha trascorso con lei l'età del bronzo ed è morto. Ora, nell'età del ferro, è rimasta sola e se sua nipote non fosse tanto gentile, nessuno si occuperebbe di lei.

8 gennaio 1772.

Ma che razza di gente sono mai costoro, che nella vita non si preoccupano d'altro che del cerimoniale, che per anni sognano e calcolano solamente come intrufolarsi a tavola un posto piú su! E non che non abbiano altro da fare; anzi, il lavoro si ammucchia sul loro tavolo soprattutto perché andando dietro alle piccole noie non hanno tempo di occuparsi delle co-

es bei der Schlittenfahrt Händel[128], und der ganze Spaß wurde verdorben.

Die Toren, die nicht sehen, daß es eigentlich auf den Platz gar nicht ankommt, und daß der, der den ersten hat, so selten die erste Rolle spielt! Wie mancher König wird durch seinen Minister, wie mancher Minister durch seinen Sekretär regiert! Und wer ist dann der Erste? Der, dünkt mich, der die andern übersieht und so viel Gewalt oder List hat, ihre Kräfte und Leidenschaften zu Ausführung seiner Plane anzuspannen.

Am 20. Januar.

Ich muß Ihnen schreiben, liebe Lotte, hier in der Stube einer geringen Bauernherberge, in die ich mich vor einem schweren Wetter geflüchtet habe. Solange ich in dem traurigen Nest[129] D. unter dem fremden, meinem Herzen ganz fremden Volke herumziehe, habe ich keinen Augenblick gehabt, keinen, an dem mein Herz mich geheißen hätte, Ihnen zu schreiben; und jetzt in dieser Hütte, in dieser Einsamkeit, in dieser Einschränkung, da Schnee und Schloßen wider mein Fensterchen wüten, hier waren Sie mein erster Gedanke. Wie ich hereintrat, überfiel mich Ihre Gestalt, Ihr Andenken, o Lotte! so heilig, so warm! Guter Gott! der erste glückliche Augenblick wieder.

Wenn Sie mich sähen, meine Beste, in dem Schwall von Zerstreuung! Wie ausgetrocknet meine Sinne werden! Nicht einen Augenblick der Fülle des Herzens, nicht eine selige

[128] Il sostantivo maschile singolare *Handel* significa 'commercio', mentre la forma solo plurale *Händel* corrisponde all'italiano 'lite', 'zuffa', 'zizzania'.

[129] La parola *Nest* (nido) è tuttora anche un termine dispregiativo che designa un paesino, un 'buco'.

se piú importanti. La scorsa settimana c'è stato un litigio durante una gita in slitta e cosí tutto il divertimento è stato rovinato.

Questi sciocchi, che non s'accorgono che il rango non ha nessuna importanza e che molto raramente chi occupa il primo posto recita anche la prima parte! Quanti non sono i re che sono dominati dai loro ministri, quanti i ministri che lo sono dai loro segretari! E chi è allora il primo? Colui, mi sembra, che conosce bene gli altri e ha tanto potere o tanta astuzia da sfruttare le loro energie e le loro passioni per il successo dei suoi piani.

20 gennaio.

Bisogna che le scriva, cara Lotte, qui nella stanza di una semplice osteria di campagna, dove mi sono rifugiato per ripararmi da un brutto temporale. Da quando mi sono perso in questo triste buco che è D., in mezzo a gente sconosciuta e del tutto estranea al mio cuore, non ho avuto un momento, un solo momento, in cui il cuore mi abbia detto di scriverle; ed ecco che in questa capanna, in questa solitudine, in questa miseria[39], mentre il nevischio e la grandine infuriano contro la mia finestra, ecco che qui lei è stata il mio primo pensiero. Appena sono entrato, la sua figura, il suo ricordo, Lotte, mi hanno colto all'improvviso, cosí sacri, cosí vivi! Dio mio, dopo tanto tempo il primo momento di felicità!

Se potesse vedermi, mia ottima amica, in questo turbine di distrazioni! Come si inaridiscono i miei sensi! Mai un momento in cui il cuore sia pieno, mai un'ora felice! Nulla, nulla!

[39] La lettera del 20 gennaio è un esempio di come il secondo libro capovolga le immagini di serenità del primo in scenari di desolazione. Il 26 maggio Werther nominava come valore positivo la *Einschränkung*, la limitatezza o la semplicità legata al culto sentimentale della capanna (*Hütte*) che evocava il mondo patriarcale omerico e biblico. Ora la *Einschränkung* è solo ristrettezza e miseria. La capanna si è trasformata nel luogo di un'arida solitudine dove Werther non riesce piú a provare alcuna 'pienezza del cuore' (*Fülle des Herzens*). Lo stesso capovolgimento avviene nelle lettere del 4 agosto e del 4 settembre: il piccolo Hans (cfr. lettera del 27 maggio) muore, e il *Bauernbursche* (cfr. lettera del 30 maggio) commette un omicidio.

Stunde! nichts! nichts! Ich stehe wie vor einem Raritätenkasten und sehe die Männchen und Gäulchen vor mir herumrücken, und frage mich oft, ob es nicht optischer Betrug ist. Ich spiele mit, vielmehr, ich werde gespielt wie eine Marionette und fasse manchmal meinen Nachbar an der hölzernen Hand und schaudere zurück. Des Abends nehme ich mir vor, den Sonnenaufgang zu genießen, und komme nicht aus dem Bette; am Tage hoffe ich, mich des Mondscheins zu erfreuen[130], und bleibe in meiner Stube. Ich weiß nicht recht, warum ich aufstehe, warum ich schlafen gehe.

Der Sauerteig, der mein Leben in Bewegung setzte, fehlt; der Reiz, der mich in tiefen Nächten munter erhielt, ist hin, der mich des Morgens aus dem Schlafe weckte ist weg[131].

Ein einzig[132] weibliches Geschöpf habe ich hier gefunden, eine Fräulein von B..., sie gleicht Ihnen, liebe Lotte, wenn man Ihnen gleichen kann. „Ei!" werden Sie sagen, „der Mensch legt sich auf niedliche Komplimente!" Ganz unwahr ist es nicht. Seit einiger Zeit bin ich sehr artig, weil ich doch nicht anders sein kann, habe viel Witz, und die Frauenzimmer sagen, es wüßte niemand so fein zu loben als ich (und zu lügen, setzen Sie hinzu, denn ohne das geht es nicht ab[133], verstehen Sie?). Ich wollte von Fräulein B... reden. Sie hat viel Seele, die voll aus ihren blauen Augen hervorblickt. Ihr Stand ist ihr zur Last, der keinen der Wünsche ihres Herzens befriedigt. Sie sehnt sich aus dem Getümmel, und wir verphantasieren[134] manche Stunde in ländlichen Szenen von ungemischter Glückseligkeit; ach! und von Ihnen! Wie oft muß sie Ihnen huldigen, muß nicht, tut es freiwillig, hört so gern von Ihnen, liebt Sie. –

[130] *mich an dem Mondschein zu erfreuen.*

[131] Il passo che inizia con *Des abends...* e termina con *ist weg* è aggiunto alla seconda stesura per sottolineare lo stato di accidia in cui si trova Werther.

[132] *einziges.*

[133] Il verbo *abgehen*, che nella lettera del 5 maggio mantiene il significato principale di 'partire', è qui usato nell'accezione di 'accadere', 'succedere'. Werther intende dire che senza bugie non sono possibili complimenti. Il passo contiene una critica alla futile galanteria del mondo aristocratico dominato dall'ipocrisia delle convenzioni e per questo cosí lontano dall'idillio borghese che Lotte e il suo ambiente familiare rappresentano.

[134] *verbringen mit Phantasieren.* Si tratta di un neologismo di Goethe.

Mi par di stare davanti a una lanterna magica[40], guardo gli omini e i cavallucci davanti a me, che si fanno in qua e in là, e spesso mi chiedo se non si tratti di un'illusione ottica. Recito insieme con gli altri, o piuttosto sono costretto a recitare come una marionetta, e talvolta afferro la mano di legno di un vicino e provo un brivido di spavento. La sera mi propongo di godermi il levar del sole e non riesco poi a togliermi dal letto; durante il giorno spero che il chiaro di luna mi porterà qualche gioia, e rimango tutto il tempo nella mia stanza. Non saprei dire perché mi alzo, perché vado a dormire.

Mi manca il lievito che metteva in moto la mia vita; scomparsa è l'eccitazione che mi teneva sveglio fino a tardi la notte, sparita è quella che la mattina mi destava dal sonno.

Ho trovato qui una sola creatura femminile, una signorina von B. Assomiglia a lei, cara Lotte, se mai è possibile assomigliarle. – Oh! – lei dirà, – l'amico incomincia a farmi graziosi complimenti –! E non ha del tutto torto. Da qualche tempo sono molto galante, visto che non posso fare diversamente, sono pieno di spirito, e le signore dicono di non conoscere nessuno che sappia fare un complimento con tanta finezza (e dire bugie, lei aggiungerà, perché altrimenti è impossibile, non è vero?) Ma volevo parlare della signorina von B. Ha un'anima molto sensibile che traspare tutta dai suoi occhi azzurri. Sente il suo rango come un peso, poiché non vi trova soddisfazione per nessuno dei desideri del suo cuore. Sogna di uscire da questo trambusto mondano, e passiamo molte ore a fantasticare di scene campestri piene di pura beatitudine; ah! e di lei! Quante volte è costretta a renderle omaggio; o meglio, non è per nulla costretta, lo fa spontaneamente, vuole sentire parlare di lei, le vuol bene.

[40] Grande attrazione nei mercati e nelle fiere popolari, la lanterna magica (o scatola delle rarità) era uno strumento molto di moda nel XVIII secolo che ingrandiva e proiettava immagini dipinte su lastre di vetro.

Goethe usa la stessa metafora nel suo discorso *Zum Shakespears Tag* (*Per la festa di Shakespeare*): «Il teatro di Shakespeare è una bella scatola delle rarità, nella quale la storia del mondo fluttua dinanzi ai nostri occhi sul sentiero invisibile del tempo». Molto piú vicino al senso della lettera ci sembra il seguente passo tratto dal *Dritte Wallfahrt zu Erwins Grabe* (*Terzo pellegrinaggio alla tomba di Erwin*): «A mille uomini il mondo appare come una scatola delle rarità, le immagini passano, svolazzano e spariscono».

O säß' ich zu Ihren Füßen in dem lieben, vertraulichen Zimmerchen, und unsere kleinen Lieben wälzten sich mit einander um mich herum, und wenn sie Ihnen zu laut würden, wollte ich sie mit einem schauerlichen Märchen um mich zur Ruhe versammeln.

Die Sonne geht herrlich unter über der schneeglänzenden Gegend, der Sturm ist hinüber gezogen, und ich – muß mich wieder in meinen Käfig sperren. – Adieu! Ist Albert bei Ihnen? Und wie –? Gott verzeihe mir diese Frage!

Den 8. Februar.

Wir haben seit acht Tagen[135] das abscheulichste Wetter, und mir ist es wohltätig. Denn so lang ich hier bin, ist mir noch kein schöner Tag am Himmel erschienen, den mir nicht jemand verdorben oder verleidet hätte. Wenn's nun recht regnet und stöbert und fröstelt und taut: Ha! denk' ich, kann's doch zu Hause nicht schlimmer werden, als es draußen ist, oder umgekehrt, und so ist's gut. Geht die Sonne des Morgens auf und verspricht einen feinen Tag, erwehr' ich mir niemals auszurufen: Da haben sie doch wieder ein himmlisches Gut, worum sie einander bringen können! Es ist nichts, worum sie einander nicht bringen. Gesundheit, guter Name, Freudigkeit, Erholung! Und meist aus Albernheit, Unbegriff[136] und, Enge und, wenn man sie anhört, mit der besten Meinung[137]. Manchmal möcht' ich sie auf den Knieen bitten, nicht so rasend in ihre eigenen Eingeweide zu wüten.

[135] L'espressione *acht Tage* corrisponde in italiano a 'una settimana'; nella lettera del 18 giugno si legge *vierzehn Tage* per 'quindici giorni'.

[136] *Mangel an Begriffsvermögen*. Come per gli aggettivi il prefisso *un* può capovolgere il significato del sostantivo seguente: *Art* (modo, maniera) e *Unart* (vizio, cattiva abitudine o maniera); *Bildung* (cultura, istruzione) e *Unbildung* (mancanza di cultura); *Lust* (piacere, voglia) e *Unlust* (svogliatezza).

[137] *Absicht*. La parola *Meinung*, che significa primariamente 'opinione' e 'parere' (*Ansicht*), ha qui il senso di 'intenzione'.

Oh, potessi star seduto ai suoi piedi, nella cara, sicura stanzetta, mentre i nostri piccoli giocano a rincorrersi intorno a me[41]! E se per lei facessero troppo chiasso, me li terrei buoni vicino raccontando una favola paurosa.

Il sole ora splendido tramonta sulla campagna scintillante di neve, la tempesta è passata e io – io devo rinchiudermi di nuovo nella mia gabbia. – Addio! Albert è da lei? E come –? Dio mi perdoni questa domanda.

8 febbraio[42].

Da una settimana abbiamo un tempo orribile e a me fa un gran bene. Perché da quando sono qui, non c'è stato un solo giorno di cielo sereno che non mi sia stato rovinato o avvelenato da qualcuno. Ma se piove o fiocca la neve e gela e poi il ghiaccio si scioglie – ah, penso, in casa non può essere peggio di fuori o viceversa, e cosí va bene. Se invece il sole, levandosi la mattina, promette una bella giornata, non posso trattenermi dall'esclamare: ecco un altro dono del cielo che cercheranno di rubarsi a vicenda. Non c'è nulla che non cerchino di rubarsi a vicenda. La salute, il buon nome, l'allegria, il riposo! E quasi sempre solo per la loro stupidaggine, l'incomprensione, la limitatezza e, a sentir loro, sempre con le migliori intenzioni del mondo. Talvolta vorrei buttarmi in ginocchio e supplicarli di non infierire con tanta crudeltà contro le loro stesse viscere.

[41] Cfr. lettera del 29 giugno.
[42] La lettera dell'8 febbraio è aggiunta alla seconda stesura.

Am 17. Februar.

Ich fürchte, mein Gesandter und ich halten es zusammen nicht mehr lange aus. Der Mann ist ganz und gar unerträglich. Seine Art zu arbeiten und Geschäfte zu treiben ist so lächerlich, daß ich mich nicht enthalten kann, ihm zu widersprechen und oft eine Sache nach meinem Kopf und meiner Art zu machen, das ihm denn, wie natürlich, niemals recht ist. Darüber hat er mich neulich bei Hofe verklagt, und der Minister gab mir einen zwar sanften Verweis, aber es war doch ein Verweis, und ich stand im Begriffe, meinen Abschied zu begehren[138], als ich einen Privatbrief* von ihm erhielt, einen Brief, vor dem ich niedergekniet, und den hohen, edlen, weisen Sinn angebetet habe. Wie er meine allzu große Empfindlichkeit zurechtweiset, wie er meine überspannten Ideen von Wirksamkeit, von Einfluß auf andere, von Durchdringen in Geschäften als jugendlichen guten Mut zwar ehrt, sie nicht auszurotten, nur zu mildern und dahin zu leiten sucht, wo sie ihr wahres Spiel haben, ihre kräftige Wirkung tun können. Auch bin ich auf acht Tage gestärkt und in mir selbst einig geworden. Die Ruhe der Seele ist ein herrliches Ding und die Freude an sich selbst. Lieber Freund, wenn nur das Kleinod nicht eben so zerbrechlich wäre, als es schön und kostbar ist.

Am 20. Februar.

Gott segne euch, meine Lieben, geb' euch alle die guten Tage, die er mir abzieht!

* Man hat aus Ehrfurcht für diesen trefflichen Herrn gedachten Brief und einen andern, dessen weiter hinten erwähnt wird[139], dieser Sammlung entzogen, weil man nicht glaubte, eine solche Kühnheit durch den wärmsten Dank des Publikums entschuldigen zu können.

[138] *verlangen*. Il significato principale del verbo *begehren* è 'desiderare ardentemente', 'bramare' e in questo senso Werther lo usa nella lettera del 30 luglio in riferimento a Lotte.

[139] *der weiter hinten erwähnt wird*. La costruzione di *erwähnen* (citare) con il genitivo è oggi antiquata.

17 febbraio[43].

Temo che non resisteremo a lungo insieme, il mio ambasciatore ed io. È un uomo insopportabile in tutto e per tutto. La sua maniera di lavorare e di sbrigare gli affari è cosí ridicola che non posso trattenermi dal contraddirlo e dal fare le cose di testa mia e a modo mio, il che naturalmente, non gli va mai bene. Per questo ultimamente si è lamentato di me a Corte e il ministro mi ha fatto un rimprovero, molto lieve, è vero, ma tuttavia un rimprovero, e io stavo già per presentare le mie dimissioni quando ho ricevuto da lui una lettera privata*, davanti alla quale mi sarei voluto inginocchiare per rendere onore a quello spirito alto, nobile, saggio. Come ha saputo riprendere la mia eccessiva sensibilità e dimostrare persino rispetto per le mie idee esasperate su come essere attivi, sull'influenza che si può esercitare sugli altri e sull'abilità negli affari, considerandole un frutto del mio ardore giovanile, senza tentare affatto di soffocarle, ma solo di attenuarle e di dirigerle in maniera che possano agire liberamente e produrre un utile effetto. Sicché per una settimana mi sono sentito pieno di forza e contento di me. La tranquillità dello spirito e la soddisfazione di se stessi sono veramente due cose magnifiche. Amico mio, se almeno questo gioiello non fosse altrettanto fragile, quanto è bello e prezioso!

20 febbraio.

Dio vi benedica, miei cari, e vi conceda tutti i giorni felici che toglie a me!

* Per rispetto verso questo perfetto gentiluomo, è stata tolta da questa raccolta la lettera qui citata ed un'altra di cui si parla piú avanti, poiché si è creduto che un tale ardire non sarebbe stato giustificato neppure dalle piú calorose accoglienze del pubblico [*N.d.A.*].

[43] La lettera del 17 febbraio contiene riferimenti precisi alla vicenda di Jerusalem (cfr. appendice).

Ich danke dir, Albert, daß du mich betrogen hast: ich wartete auf Nachricht, wann euer Hochzeittag sein würde, und hatte mir vorgenommen, feierlichst an demselben Lottens Schattenriß von der Wand zu nehmen und ihn unter andere Papiere zu begraben. Nun seid ihr ein Paar, und ihr Bild ist noch hier! Nun, so soll es bleiben! Und warum nicht? Ich weiß, ich bin ja auch bei euch, bin dir unbeschadet in Lottens Herzen, habe, ja ich habe den zweiten Platz darin und will und muß ihn behalten. O ich würde rasend werden, wenn sie vergessen könnte – Albert, in dem Gedanken liegt eine Hölle. Albert, leb' wohl! Leb' wohl, Engel des Himmels! Leb' wohl, Lotte!

Den 15. März.

Ich habe einen Verdruß gehabt, der mich von hier wegtreiben wird. Ich knirsche mit den Zähnen! Teufel! er ist nicht zu ersetzen, und ihr seid doch allein schuld daran, die ihr mich sporntet und triebt und quältet, mich in einen Posten zu begeben, der nicht nach meinem Sinne war. Nun habe ich's! nun habt ihr's! Und daß du nicht wieder sagst, meine überspannten Ideen verdürben[140] alles, so hast du hier, lieber Herr, eine Erzählung, plan und nett, wie ein Chronikenschreiber das aufzeichnen würde.

Der Graf von C. liebt mich, distinguiert[141] mich, das ist bekannt, das habe ich dir schon hundertmal gesagt. Nun war ich gestern bei ihm zu Tafel, eben an dem Tage, da abends die noble Gesellschaft von Herren und Frauen bei ihm zusammenkommt, an die ich nie gedacht habe, auch mir nie aufgefallen ist, daß wir Subalternen nicht hineingehören. Gut. Ich speise bei dem Grafen, und nach Tische gehn wir in dem großen Saal auf und ab, ich rede mit ihm, mit dem Obristen B..., der dazu

[140] Congiuntivo imperfetto oggi antiquato del verbo *verderben* (*verderben*, *verdarb*, *verdorben*).

[141] Il verbo *distinguiren*, che oggi significa 'distinguere' e 'contrassegnare', ha qui il senso di 'trattare qualcuno rendendogli onore' (*jemanden mit Auszeichnung behandeln*).

Ti ringrazio, Albert, di avermi ingannato: attendevo di sapere la data del vostro matrimonio e mi ero proposto di togliere solennemente dalla parete nello stesso giorno il profilo di Lotte e di seppellirlo tra le altre carte[44]. Ora siete marito e moglie e il suo ritratto è ancora qui! Va bene, che ci resti! E perché no? Lo so che anch'io sono ancora in mezzo a voi, che senza farti torto sono nel cuore di Lotte, vi occupo anzi il secondo posto e voglio e devo conservarmelo. Oh, impazzirei se lei potesse dimenticare... Albert, in questo pensiero c'è l'inferno per me. Albert, addio! Addio, angelo del cielo, addio Lotte!

15 marzo.

Mi è successa una brutta storia che mi costringerà a lasciare questo posto. Sono qui che mi rodo! Diavolo! Non c'è piú rimedio, e la colpa è tutta vostra che mi avete spinto e spronato e torturato perché accettassi un lavoro che non era fatto per me. E ora eccomi servito ed eccovi serviti! E perché tu non mi venga a dire che sono sempre le mie idee esasperate a guastare tutto, eccoti qua, mio caro signore, un racconto semplice e chiaro, cosí come lo farebbe un fedele cronista.

Il conte von C. mi ama, mi distingue, è cosa nota, te l'ho già detto ormai cento volte. Ora ieri ero a colazione da lui, proprio il giorno in cui si raccoglie a casa sua una società di dame e signori della nobiltà, alla quale non ho mai fatto caso, sicché non mi è nemmeno venuto in mente che noi subalterni non vi siamo ammessi. Bene, mangio dal conte e, dopo tavola, ci mettiamo a passeggiare su e giú per il salone, parlo con lui, con il colonnello B., che sopraggiunge, e cosí si avvicina l'ora del ri-

[44] Cfr. la lettera di Goethe a Kestner del 6 aprile 1773: «Gott seegn euch denn ihr habt mich überrascht. Auf den Charfreytag wollt ich heilig Grab machen und Lottens Silouhette begraben. So hängt sie noch und soll denn auch hängen bis ich sterbe. Lebt wohl. Grüsst mir euren Engel» (Dio Vi benedica perché mi avete fatto una sorpresa. Venerdí Santo volevo fare un santo sepolcro e sotterrarci la silouhette di Lotte. Cosí è ancora appesa qui e ci resterà finché non morirò. Addio. Salutatemi il Vostro angelo).

kommt, und so rückt die Stunde der Gesellschaft heran. Ich denke, Gott weiß, an nichts. Da tritt herein die übergnädige Dame von S... mit ihrem Herrn Gemahl und wohl ausgebrüteten Gänslein Tochter mit der flachen Brust und niedlichem Schnürleibe, machen en passant ihre hergebrachten, hochadeligen Augen und Naslöcher, und wie mir die Nation[142] von Herzen zuwider ist, wollte ich mich eben empfehlen und wartete nur, bis der Graf vom garstigen Gewäsche frei wäre, als meine Fräulein B... hereintrat. Da mir das Herz immer ein bißchen aufgeht, wenn ich sie sehe, blieb ich eben, stellte mich hinter ihren Stuhl und bemerkte erst nach einiger Zeit, daß sie mit weniger Offenheit als sonst, mit einiger Verlegenheit mit mir redete. Das fiel mir auf. Ist sie auch wie all das Volk, dacht' ich, und war angestochen[143] und wollte gehen, und doch blieb ich, weil ich sie gerne entschuldigt hätte und es nicht glaubte und noch ein gut Wort von ihr hoffte und – was du willst. Unterdessen füllt sich die Gesellschaft. Der Baron F... mit der ganzen Garderobe von den Krönungszeiten Franz des Ersten her, der Hofrat R..., hier aber in qualitate[144] Herr von R... genannt, mit seiner tauben Frau etc., den übel fournierten[145] J... nicht zu vergessen, der die Lücken seiner altfränkischen Garderobe mit neumodischen Lappen ausflickt, das kommt zu Hauf[146], und ich rede mit einigen meiner Bekanntschaft, die alle sehr lakonisch sind. Ich dachte – und gab nur auf meine B... acht. Ich merkte nicht, daß die Weiber am Ende des Saales sich in die Ohren flüsterten, daß es auf die Männer zirkulierte[147], daß Frau von S... mit dem Grafen redete (das alles hat mir Fräulein B... nachher erzählt), bis endlich der Graf auf mich losging und mich in ein Fenster nahm. – „Sie wissen“, sagt' er, „unsere wunderbaren Verhältnisse;

[142] *Menschenklasse*. Goethe usa il termine *Nation*, che oggi significa solo ‘nazione’, nel senso etimologico del latino *natio*: nascita, classe, tribú, razza, popolo, genia. Il termine denominava allora anche gli abitanti di una provincia che parlavano lo stesso dialetto.

[143] Il verbo *anstechen* (pungere, infilzare) è tratto dal gergo della caccia. Qui *angestochen* ha il senso di ‘irritato’ (*gereizt*).

[144] *seinem Rang nach*.

[145] *schlecht ausgestattet*. Francesismo da *fournir* (fornire, dotare).

[146] *kommt zusammen*.

[147] *die Runde machte*.

cevimento. Io, Dio lo sa, non penso a niente. D'un tratto entra l'eccellentissima signora von S. con il consorte e con quella ben covata ochetta di sua figlia dal petto piatto e con il grazioso vitino imbustato; *en passant* alzano i loro antichissimi e nobilissimi occhi e narici e, poiché la genia mi è cordialmente insopportabile, sto appunto per congedarmi e aspetto solo che il conte si liberi della odiosa compagnia, quando entra la signorina von B. Mi si apre sempre un poco il cuore quando la vedo, e perciò mi fermo, mi metto dietro la sua sedia e solo dopo qualche tempo mi accorgo che parla con me meno apertamente del solito e con un certo imbarazzo. La cosa mi ha colpito. Che sia anche lei come tutta questa genia, ho pensato, ed ero irritato e volevo andarmene e tuttavia rimanevo perché avrei voluto poterla scusare e non volevo persuadermi e speravo che mi rivolgesse una buona parola e – insomma, pensa quello che vuoi. Intanto la sala si riempie. Il barone F., con tutto il guardaroba del tempo dell'incoronazione di Francesco I[45], il consigliere R., qui però chiamato *in qualitate* signor von R. con la sua moglie sorda, ecc.; da non dimenticare il mal ridotto J. che rattoppa i buchi del suo antiquato guardaroba con stracci all'ultima moda – un poco alla volta arrivano tutti mentre io discorro con alcuni miei conoscenti, che sono tutti molto laconici. Io ero sopra pensiero – e badavo solo alla mia signorina von B. e non mi sono accorto che le donne si sussurravano qualche cosa all'orecchio in fondo alla sala, che fra gli uomini circolava qualche parola, che la signora von S. parlava al conte (tutto questo me lo ha raccontato in seguito la signorina von B.), finché da ultimo il conte viene verso di me e mi porta nel vano di una finestra. – Lei sa, – mi dice, – come sono strani i rapporti qui da noi; mi accorgo che questi signori non sopportano di ve-

[45] Francesco I di Lorena, morto nel 1765, era stato incoronato Imperatore del Sacro Romano Impero (962-1806) nel 1745. La figura del barone appare grottesca nel suo guardaroba di quasi trent'anni prima.

die Gesellschaft ist unzufrieden, merke ich, Sie hier zu sehn. Ich wollte nicht um alles" – „Ihro Exzellenz", fiel ich ein, „ich bitte tausendmal um Verzeihung; ich hätte eher dran denken sollen, und ich weiß, Sie vergeben mir diese Inkonsequenz; ich wollte schon vorhin mich empfehlen. Ein böser Genius hat mich zurückgehalten." setzte ich lächelnd hinzu, indem ich mich neigte. – Der Graf drückte meine Hände mit einer Empfindung, die alles sagte. Ich strich mich sacht aus der vornehmen Gesellschaft, ging, setzte mich in ein Kabriolett[148] und fuhr nach M..., dort vom Hügel die Sonne untergehen zu sehen und dabei in meinem Homer den herrlichen Gesang zu lesen, wie Ulyß von dem trefflichen Schweinhirten bewirtet wird. Das war alles gut.

Des Abends komm' ich zurück zu Tische, es waren noch wenige in der Gaststube; die würfelten auf einer Ecke, hatten das Tischtuch zurückgeschlagen. Da kommt der ehrliche Adelin hinein, legt seinen Hut nieder, indem er mich ansieht, tritt zu mir und sagt leise: „Du hast Verdruß gehabt?" – „Ich?" sagt' ich. – „Der Graf hat dich aus der Gesellschaft gewiesen." – „Hol' sie der Teufel!" sagt' ich, „mir war's lieb, daß ich in die freie Luft kam." – „Gut," sagt' er, „daß du's auf die leichte Achsel nimmst. Nur verdrießt mich's, es ist schon überall herum." – Da fing mich das Ding erst an zu wurmen. Alle, die zu Tische kamen und mich ansahen, dachte ich, die sehen dich darum an! Das gab böses Blut.

Und da man nun heute gar, wo ich hintrete, mich bedauert, da ich höre, daß meine Neider nun triumphieren und sagen: da sähe man's, wo es mit den Übermütigen hinausginge, die sich ihres bißchen Kopfs überhöben und glaubten, sich darum über alle Verhältnisse hinaussetzen[149] zu dürfen, und was des Hundegeschwätzes mehr ist – da möchte man sich ein Messer ins Herz bohren; denn man rede von Selbständigkeit was man will, den will ich sehen, der dulden kann, daß Schurken über ihn reden, wenn sie einen Vorteil über ihn haben; wenn ihr Geschwätze leer ist, ach da kann man sie leicht lassen.

[148] Francesismo (*cabriolet*). Si tratta di un calesse a due ruote con mantice tirato da un solo cavallo.
[149] *hinwegsetzen*.

derla qui; e proprio non vorrei... – Vostra Eccellenza, – lo interrompo, – voglia perdonarmi; avrei dovuto pensarci prima, e so che lei scuserà questa mia indelicatezza. Già prima volevo congedarmi, ma un cattivo genio mi ha trattenuto, – ho aggiunto sorridendo e facendogli un inchino. Il conte mi ha stretto le mani con una effusione che diceva tutto. Io mi allontano discretamente dall'alta società, esco, monto in un calessino e corro a M. per assistere dall'alto del colle al tramonto del sole e leggere intanto nel mio Omero lo splendido canto dove Ulisse viene accolto dal buon pastore di porci[46]. Per me tutto era in ordine.

La sera me ne ritorno per cenare, nella sala da pranzo erano ancora in pochi; in un angolo, rialzato un lembo della tovaglia, giocavano a dadi. Ed ecco che entra il buon Adelin, si leva il cappello appena mi vede, si avvicina e mi dice sottovoce: – Hai avuto delle noie? – Io? – domando. – Il conte ti ha allontanato dal suo ricevimento. – Che vadano all'inferno, – dico io, – mi ha fatto piacere uscire all'aria aperta. – Meno male, – dice lui, – che la prendi cosí. Mi dispiace soltanto che ormai tutti ne parlino –. Solo a questo punto la cosa ha preso a infastidirmi. Tutti quelli che venivano a cena e mi guardavano, mi pareva che mi guardassero per questo! E questo mi faceva cattivo sangue.

E poiché oggi, ovunque vada, tutti mi compatiscono e poiché sento che quelli che mi invidiavano ora trionfano e dicono: ecco cosa succede ai presuntuosi che si esaltano perché hanno un po' di cervello e credono per questo di potersi mettere al disopra di tutte le convenienze, e chissà quante altre sciocchezze – avrei voglia di ficcarmi un coltello nel cuore. Si può essere superiori finché si vuole, ma vorrei vedere chi può tollerare che dei mascalzoni gli parlino dietro le spalle perché hanno un piccolo vantaggio su di lui; se parlassero a vuoto, allora sarebbe facile lasciarli dire.

[46] *Odissea*, XIV e XX. Nel Settecento si usava ancora il nome latino *Ulyß*. Solo dopo la traduzione di Johann Heinrich Voß (1781-93) si diffuse il nome greco *Odysseus*.

Am 16. März.

Es hetzt mich alles. Heut' treff' ich die Fräulein B... in der Allee, ich konnte mich nicht enthalten, sie anzureden und ihr, sobald wir etwas entfernt von der Gesellschaft waren, meine Empfindlichkeit über ihr neuliches Betragen zu zeigen. – „O Werther", sagte sie mit einem innigen Tone, „konnten Sie meine Verwirrung so auslegen, da Sie mein Herz kennen? Was ich gelitten habe um Ihrentwillen, von dem Augenblicke an, da ich in den Saal trat! Ich sah alles voraus, hundertmal saß mir's auf der Zunge, es Ihnen zu sagen. Ich wußte, daß die von S... und T... mit ihren Männern eher aufbrechen würden, als in Ihrer Gesellschaft zu bleiben; ich wußte, daß der Graf es mit ihnen nicht verderben darf, – und jetzt der Lärm!" – „Wie, Fräulein?" sagt' ich und verbarg meinen Schrecken; denn alles, was Adelin mir ehegestern[150] gesagt hatte, lief mir wie siedend[151] Wasser durch die Adern in diesem Augenblicke. – „Was hat mich es schon gekostet!" sagte das süße Geschöpf, indem ihr die Tränen in den Augen standen. – Ich war nicht Herr mehr von mir selbst, war im Begriffe, mich ihr zu Füßen zu werfen. – „Erklären Sie sich!" rief ich. – Die Tränen liefen ihr die Wangen herunter. Ich war außer mir. Sie trocknete sie ab, ohne sie verbergen zu wollen. – „Meine Tante kennen Sie," fing sie an, „sie war gegenwärtig und hat – o, mit was für Augen hat sie das angesehen! Werther, ich habe gestern nacht[152] ausgestanden und heute früh eine Predigt über meinen Umgang mit Ihnen, und ich habe müssen zuhören Sie herabsetzen, erniedrigen, und konnte und durfte Sie nur halb verteidigen."

Jedes Wort, das sie sprach, ging mir wie ein Schwert durchs Herz. Sie fühlte nicht, welche Barmherzigkeit es gewesen wäre, mir das alles zu verschweigen, und nun fügte sie noch hinzu, was weiter würde geträtscht werden, was eine Art Menschen darüber triumphieren würde. Wie man sich nunmehr

[150] Oggi: *vorgestern*.
[151] *siedendes*.
[152] *gestern abend*. Nella Germania meridionale con *Nacht* si intendeva anche la sera appena dopo il tramonto.

16 marzo.

Tutto mi perseguita. Oggi incontro sul viale la signorina von B. e non mi son potuto trattenere dal rivolgerle la parola, e, non appena siamo stati un po' lontani dagli altri, dal mostrarle il mio risentimento per il suo contegno dell'altro giorno. – Oh Werther, – mi ha detto con sincero fervore, – davvero ha potuto spiegare cosí il mio imbarazzo, lei che conosce il mio cuore? Cosa non ho sofferto a causa sua sin dal momento in cui sono entrata nella sala! Ho subito previsto quello che sarebbe successo e cento volte sono stata per dirglielo. Sapevo che le signore von S. e von T. con i loro mariti avrebbero preferito andarsene piuttosto che restare in sua compagnia e sapevo anche che il conte non può mancarle di riguardo... e ora tutto questo scandalo. – Come, signorina! – ho detto io cercando di nascondere il mio sgomento, poiché in quell'istante tutto quello che Adelin mi aveva detto la sera prima incominciò a scorrermi nelle vene come acqua bollente. – Quanto mi è costato, – ha aggiunto quella cara creatura con gli occhi pieni di lacrime. Io non ero piú padrone di me, stavo quasi per gettarmi ai suoi piedi. – Ma si spieghi, dunque, – ho esclamato. Le lacrime le scorrevano giú per le guance. Io ero fuori di me. Lei si asciugava gli occhi, senza neppure tentare di nasconderlo. – Lei conosce mia zia, – mi ha risposto, – anche lei era presente ieri l'altro e ha assistito, oh, e con che occhi, ha assistito a tutta la scena! Werther, ho dovuto sopportare l'altra sera, e stamattina di nuovo, una lunga predica per i miei rapporti con lei, sono dovuta stare a sentire come cercava di umiliarla e di diminuirla e non ho saputo difenderla come avrei voluto.

Ogni parola che pronunciava mi attraversava il cuore come una lama. Non s'accorgeva come sarebbe stato pietoso nascondermi tutto e per di piú ricordò tutti i pettegolezzi che si sarebbero ancora fatti sul mio conto e che sorta di gente se ne sarebbe rallegrata. Come avrebbero trionfato e si sarebbero

über die Strafe meines Übermuts und meiner Geringschätzung anderer, die sie mir schon lange vorwerfen, kitzeln[153] und freuen würde. Das alles, Wilhelm, von ihr zu hören, mit der Stimme der wahrsten Teilnehmung – ich war zerstört und bin noch wütend in mir. Ich wollte, daß sich einer unterstünde[154], mir's vorzuwerfen, daß ich ihm den Degen durch den Leib stoßen könnte; wenn ich Blut sähe, würde mir's besser werden. Ach, ich hab' hundertmal ein Messer ergriffen, um diesem gedrängten Herzen Luft zu machen. Man erzählt von einer edlen Art Pferde, die, wenn sie schrecklich erhitzt und aufgejagt sind, sich selbst aus Instinkt eine Ader aufbeißen, um sich zum Atem zu helfen[155]. So ist mir's oft, ich möchte mir eine Ader öffnen, die mir die ewige Freiheit schaffte.

Am 24. März.

Ich habe meine Entlassung vom Hofe verlangt und werde sie, hoffe ich, erhalten, und ihr werdet mir verzeihen, daß ich nicht erst Erlaubnis dazu bei euch geholt habe. Ich mußte nun einmal fort, und was ihr zu sagen hattet, um mir das Bleiben einzureden, weiß ich alles, und also – Bringe das meiner Mutter in einem Säftchen bei[156], ich kann mir selbst nicht helfen[157], und sie mag sich gefallen lassen, wenn ich ihr auch nicht helfen kann. Freilich muß es ihr wehe tun. Den schönen Lauf, den ihr Sohn gerade zum Geheimenrat und Gesandten ansetzte, so auf einmal Halte[158] zu sehen, und rückwärts mit dem Tierchen in den Stall! Macht nun daraus, was ihr wollt, und

[153] L'espressione ormai poco usata *sich über etwas kitzeln* (letteralmente: solleticarsi per qualcosa) significa 'provare un piacere maligno nel sentire o vedere qualcosa'.

[154] Anche oggi la forma *stünde* è nel congiuntivo imperfetto spesso piú frequente di *stände*.

[155] *verhelfen*.

[156] Il verbo *beibringen* (insegnare, fare apprendere, addurre) ha qui il senso di 'dire', 'comunicare'. Wilhelm dovrà dare la notizia delle dimissioni di Werther alla madre con uno 'sciroppino' (*Säftchen*), come si fa con una medicina amara per addolcirla.

[157] *Sich helfen* ha qui il senso di 'trarsi d'impaccio'.

[158] Werther omette il verbo dell'espressione *Halt machen* (interrompere, fermare).

sentiti beati per il colpo dato alla mia presunzione e a quel disprezzo per gli altri che tutti quanti mi rimproverano! Sentire tutto questo da lei, Wilhelm, detto con la voce della piú sincera partecipazione – ero distrutto e dentro di me sono ancora furibondo. Vorrei che qualcuno avesse il coraggio di rinfacciarmi qualcosa per potergli cacciare in corpo la mia spada. La vista del sangue mi farebbe star meglio. Oh, quante volte non ho afferrato un coltello per dare un po' di respiro a questo cuore oppresso! Si racconta di una nobile razza di cavalli, i quali, se vengono aizzati e incitati senza pietà, istintivamente si strappano coi denti una vena per poter respirare. Lo stesso succede spesso anche a me, vorrei aprirmi una vena che mi procurasse la libertà eterna.

24 marzo.

Ho presentato a Corte le mie dimissioni e spero che saranno accettate, e mi vorrete perdonare se non ho chiesto prima il vostro consenso. Ormai dovevo andarmene e sapevo già quello che mi avreste detto per persuadermi a restare, e dunque – racconta tutto questo a mia madre con tutto il riguardo, ma io non sapevo nessun'altra via d'uscita per me e lei deve avere pazienza se non so trovarla neanche per lei. Certo proverà molto dispiacere. Veder interrotta cosí all'improvviso la bella carriera che suo figlio aveva appena iniziato per diventare consigliere o ambasciatore, e dover riportare la bestiola nella sua stalla! Fateci sopra tutti i ragionamenti che volete, escogitate

kombiniert die möglichen Fälle, unter denen ich hätte bleiben können und sollen; genug, ich gehe, und damit ihr wißt, wo ich hinkomme, so ist hier der Fürst**, der vielen Geschmack an meiner Gesellschaft findet; der hat mich gebeten, da er von meiner Absicht hörte, mit ihm auf seine Güter zu gehen und den schönen Frühling da zuzubringen. Ich soll ganz mir selbst gelassen sein, hat er mir versprochen, und da wir uns zusammen bis auf einen gewissen Punkt verstehn, so will ich es denn auf gut Glück wagen und mit ihm gehen.

Zur Nachricht.

Am 19. April.

Danke für deine beiden Briefe. Ich antwortete nicht, weil ich dieses Blatt liegen ließ, bis mein Abschied vom Hofe da wäre; ich fürchtete, meine Mutter möchte sich an den Minister wenden und mir mein Vorhaben erschweren. Nun aber ist es geschehen, mein Abschied ist da. Ich mag euch nicht sagen, wie ungern man mir ihn gegeben hat, und was mir der Minister schreibt – ihr würdet in neue Lamentationen[159] ausbrechen. Der Erbprinz hat mir zum Abschiede fünfundzwanzig Dukaten geschickt, mit einem Wort, das mich bis zu Tränen gerührt hat; also brauche ich von der Mutter das Geld nicht, um das ich neulich schrieb.

Am 5. Mai.

Morgen gehe ich von hier ab, und weil mein Geburtsort nur sechs Meilen vom Wege liegt, so will ich den auch wiedersehen, will mich der alten, glücklich verträumten Tage erinnern. Zu eben dem Tore will ich hinein gehn, aus dem meine Mutter mit mir heraus fuhr, als sie nach dem Tode meines Vaters den lieben, vertraulichen Ort verließ, um sich in ihre un-

[159] *Wehklagen*. Cfr. lettera del 12 agosto.

tutte le soluzioni possibili per cui sarei potuto e dovuto rimanere; non importa, io me ne vado, e perché sappiate dove vado, c'è qui il principe *** che prova molto piacere alla mia compagnia; quando ha saputo delle mie intenzioni, mi ha pregato di andare con lui nelle sue terre e di passare là i bei mesi della primavera. Potrò disporre liberamente del mio tempo, mi ha promesso; e siccome fino a un certo punto andiamo d'accordo, voglio affidarmi alla buona sorte e partire con lui.

Post scriptum.

19 aprile.

Grazie delle due lettere. Non ti ho risposto perché ho trattenuto questa mia in attesa che la Corte accogliesse le mie dimissioni; temevo che mia madre si rivolgesse al ministro e ostacolasse il mio proposito. Ma ormai è fatta, l'accettazione è arrivata. Non voglio dirvi con quanto rincrescimento mi hanno concesso il congedo e cosa mi scrive il ministro. – Ricomincereste di nuovo con i vostri lamenti. Il principe ereditario mi ha mandato per il congedo venticinque ducati con alcune parole che mi hanno commosso fino alle lacrime; dunque non ho piú bisogno del denaro per il quale ho scritto ultimamente a mia madre.

5 maggio.

Domani partirò di qui, e poiché il mio luogo natale dista solo sei miglia, voglio rivederlo, voglio ricordarmi degli antichi giorni passati in un sogno felice. Entrerò dalla stessa porta dalla quale mia madre uscí insieme con me quando, dopo la morte di mio padre, lasciò quel luogo caro e fidato per andarsi a

erträgliche Stadt einzusperren. Adieu, Wilhelm, du sollst von meinem Zuge[160] hören.

Am 9. Mai.

Ich habe die Wallfahrt nach meiner Heimat mit aller Andacht eines Pilgrims[161] vollendet, und manche unerwarteten Gefühle haben mich ergriffen. An der großen Linde, die eine Viertelstunde vor der Stadt nach S... zu steht, ließ ich halten, stieg aus und hieß den Postillon fortfahren, um zu Fuße jede Erinnerung ganz neu, lebhaft, nach meinem Herzen zu kosten. Da stand ich nun unter der Linde, die ehedem, als Knabe, das Ziel und die Grenze meiner Spaziergänge gewesen. Wie anders! Damals sehnte ich mich in glücklicher Unwissenheit hinaus in die unbekannte Welt, wo ich für mein Herz so viele Nahrung, so vielen Genuß hoffte, meinen strebenden, sehnenden Busen auszufüllen und zu befriedigen. Jetzt komme ich zurück aus der weiten Welt – o mein Freund, mit wie viel fehlgeschlagenen Hoffnungen, mit wie viel zerstörten Planen[162]! – Ich sah das Gebirge vor mir liegen, das so tausendmal der Gegenstand meiner Wünsche gewesen war. Stundenlang konnt' ich hier sitzen und mich hinüber sehnen, mit inniger Seele mich in den Wäldern, den Tälern verlieren, die sich meinen Augen so freundlichdämmernd darstellten; und wenn ich dann um die bestimmte Zeit wieder zurück mußte, mit welchem Widerwillen verließ ich nicht den lieben Platz! – Ich kam der Stadt näher, alle die alten, bekannten Gartenhäuschen wurden von mir gegrüßt, die neuen waren mir zuwider, so auch alle Veränderungen, die man sonst vorgenommen hatte. Ich trat zum Tor hinein und fand mich doch gleich und ganz wieder. Lieber, ich mag nicht ins Detail gehn; so reizend, als es mir war, so einförmig würde es in der Erzählung wer-

[160] *von meiner Reise.*

[161] *Pilger.* Termine già allora antiquato *Pilgrim*, dall'antico alto tedesco *Piligrim* (lat.: *peregrinus*), era stato via via rimpiazzato a partire dal XV secolo da *Pilger*. Goethe usa entrambi i termini nella stessa lettera.

[162] *Pläne.*

rinchiudere nella sua insopportabile città. Addio, Wilhelm, ti farò sapere del mio viaggio.

9 maggio.

Ho compiuto il pellegrinaggio verso la mia città natale con tutta la devozione di un pellegrino e molte sensazioni inattese mi hanno commosso. Presso il grande tiglio che sorge a un quarto d'ora dalla città sulla strada di S. ho fatto fermare la carrozza, sono sceso e ho mandato avanti il postiglione per fare la strada a piedi e godere cosí di ogni ricordo come cosa vivida e nuova, secondo il mio cuore. Mi sono fermato sotto il tiglio che una volta, quando ero ragazzo, era meta e confine delle mie passeggiate. Come è tutto cambiato! Allora, nella mia felice ignoranza, sognavo di andarmene lontano nel mondo sconosciuto dove speravo di trovare tanto nutrimento e tanta gioia per il mio cuore da colmare e soddisfare il mio spirito inquieto e insaziabile. Ora ritorno dal grande mondo – oh, amico mio, con quante speranze deluse, con quanti progetti falliti! – Vedevo dinanzi a me le montagne che tante volte erano state l'oggetto dei miei desideri. Potevo restare per ore lí seduto e sognare di trovarmi laggiú, di perdermi con tutto il fervore della mia anima per le valli e nei boschi che mi apparivano nel loro dolce crepuscolo; e quando, all'ora fissata, dovevo ritornare, mi dispiaceva lasciare quel luogo cosí caro! – Mi sono avvicinato alla città salutando le vecchie, familiari casette in mezzo ai giardini, le nuove invece mi erano odiose, come tutti gli altri cambiamenti che erano stati fatti. Sono entrato dalla porta e mi sono subito interamente ritrovato. Mio caro, non posso perdermi nei dettagli; per quanto fossi affascinato, la narrazione diverrebbe monotona. Avevo deciso di alloggiare

den. Ich hatte beschlossen, auf dem Markte zu wohnen, gleich neben unserem alten Hause. Im Hingehen bemerkte ich, daß die Schulstube, wo ein ehrliches altes Weib unsere Kindheit zusammengepfercht hatte, in einen Kramladen verwandelt war. Ich erinnerte mich der Unruhe, der Tränen, der Dumpfheit des Sinnes, der Herzensangst, die ich in dem Loche ausgestanden hatte. – Ich tat keinen Schritt, der nicht merkwürdig war[163]. Ein Pilger im heiligen Lande trifft nicht so viele Stätten religiöser Erinnerungen an, und seine Seele ist schwerlich so voll heiliger Bewegung. – Noch eins für tausend. Ich ging den Fluß hinab, bis an einen gewissen Hof; das war sonst auch mein Weg, und die Plätzchen, wo wir Knaben uns übten, die meisten Sprünge der flachen Steine im Wasser hervorzubringen. Ich erinnerte mich so lebhaft, wenn ich manchmal stand und dem Wasser nachsah, mit wie wunderbaren Ahnungen ich es verfolgte, wie abenteuerlich ich mir die Gegenden vorstellte, wo es nun hinflösse, und wie ich da so bald Grenzen meiner Vorstellungskraft fand; und doch mußte das weiter gehen, immer weiter, bis ich mich ganz in dem Anschauen einer unsichtbaren Ferne verlor. – Sieh, mein Lieber, so beschränkt und so glücklich waren die herrlichen Altväter! so kindlich ihr Gefühl, ihre Dichtung! Wenn Ulyß von dem ungemeßnen[164] Meer und von der unendlichen Erde spricht, das ist so wahr, menschlich, innig, eng und geheimnisvoll. Was hilft mich's[165], daß ich jetzt mit jedem Schulknaben nachsagen kann, daß sie rund sei? Der Mensch braucht nur wenige Erdschollen, um drauf zu genießen, weniger, um drunter zu ruhen.

Nun bin ich hier, auf dem fürstlichen Jagdschloß. Es läßt sich noch ganz wohl mit dem Herrn leben, er ist wahr[166] und einfach. Wunderliche Menschen sind um ihn herum, die ich gar nicht begreife. Sie scheinen keine Schelmen[167] und haben doch auch nicht das Ansehen von ehrlichen Leuten. Manch-

[163] Qui l'aggettivo *merkwürdig* ha il senso di 'notevole', 'memorabile', 'degno di essere ricordato'. Oggi significa 'strano', 'singolare' e 'curioso'.

[164] *ungemessenen*. Immagine tratta dal canto X dell'*Odissea*.

[165] *hilft mir*.

[166] *wahrhaftig*.

[167] *Schelme*. Questo passo sui consiglieri ambigui del principe ereditario è aggiunto alla seconda stesura.

in piazza del mercato, proprio vicino alla nostra vecchia casa. Passando mi sono accorto che la piccola scuola dove una vecchia dabbene aveva tenuto imprigionata la nostra infanzia, era stata trasformata in una merceria. Mi son ricordato della inquietudine, delle lacrime, dell'ottusità della mente e dell'angoscia del cuore che avevo sofferto in quel buco. – Non facevo un passo che non fosse un ricordo. Neppure un pellegrino in Terra Santa trova tanti luoghi pieni di religiose memorie e difficilmente la sua anima può essere pervasa da tante sacre emozioni. – Una sola cosa fra tante. Sono sceso lungo il fiume fino a una certa fattoria; anche allora facevo spesso questa strada, e mi sono fermato in quei posti dove noi ragazzi imparavamo a far rimbalzare i ciottoli piatti sull'acqua piú volte che era possibile. Mi sono ricordato benissimo, quando mi fermavo a guardar scorrere l'acqua, con quali meravigliose sensazioni seguivo il suo corso, come mi sembravano avventurose le regioni verso le quali fluiva e come ben presto arrivavo ai limiti della mia fantasia, anche se non riuscivo a fermarmi e dovevo andare sempre piú avanti fino a che mi perdevo nella contemplazione di una lontananza invisibile. – Vedi, mio caro, altrettanto limitati e altrettanto felici erano i nostri gloriosi antenati! Altrettanto ingenui e infantili i loro sentimenti e la loro poesia! Quando Ulisse parla del mare smisurato[47] e della terra sconfinata tutto è ugualmente vero, umano, fervido, intimo e misterioso. A che mi serve ora poter ripetere come un qualunque scolaretto che la terra è rotonda? L'uomo ha bisogno di poche zolle per godervi sopra la sua felicità, e ancora di meno per riposarvi sotto.

Adesso sono qui nel castello di caccia del principe. Per ora non è difficile vivere con questo signore, è sincero e semplice. Strani uomini gli vivono intorno, che non riesco a comprendere. Non sembrano dei furfanti e tuttavia non hanno l'aspetto di persone perbene. Alle volte mi sembra che siano onesti, ep-

[47] Immagine tratta dal canto XV dell'*Odissea*.

mal kommen sie mir ehrlich vor, und ich kann ihnen doch nicht trauen. Was mir noch leid tut, ist, daß er oft von Sachen redet, die er nur gehört und gelesen hat, und zwar aus eben dem Gesichtspunkte, wie sie ihm der andere vorstellen mochte.

Auch schätzt er meinen Verstand und meine Talente mehr als dies Herz, das doch mein einziger Stolz ist, das ganz allein die Quelle von allem ist, aller Kraft, aller Seligkeit und alles Elendes. Ach, was ich weiß, kann jeder wissen – mein Herz habe ich allein.

Am 25. Mai.

Ich hatte etwas im Kopfe, davon ich euch nichts sagen wollte, bis es ausgeführt wäre: jetzt, da nichts draus wird, ist es ebenso gut. Ich wollte in den Krieg; das hat mir lange am Herzen gelegen. Vornehmlich darum bin ich dem Fürsten hierher gefolgt, der General in ***schen Diensten ist. Auf einem Spaziergang entdeckte ich ihm mein Vorhaben; er widerriet mir es, und es müßte bei mir mehr Leidenschaft als Grille gewesen sein, wenn ich seinen Gründen nicht hätte Gehör geben wollen.

Am 11. Junius.

Sage was du willst, ich kann nicht länger bleiben. Was soll ich hier? die Zeit wird mir lang. Der Fürst hält mich, so gut man nur kann, und doch bin ich nicht in meiner Lage. Wir haben im Grunde nichts gemein mit einander. Er ist ein Mann von Verstande, aber von ganz gemeinem Verstande[168]; sein Umgang unterhält mich nicht mehr, als wenn ich ein wohl geschriebenes Buch lese. Noch acht Tage bleibe ich, und dann ziehe ich wieder in der Irre herum. Das Beste, was ich hier getan habe, ist mein Zeichnen. Der Fürst fühlt in der Kunst und

[168] *von durchschnittlicher Intelligenz.*

pure non riesco a fidarmi di loro. Un'altra cosa che mi dispiace è che parla spesso di cose che conosce solo per sentito dire o per averle lette, e ne parla sempre dallo stesso punto di vista dal quale gli altri gliele hanno presentate.

Inoltre apprezza la mia intelligenza e le mie doti piú di questo mio cuore che pure è l'unica cosa di cui sono orgoglioso, che pure è la fonte di tutto, di ogni forza, di ogni beatitudine e di ogni miseria. Ah, quello che so, lo può sapere chiunque – ma il mio cuore ce l'ho io soltanto.

25 maggio.

Avevo un'idea per la testa della quale però non volevo dirvi niente finché non l'avessi realizzata: ora, poiché non se ne fa niente, tanto vale dirvela. Volevo andare in guerra; era molto tempo che accarezzavo questo progetto. Soprattutto per questo avevo seguito fin qui il principe, che è generale al servizio di ***. Durante una passeggiata gli ho esposto le mie intenzioni; ma me l'ha sconsigliato; la mia avrebbe dovuto essere una vera passione e non un semplice capriccio, perché potessi non dare ascolto alle sue ragioni.

11 giugno.

Di' quello che vuoi, non posso restare piú a lungo. Cosa devo fare qui? Incomincio ad annoiarmi. Il principe mi tratta come meglio non si potrebbe, eppure mi sento fuori posto. In realtà non abbiamo nulla in comune. È un uomo di intelletto, ma di un intelletto del tutto ordinario; conversare con lui non mi interessa di piú che leggere un libro ben scritto. Resterò ancora una settimana e poi riprenderò di nuovo il mio vagabondare. L'unica cosa buona che ho fatto qui sono i miei disegni. Il principe ha una certa sensibilità per l'arte, che sentirebbe

würde noch stärker fühlen, wenn er nicht durch das garstige wissenschaftliche Wesen und durch die gewöhnliche Terminologie eingeschränkt wäre. Manchmal knirsche ich mit den Zähnen, wenn ich ihn mit warmer Imagination an Natur und Kunst herumführe und er es auf einmal recht gut zu machen denkt, wenn er mit einem gestempelten Kunstworte[169] dreinstolpert.

Am 16. Junius.

Ja wohl bin ich nur ein Wandrer, ein Waller auf der Erde! Seid ihr denn mehr?

Am 18. Junius.

Wo ich hin will? Das laß dir im Vertrauen eröffnen. Vierzehn Tage muß ich doch noch hier bleiben, und dann habe ich mir weisgemacht, daß ich die Bergwerke im **schen besuchen wollte; ist aber im Grunde nichts dran, ich will nur Lotten wieder näher, das ist alles. Und ich lache über mein eigenes Herz – und tu' ihm seinen Willen.

Ehrlichkeit

→ più di un mese!

Am 29. Julius.

Nein, es ist gut! es ist alles gut! – Ich – ihr Mann! O Gott, der du mich machtest, wenn du mir diese Seligkeit bereitet hättest, mein ganzes Leben solte ein anhaltendes Gebet sein. Ich will nicht rechten, und verzeihe mir diese Tränen, verzeihe mir meine vergeblichen Wunsche! – Sie meine Frau! Wenn ich das liebste Geschöpf unter der Sonne in meine Arme geschlossen hätte – Es geht mir ein Schauder durch den ganzen Körper, Wilhelm, wenn Albert sie um den schlanken Leib faßt.

[169] Il termine *Kunstwort* designa in linguistica una 'parola artificiale'. Qui ha il senso di 'termine tecnico' o 'scientifico' (*Fachausdruck*); *gestempelt* da *stempeln* (timbrare, bollare) indica la parola stereotipa.

ancor piú intensamente, se non fosse limitato dalle maledette teorie e dalla solita terminologia. A volte mi fa scoppiare di rabbia quando, con la mia calda immaginazione, cerco di fargli vedere la natura e l'arte e lui crede di far bene buttando lí d'improvviso un termine tecnico trito e ritrito.

16 giugno[48].

E va bene, sono solo un vagabondo, sono solo un pellegrino su questa terra. Forse che voi siete qualcosa di piú?

18 giugno.

Dove voglio andare? Te lo dirò in confidenza. Devo rimanere qui ancora due settimane e poi mi sono dato da intendere di voler visitare le miniere di ***; in realtà non è vero niente, voglio soltanto essere di nuovo vicino a Lotte, ecco tutto. E rido del mio cuore – ma faccio poi quello che vuole.

29 luglio.

Ma sí, va bene! Va tutto bene! – Io – se fossi suo marito! Oh Dio, tu che mi hai creato, se mi avessi concesso questa beatitudine, tutta la mia vita sarebbe una continua preghiera. Ma non voglio disputare con te e tu perdona le mie lacrime, perdona i miei vani desideri! – Se fosse mia moglie! Se avessi potuto stringere fra le mie braccia la piú cara creatura che esiste sulla terra. – Un brivido mi corre per tutto il corpo, Wilhelm, quando Albert cinge con un braccio la sua snella figura.

[48] La lettera del 16 giugno è aggiunta alla seconda stesura. In queste pagine ricorrono parole tratte dal linguaggio religioso: *Wallfahrt* (pellegrinaggio), *Andacht* (devozione) e *Pilgrim* (pellegrino) il 9 maggio e di nuovo l'immagine del *Waller* (pellegrino) in questa lettera.

Und, darf ich es sagen? Warum nicht, Wilhelm? Sie wäre mit mir glücklicher geworden als mit ihm! O er ist nicht der Mensch, die Wünsche dieses Herzens alle zu füllen. Ein gewisser Mangel an Fühlbarkeit, ein Mangel – nimm es, wie du willst; daß sein Herz nicht sympathetisch schlägt bei – o! – bei der Stelle eines lieben Buches, wo mein Herz und Lottens in einem zusammentreffen; in hundert andern Vorfällen, wenn es kommt, daß unsere Empfindungen über eine Handlung eines Dritten laut werden. Lieber Wilhelm! – Zwar er liebt sie von ganzer Seele, und so eine Liebe, was verdient die nicht! –

Ein unerträglicher Mensch hat mich unterbrochen. Meine Tränen sind getrocknet. Ich bin zerstreut[170]. Adieu, Lieber!

Am 4. August.

Es geht mir nicht allein so. Alle Menschen werden in ihren Hoffnungen getäuscht, in ihren Erwartungen betrogen. Ich besuchte mein gutes Weib unter der Linde. Der älteste Junge lief mir entgegen, sein Freudengeschrei führte die Mutter herbei, die sehr niedergeschlagen aussah. Ihr erstes Wort war: „Guter Herr, ach, mein Hans ist mir gestorben!" – Es war der jüngste ihrer Knaben. Ich war stille. – „Und mein Mann", sagte sie, „ist aus der Schweiz zurück und hat nichts mitgebracht, und ohne gute Leute hätte er sich heraus betteln müssen, er hatte das Fieber unterwegs gekriegt." – Ich konnte ihr nichts sagen und schenkte dem Kleinen was; sie bat mich, einige Äpfel anzunehmen, das ich tat und den Ort des traurigen Andenkens verließ.

[170] Gli aggettivi *getrocknet* e *zerstreut* ricorrono nel linguaggio introspettivo del pietismo. L'incapacità di piangere e la distrazione erano sintomi di un aridimento dell'anima (*Dürre der Seele*) che si sentiva lontana da Dio e perciò infelice. Werther applicherà queste immagini al suo stato d'animo anche nella lettera del 3 novembre.

E perché non dovrei dirtelo, Wilhelm? Con me sarebbe stata piú felice che con lui! Oh, lui non è l'uomo capace di soddisfare tutti i desideri di quel cuore. Una certa mancanza di sensibilità, una mancanza – pensa quello che vuoi; il fatto che il loro cuore non batta all'unisono durante – oh! – leggendo il passo di un libro amato, mentre invece il mio cuore e quello di Lotte si incontrano sempre; o in cento altri casi, quando per esempio esprimiamo i sentimenti destati in noi dall'azione di una terza persona. Caro Wilhelm! D'altra parte è vero che l'ama con tutta l'anima, e un amore cosí, che cosa non merita!

Un individuo insopportabile mi ha interrotto. I miei occhi non hanno piú lacrime, mi sono distratto. Addio, mio caro.

4 agosto.

Non succede solo a me. Tutti vengono delusi nelle loro speranze, ingannati nelle loro attese. Sono andato a trovare la buona donna del tiglio. Il maggiore dei ragazzi mi è corso incontro, le sue grida di gioia hanno fatto accorrere la madre, che mi è sembrata molto abbattuta. Le sue prime parole sono state: – Ah, caro signore, mi è morto il mio Hans! – Era il piú piccolo dei suoi figli. Sono rimasto senza parole. – E mio marito, – ha continuato, – è ritornato dalla Svizzera e non ha portato a casa niente, e senza l'aiuto di alcune buone persone avrebbe dovuto chiedere la carità per la febbre che si è preso per strada. – Non sapevo che cosa dirle e ho regalato qualche cosa al bambino. Lei mi ha pregato di accettare alcune mele e, dopo averle prese, ho abbandonato quel luogo pieno di tristi memorie.

Am 21. August.

Wie man eine Hand umwendet, ist es anders mit mir. Manchmal will wohl ein freudiger Blick des Lebens wieder aufdämmern, ach, nur für einen Augenblick! – Wenn ich mich so in Träumen verliere, kann ich mich des Gedankens nicht erwehren: wie, wenn Albert stürbe[171]? Du würdest! ja, sie würde – und dann laufe ich dem Hirngespinste nach, bis es mich an Abgründe führet, vor denen ich zurückbebe.

Wenn ich zum Tor hinausgehe, den Weg, den ich zum erstenmal fuhr, Lotten zum Tanze zu holen, wie war das so ganz anders! Alles, alles ist vorübergegangen! Kein Wink der vorigen Welt, kein Pulsschlag meines damaligen Gefühles. Mir ist es, wie es einem Geiste sein müßte, der in das ausgebrannte, zerstörte Schloß zurückkehrte, das er als blühender Fürst einst gebaut und mit allen Gaben der Herrlichkeit ausgestattet, sterbend seinem geliebten Sohne hoffnungsvoll hinterlassen hätte.

Am 3. September.

Ich begreife manchmal nicht, wie sie ein anderer lieb haben kann, lieb haben darf, da ich sie so ganz allein, so innig, so voll liebe, nichts anders kenne, noch weiß, noch habe als sie!

Am 4. September.

Ja, es ist so. Wie die Natur sich zum Herbste neigt, wird es Herbst in mir und um mich her. Meine Blätter werden gelb, und schon sind die Blätter der benachbarten Bäume abgefallen. Hab' ich dir nicht einmal von einem Bauerburschen geschrieben, gleich da ich herkam? Jetzt erkundigte ich mich wieder nach ihm in Wahlheim; es hieß, er sei aus dem Dienste

[171] *sterben würde*. Congiuntivo imperfetto di *sterben* (*starb*, *gestorben*) oggi antiquato.

21 agosto.

Come si rovescia una mano, tutto è cambiato in me. Talvolta mi sembra che la luce gioiosa della vita torni di nuovo a risplendere, ma, ahimè, solo per un istante! Quando mi perdo cosí nei miei sogni, non posso impedirmi di pensare: e se Albert morisse? Tu potresti! Sí, lei potrebbe – e allora corro dietro alle mie fantasticherie che mi portano sull'orlo di abissi dai quali mi ritraggo inorridito.

Quando vado fuori porta, lungo la strada che percorsi la prima volta per andare a prendere Lotte la sera del ballo, come era tutto diverso allora! Tutto, tutto è passato! Non un segno del mondo che è stato, non un battito dei sentimenti di un tempo. Provo ciò che dovrebbe provare uno spettro che ritrovi bruciato e distrutto il castello che un tempo, quando era ancora un giovane principe, costruí con i doni di ogni magnificenza per lasciarlo morendo, pieno di speranza, al figlio amato.

3 settembre.

A volte non riesco a capire come sia possibile che un altro l'ami, che a un altro sia lecito amarla, quando io solo l'amo di un amore cosí pieno e cosí fervido e non conosco, non so, non ho null'altro che lei!

4 settembre[49].

Eppure è cosí. Come la natura declina verso l'autunno, cosí tutto è già autunno in me e intorno a me. Le mie foglie ingialliscono e già sono cadute le foglie degli alberi vicini. Devo averti scritto di un giovane garzone subito dopo che ero arrivato qui. Ora mi sono informato nuovamente di lui a Wahlheim; mi hanno detto che era stato cacciato dal servizio e che

[49] La lettera del 4 settembre è aggiunta alla seconda stesura.

gejagt worden, und niemand wollte was weiter von ihm wissen. Gestern traf ich ihn von ungefähr auf dem Wege nach einem andern Dorfe, ich redete ihn an, und er erzählte mir seine Geschichte, die mich doppelt und dreifach gerührt hat, wie du leicht begreifen wirst, wenn ich dir sie wiedererzähle. Doch wozu das alles? warum behalt' ich nicht für mich, was mich ängstigt und kränkt[172]? warum betrüb' ich noch dich? warum geb' ich dir immer Gelegenheit, mich zu bedauern und mich zu schelten? Sei's denn, auch das mag zu meinem Schicksal gehören!

Mit einer stillen Traurigkeit, in der ich ein wenig scheues Wesen zu bemerken schien, antwortete der Mensch mir erst auf meine Fragen; aber gar bald offner, als wenn er sich und mich auf einmal wiedererkennte, gestand er mir seine Fehler, klagte er mir sein Unglück. Könnt' ich dir, mein Freund, jedes seiner Worte vor Gericht stellen! Er bekannte, ja er erzählte mit einer Art von Genuß und Glück der Wiedererinnerung, daß die Leidenschaft zu seiner Hausfrau sich in ihm tagtäglich vermehrt, daß er zuletzt nicht gewußt habe, was er tue, nicht, wie er sich ausdrückte, wo er mit dem Kopfe hingesollt. Er habe weder essen noch trinken noch schlafen können, es habe ihm an der Kehle gestockt, er habe getan, was er nicht tun sollen; was ihm aufgetragen worden, hab' er vergessen, er sei als wie von einem bösen Geist verfolgt gewesen, bis er eines Tages, als er sie in einer obern Kammer gewußt, ihr nachgegangen, ja vielmehr ihr nachgezogen worden sei; da sie seinen Bitten kein Gehör gegeben, hab' er sich ihrer mit Gewalt bemächtigen wollen; er wisse nicht, wie ihm geschehen sei, und nehme Gott zum Zeugen, daß seine Absichten gegen sie immer redlich gewesen, und daß er nichts sehnlicher gewünscht, als daß sie ihn heiraten, daß sie mit ihm ihr Leben zubringen möchte. Da er eine Zeitlang geredet hatte, fing er an zu stocken, wie einer, der noch etwas zu sagen hat und sich es nicht herauszusagen getraut; endlich gestand er mir auch mit Schüchternheit, was sie ihm für kleine Vertraulichkeiten

[172] Il verbo *kränken* (oggi: offendere) ha qui il senso di *krank machen* (far stare male).

nessuno voleva piú saperne di lui. Ieri l'ho incontrato per caso sulla strada che conduce ad un altro villaggio, gli ho rivolto la parola, e lui mi ha raccontato la sua storia che mi ha oltremodo commosso, come comprenderai facilmente quando te l'avrò ripetuta. Ma a che scopo tutto questo? Perché non tengo per me quello che mi angoscia e mi affligge? Perché debbo turbare anche te? Perché ti do sempre nuove occasioni di compatirmi e di rimproverarmi? Ma non importa, forse anche questo fa parte del mio destino!

Da principio ha risposto alle mie domande con una pacata tristezza nella quale mi è parso di notare un animo intimidito; ma ben presto ha acquistato maggiore confidenza, come se avesse all'improvviso riconosciuto me e se stesso e mi ha confessato le sue colpe, si è lamentato per le sue sventure. Se mi fosse possibile, amico mio, sottoporre al tuo giudizio ognuna delle sue parole! Mi ha confessato, anzi mi ha raccontato con una specie di gioia e di felicità della memoria, che la passione che aveva per la sua padrona aumentava ogni giorno e che da ultimo non sapeva piú quello che faceva, né, come si è espresso, dove sbatter la testa. Non riusciva piú né a mangiare, né a bere, né a dormire; tutto gli rimaneva in gola; faceva quello che non spettava a lui e si dimenticava degli incarichi che gli avevano dato. Era come se fosse stato perseguitato da uno spirito maligno, finché un giorno, sapendo che si trovava in una camera al piano di sopra, l'aveva seguita o piuttosto qualcosa l'aveva spinto a seguirla; e poiché lei non aveva voluto prestare ascolto alle sue preghiere, aveva tentato di prenderla con la forza. Non sapeva cosa gli fosse successo e prendeva Dio a testimone che le sue intenzioni erano state sempre oneste e che il suo desiderio piú ardente era che lei volesse sposarlo e passare la sua vita con lui. Dopo aver parlato per un certo tempo, incominciò a impuntarsi come uno che ha ancora qualcosa da dire e non ha il coraggio di farlo. Alla fine mi ha confessato con timore e vergogna quante piccole libertà gli aveva permesso e fino a che punto gli aveva consentito di avvicinarla. Men-

erlaubt, und welche Nähe sie ihm vergönnet[173]. Er brach zweidreimal ab und wiederholte die lebhaftesten Protestationen[174], daß er das nicht sage, um sie schlecht zu machen, wie er sich ausdrückte, daß er sie liebe und schätze wie vorher, daß so etwas nicht über seinen Mund gekommen sei und daß er es mir nur sage, um mich zu überzeugen, daß er kein ganz verkehrter[175] und unsinniger Mensch sei. – Und hier, mein Bester, fang' ich mein altes Lied wieder an, das ich, ewig anstimmen werde: Könnt' ich dir den Menschen vorstellen, wie er vor mir stand, wie er noch vor mir steht! Könnt' ich dir alles recht sagen, damit du fühltest, wie ich an seinem Schicksale teilnehme, teilnehmen muß! Doch genug, da du auch mein Schicksal kennst, auch mich kennst, so weißt du nur zu wohl, was mich zu allen Unglücklichen, was mich besonders zu diesem Unglücklichen hinzieht.

Da ich das Blatt wieder durchlese, seh' ich, daß ich das Ende der Geschichte zu erzählen vergessen habe, das sich aber leicht hinzudenken läßt. Sie erwehrte sich sein[176]; ihr Bruder kam dazu, der ihn schon lange gehaßt, der ihn schon lange aus dem Hause gewünscht hatte, weil er fürchtet, durch eine neue Heirat der Schwester werde seinen Kindern die Erbschaft entgehn, die ihnen jetzt, da sie kinderlos ist, schöne Hoffnungen gibt; dieser habe ihn gleich zum Hause hinausgestoßen und einen solchen Lärm von der Sache gemacht, daß die Frau, auch selbst wenn sie gewollt, ihn nicht wieder hätte aufnehmen können. Jetzt habe sie wieder einen andern Knecht genommen, auch über den, sage man, sei sie mit dem Bruder zerfallen, und man behaupte für gewiß, sie werde ihn heiraten, aber er sei fest entschlossen, das nicht zu erleben.

[173] Si osservi che Werther omette spesso il verbo ausiliare dando alla narrazione l'immediatezza e la concitazione della lingua parlata. Cfr. anche la lettera del 9 maggio.

[174] Forma antiquata per *Protest*. Qui ha il senso di *Beteuerung* (affermazione, asserzione) e *Verwahrung* (protesta, opposizione).

[175] Oggi *verkehrt* significa soprattutto 'storto', 'rovesciato', 'falso', 'sbagliato'. Nel Settecento aveva anche il senso di *närrisch* (pazzo) e *unvernünftig* (insensato). Qui ha il senso biblico di 'perverso', 'malvagio' (cfr. II Libro dei Re 22.27 e Salmi 101.4).

[176] *wehrte ihn ab*.

tre parlava si è interrotto due o tre volte, ripetendo con le piú vivaci assicurazioni che, cosí si espresse, non mi diceva questo per parlare male di lei, che l'amava e la stimava come prima, che mai niente di simile era uscito dalla sua bocca e che me lo diceva solamente per convincermi che non era pazzo o perverso. – E qui, mio caro, ricomincio la mia vecchia storia, che non cesserò mai di ripetere: potessi descriverti quell'uomo, cosí come mi stava davanti, come mi sta davanti ancora adesso! Potessi raccontarti tutto esattamente, per farti sentire quanto io partecipi, quanto debba partecipare al suo destino! Ma basta, poiché tu conosci anche il mio destino, conosci anche me e sai benissimo cosa mi attira verso tutti gli infelici e soprattutto verso questo infelice.

Ora che rileggo questa lettera, vedo che mi sono dimenticato di raccontarti la fine della storia, che del resto si può facilmente immaginare. Lei si difese; in quel momento arrivò un fratello che da tempo lo odiava, che da tempo desiderava allontanarlo dalla casa, poiché temeva che con un nuovo matrimonio della sorella sfuggisse ai suoi figli l'eredità, su cui ora possono contare, visto che lei non ha figli. Il fratello lo cacciò subito fuori di casa e ne fece uno scandalo tale che la donna, anche se avesse voluto, non avrebbe piú potuto riprenderlo a servizio. Ormai aveva assunto un altro garzone e si dice che sia in lite con il fratello anche per via di questo che tutti credono finirà per sposare. Quanto a lui, era fermamente deciso a impedirlo.

Was ich dir erzähle, ist nicht übertrieben, nichts[177] verzärtelt, ja ich darf wohl sagen, schwach, schwach hab' ich's erzählt, und vergröbert hab' ich's, indem ich's mit unsern hergebrachten sittlichen Worten vorgetragen habe.

Diese Liebe, diese Treue, diese Leidenschaft ist also keine dichterische Erfindung. Sie lebt, sie ist in ihrer größten Reinheit unter der Klasse von Menschen, die wir ungebildet, die wir roh nennen. Wir Gebildeten – zu Nichts Verbildeten! Lies die Geschichte mit Andacht, ich bitte dich. Ich bin heute still, indem ich das hinschreibe; du siehst an meiner Hand, daß ich nicht so strudele und sudele wie sonst. Lies, mein Geliebter, und denke dabei, daß es auch die Geschichte deines Freundes ist. Ja so ist mir's gegangen, so wird mir's gehn, und ich bin nicht halb so brav, nicht halb so entschlossen als der arme Unglückliche, mit dem ich mich zu vergleichen mich fast nicht getraue.

Am 5. September.

Sie hatte ein Zettelchen an ihren Mann aufs Land geschrieben, wo er sich Geschäfte wegen aufhielt. Es fing an: „Bester, Liebster, komme, sobald du kannst, ich erwarte dich mit tausend Freuden." – Ein Freund, der hereinkam, brachte Nachricht, daß er wegen gewisser Umstände so bald noch nicht zurückkehren würde. Das Billett blieb liegen und fiel mir abends in die Hände. Ich las es und lächelte; sie fragte worüber? – „Was die Einbildungskraft für ein göttliches Geschenk ist" rief ich aus, „ich konnte mir einen Augenblick vorspiegeln[178], als ware es an mich geschrieben." – Sie brach ab, es schien ihr zu mißfallen, und ich schwieg.

[177] *ganz und gar nicht.* Werther intende dire che non ha raccontato la vicenda del *Bauernbursche* rendendola piú tenera e sentimentale di quanto sia davvero stata. Oggi il verbo *verzärteln* è sinonimo di *verwöhnen*: 'viziare', 'abituare male'.

[178] Il verbo *vorspiegeln* significa 'simulare', 'fingere'. Qui ha il senso di *sich weismachen, sich einbilden* (illudersi, immaginarsi, credere una cosa non vera).

Quello che ti racconto non è esagerato e nulla è addolcito, ti devo dire anzi che l'ho raccontato male, molto male e che l'ho reso piú rozzo e volgare riportandolo con le solite formule della nostra morale.

Un amore, una fedeltà, una passione come queste non sono dunque invenzioni poetiche. Vivono, si trovano nella forma piú pura proprio in quelle classi di uomini che noi, colti e raffinati fino all'inconsistenza, chiamiamo rozzi e ignoranti! Leggi questa storia con venerazione, ti prego. Oggi sono calmo, mentre ti scrivo queste cose, tu vedi dalla mia mano che non sono agitato e non scarabocchio come al solito. Leggi, mio caro, e ricorda che è anche la storia del tuo amico. Sí, anche a me è capitata, anche a me capiterà la stessa cosa, eppure non ho nemmeno la metà del coraggio e della risolutezza di questo povero sventurato con il quale quasi non oso confrontarmi.

5 settembre[50].

Aveva scritto un biglietto a suo marito che si trovava in campagna per alcuni affari. Incominciava cosí: «Mio caro, mio amato, vieni piú presto che puoi, ti attendo piena di gioia». Un amico che arrivava allora portò la notizia che il marito per varie ragioni non sarebbe potuto ritornare cosí presto. Il biglietto rimase lí e la sera mi capitò fra le mani. Io lo lessi e sorrisi; lei chiese perché. – Che dono divino è la fantasia, – esclamai, – per un momento mi sono potuto illudere che fosse diretto a me –. Lei interruppe il discorso che pareva le dispiacesse e io tacqui.

[50] La lettera del 5 settembre, aggiunta alla seconda stesura, introduce un maggiore coinvolgimento sentimentale di Lotte che qui appare molto turbata.

Am 6. September.

Es hat schwer gehalten, bis ich mich entschloß, meinen blauen einfachen Frack, in dem ich mit Lotten zum erstenmale tanzte, abzulegen, er ward aber zuletzt gar unscheinbar[179]. Auch habe ich mir einen machen lassen ganz wie den vorigen, Kragen und Aufschlag, und auch wieder so gelbe Weste und Beinkleider dazu.

Ganz will es doch die Wirkung nicht tun. Ich weiß nicht – Ich denke, mit der Zeit soll mir der auch lieber werden.

Am 12. September.

Sie war einige Tage verreist, Alberten abzuholen. Heute trat ich in ihre Stube, sie kam mir entgegen, und ich küßte ihre Hand mit tausend Freuden.

Ein Kanarienvogel flog von dem Spiegel ihr auf die Schulter. – „Einen neuen Freund," sagte sie und lockte ihn auf ihre Hand, „er ist meinen Kleinen zugedacht. Er tut gar zu lieb! Sehen Sie ihn! Wenn ich ihm Brot gebe, flattert er mit den Flügeln und pickt so artig. Er küßt mich auch, sehen Sie!"

Als sie dem Tierchen den Mund hinhielt, drückte es sich so lieblich in die süßen Lippen, als wenn es die Seligkeit hätte fühlen können, die es genoß.

„Er soll Sie auch küssen." sagte sie und reichte den Vogel herüber. – Das Schnäbelchen machte den Weg von ihrem Munde zu dem meinigen, und die pickende Berührung war wie ein Hauch, eine Ahnung liebevollen Genusses.

[179] L'aggettivo *unscheinbar*, che oggi significa 'poco appariscente', 'modesto', ha qui il senso di *unansehnlich*: 'impresentabile', 'misero'.

6 settembre.

Ce n'è voluto prima di decidermi a togliermi di dosso il mio semplice frac azzurro che avevo la prima volta quando ho ballato con Lotte, ma negli ultimi tempi era diventato proprio indecente. Però me ne son fatto fare uno uguale, con lo stesso bavero, gli stessi risvolti, e anche con lo stesso panciotto giallo e gli stessi calzoni[51].

Eppure non fa lo stesso effetto. Non lo so – penso che col tempo mi affezionerò anche a questo.

12 settembre[52].

Era partita per alcuni giorni per andare a prendere Albert. Oggi sono entrato nel suo salotto, lei mi è venuta incontro e io ho baciato la sua mano pieno di gioia.

Un canarino è volato dallo specchio sulla sua spalla. – Ecco un nuovo amico, – mi ha detto invitandolo a saltare sulla sua mano, – l'ho preso per i miei piccoli. Quant'è caro! Lo guardi! Quando gli do il pane sbatte le ali e becca con tanta delicatezza. E mi bacia anche, guardi!

Ha sporto la bocca verso la bestiolina e questa si è stretta con tanta grazia alle sue dolci labbra, come se potesse sentire la beatitudine che le era concessa in quel momento.

– Deve baciare anche lei, – ha detto porgendomi il canarino. Il beccuccio passò dalla sua bocca alla mia e la leggera puntura mi è parsa come il soffio o il presentimento di un piacere indicibile.

[51] Nel resoconto di Kestner sulla morte di Jerusalem si legge: «... in völliger Kleidung, gestiefelt, im blauen Rock mit gelber Weste» (...completamente vestito, con gli stivali, frac azzurro e panciotto giallo). La pubblicazione del *Werther* inaugurò una moda nella quale si riconoscevano quei giovani – che oggi definiremmo «alternativi» – in polemica contro lo spirito aristocratico e frivolo della cultura rococò. Goethe, i fratelli Stolberg e Haugewitz erano vestiti cosí durante il viaggio in Svizzera del 1775.

[52] La lettera del 12 settembre è aggiunta alla seconda stesura. Con la scena del canarino Lotte acquista un tratto nuovo di civetteria che esaspera Werther.

„Sein Kuß", sagte ich, „ist nicht ganz ohne Begierde, er sucht Nahrung und kehrt unbefriedigt von der leeren Liebkosung zurück."

„Er ißt mir auch aus dem Munde." sagte sie. – Sie reichte ihm einige Brosamen mit ihren Lippen, aus denen die Freuden unschuldig teilnehmender Liebe in aller Wonne lächelten.

Ich kehrte das Gesicht weg. Sie sollte es nicht tun, sollte nicht meine Einbildungskraft mit diesen Bildern himmlischer Unschuld und Seligkeit reizen und mein Herz aus dem Schlafe, in den es manchmal die Gleichgültigkeit des Lebens wiegt, nicht wecken! – Und warum nicht? – Sie traut mir so! sie weiß, wie ich sie liebe!

Am 15. September.

Man möchte rasend werden, Wilhelm, daß es Menschen geben soll ohne Sinn und Gefühl an dem wenigen, was auf Erden noch einen Wert hat. Du kennst die Nußbäume, unter denen ich bei dem ehrlichen Pfarrer zu St... mit Lotten gesessen, die herrlichen Nußbäume, die mich, Gott weiß, immer mit dem größten Seelenvergnügen füllten! Wie vertraulich sie den Pfarrhof machten, wie kühl! und wie herrlich die Äste waren! Und die Erinnerung bis zu den ehrlichen Geistlichen, die sie vor vielen Jahren pflanzten. Der Schulmeister hat uns den einen Namen oft genannt, den er von seinem Großvater gehört hatte; und so ein braver Mann soll er gewesen sein, und sein Andenken war mir immer heilig unter den Bäumen. Ich sage dir, dem Schulmeister standen die Tränen in den Augen, da wir gestern davon redeten, daß sie abgehauen worden – abgehauen[180]! Ich möchte toll werden, ich könnte den Hund ermorden, der den ersten Hieb dran tat. Ich, der ich mich vertrauern[181] könnte, wenn so ein paar Bäume in meinem Hofe stünden und einer davon stürbe vor Alter ab, ich muß zuse-

[180] Oggi nella lingua parlata il verbo *abhauen*, qui usato nel suo senso principale di 'tagliare' e 'recidere', significa 'svignarsela', 'sparire'.

[181] Il verbo *vertrauern* significa 'trascorrere in lutto'. Qui ha invece il senso di *vor Trauer zugrunde gehen* (morire di tristezza).

– Il suo bacio, – ho detto, – non è del tutto senza desiderio, cerca il cibo e questa vuota carezza lo lascia insoddisfatto.

– Viene anche a mangiare sulle mie labbra, – ha detto. E gli ha offerto alcune briciole con le labbra, sulle quali sorridevano beate le gioie di un amore pieno e innocente.

Ho voltato il viso dall'altra parte. Non dovrebbe fare cosí! Non dovrebbe eccitare la mia fantasia con queste immagini di felicità e di celeste innocenza, non dovrebbe svegliare il mio cuore dal sonno in cui talvolta lo culla l'indifferenza della vita. – E perché no? – Ha tanta fiducia in me! Sa quanto l'amo!

15 settembre.

Ci sarebbe da impazzire, Wilhelm, al pensiero che ci debba essere gente senza intelligenza e sensibilità per quel poco che ancora ha un valore sulla terra. Tu conosci quegli alberi di noce[53], sotto i quali sono stato a sedere con Lotte quando andammo dal buon pastore di St., quei magnifici alberi che, Dio lo sa, hanno sempre colmato la mia anima del piacere piú puro! Come rendevano intima e fresca la corte della canonica! Che splendidi rami avevano! E mantenevano viva la memoria degli onesti curati che li avevano piantati molti anni prima. Il maestro ci aveva spesso ripetuto un nome che aveva sentito dal nonno. Sembra che fosse un uomo straordinario e la sua memoria mi è stata sempre sacra sotto quegli alberi. Ti assicuro che il maestro ieri aveva le lacrime agli occhi, quando ricordava che erano stati abbattuti. Abbattuti! C'è da impazzire, vorrei ammazzare quel cane che ha dato il primo colpo di scure. Io, che morirei dal dolore se avessi due alberi come quelli nel mio cortile e uno morisse di vecchiaia, io devo vedere una co-

[53] La morte del vecchio pastore e l'abbattimento dei noci segnano la distruzione dello scenario idilliaco rappresentato nella lettera del 1 luglio. Il nuovo si insedia con un atto di sradicamento del passato e della tradizione. La lettera si inserisce in quello schema di capovolgimento delle immagini del primo libro che rasserenavano l'animo inquieto di Werther (cfr. nota 39).

hen. Lieber Schatz, eins ist doch dabei: Was Menschengefühl ist! Das ganze Dorf murrt, und ich hoffe, die Frau Pfarrerin soll es an Butter und Eiern und übrigem Zutrauen spüren, was für eine Wunde sie ihrem Orte gegeben hat. Denn sie ist es, die Frau des neuen Pfarrers (unser alter ist auch gestorben), ein hageres, kränkliches Geschöpf, das sehr Ursache hat, an der Welt keinen Anteil zu nehmen, denn niemand nimmt Anteil an ihr. Eine Närrin, die sich abgibt, gelehrt zu sein, sich in die Untersuchung des Kanons meliert, gar viel an der neumodischen, moralischkritischen Reformation des Christentumes arbeitet und über Lavaters Schwärmereien[182] die Achseln zuckt, eine ganz zerrüttete Gesundheit hat und deswegen auf Gottes Erdboden keine Freude. So einer Kreatur war es auch allein möglich, meine Nußbäume abzuhauen. Siehst du, ich komme nicht zu mir! Stelle dir vor: die abfallenden Blätter machen ihr den Hof unrein und dumpfig, die Bäume nehmen ihr das Tageslicht, und wenn die Nüsse reif sind, so werfen die Knaben mit Steinen darnach[183], und das fällt ihr auf die Nerven, das stört sie in ihren tiefen Überlegungen wenn sie Kennikot, Semler und Michaelis gegen einander abwiegt. Da ich die Leute im Dorfe, besonders die alten, so unzufrieden sah, sagte ich: „Warum habt ihr es gelitten[184]?“ – „Wenn der Schulze will, hier zu Lande,“ sagten sie, „was kann man machen?“ – Aber eins ist recht geschehen. Der Schulze und der Pfarrer, der doch auch von seiner Frauen[185] Grillen, die ihm ohnedies[186] die Suppen nicht fett machen, was haben wollte, dachten es mit einander zu teilen; da erfuhr es die Kammer und sagte: „Hier herein!“ Denn sie hatte noch alte Prätensionen an den Teil des Pfarrhofes, wo die Bäume standen, und

[182] In ambito religioso il termine *Schwärmerei* (fantasticheria, entusiasmo ma anche fanatismo) alludeva a un cristianesimo che privilegiava le emozioni e l'immaginazione come momenti della rivelazione divina in opposizione all'analisi filologico-razionalistica dei testi sacri. Il termine *Schwärmer* «fu foggiato per condannare l'irrequietezza dei dissidenti mistici paragonandola all'incessante, confuso sciamare (*der Schwarm*) delle api; piú tardi divenne, anche per effetto dell'illuminismo, sinonimo di fanatico, di entusiasta che si riteneva direttamente ispirato da Dio» (L. Mittner).

[183] *danach*.

[184] *zugelassen*.

[185] Antica forma di genitivo femminile singolare.

[186] Forma antiquata per *ohnehin*, *sowieso*.

sa simile! Mio caro, in tutto questo una cosa almeno rimane! Rimane quello che si chiama sentimento umano! Tutto il villaggio mormora e io spero che la moglie del pastore s'accorgerà del colpo che ha recato al villaggio, quando riceverà la metà del burro, delle uova e di tutte le altre decime. Perché è stata lei, la moglie del nuovo pastore[54] (anche il nostro vecchio è morto), una donna allampanata e malaticcia, che ha tutte le ragioni di disinteressarsi del mondo, perché nessuno può avere interesse per lei. È una sciocca che pretende di essere dotta, e si immischia nell'esegesi di canoni[55], si dà molto da fare con la riforma critico-morale del cristianesimo venuta ora di moda, e arriccia il naso su quelle che chiama le misticherie di Lavater; ha una salute molto scossa e per questo non trova nessuna gioia nel mondo creato da Dio. Solo un essere come questo poteva abbattere i miei noci. Vedi, non riesco a farmene una ragione! Pensa un po', le foglie che cadono le fanno sporcizia e umidità nel cortile, gli alberi le tolgono la luce del giorno, e quando le noci sono mature, i ragazzi le buttano giú a sassate e questo le dà sui nervi, questo la disturba nelle sue profonde elucubrazioni quando confronta fra loro Kennikot, Semler e Michaelis[56]. Vedendo la gente del villaggio, e soprattutto i vecchi, cosí scontenti ho chiesto: – Perché l'avete tollerato? – Quando il podestà è d'accordo, – hanno risposto, – qui in campagna che si può fare? – Ma almeno una cosa è andata per il verso giusto. Il podestà e il pastore, il quale voleva ricavare almeno qualche vantaggio dai capricci della moglie che del resto non lo aiutano a condire la zuppa, pensarono di fare a metà della legna; ma la camera demaniale venne a saperlo e disse: – Spetta a me –! perché aveva ancora dei vecchi diritti su

[54] Riferimento a Johanna Dorothea Griesbach, moglie del pastore della parrocchia di S. Pietro nella Friedberger Gasse a Francoforte e animatrice di un gruppo pietista. Goethe nell'ottavo libro di *Poesia e verità* la giudicava «troppo severa, troppo arida, troppo dotta».

[55] Si tratta dei testi biblici riconosciuti ufficialmente dalla Chiesa, che li distingue dagli scritti apocrifi.

[56] Il teologo inglese Benjamin Kennikot (1725-83), il professore di teologia all'università di Halle Johann Salomon Semler (1725-91) e l'orientalista di Gottinga Johann David Michaelis (1717-91) avevano condotto analisi critiche dei testi canonici con metodi storico-filologici che Werther respinge con tutte le tendenze dell'ultima moda.

verkaufte sie an den Meistbietenden. Sie liegen! O, wenn ich Fürst wäre! Ich wollte die Pfarrerin, den Schulzen und die Kammer – Fürst! – Ja wenn ich Fürst wäre, was kümmerten mich die Bäume in meinem Lande!

1 mese

Am 10. Oktober.

Wenn ich nur ihre schwarzen Augen sehe, ist mir es schon wohl! Sieh, und was mich verdrießt, ist, daß Albert nicht so beglückt zu sein scheinet, als er – hoffte – als ich – zu sein glaubte – wenn – Ich mache nicht gern Gedankenstriche, aber hier kann ich mich nicht anders ausdrücken – und mich dünkt deutlich genug.

Am 12. Oktober.

Ossian hat in meinem Herzen den Homer verdrängt. Welch eine Welt, in die der Herrliche mich führt! Zu wandern über die Heide, umsaust vom Sturmwinde, der in dampfenden Nebeln die Geister der Väter im dämmernden Lichte des Mondes hinführt. Zu hören vom Gebirge her, im Gebrülle des Waldstroms, halb verwehtes Ächzen der Geister aus ihren Höhlen, und die Wehklagen des zu Tode sich jammernden Mädchens, um die vier moosbedeckten, grasbewachsenen Steine des Edelgefallnen, ihres Geliebten. Wenn ich ihn dann finde, den wandelnden grauen Barden, der auf der weiten

quella parte della parrocchia dove crescevano gli alberi; e li ha venduti al migliore offerente. E ora, eccoli lí, a terra! Oh, se fossi io il principe! Vorrei che la moglie del pastore e il podestà e la tesoreria – Se fossi principe! – Già se fossi principe, cosa mi importerebbe degli alberi che crescono nel mio paese?

10 ottobre.

Mi basta vedere i suoi occhi neri per sentirmi bene! Vedi, quello che mi dispiace è che Albert non mi sembra cosí felice come – sperava – come io – penserei di essere – se... – A me non piacciono i segni di sospensione, ma in questo caso non saprei esprimermi in altra maniera e mi sembra di essere chiaro abbastanza.

12 ottobre.

Ossian[57] ha cacciato via Omero dal mio cuore. In che mondo mi conduce questo magnifico poeta! Camminare attraverso la landa, investito da ogni parte dal vento di tempesta che nel vapore delle nebbie evoca gli spiriti dei padri al lume incerto della luna! Sentire come nel frastuono del torrente in mezzo al bosco vien giú dai monti il flebile lamento degli spiriti nelle loro caverne e udire il pianto di angoscia della fanciulla che si strugge fino a morire presso le quattro pietre coperte d'erba e di muschio che sono la tomba del suo amato, il nobile guerriero caduto! E quando lo incontro, il canuto bardo errabondo,

[57] L'insegnante di Edimburgo James Macpherson pubblicò nel 1765 *The Poems of Ossian* (*Le poesie di Ossian*) e li spacciò per la rielaborazione dei canti di un leggendario bardo e principe gaelico vissuto nel III secolo d.C. In realtà aveva creato una struttura epica usando frammenti di canti popolari, motivi miltoniani, biblici e preromantici. L'opera ebbe un enorme successo in tutta Europa e con i suoi scenari notturni di struggimento e di morte divenne un modello di poesia primitiva. Goethe aveva letto Ossian su indicazione di Herder nell'inverno tra il 1770 e il 1771 a Strasburgo e poi tradotto i *Songs of Selma* (*Canti di Selma*). Questa epica dal tono elegiaco si addice allo stato d'animo di Werther che abbandona il mondo solare di Omero per calarsi nel paesaggio lunare di Ossian.

Heide die Fußstapfen seiner Väter sucht und, ach, ihre Grabsteine findet und dann jammernd nach dem lieben Sterne des Abends hinblickt, der sich ins rollende Meer verbirgt, und die Zeiten der Vergangenheit in des Helden Seele lebendig werden, da noch der freundliche Strahl den Gefahren der Tapferen leuchtete und der Mond ihr bekränztes, siegrückkehrendes Schiff beschien. Wenn ich den tiefen Kummer auf seiner Stirn lese, den letzten verlassenen Herrlichen in aller Ermattung dem Grabe zuwanken sehe, wie er immer neue, schmerzlich glühende Freuden in der kraftlosen Gegenwart der Schatten seiner Abgeschiedenen einsaugt und nach der kalten Erde, dem hohen, wehenden Grase niedersieht und ausruft: „Der Wanderer wird kommen, kommen, der mich kannte in meiner Schönheit, und fragen: ‚Wo ist der Sänger, Fingals trefflicher Sohn?‘ Sein Fußtritt geht über mein Grab hin, und er fragt vergebens nach mir auf der Erde.“ – O Freund! ich möchte gleich einem edlen Waffenträger das Schwert ziehen, meinen Fürsten von der zückenden[187] Qual des langsam absterbenden Lebens auf einmal befreien und dem befreiten Halbgott meine Seele nachsenden[188].

Am 19. Oktober.

Ach diese Lücke! diese entsetzliche Lücke, die ich hier in meinem Busen fühle! – Ich denke oft, wenn du sie nur einmal, nur einmal an dieses Herz drücken könntest, diese ganze Lücke würde ausgefüllt sein.

[187] *zuckenden*. Ai tempi di Goethe *zücken* e *zucken*, ambedue da *ziehen*, non erano ancora rigorosamente distinti. Oggi *zücken* significa ‘estrarre’, ‘sguainare’, mentre *zucken* vuole dire ‘sussultare’, ‘avere delle convulsioni’. Nella lettera del 30 novembre c’è un *zuckend* riferito a *Lächeln* nel significato appunto di ‘convulso’ (p. 204).

[188] Cfr. Primo libro di Samuele, 31.4: «Da sprach Saul zu seinem Waffenträger: zieh dein Schwert und erstich mich» (Allora Saul disse al suo scudiero: sguaina la tua spada e trafiggimi).

che nella landa sconfinata cerca le orme dei padri e trova, ahimè, le loro tombe e si rivolge poi tra i lamenti alla cara stella della sera, che si nasconde nel mare burrascoso, e i tempi antichi rivivono nell'anima dell'eroe, quando un raggio amico faceva ancora luce ai cimeli dei valorosi e la luna splendeva sopra la loro nave inghirlandata che ritornava dopo la vittoria; e quando leggo sulla sua fronte il piú profondo dolore, vedo questo ultimo eroe abbandonato di una magnifica stirpe avvicinarsi barcollando alla tomba e attingere, all'inerte presenza dei suoi morti, gioie sempre nuove, dolorose e cocenti e infine gridare guardando la terra fredda e le alte erbe ondeggianti[58]: – Verrà il pellegrino, verrà colui che mi conobbe nella mia bellezza e chiederà: «Dov'è il cantore, l'eccellente figlio di Fingal?» Già il suo piede passa sopra la mia tomba e inutilmente chiede di me sulla terra –. Oh, amico mio!, allora, come un nobile guerriero vorrei sguainare la spada, liberare d'un colpo il mio signore dagli spasmi di una vita che lentamente si spegne e mandare la mia anima dietro al semidio liberato.

19 ottobre.

Ah, questo vuoto! l'orribile vuoto che sento qui nel mio petto! – Spesso penso: se tu potessi stringerla una volta, una sola volta al tuo cuore, tutto questo vuoto sarebbe colmato.

[58] Werther cita liberamente il *Song of Berrathon*.

Am 26. Oktober.

Ja es wird mir gewiß, Lieber, gewiß und immer gewisser, daß an dem Dasein eines Geschöpfes wenig gelegen ist, ganz wenig. Es kam eine Freundin zu Lotten, und ich ging herein ins Nebenzimmer, ein Buch zu nehmen, und konnte nicht lesen, und dann nahm ich eine Feder, zu schreiben. Ich hörte sie leise reden; sie erzählten einander unbedeutende Sachen, Stadtneuigkeiten: Wie diese heiratet, wie jene krank, sehr krank ist. – „Sie hat einen trocknen Husten, die Knochen stehn ihr zum Gesichte heraus, und kriegt Ohnmachten; ich gebe keinen Kreuzer für ihr Leben." sagte die eine. – „Der N. N. ist auch so übel dran." sagte Lotte. – „Er ist schon geschwollen." sagte die andere. – Und meine lebhafte Einbildungskraft versetzte mich ans Bett dieser Armen; ich sah sie, mit welchem Widerwillen sie dem Leben den Rücken wandten, wie sie – Wilhelm! und meine Weibchen redeten davon, wie man eben davon redet – daß ein Fremder stirbt. – Und wenn ich mich umsehe und sehe das Zimmer an, und rings um mich Lottens Kleider und Alberts Skripturen[189] und diese Möbeln, denen ich nun so befreundet bin, sogar diesem Dintenfaß[190], und denke: Siehe, was du nun diesem Hause bist! Alles in allem. Deine Freunde ehren dich! Du machst oft ihre Freude, und deinem Herzen scheint es, als wenn es ohne sie nicht sein könnte; und doch– wenn du nun gingst, wenn du aus diesem Kreise schiedest? würden sie, wie lange würden sie die Lücke fühlen, die dein Verlust in ihr Schicksal reißt? wie lange? – O, so vergänglich ist der Mensch, daß er auch da, wo er seines Daseins eigentliche Gewißheit hat, da, wo er den einzigen wahren Eindruck seiner Gegenwart macht, in dem Andenken, in der Seele seiner Lieben, daß er auch da verlöschen, verschwinden muß, und das so bald!

[189] Forma antiquata per *Schriftstücke* (scritti). In questo caso si tratta di 'atti'.
[190] Oggi: *Tintenfaß*.

26 ottobre.

Sí, sono convinto, mio caro, sono convinto e sempre piú convinto che l'esistenza di una creatura è poco, assai poco importante. È venuta un'amica da Lotte e io sono passato nella stanza accanto a prendere un libro, ma poi non riuscivo a leggere e allora ho preso una penna per scriverti. Le ascoltavo mentre parlavano sottovoce. Si raccontavano cose insignificanti, le ultime novità: di una che si sposa, di un'altra che è ammalata, molto ammalata. – Ha una tosse secca, le ossa le traspaiono sotto la pelle del viso, ha continui svenimenti; non do un soldo per la sua vita, – diceva l'amica. – Anche N. N. sta molto male, – rispondeva Lotte. – È già tutto gonfio, – aggiungeva l'altra. E la mia fervida fantasia mi trasportava al capezzale di questi poveretti, li vedevo con che angoscia volgevano le spalle alla vita e come loro – Wilhelm!, le mie due donnette, ne parlavano appunto come si parla quando muore un estraneo. E se mi guardo in giro e vedo questa stanza e i vestiti di Lotte e le carte di Albert intorno a me, e questi mobili e persino questo calamaio ai quali sono cosí affezionato, devo pensare: Vedi cosa significhi tu per questa casa! Tutto! I tuoi amici ti onorano, spesso sei la loro gioia e al tuo cuore sembra impossibile vivere senza di loro; eppure – se tu ora te ne andassi, se ora uscissi dal loro mondo, sentirebbero, per quanto tempo sentirebbero il vuoto che la tua perdita apre nel loro destino? Per quanto tempo? – Oh, l'uomo è cosí caduco che anche là dove ha la reale certezza della propria esistenza, anche là dove lascia l'unica, vera impronta della sua presenza nella memoria, nell'anima dei suoi cari, anche là deve spegnersi e sparire, e cosí presto!

Am 27. Oktober.

Ich möchte mir oft die Brust zerreißen und das Gehirn einstoßen, daß man einander so wenig sein kann. Ach die Liebe, Freude, Wärme und Wonne, die ich nicht hinzubringe, wird mir der andere nicht geben, und mit einem ganzen Herzen voll Seligkeit werde ich den andern nicht beglücken, der kalt und kraftlos vor mir steht.

Am 27. Oktober abends.

Ich habe so viel, und die Empfindung an ihr verschlingt alles; ich habe so viel, und ohne sie wird mir alles zu Nichts.

↳ absolutheit seiner Zuneigung

Am 30. Oktober.

Wenn ich nicht schon hundertmal auf dem Punkte gestanden bin, ihr um den Hals zu fallen! Weiß der große Gott, wie einem das tut, so viele Liebenswürdigkeit vor einem herumkreuzen zu sehen und nicht zugreifen zu dürfen; und das Zugreifen[191] ist doch der natürlichste Trieb der Menschheit. Greifen die Kinder nicht nach allem, was ihnen in den Sinn fällt? – Und ich?

↳ desiderio ovunque come 18.07.

Am 3. November.

Weiß Gott! ich lege mich so oft zu Bette mit dem Wunsche, ja manchmal mit der Hoffnung, nicht wieder zu erwachen: und morgens schlage ich die Augen auf, sehe die Sonne wieder, und bin elend. O daß ich launisch sein könnte, könnte die Schuld aufs Wetter, auf einen Dritten, auf eine fehlge-

↳ Lustlosigkeit aufzustehen = wichtig

[191] Nel trattato *Über den Ursprung der Sprache* (*Sull'origine della lingua*) Herder insisteva sull'importanza del tatto e dell'afferrare con le mani (*zugreifen*) nello sviluppo della facoltà della parola.

27 ottobre.

Spesso vorrei dilaniarmi il petto e fracassarmi il cervello quando mi chiedo come mai possiamo avere cosí poca importanza l'uno per l'altro. Ah, l'amore, la gioia, il calore e la felicità che non possiedo dentro di me – nessun altro potrà darmele e con un cuore pieno di beatitudine non potrò far felice un altro che mi stia davanti freddo ed inerte.

27 ottobre. Sera.

Ho tante cose in me e ciò che sento per lei divora tutto; ho tante cose e senza di lei non ho piú nulla.

30 ottobre.

Sono stato almeno un centinaio di volte sul punto di gettarle le braccia al collo[59]! Dio sa cosa si prova nel vedersi passare davanti tanta grazia senza poterla afferrare. Eppure, allungare le mani è l'impulso piú naturale dell'uomo. E i bambini, non si prendono tutto quello che colpisce i loro sensi? E io?

3 novembre.

Dio sa quante volte mi corico con il desiderio, anzi qualche volta con la speranza di non ridestarmi piú: e la mattina riapro gli occhi, rivedo il sole e sono sconsolato. Oh, se fossi un lunatico, se potessi dare la colpa al tempo, a qualcun altro, a una impresa fallita, almeno il peso insopportabile della malinconia

[59] Cfr. *La nouvelle Héloïse* (I, II): «Cent fois le jour je suis tenté de me jeter à vos pieds» (Cento volte al giorno sono tentato di gettarmi ai vostri piedi).

schlagene Unternehmung schieben, so würde die unerträgliche Last des Unwillens doch nur halb auf mir ruhen. Wehe mir! ich fühle zu wahr, daß an mir allein alle Schuld liegt – nicht Schuld! Genug, daß in mir die Quelle alles Elendes verborgen ist, wie ehemals die Quelle aller Seligkeiten. Bin ich nicht noch ebenderselbe, der ehemals in aller Fülle der Empfindung herumschwebte, dem auf jedem Tritte ein Paradies folgte, der ein Herz hatte, eine ganze Welt liebevoll zu umfassen? Und dies Herz ist jetzt tot, aus ihm fließen keine Entzückungen mehr, meine Augen sind trocken, und meine Sinne, die nicht mehr von erquickenden Tränen gelabt werden, ziehen ängstlich meine Stirn zusammen. Ich leide viel, denn ich habe verloren, was meines Lebens einzige Wonne war, die heilige, belebende Kraft, mit der ich Welten um mich schuf; sie ist dahin! – Wenn ich zu meinem Fenster hinaus an den fernen Hügel sehe, wie die Morgensonne über ihn her den Nebel durchbricht und den stillen Wiesengrund bescheint, und der sanfte Fluß zwischen seinen entblätterten Weiden zu mir herschlängelt, – o! wenn da diese herrliche Natur so starr vor mir steht wie ein lackiertes Bildchen, und alle die Wonne keinen Tropfen Seligkeit aus meinem Herzen herauf in das Gehirn pumpen kann, und der ganze Kerl vor Gottes Angesicht steht wie ein versiegter Brunnen, wie ein verlechter[192] Eimer. Ich habe mich oft auf den Boden geworfen und Gott um Tränen gebeten, wie ein Ackersmann[193] um Regen, wenn der Himmel ehern[194] über ihm ist und um ihn die Erde verdürstet[195].

Aber, ach, ich fühle es, Gott gibt Regen und Sonnenschein nicht unserm ungestümen Bitten, und jene Zeiten, deren Andenken mich quält, warum waren sie so selig, als weil ich mit Geduld seinen Geist erwartete und die Wonne, die er über mich ausgoß, mit ganzem, innig dankbarem Herzen aufnahm!

[192] Parola antiquata per *rissig* (crepato). *Lechen* significa 'creparsi per aridità, secchezza'. L'immagine della fonte inaridita e del secchio è tratta dal Libro dell'Ecclesiaste 12.6.

[193] Forma antiquata per *Bauer* (contadino) e *Landwirt* (agricoltore).

[194] Deuteronomio 28.23. Nella traduzione di Lutero: «Dein Himmel, der über deinem Haupte ist, wird ehern sein».

[195] *verdurstet*.

non graverebbe tutto su me. Ahimè! sento invece anche troppo bene che sono io la colpa di tutto – ma non si tratta di colpa! Basta dire che in me è riposta la fonte di ogni miseria, come lo era un giorno la fonte di ogni felicità[60]. Non sono sempre io quello che un tempo era sospeso nella pienezza del sentimento, quello a cui a ogni passo si apriva un paradiso, che aveva un cuore pieno d'amore, capace di accogliere in sé il mondo intero? E ora questo cuore è morto, da lui non nasce piú estasi, i miei occhi sono asciutti e i miei sensi, non piú confortati dal beneficio delle lacrime, danno una piega tetra alla mia fronte. Soffro molto perché ho perduto l'unica beatitudine della mia esistenza, quella sacra, vivicante energia con la quale creavo dei mondi intorno a me! È finita per sempre! – Quando guardo fuori dalla finestra verso la collina lontana, mentre il sole penetra le nebbie mattutine che la circondano illuminando i prati tranquilli, e il dolce fiume volge verso di me il suo corso serpeggiando in mezzo ai salici spogli – oh! quando la magnifica natura mi sta davanti fredda come un quadretto laccato, e non v'è gioia che riesca a pompare una sola goccia di felicità dal cuore al cervello, questo povero diavolo se ne sta al cospetto di Dio come una fonte inaridita, come un secchio vuotato fino all'ultima goccia! Mi sono prostrato molte volte dinanzi a Dio e l'ho supplicato di concedermi le lacrime come un contadino invoca la pioggia, quando il cielo gli pesa addosso come fosse di piombo e la terra intorno a lui muore di sete.

Ma, ahimè, sento che Dio non concede la pioggia e il sole per le nostre impazienti preghiere e quei tempi il cui ricordo mi tormenta, perché erano cosí beati, se non perché attendevo pazientemente il Suo spirito e accoglievo la gioia che Egli infondeva in una piena, fervida, grata dedizione del cuore?

[60] Cosí scriveva Goethe già il 10 novembre 1767 a Behrisch: «Ah! Siamo noi la fonte di ogni piacere. Noi siamo i nostri demoni, siamo noi che ci cacciamo fuori dal paradiso».

Am 8. November.

Sie hat mir meine Exzesse vorgeworfen! Ach, mit so viel Liebenswürdigkeit! Meine Exzesse, daß ich mich manchmal von einem Glase Wein verleiten lasse, eine Bouteille zu trinken. – „Tun Sie es nicht!" sagte sie, „denken Sie an Lotten!" – „Denken!" sagte ich, „brauchen Sie mir das zu heißen? Ich denke! – ich denke nicht! Sie sind immer vor meiner Seele. Heute saß ich an dem Flecke, wo Sie neulich aus der Kutsche stiegen..." – Sie redete was anders, um mich nicht tiefer in den Text kommen zu lassen. Bester, ich bin dahin! sie kann mit mir machen, was sie will.

Am 15. November.

Ich danke dir, Wilhelm, für deinen herzlichen Anteil, für deinen wohlmeinenden Rat und bitte dich, ruhig zu sein. Laß mich ausdulden, ich habe bei aller meiner Müdseligkeit[196] noch Kraft genug durchzusetzen. Ich ehre die Religion, das weißt du, ich fühle, daß sie manchem Ermatteten Stab, manchem Verschmachtenden Erquickung ist. Nur – kann sie denn, muß sie denn das einem jeden sein? Wenn du die große Welt ansiehst, so siehst du Tausende, denen sie es nicht war, Tausende, denen sie es nicht sein wird, gepredigt oder ungepredigt, und muß sie mir es denn sein? Sagt nicht selbst der Sohn Gottes, daß die um ihn sein würden, die ihm der Vater gegeben hat? Wenn ich ihm nun nicht gegeben bin? Wenn mich nun der Vater für sich behalten will, wie mir mein Herz sagt? – Ich bitte dich, lege das nicht falsch aus; sieh nicht etwa Spott in diesen unschuldigen Worten; es ist meine ganze Seele, die ich dir vorlege; sonst wollte ich lieber, ich hätte geschwiegen: wie ich denn über alles das, wovon jedermann so wenig weiß als ich, nicht gern ein Wort verliere. Was ist es anders als Menschenschicksal, sein Maß auszuleiden, seinen Becher auszutrinken? – Und ward der Kelch dem Gott vom

[196] Neologismo di Goethe per *Müdigkeit* (stanchezza).

8 novembre.

Mi ha rimproverato i miei eccessi! Ah, e con quanta delicatezza! I miei eccessi, per cui qualche volta mi lascio indurre da un bicchiere di vino a bere un'intera bottiglia. – Non faccia cosí! – mi ha detto, – pensi a Lotte! – Pensare! – le ho risposto, – c'è bisogno che lei me lo dica? Pensare! – io non penso! Lei è sempre davanti alla mia anima. Oggi mi sono trattenuto in quel punto dove lei l'altro giorno è scesa dalla vettura –. Incominciò a parlare d'altro, per impedirmi di dire di piú. Mio caro, per me è finita! Lei può fare di me ciò che vuole.

15 novembre.

Ti ringrazio, Wilhelm, per il tuo cordiale interessamento, per i tuoi affettuosi consigli, e ti prego di stare tranquillo. Lasciami soffrire fino in fondo; sebbene mi senta sfinito, ho ancora forza sufficiente per resistere. Onoro la religione, tu lo sai, sento che può essere di sostegno a chi è spossato, di ristoro a chi ha perduto le forze. Solo – può esserlo proprio per tutti? Se ti guardi intorno nel mondo, quanto è grande, vedrai migliaia di uomini per i quali non lo è stata, migliaia, per i quali, predicata o no, non lo sarà mai, e dovrebbe esserlo proprio per me? Non lo dice persino il Figlio di Dio che intorno a lui ci saranno coloro che gli sono stati dati dal Padre[61]? E se io non gli fossi stato dato? Se il Padre mi volesse trattenere presso di sé, come mi dice il mio cuore? Ti prego, non mi fraintendere; non scorgere scherno in queste mie innocenti parole; è tutta la mia anima che ti metto davanti; altrimenti preferirei avere taciuto e del resto non mi piace perdere parole a proposito di cose delle quali io e gli altri sappiamo cosí poco. Che altro ha avuto l'uomo in sorte, se non soffrire la sua misura di dolori, se non vuotare fino in fondo il suo calice? – E se il calice è stato troppo amaro persino al Dio dei Cieli quando toccò

[61] Cfr. Giovanni 6.44 e 6.65.

Himmel auf seiner Menschenlippe zu bitter, warum soll ich großtun und mich stellen, als schmeckte er mir süß? Und warum sollte ich mich schämen, in dem schrecklichen Augenblick, da mein ganzes Wesen zwischen Sein und Nichtsein zittert, da die Vergangenheit wie ein Blitz über dem finstern Abgrunde der Zukunft leuchtet und alles um mich her versinkt und mit mir die Welt untergeht? Ist es da nicht die Stimme der ganz in sich gedrängten, sich selbst ermangelnden und unaufhaltsam hinabstürzenden Kreatur, in den innern Tiefen ihrer vergebens aufarbeitenden Kräfte zu knirschen: „Mein Gott! mein Gott! warum hast du mich verlassen?" Und sollt' ich mich des Ausdruckes schämen, sollte mir es vor dem Augenblicke bange sein, da ihm der nicht entging, der die Himmel zusammenrollt wie ein Tuch[197]?

Am 21. November.

Sie sieht nicht, sie fühlt nicht, daß sie ein Gift bereitet, das mich und sie zugrunde richten wird; und ich mit voller Wollust schlürfe den Becher aus, den sie mir zu meinem Verderben reicht. Was soll der gütige Blick, mit dem sie mich oft – oft? – nein, nicht oft, aber doch manchmal ansieht, die Gefälligkeit, womit sie einen unwillkürlichen Ausdruck meines Gefühls aufnimmt, das Mitleiden mit meiner Duldung, das sich auf ihrer Stirne zeichnet?

Gestern, als ich wegging, reichte sie mir die Hand und sagte: „Adieu, lieber Werther!" – Lieber Werther! Es war das erstemal, daß sie mich Lieber hieß, und es ging mir durch Mark und Bein. Ich habe es mir hundertmal wiederholt, und gestern nacht, da ich zu Bette gehen wollte und mit mir selbst allerlei schwatzte, sagte ich so auf einmal: „Gute Nacht, lieber Werther!" und mußte hernach selbst über mich lachen.

[197] Cfr. *Salmi* 104.2: «Tu stendi il cielo come una tenda». Nella *Bibbia* di Lutero: «Du breitest den Himmel wie einen Teppich». Cfr. anche Isaia 34.4: «... i cieli saranno arrotolati come un libro». Nella Bibbia di Lutero: «Der Himmel wird zusammengerollt werden».

le sue labbra mortali[62], perché io dovrei posare e fingere di trovarlo dolce? E perché dovrei vergognarmi, in questo terribile momento, in cui tutto il mio essere trema fra l'essere e il non essere[63], in cui il passato manda come un lampo di luce sui tenebrosi abissi del futuro e tutto crolla intorno a me e l'universo si inabissa insieme con me – che cosa può fare allora la voce della creatura angustiata, tolta a se stessa, precipitata in un baratro senza fondo, cosa può fare nell'intima profondità delle sue forze con cui invano tenta di salvarsi, se non urlare: – Mio Dio! mio Dio! perché mi hai abbandonato?[64] – E proprio io dovrei vergognarmi di queste parole, proprio io dovrei rifuggire inorridito da questo istante, se non poté sfuggirvi neppure Colui che arrotola i Cieli come un tappeto?

21 novembre.

Lei non vede, non sente che sta preparando un veleno che sarà la mia e la sua rovina e io, pieno di voluttà, vuoto il calice che mi porge per farmi morire. Che cosa significa quello sguardo benevolo con cui spesso – spesso? – no, non spesso, ma almeno talvolta mi guarda, la compiacenza con cui accoglie un'involontaria espressione del mio sentimento, la compassione per le mie sofferenze, che si disegna sulla sua fronte?

Ieri, quando me ne sono andato, mi ha teso la mano e mi ha detto: – *Adieu*, caro Werther! – Caro Werther! Era la prima volta che mi diceva caro, e ho sentito come un brivido fin nel midollo. Me lo sono ripetuto cento volte e questa notte mentre andavo a letto e chiacchieravo fra me un po' di tutto, all'improvviso mi sono detto: «Buona notte, caro Werther!» E dopo ho dovuto ridere di me stesso.

[62] Cfr. Matteo 26.39.
[63] Cfr. il celebre monologo di Amleto (*Amleto* III, 1).
[64] Cfr. Matteo 27.46.

Am 22. November.

Ich kann nicht beten: „Laß mir sie!" und doch kommt sie mir oft als die Meine[198] vor. Ich kann nicht beten: „Gib mir sie!" Denn sie ist eines andern. Ich witzle mich mit meinen Schmerzen herum; wenn ich mir's nachließe, es gäbe eine ganze Litanei von Antithesen.

Am 24. November.

Sie fühlt, was ich dulde. Heute ist mir ihr Blick tief durchs Herz gedrungen. Ich fand sie allein; ich sagte nichts, und sie sah mich an. Und ich sah nicht mehr in ihr die liebliche Schönheit, nicht mehr das Leuchten des trefflichen Geistes, das war alles vor meinen Augen verschwunden. Ein weit herrlicherer Blick wirkte auf mich, voll Ausdruck des innigsten Anteils, des süßesten Mitleidens. Warum durft' ich mich nicht ihr zu Füßen werfen? warum durft' ich nicht an ihrem Halse mit tausend Küssen antworten? Sie nahm ihre Zuflucht zum Klavier und hauchte mit süßer, leiser Stimme harmonische Laute zu ihrem Spiele. Nie habe ich ihre Lippen so reizend gesehn; es war, als wenn sie sich lechzend öffneten, jene süßen Töne in sich zu schlürfen, die aus dem Instrument hervorquollen, und nur der heimliche Widerschall aus dem reinen Munde zurückklänge – Ja wenn ich dir das so sagen könnte! – Ich widerstand nicht länger, neigte mich und schwur: Nie will ich es wagen, einen Kuß euch aufzudrücken, Lippen, auf denen die Geister des Himmels schweben. – Und doch – ich will – Ha! siehst du, das steht wie eine Scheidewand vor meiner Seele – diese Seligkeit – und dann untergegangen, diese Sünde abzubüßen – Sünde?

[198] *die Meinige.*

22 novembre[65].

Non posso pregare Dio di lasciarmela, eppure spesso mi sembra che mi appartenga. Non posso pregare Dio di concedermela perché appartiene a un altro. Mi diverto a scherzare coi miei dolori; ma se mi lasciassi andare, ne verrebbe tutta una litania di antitesi.

24 novembre.

Sente tutto quello che soffro. Oggi il suo sguardo mi è penetrato fino in fondo nel cuore. L'ho trovata sola; non ha detto niente e mi ha guardato. E io non ho piú visto in lei la bellezza e la grazia, non ho piú visto la luce del suo spirito squisito; tutto questo era scomparso ai miei occhi. Mi colpiva uno sguardo molto piú bello, pieno della piú fervida compassione e della piú dolce pietà. Perché non mi era concesso di gettarmi ai suoi piedi? Perché non potevo abbracciarla e risponderle con mille baci? Come per trovare un rifugio ha incominciato a suonare la spinetta accompagnando la musica con il suono armonioso della sua voce dolce e leggera. Mai le sue labbra mi erano sembrate cosí eccitanti. Sembrava che si aprissero avide di bere le dolci note che sgorgavano dal suo strumento e che dalla sua bocca pura ne venisse solo un'eco misteriosa – Oh, se sapessi dirti tutto questo! – Non ho resistito piú a lungo, mi sono chinato e ho giurato: Mai oserò deporre un bacio su queste labbra sulle quali aleggiano gli spiriti del cielo – Eppure – eppure lo voglio! – Ah! Vedi, c'è come un muro davanti alla mia anima – godere questa beatitudine e poi morire per espiare questo peccato – questo peccato?

[65] La lettera del 22 novembre è aggiunta alla seconda stesura.

Am 26. November.

Manchmal sag' ich mir: Dein Schicksal ist einzig; preise die übrigen glücklich – so ist noch keiner gequält worden. – Dann lese ich einen Dichter der Vorzeit, und es ist mir, als säh' ich in mein eignes Herz. Ich habe so viel auszustehen! Ach, sind denn Menschen vor mir schon so elend gewesen?

Am 30. November.

Ich soll, ich soll nicht zu mir selbst kommen! Wo ich hintrete, begegnet mir eine Erscheinung, die mich aus aller Fassung bringt. Heute! o Schicksal! o Menschheit!

Ich gehe an dem Wasser hin in der Mittagsstunde, ich hatte keine Lust zu essen. Alles war öde, ein naßkalter Abendwind blies vom Berge, und die grauen Regenwolken zogen das Tal hinein. Von fern seh' ich einen Menschen in einem grünen, schlechten Rocke, der zwischen den Felsen herumkrabbelte und Kräuter zu suchen schien. Als ich näher zu ihm kam und er sich auf das Geräusch, das ich machte, herumdrehte, sah ich eine gar interessante Physiognomie, darin eine stille Trauer den Hauptzug machte, die aber sonst nichts als einen geraden guten Sinn ausdrückte; seine schwarzen Haare waren mit Nadeln in zwei Rollen gesteckt, und die übrigen in einen starken Zopf geflochten, der ihm den Rücken herunter hing. Da mir seine Kleidung einen Menschen von geringem Stande zu bezeichnen schien, glaubte ich, er würde es nicht übelnehmen, wenn ich auf seine Beschäftigung aufmerksam wäre, und daher fragte ich ihn, was er suchte? – „Ich suche", antwortete er mit einem tiefen Seufzer, „Blumen – und finde keine." – „Das ist auch die Jahrszeit[199] nicht." sagte ich lächelnd. – „Es gibt so viele Blumen." sagte er, indem er zu mir herunterkam. „In meinem Garten sind Rosen und Jelängerjelieber zweierlei Sorten, eine hat mir mein Vater gegeben, sie wachsen wie Un-

[199] *Jahreszeit.*

26 novembre[66].

Talvolta mi dico: Il tuo destino è unico; vedi come sono felici gli altri – nessuno è mai stato tormentato cosí. Poi leggo un poeta dell'antichità e mi sembra che veda dentro il mio cuore. Quanto devo soffrire! Ah! ci sono stati prima di me uomini cosí sventurati?

30 novembre.

È mio destino non trovare mai pace! Ovunque vada, incontro qualcosa che mi sconvolge! Oggi! oh destino! oh umanità!

Andavo lungo il fiume verso mezzogiorno, non avevo voglia di mangiare. Tutto era desolato, un vento freddo e umido soffiava dai monti, e grige nuvole piovose risalivano la valle. Da lontano scorgo un uomo con una giacca verde e malandata che frugava in mezzo alle rocce e sembrava cercare qualche erba. Quando mi sono avvicinato a lui, sentendo il rumore che facevo, si è voltato, mi sono visto davanti una fisonomia molto interessante, nella quale il carattere principale era segnato da una calma tristezza, ma che per il resto esprimeva nient'altro che un animo buono e sincero. I suoi lunghi capelli neri erano appuntati con forcelle in due piccole crocchie e gli altri erano legati in una grossa treccia che gli scendeva lungo le spalle. Poiché il suo vestito mi sembrava quello di un uomo di bassa condizione, ho pensato che non se ne sarebbe avuto a male se guardavo quel che faceva e gli ho chiesto che cosa cercava. – Cerco dei fiori, – mi ha risposto con un profondo sospiro, – e non riesco a trovarne[67]. – Non è questa la stagione, – gli ho detto sorridendo. – Ci sono tanti fiori, – ha detto lui scendendo verso di me. – Nel mio giardino ci sono rose e caprifoglio di due specie diverse, una me l'ha regalata mio padre, e crescono

[66] La lettera del 26 novembre è aggiunta alla seconda stesura.
[67] Cfr. Ofelia in *Amleto*, IV, v.

kraut; ich suche schon zwei Tage darnach und kann sie nicht finden. Da haußen[200] sind auch immer Blumen, gelbe und blaue und rote, und das Tausendgüldenkraut hat ein schönes Blümchen. Keines kann ich finden." – Ich merkte was Unheimliches, und drum fragte ich durch einen Umweg: „Was will Er denn mit den Blumen?" – Ein wunderbares, zuckendes Lächeln verzog sein Gesicht. „Wenn Er mich nicht verraten will," sagte er, indem er den Finger auf den Mund drückte, „ich habe meinem Schatz einen Strauß versprochen." – „Das ist brav." sagte ich. – „O!" sagte er, „sie hat viel andere Sachen, sie ist reich." – „Und doch hat sie Seinen Strauß lieb." versetzte ich. – „O!" fuhr er fort, „sie hat Juwelen und eine Krone." – „Wie heißt sie denn?" – „Wenn mich die Generalstaaten[201] bezahlen wollten," versetzte er, „ich wär' ein anderer Mensch! Ja, es war einmal eine Zeit, da mir es so wohl war! Jetzt ist es aus mit mir. Ich bin nun..." Ein nasser Blick zum Himmel drückte alles aus. – „Er war also glücklich?" fragte ich. – „Ach ich wollte, ich wäre wieder so!" sagte er. „Da war mir es so wohl, so lustig, so leicht wie einem Fisch im Wasser!" – „Heinrich!" rief eine alte Frau, die den Weg herkam, „Heinrich, wo steckst du? Wir haben dich überall gesucht, komm zum Essen." – „Ist das Euer Sohn?" fragt' ich, zu ihr tretend. – „Wohl, mein armer Sohn!" versetzte sie. „Gott hat mir ein schweres Kreuz aufgelegt." – „Wie lange ist er so?" fragte ich. – „So stille", sagte sie, „ist er nun ein halbes Jahr. Gott sei Dank, daß er nur so weit ist, vorher war er ein ganzes Jahr rasend, da hat er an Ketten im Tollhause gelegen. Jetzt tut er niemand nichts, nur hat er immer mit Königen und Kaisern zu schaffen. Er war ein so guter, stiller Mensch, der mich ernähren half, seine schöne Hand schrieb[202], und auf

[200] Forma dialettale per *draußen* (fuori).

[201] Fino al 1795 denominazione dei Paesi Bassi, ritenuti allora una nazione molto ricca.

[202] L'espressione *eine schöne Hand schreiben* significa 'avere una bella calligrafia'. Goethe qui ricorda il giovane giurista affetto da disturbi mentali Clauer. Abitava nella casa dei genitori di Goethe dove lavorava come scrivano per la sua bella calligrafia.

come l'erba selvatica. Sono già due giorni che le cerco e non riesco a trovarle. Anche qui fuori ci sono sempre dei fiori, gialli, azzurri e rossi, e la genzianella fa un bel fiorellino. Io però non ne trovo. – Mi sono accorto che qualcosa non andava e per questo gli ho chiesto divagando: – Cosa vuol fare di questi fiori? – Uno strano sorriso convulso ha contratto il suo volto: – Se non lo dirà a nessuno, – ha detto mettendosi un dito sulle labbra, – ho promesso un mazzolino alla mia innamorata. – Che bella cosa, – gli ho risposto. – Oh, – ha detto, – lei ha anche molte altre cose, è ricca. – Eppure è contenta per il suo mazzolino, – gli ho risposto. – Oh! – ha continuato, – ha gioielli e una corona. – Come si chiama? – Se gli Stati Generali mi volessero pagare, – ha risposto, – sarei un altro uomo! Sí, c'è stato un tempo in cui mi sentivo cosí bene! Ora per me è finita. Oramai io sono... – Uno sguardo pieno di lacrime rivolto al cielo ha detto ogni cosa. – Dunque è stato felice? – gli ho chiesto. – Ah, vorrei poter essere di nuovo come allora! – mi ha detto. – Allora mi sentivo cosí bene, ero cosí allegro, cosí leggero come un pesce nell'acqua! – Heinrich! – ha gridato una vecchia che veniva giú per il sentiero, – Heinrich, dove sei? Ti abbiamo cercato dappertutto, vieni a mangiare! – È vostro figlio? – le ho chiesto avvicinandomi a lei. – Purtroppo, povero figlio mio! – ha risposto. Dio mi ha dato una croce molto pesante. – È molto che è cosí? – ho chiesto. – Cosí tranquillo, – mi ha risposto, – è oramai da circa sei mesi. Grazie a Dio che ora è cosí, prima per un anno intero è stato furioso e l'hanno tenuto legato al manicomio. Ora non fa niente a nessuno, solo ha sempre re e imperatori per la testa. Era un ragazzo cosí buono e tranquillo, che pensava a me, aveva una bellissima calligrafia, e ad un tratto si è fatto malinconico, è

einmal wird er tiefsinnig, fällt in ein hitziges Fieber[203], daraus in Raserei, und nun ist er, wie Sie ihn sehen. Wenn ich Ihnen erzählen sollte, Herr...“ – Ich unterbrach den Strom ihrer Worte mit der Frage: „Was war denn das für eine Zeit, von der er rühmt, daß er so glücklich, so wohl darin gewesen sei?“ – „Der törichte Mensch!“ rief sie mit mitleidigem Lächeln, „da meint er die Zeit, da er von sich war, das rühmt er immer; das ist die Zeit, da er im Tollhause war, wo er nichts von sich wußte.“ – Das fiel mir auf wie ein Donnerschlag, ich drückte ihr ein Stück Geld in die Hand und verließ sie eilend.

Da du glücklich warst! rief ich aus, schnell vor mich hin nach der Stadt zu gehend, da dir es wohl war wie einem Fisch im Wasser! – Gott im Himmel! hast du das zum Schicksale der Menschen gemacht, daß sie nicht glücklich sind, als ehe sie zu ihrem Verstande kommen und wenn sie ihn wieder verlieren! – Elender! und auch wie beneide ich deinen Trübsinn, die Verwirrung deiner Sinne, in der du verschmachtest! Du gehst hoffnungsvoll aus, deiner Königin Blumen zu pflücken – im Winter – und trauerst, da du keine findest, und begreifst nicht, warum du keine finden kannst. Und ich – und ich gehe ohne Hoffnung, ohne Zweck heraus und kehre wieder heim, wie ich gekommen bin. – Du wähnst, welcher Mensch du sein würdest, wenn die Generalstaaten dich bezahlten. Seliges Geschöpf, das den Mangel seiner Glückseligkeit einer irdischen Hindernis[204] zuschreiben kann! Du fühlst nicht, du fühlst nicht, daß in deinem zerstörten Herzen, in deinem zerrütteten Gehirne dein Elend liegt, wovon[205] alle Könige der Erde dir nicht helfen können.

Müsse der trostlos umkommen, der eines Kranken spottet, der nach der entferntesten Quelle reist, die seine Krankheit vermehren, sein Ausleben schmerzhafter machen wird! der sich über das bedrängte Herz erhebt, das, um seine Gewissensbisse loszuwerden und die Leiden seiner Seele abzutun,

[203] Nel tedesco del Settecento questa espressione, allora molto frequente, non significava soltanto ‘febbre alta’, ma anche ‘parossismo’, ‘delirio’, frenesia’.

[204] *eines irdischen Hindernisses*. Nel XVIII secolo il sostantivo neutro *Hindernis* poteva essere usato anche al genere femminile.

[205] *aus dem*. L’espressione *jemanden aus etwas helfen* significa ‘aiutare qualcuno a uscire da una situazione spiacevole’, ‘trarre da un impaccio’.

caduto in una eccitazione febbrile e infine è diventato furioso, e ora è ridotto come lei lo vede. Se potessi raccontarle, signore! – Ho interrotto il fiume delle sue parole chiedendole: – Cosa vuol dire quando parla di un tempo in cui era cosí felice e si sentiva cosí bene? – Povero pazzo! – ha esclamato con un pietoso sorriso, – vuol dire il tempo in cui era fuori di sé, ne parla sempre con entusiasmo; è il tempo in cui era al manicomio e non capiva piú nulla –. Queste parole mi hanno colpito come una folgore; le ho messo in mano una moneta e l'ho lasciata di corsa.

Allora tu eri felice! esclamavo ritornando solo e in tutta fretta in città. Allora ti sentivi come un pesce nell'acqua! – Dio del cielo! Come hai potuto dare un simile destino agli uomini che sono felici solo prima di aver la ragione o solo dopo averla perduta? – Infelice! eppure come invidio la tua tristezza, la confusione della mente nella quale ti struggi. Tu esci di casa pieno di speranza per cogliere fiori per la tua regina – in pieno inverno – e ti rattristi perché non ne trovi e non capisci perché non riesci a trovarne. E io – io esco senza speranza, senza scopo, e torno a casa cosí come ne sono uscito. – Tu vaneggi e pensi che uomo felice potresti essere se gli Stati Generali ti pagassero. Creatura fortunata, che puoi attribuire la tua infelicità a un impedimento terreno. Tu non senti! non senti che nel tuo cuore distrutto, nel tuo cervello sconvolto c'è la sventura dalla quale tutti i re della terra non potrebbero salvarti.

Possa morire dannato chi osa deridere il malato che fa un lungo viaggio fino alla sorgente lontana che potrà solo aumentare i suoi mali e rendere piú dolorosa la sua morte! o chi si crede superiore ad un cuore angustiato, che fa un pellegrinaggio al Santo Sepolcro per liberarsi dai rimorsi e porre fine alle

eine Pilgrimschaft nach dem heiligen Grabe tut. Jeder Fußtritt, der seine Sohlen auf ungebahntem Wege durchschneidet, ist ein Linderungstropfen der geängsteten Seele, und mit jeder ausgedauerten Tagereise legt sich das Herz um viele Bedrängnisse leichter nieder. – Und dürft ihr das Wahn nennen, ihr Wortkrämer auf euren Polstern? – Wahn! – O Gott! du siehst meine Tränen! Mußtest du, der du den Menschen arm genug erschufst, ihm auch Brüder zugeben, die ihm das bißchen Armut, das bißchen Vertrauen noch raubten, das er auf dich hat, auf dich, du Alliebender! Denn das Vertrauen zu einer heilenden Wurzel, zu den Tränen des Weinstockes, was ist es als Vertrauen zu dir, daß du in alles, was uns umgibt, Heil-und Linderungskraft gelegt hast, der wir so stündlich bedürfen? Vater, den ich nicht kenne! Vater, der sonst meine ganze Seele füllte und nun sein Angesicht von mir gewendet hat, rufe mich zu dir! Schweige nicht länger! Dein Schweigen wird diese dürstende[206] Seele nicht aufhalten – Und würde ein Mensch, ein Vater, zürnen können, dem sein unvermutet rückkehrender Sohn um den Hals fiele und riefe: „Ich bin wieder da, mein Vater! Zürne nicht, daß ich die Wanderschaft abbreche, die ich nach deinem Willen länger aushalten sollte. Die Welt ist überall einerlei, auf Mühe und Arbeit Lohn und Freude; aber was soll mir das? mir ist nur wohl, wo du bist, und vor deinem Angesichte will ich leiden und genießen.“ – Und du, lieber himmlischer Vater, solltest ihn von dir weisen?

Am 1. Dezember.

Wilhelm! Der Mensch, von dem ich dir schrieb, der glückliche Unglückliche, war Schreiber bei Lottens Vater, und eine Leidenschaft zu ihr, die er nährte, verbarg, entdeckte und worüber er aus dem Dienst geschickt wurde, hat ihn rasend gemacht. Fühle bei diesen trocknen Worten, mit welchem Un-

[206] Oggi: *durstende*.

sofferenze della sua anima! Ogni passo che gli lacera il piede per impervi sentieri è una goccia di ristoro per la sua anima oppressa, e dopo ogni giorno di viaggio il suo cuore riposa alleggerito di molti triboli. – E voi osate chiamare illusione tutto questo, voi mercanti di parole seduti sui vostri comodi cuscini? – Illusione! – O Dio! Tu vedi le mie lacrime! Perché tu, che hai creato l'uomo cosí misero, dovevi dargli per giunta dei fratelli che gli portano via quel po' di povertà, quel po' di fiducia che ha in te, che ha in te, o Amore infinito! Poiché la fede in una radice medicinale, nelle lacrime della vite, cosa altro è se non fede in te, che hai messo in tutto ciò che ci circonda una forza salutare e balsamica, di cui abbiamo sempre bisogno? Padre! Padre che non conosco! Padre che una volta riempivi tutta la mia anima e ora hai distolto il tuo volto da me, chiamami a te! Non tacere piú a lungo! Il tuo silenzio non potrà fermare quest'anima assetata. – E potrebbe mai adirarsi un uomo, un padre, al quale il figlio, che ritorna inaspettato, getta le braccia al collo gridando – Eccomi, padre mio, non essere in collera se ho interrotto il cammino che, secondo la tua volontà, avrei dovuto continuare piú a lungo. Il mondo è ovunque lo stesso, a fatica e lavoro seguono ricompensa e piacere; ma a me cosa importa di tutto questo? Io mi sento bene soltanto dove sei tu e voglio soffrire e godere soltanto al tuo cospetto –. E tu, amato Padre celeste, potresti cacciarmi lontano da te?

1° dicembre.

Wilhelm! L'uomo di cui ti ho scritto, il felice infelice, era uno scrivano del padre di Lotte. Una passione per lei, che prima ha nascosto e poi ha manifestato fino a perdere il posto, lo ha fatto impazzire. Immagina da queste mie scarne parole qua-

sinne mich die Geschichte ergriffen hat, da mir sie Albert ebenso gelassen erzählte, als du sie vielleicht liesest[207].

Am 4. Dezember.

Ich bitte dich – Siehst du, mit mir ist's aus, ich trag'[208] es nicht länger! Heute saß ich bei ihr – saß, sie spielte auf ihrem Klavier, mannigfaltige Melodien, und all den Ausdruck! all! – all! – Was willst du? – Ihr Schwesterchen putzte[209] ihre Puppe auf meinem Knie. Mir kamen die Tränen in die Augen. Ich neigte mich, und ihr Trauring fiel mir ins Gesicht – meine Tränen flossen – Und auf einmal fiel sie in die alte, himmelsüße Melodie ein, so auf einmal, und mir durch die Seele gehn ein Trostgefühl und eine Erinnerung des Vergangenen, der Zeiten, da ich das Lied gehört, der düstern Zwischenräume des Verdrusses, der fehlgeschlagenen Hoffnungen, und dann – Ich ging in der Stube auf und nieder, mein Herz erstickte unter dem Zudringen. – „Um Gottes willen," sagte ich, mit einem heftigen Ausbruch hin gegen sie fahrend[210], „um Gottes willen, hören Sie auf!" – Sie hielt und sah mich starr an. „Werther," sagte sie mit einem Lächeln, das mir durch die Seele ging, „Werther, Sie sind sehr krank, Ihre Lieblingsgerichte widerstehen[211] Ihnen. Gehen Sie! Ich bitte Sie, beruhigen Sie sich." – Ich riß mich von ihr weg und – Gott! du siehst mein Elend und wirst es enden.

Am 6. Dezember.

Wie mich die Gestalt verfolgt! Wachend und träumend füllt sie meine ganze Seele! Hier, wenn ich die Augen schlie-

[207] *liest.*
[208] *ertrage.*
[209] Il verbo *putzen* significa oggi 'pulire'. Nel XVIII secolo aveva il senso prevalente di 'agghindare', 'ornare' (*schmücken*).
[210] *auffahrend.*
[211] *sind Ihnen zuwider.* Il verbo *widerstehen* oggi significa in primo luogo 'resistere', 'opporsi', ma anche, come in questo caso, 'far schifo'.

le follia ha scatenato in me questa storia, quando Albert me l'ha raccontata con la stessa calma con cui tu forse l'hai letta.

4 dicembre.

Ti prego... Vedi, per me è finita, non ce la faccio piú! Oggi ero seduto accanto a lei – io ero seduto e lei suonava la spinetta, varie melodie e con tanta espressione! tanta! – tanta! – Che vuoi? – La sua sorellina vestiva la bambola sulle mie ginocchia. Mi sono venute le lacrime agli occhi. Mi sono chinato, e lo sguardo m'è caduto sul suo anello nuziale. – Cadevano le mie lacrime. – D'un tratto lei ha attaccato la vecchia, celeste e dolce melodia[68], cosí all'improvviso, e nell'anima mi è passato un sentimento di conforto e un ricordo del passato, dei tempi in cui avevo udito per la prima volta quella canzone, dei foschi intervalli di angoscia, delle speranze fallite, e allora... – Ho preso a camminare su e giú per la stanza, mi sentivo il cuore soffocare per l'emozione. – Per l'amor di Dio, – ho detto rivolgendomi a lei in uno scatto violento, – per l'amor di Dio la smetta! – Si è fermata e, guardandomi fissa con uno sguardo che mi ha attraversato l'anima, ha detto: – Werther, lei è molto ammalato, persino i suoi cibi preferiti le ripugnano. Vada ora! Ma la prego, si calmi –. Mi sono strappato a forza da lei e – Dio! Tu che vedi la mia miseria, falla finire!

6 dicembre.

Come mi perseguita la sua immagine! Nella veglia e nel sonno riempie tutta la mia anima. Qui, quando chiudo gli oc-

[68] È la melodia preferita di Lotte che aveva tanto affascinato Werther come si legge nella lettera del 16 luglio del primo libro.

Presenza fisica di Lotte nella sua testa!

ße, hier in meiner Stirne, wo die innere Sehkraft sich vereinigt, stehen ihre schwarzen Augen. Hier! ich kann dir es nicht ausdrücken. Mache ich meine Augen zu, so sind sie da; wie ein Meer, wie ein Abgrund ruhen sie vor mir, in mir, füllen die Sinne meiner Stirn.

Was ist der Mensch, der gepriesene Halbgott! Ermangeln ihm nicht eben da die Kräfte, wo er sie am nötigsten braucht? Und wenn er in Freude sich aufschwingt oder im Leiden versinkt, wird er nicht in beiden eben da aufgehalten, eben da zu dem stumpfen, kalten Bewußtsein wieder zurückgebracht, da er sich in der Fülle des Unendlichen zu verlieren sehnte?

DER HERAUSGEBER AN DEN LESER

Wie sehr wünscht' ich, daß uns von den letzten merkwürdigen[212] Tagen unsers[213] Freundes so viel eigenhändige Zeugnisse übrig geblieben wären, daß ich nicht nötig hätte, die Folge seiner hinterlaßnen[214] Briefe durch Erzählung zu unterbrechen.

Ich habe mir angelegen sein lassen, genaue Nachrichten aus dem Munde derer zu sammeln, die von seiner Geschichte wohl unterrichtet sein konnten; sie ist einfach, und es kommen alle Erzählungen davon bis auf wenige Kleinigkeiten miteinander überein; nur über die Sinnesarten der handelnden Personen sind die Meinungen verschieden und die Urteile geteilt.

Was bleibt uns übrig, als dasjenige, was wir mit wiederholter Mühe erfahren können, gewissenhaft zu erzählen, die von dem Abscheidenden hinterlaßnen Briefe einzuschalten und das kleinste aufgefundene Blättchen nicht gering zu achten; zumal da es so schwer ist, die eigensten, wahren Triebfedern

[212] Cfr. nota 163.
[213] *unseres.*
[214] *hinterlassenen.*

chi, qui nella mia fronte, dove si raccoglie l'interiore forza del vedere, ci sono i suoi occhi neri. Qui! Non so come dirlo, basta che chiuda gli occhi e li vedo in me, come un mare, come un abisso sono davanti a me, dentro di me, colmano i sensi della mia fronte.

Cos'è dunque l'uomo, che si vanta di essere un semidio! Non gli vengono meno le forze proprio nel momento in cui ne avrebbe maggior bisogno? Sia che prenda il volo nella gioia o si inabissi nel dolore, non viene in ogni caso trattenuto, non viene riportato alla fredda e ottusa coscienza, proprio quando sogna di perdersi nella pienezza dell'infinito?

L'EDITORE AL LETTORE

Quanto avrei desiderato che degli ultimi memorabili giorni del nostro amico ci fossero rimaste tante testimonianze di sua mano da non dovere interrompere con un racconto la serie delle lettere che ci ha lasciato!

Ho fatto del mio meglio per raccogliere notizie precise dalla bocca di coloro che potevano essere meglio informati della sua storia. Questa è molto semplice, e tutte le testimonianze concordano fra loro salvo che in pochi particolari; solo sullo stato d'animo dei vari personaggi le opinioni sono diverse e i giudizi contrastanti.

Che altro ci resta da fare se non riportare scrupolosamente quello che abbiamo potuto apprendere con assidua premura, inserirvi le lettere rimaste del defunto e non trascurare nemmeno il piú piccolo foglietto che sia stato trovato? Tanto piú che è cosí difficile scoprire i veri e propri motivi anche di una

auch nur einer einzelnen Handlung zu entdecken, wenn sie unter Menschen vorgeht, die nicht gemeiner Art sind.

Unmut und Unlust hatten in Werthers Seele immer tiefer Wurzel geschlagen, sich fester untereinander verschlungen und sein ganzes Wesen nach und nach eingenommen. Die Harmonie seines Geistes war völlig zerstört, eine innerliche Hitze und Heftigkeit, die alle Kräfte seiner Natur durcheinanderarbeitete, brachte die widrigsten Wirkungen hervor und ließ ihm zuletzt nur eine Ermattung übrig, aus der er noch ängstlicher empor strebte, als er mit allen Übeln bisher gekämpft hatte. Die Beängstigung seines Herzens zehrte die übrigen Kräfte seines Geistes, seine Lebhaftigkeit, seinen Scharfsinn auf, er ward ein trauriger Gesellschafter, immer unglücklicher, und immer ungerechter, je unglücklicher er ward. Wenigstens sagen dies Alberts Freunde; sie behaupten, daß Werther einen reinen, ruhigen Mann, der nun eines lang gewünschten Glückes teilhaftig geworden, und sein Betragen, sich dieses Glück auch auf die Zukunft zu erhalten, nicht habe beurteilen können, er, der gleichsam mit jedem Tage sein ganzes Vermögen verzehrte, um an dem Abend zu leiden und zu darben. Albert, sagen sie, hatte sich in so kurzer Zeit nicht verändert, er war noch immer derselbige, den Werther so vom Anfang her kannte, so sehr schätzte und ehrte. Er liebte Lotten über alles, er war stolz auf sie und wünschte sie auch von jedermann als das herrlichste Geschöpf anerkannt zu wissen. War es ihm daher zu verdenken, wenn er auch jeden Schein des Verdachtes abzuwenden wünschte, wenn er in dem Augenblicke mit niemand diesen köstlichen Besitz auch auf die unschuldigste Weise zu teilen Lust hatte? Sie gestehen ein, daß Albert oft das Zimmer seiner Frau verlassen, wenn Werther bei ihr war, aber nicht aus Haß noch Abneigung gegen seinen Freund, sondern nur weil er gefühlt habe, daß dieser von seiner Gegenwart gedrückt sei.

Lottens Vater war von einem Übel befallen worden, das ihn in der Stube hielt, er schickte ihr seinen Wagen, und sie fuhr hinaus. Es war ein schöner Wintertag, der erste Schnee war stark gefallen und deckte die ganze Gegend.

singola azione, quando accada tra persone di non comune natura.

Tedio e malinconia avevano messo radici sempre piú profonde nell'anima di Werther, si erano intrecciati sempre piú strettamente fra loro e avevano a poco a poco occupato tutto il suo essere. Ne era stata completamente distrutta l'armonia del suo spirito; una eccitazione e una violenza interiori, che avevano sconvolto tutte le forze della sua natura, provocarono gli effetti piú riprovevoli e lo lasciarono infine in una spossatezza dalla quale tentava di risollevarsi, ma con una angoscia ancora piú grande di quella che aveva provato fino ad allora nel combattere tutti i suoi mali. Lo sgomento del cuore consumava tutte le forze del suo spirito, la sua vivacità, la sua intelligenza; era diventato un triste compagno, sempre piú infelice e sempre piú ingiusto quanto piú si sentiva infelice. Questo almeno lo dicono gli amici di Albert; essi sostengono che Werther non era in grado di giudicare quest'uomo retto e tranquillo, che aveva finalmente raggiunto una felicità a lungo desiderata, e nemmeno poteva farsi giudice del suo modo di volerla conservare anche per l'avvenire, lui, che ogni giorno dava fondo a tutto ciò che possedeva e arrivava alla sera povero e dolorante. Albert, dicono, non era cambiato in un tempo cosí breve, era sempre quello che Werther conosceva sin da principio e che tanto stimava e onorava. Amava Lotte sopra ogni cosa, era fiero di lei, e desiderava anche che fosse riconosciuta da tutti come la piú meravigliosa delle creature. Gli si poteva perciò fare un rimprovero se desiderava allontanare da lei anche l'ombra di un sospetto e non aveva voglia in quel momento di spartire questo bene prezioso con nessuno, neanche nel piú innocente dei modi? Ammettono che Albert abbandonasse spesso il salotto della moglie, quando Werther era con lei, ma non per odio o per antipatia verso l'amico, ma perché si era reso conto che questi si sentiva oppresso dalla sua presenza.

Il padre di Lotte era stato colto da una leggera malattia che lo costringeva a letto, le aveva mandato la sua carrozza e lei era andata a trovarlo. Era una bella giornata d'inverno, la prima neve era caduta abbondantemente e copriva tutta la campagna.

Werther ging ihr den andern Morgen nach, um, wenn Albert sie nicht abzuholen käme, sie hereinzubegleiten.

Das klare Wetter konnte wenig auf sein trübes Gemüt wirken, ein dumpfer Druck lag auf seiner Seele, die traurigen Bilder hatten sich bei ihm festgesetzt, und sein Gemüt kannte keine Bewegung als von einem schmerzlichen Gedanken zum andern.

Wie er mit sich in ewigem Unfrieden lebte, schien ihm auch der Zustand andrer nur bedenklicher und verworrner, er glaubte, das schöne Verhältnis zwischen Albert und seiner Gattin gestört zu haben, er machte sich Vorwürfe darüber, in die sich ein heimlicher Unwille gegen den Gatten mischte.

Seine Gedanken fielen auch unterwegs auf diesen Gegenstand. „Ja, ja," sagte er zu sich selbst, mit heimlichem Zähneknirschen, „das ist der vertraute, freundliche, zärtliche, an allem teilnehmende Umgang, die ruhige, dauernde Treue! Sattigkeit ist's und Gleichgültigkeit! Zieht ihn nicht jedes elende Geschäft mehr an als die teure, köstliche Frau? Weiß er sein Glück zu schätzen? Weiß er sie zu achten, wie sie es verdient? Er hat sie, nun gut, er hat sie – Ich weiß das, wie ich was anders auch weiß, ich glaube an den Gedanken gewöhnt zu sein, er wird mich noch rasend machen, er wird mich noch umbringen – Und hat denn die Freundschaft zu mir Stich gehalten[215]? Sieht er nicht in meiner Anhänglichkeit an Lotten schon einen Eingriff in seine Rechte, in meiner Aufmerksamkeit für sie einen stillen Vorwurf? Ich weiß es wohl, ich fühl' es, er sieht mich ungern, er wünscht meine Entfernung, meine Gegenwart ist ihm beschwerlich[216]."

Oft hielt er seinen raschen Schritt an, oft stand er stille und schien umkehren zu wollen; allein er richtete seinen Gang immer wieder vorwärts und war mit diesen Gedanken und Selbstgesprächen endlich gleichsam wider Willen bei dem Jagdhause angekommen.

[215] Espressione oggi diffusa soprattutto in Austria per *sich bewähren*: 'resistere', 'reggere'.

[216] L'aggettivo *beschwerlich*, che significa in primo luogo 'gravoso', 'faticoso' e 'disagevole', ha qui il senso di *lästig* (noioso, seccante) e *unbequem* (importuno, spiacevole).

Werther la seguí la mattina successiva per riaccompagnarla a casa se Albert non fosse andato a prenderla.

Il tempo sereno non ebbe alcun effetto sul suo umore tetro e malinconico, un cupo senso di oppressione occupava la sua anima, le immagini piú tristi erano ormai padrone di lui e la sua mente conosceva solo il movimento che andava da un pensiero doloroso ad un altro.

Poiché era sempre insoddisfatto di sé, gli sembrava che anche le condizioni degli altri fossero tanto piú penose e preoccupanti; era convinto di aver turbato la bella armonia che c'era fra Albert e sua moglie e se ne faceva un rimprovero, nel quale c'era anche un segreto rancore verso il marito.

Anche lungo la strada i suoi pensieri ritornarono su questo argomento. «Sí, sí, – diceva a se stesso stringendo inconsciamente i denti – questi sono i rapporti fidati, amichevoli, delicati, questa la simpatia, questa la fedeltà serena e costante! Non sono altro che sazietà e indifferenza! Forse che il piú miserabile affare non ha piú attrattiva per lui di questa donna cara e preziosa? Forse che sa valutare la sua fortuna? Sa stimarla quanto essa merita? La possiede, va bene, la possiede – lo so, come so anche tante altre cose, credo di essermi abituato a quest'idea, mi farà impazzire, mi farà morire. – E ha resistito alla prova l'amicizia che aveva per me? Non vede già nel mio attaccamento per Lotte una offesa alle sue prerogative, nelle mie attenzioni per lei un muto rimprovero? Lo so benissimo, lo sento, non mi vede volentieri, la mia presenza gli dà fastidio».

Spesso frenava il suo rapido passo, spesso si fermava e pareva che volesse tornare indietro; invece riprendeva sempre il cammino e alla fine, con questi pensieri e con questi monologhi, arrivò, quasi contro voglia, alla casa di caccia.

Er trat in die Tür, fragte nach dem Alten und nach Lotten, er fand das Haus in einiger Bewegung. Der älteste Knabe sagte ihm, es sei drüben in Wahlheim ein Unglück geschehn, es sei ein Bauer erschlagen worden! – Es machte das weiter keinen Eindruck auf ihn. – Er trat in die Stube und fand Lotten beschäftigt, dem Alten zuzureden, der ungeachtet seiner Krankheit hinüber wollte, um an Ort und Stelle die Tat zu untersuchen. Der Täter war noch unbekannt, man hatte den Erschlagenen des Morgens vor der Haustür gefunden, man hatte Mutmaßungen: der Entleibte[217] war Knecht einer Witwe, die vorher einen andern im Dienste gehabt, der mit Unfrieden aus dem Hause gekommen war.

Da Werther dieses hörte, fuhr er mit Heftigkeit auf. – „Ist's möglich!" rief er aus, „ich muß hinüber, ich kann nicht einen Augenblick ruhn." – Er eilte nach Wahlheim zu, jede Erinnerung ward ihm lebendig, und er zweifelte nicht einen Augenblick, daß jener Mensch die Tat begangen, den er so manchmal gesprochen, der ihm so wert geworden war.

Da er durch die Linden mußte, um nach der Schenke zu kommen, wo sie den Körper hingelegt hatten, entsetzt' er sich vor dem sonst so geliebten Platze. Jene Schwelle, worauf die Nachbarskinder so oft gespielt hatten, war mit Blut besudelt. Liebe und Treue, die schönsten menschlichen Empfindungen, hatten sich in Gewalt und Mord verwandelt. Die starken Bäume standen ohne Laub und bereift, die schönen Hecken, die sich über die niedrige Kirchhofmauer wölbten, waren entblättert, und die Grabsteine sahen mit Schnee bedeckt durch die Lücken hervor.

Als er sich der Schenke näherte, vor welcher das ganze Dorf versammelt war, entstand auf einmal ein Geschrei. Man erblickte von fern einen Trupp bewaffneter Männer, und ein jeder rief, daß man den Täter herbeiführe. Werther sah hin und blieb nicht lange zweifelhaft. Ja, es war der Knecht, der jene Witwe so sehr liebte, den er vor einiger Zeit mit dem stil-

[217] Forma antiquata per *der Ermordete* (l'assassinato). Letteralmente: colui al quale è stato tolto il corpo *(der Leib)*.

Entrò, chiese del vecchio e di Lotte e trovò la casa in una certa agitazione. Il piú grande dei ragazzi gli raccontò che su a Wahlheim era successa una disgrazia, un contadino era stato ammazzato! – La notizia non gli fece molta impressione. – Entrò nella stanza e trovò Lotte che tentava di dissuadere il vecchio il quale nonostante la sua malattia voleva andare sul posto per fare un'inchiesta su quello che era successo. Il colpevole era ancora sconosciuto; l'ucciso era stato trovato di mattina davanti alla porta di casa, e si facevano soltanto supposizioni: il morto lavorava in casa di una vedova, la quale prima aveva avuto a servizio un altro garzone, che era stato cacciato via in malo modo.

Quando Werther sentí questo racconto, saltò su tutto agitato. – È mai possibile! – esclamò, – bisogna che vada anch'io, non posso aspettare un momento –. Corse a Wahlheim, in lui si ridestò ogni ricordo e non aveva il minimo dubbio che il delitto fosse stato commesso dall'uomo col quale aveva frequentemente parlato e che gli stava tanto a cuore.

Quando, per arrivare alla locanda dove avevano deposto il cadavere, dovette passare in mezzo ai tigli, provò orrore per quel luogo altrimenti amato. La soglia, sulla quale i bambini del vicinato avevano giocato tante volte, era imbrattata di sangue[69]. Amore e fedeltà, i sentimenti piú belli dell'uomo, si erano tramutati in violenza e omicidio. I forti alberi erano senza foglie e coperti di brina, le belle siepi, che si inarcavano al di sopra del basso muricciolo del cimitero, erano spoglie e attraverso i rami si vedevano le tombe coperte di neve.

Mentre si avvicinava all'osteria davanti alla quale era riunito tutto il villaggio, si sentirono d'un tratto delle grida. Si vedeva da lontano un gruppo di uomini armati che si avvicinavano, e tutti gridavano che il colpevole era stato arrestato. Werther guardò in quella direzione e i suoi dubbi furono dissipati. Sí! era proprio il garzone che amava tanto la vedova e che qualche tempo prima aveva incontrato mentre andava in

[69] Cfr. nota 39.

len Grimme, mit der heimlichen[218] Verzweiflung umhergehend angetroffen hatte.

„Was hast du begangen, Unglücklicher!“ rief Werther aus, indem er auf den Gefangnen losging. – Dieser sah ihn still an, schwieg und versetzte endlich ganz gelassen: „Keiner wird sie haben, sie wird keinen haben.“ – Man brachte den Gefangnen in die Schenke, und Werther eilte fort.

Durch die entsetzliche, gewaltige Berührung war alles, was in seinem Wesen lag, durcheinandergeschüttelt worden. Aus seiner Trauer, seinem Mißmut, seiner gleichgültigen Hingegebenheit[219] wurde er auf einen Augenblick herausgerissen; unüberwindlich bemächtigte sich die Teilnehmung seiner, und es ergriff ihn eine unsägliche Begierde, den Menschen zu retten. Er fühlte ihn so unglücklich, er fand ihn als Verbrecher selbst so schuldlos, er setzte sich so tief in seine Lage, daß er gewiß glaubte, auch andere davon zu überzeugen. Schon wünschte er für ihn sprechen zu können, schon drängte sich der lebhafteste Vortrag nach seinen Lippen, er eilte nach dem Jagdhause und konnte sich unterwegs nicht enthalten, alles das, was er dem Amtmann vorstellen wollte, schon halblaut auszusprechen.

Als er in die Stube trat, fand er Alberten gegenwärtig, dies verstimmte ihn einen Augenblick; doch faßte er sich bald wieder und trug dem Amtmann feurig seine Gesinnungen vor. Dieser schüttelte einigemal den Kopf, und obgleich Werther mit der größten Lebhaftigkeit, Leidenschaft und Wahrheit alles vorbrachte, was ein Mensch zur Entschuldigung eines Menschen sagen kann, so war doch, wie sich's leicht denken läßt, der Amtmann dadurch nicht gerührt. Er ließ vielmehr unsern Freund nicht ausreden, widersprach ihm eifrig und tadelte ihn, daß er einen Meuchelmörder in Schutz nehme; er zeigte ihm, daß auf diese Weise jedes Gesetz aufgehoben, alle Sicherheit des Staats zugrund gerichtet werde; auch setzte er hinzu, daß er in einer solchen Sache nichts tun könne, ohne

[218] L'aggettivo *heimlich*, che nella lettera del 26 maggio significava 'intimo' e 'accogliente', ha qui il senso di 'segreto' e 'recondito' (*geheim*).

[219] Il sostantivo *Hingegebenheit* (rassegnazione) deriva dal verbo *sich hingeben*: 'sacrificarsi', 'abbandonarsi'.

giro oppresso da un sordo rancore e da una cieca disperazione.

– Che cosa hai fatto, sciagurato! – esclamò Werther andando verso il prigioniero. Questi lo guardò tranquillo, tacque dapprima e poi gli rispose con grande calma: – Nessuno deve averla e lei non avrà nessuno –. Portarono l'arrestato dentro l'osteria e Werther andò via in gran fretta.

Questo incontro terribile e violento aveva sconvolto tutto il suo essere. Per un momento fu strappato alla sua tristezza, alla sua depressione, alla sua apatica rassegnazione. Un empito irresistibile di partecipazione si era impossessato di lui e fu preso da un indicibile desiderio di salvare quell'uomo. Sentiva cosí profondamente la sua infelicità, persino come assassino gli sembrava cosí innocente, si metteva nella sua situazione con tanta intensità, che era convinto di poter persuadere anche gli altri. Già desiderava di poter parlare in suo favore e già aveva sulle labbra la perorazione piú appassionata; tornò di corsa alla casa di caccia e lungo la strada non poté trattenersi dal pronunciare a mezza voce tutto quello che voleva esporre al podestà.

Quando entrò nella stanza vi trovò anche Albert. Questo lo disturbò per un momento; ma subito dopo riprese animo ed espose con gran fuoco al podestà il suo pensiero. Questi scosse un paio di volte la testa, e sebbene Werther dicesse con la piú grande vivacità, passione e sincerità tutto quello che un uomo può dire in difesa di un altro, il podestà, come è facile immaginare, non ne fu affatto commosso. Anzi non permise neanche che il nostro amico finisse il suo discorso e lo contraddisse rimproverandolo di prendere le difese di un assassino! Gli fece presente che in questa maniera ogni legge sarebbe stata abolita e la stessa sicurezza dello stato distrutta e infine aggiunse che in una simile faccenda non poteva far nulla senza assumer-

sich die größte Verantwortung aufzuladen, es müsse alles in der Ordnung, in dem vorgeschriebenen Gang gehen.

Werther ergab sich noch nicht, sondern bat nur, der Amtmann möchte durch die Finger sehn[220], wenn man dem Menschen zur Flucht behülflich wäre! Auch damit wies ihn der Amtmann ab. Albert, der sich endlich ins Gespräch mischte, trat auch auf des Alten Seite. Werther wurde überstimmt, und mit einem entsetzlichen Leiden machte er sich auf den Weg, nachdem ihm der Amtmann einigemal gesagt hatte: „Nein, er ist nicht zu retten!"

Wie sehr ihm diese Worte aufgefallen sein müssen, sehn wir aus einem Zettelchen, das sich unter seinen Papieren fand und das gewiß an dem nämlichen Tage geschrieben worden:

„Du bist nicht zu retten, Unglücklicher! ich sehe wohl, daß wir nicht zu retten sind."

Was Albert zuletzt über die Sache des Gefangenen in Gegenwart des Amtmanns gesprochen, war Werthern höchst zuwider gewesen: er glaubte einige Empfindlichkeit gegen sich darin bemerkt zu haben, und wenn gleich bei mehrerem[221] Nachdenken seinem Scharfsinne nicht entging, daß beide Männer recht haben möchten, so war es ihm doch, als ob er seinem innersten Dasein entsagen müßte, wenn er es gestehen, wenn er es zugeben sollte.

Ein Blättchen, das sich darauf bezieht, das vielleicht sein ganzes Verhältnis zu Albert ausdrückt, finden wir unter seinen Papieren:

„Was hilft es, daß ich mir's sage und wieder sage, er ist brav und gut, aber es zerreißt mir mein inneres Eingeweide; ich kann nicht gerecht sein."

[220] La locuzione *durch die Finger sehen* (letteralmente: vedere attraverso le dita) corrisponde all'italiano 'chiudere un occhio' nel senso di 'essere indulgenti' (*nachsichtig sein*).

[221] *tieferem*.

si le piú gravi responsabilità e che tutto doveva seguire in buon ordine la procedura stabilita.

Werther però non si dava ancora per vinto e chiese al podestà di chiudere almeno un occhio, se qualcuno avesse aiutato quell'uomo a fuggire. Albert, che finalmente entrò nella conversazione, si mise dalla parte del vecchio. Werther fu messo in minoranza e con terribile dolore riprese la sua via, dopo che il podestà gli ebbe detto piú volte: – No, non può essere salvato!

Quanto devono averlo colpito queste parole, lo si vede da questo biglietto che è stato trovato fra le sue carte e che certamente fu scritto in quello stesso giorno:

«No, non puoi essere salvato, infelice! Lo vedo anch'io, che non possiamo essere salvati».

Quello che Albert aveva detto da ultimo in presenza del podestà a proposito dell'arrestato aveva profondamente disgustato Werther che aveva creduto di scorgervi anche un certo risentimento nei suoi confronti e, sebbene dopo una certa riflessione alla sua intelligenza non sfuggisse che in fondo i due uomini avevano ragione, gli sembrava tuttavia che ammetterlo, confessarlo, sarebbe stato come rinnegare la sua piú intima essenza.

Un foglietto che si riferisce a questo sentimento e che forse caratterizza tutti i suoi rapporti con Albert, lo troviamo fra le sue carte:

«A che giova che io me lo dica e me lo ripeta, che è un uomo retto e buono, se dilania le mie piú intime viscere; non riesco a essere giusto con lui».

Weil es ein gelinder Abend war und das Wetter anfing, sich zum Tauen zu neigen, ging Lotte mit Alberten zu Fuße zurück. Unterwegs sah sie sich hier und da um, eben als wenn sie Werthers Begleitung vermißte. Albert fing von ihm an zu reden, er tadelte ihn, indem er ihm Gerechtigkeit widerfahren ließ. Er berührte seine unglückliche Leidenschaft und wünschte, daß es möglich sein möchte, ihn zu entfernen. – „Ich wünsch' es auch um unsertwillen," sagt' er, „und ich bitte dich," fuhr er fort, „siehe zu, seinem Betragen gegen dich eine andere Richtung zu geben, seine öftern Besuche zu vermindern. Die Leute werden aufmerksam, und ich weiß, daß man hier und da drüber gesprochen hat." – Lotte schwieg, und Albert schien ihr Schweigen empfunden zu haben, wenigstens seit der Zeit erwähnte er Werthers nicht mehr gegen sie, und wenn sie seiner erwähnte, ließ er das Gespräch fallen oder lenkte es woanders hin.

Der vergebliche Versuch, den Werther zur Rettung des Unglücklichen gemacht hatte, war das letzte Auflodern der Flamme eines verlöschenden Lichtes; er versank nur desto tiefer in Schmerz und Untätigkeit; besonders kam er fast außer sich, als er hörte, daß man ihn vielleicht gar zum Zeugen gegen den Menschen, der sich nun aufs Leugnen legte, auffordern könnte.

Alles was ihm Unangenehmes jemals in seinem wirksamen[222] Leben begegnet war, der Verdruß bei der Gesandtschaft, alles was ihm sonst mißlungen war, was ihn je gekränkt hatte, ging in seiner Seele auf und nieder. Er fand sich durch alles dieses wie zur Untätigkeit berechtigt, er fand sich abgeschnitten von aller Aussicht, unfähig, irgendeine Handhabe zu ergreifen, mit denen man die Geschäfte des gemeinen Lebens anfaßt; und so rückte er endlich, ganz seiner wunderbaren Empfindung, Denkart und einer endlosen Leidenschaft hingegeben, in dem ewigen Einerlei eines traurigen Umgangs mit dem liebenswürdigen und geliebten Geschöpfe, dessen Ruhe er störte, in seine Kräfte stürmend, sie ohne Zweck und Aussicht abarbeitend, immer einem traurigen Ende näher.

[222] *tätigen*. L'aggettivo *wirksam* oggi significa 'efficace'.

Siccome la serata era mite e il tempo incominciava a volgersi al disgelo, Lotte ritornò a piedi con Albert. Lungo la strada si voltava indietro ogni tanto, come se sentisse la mancanza di Werther. Albert incominciò a parlare di lui, biasimandolo, ma rendendogli insieme giustizia. Alluse anche alla sua passione infelice ed espresse il desiderio che fosse possibile allontanarlo. – Lo desidero anche per noi, – disse, – e ti prego, – continuò, – vedi se puoi cambiare in qualche modo il suo contegno verso di te, se puoi diminuire le sue continue visite. La gente se ne è già accorta e so che qua e là si sono fatti dei discorsi a questo proposito –. Lotte non rispose e sembrò che Albert comprendesse il suo silenzio; per lo meno da allora non parlò piú di Werther con lei, e se lei lo nominava lui lasciava cadere il discorso o gli dava un altro indirizzo.

Il vano tentativo che Werther aveva fatto per la salvezza di quello sciagurato, fu l'ultimo guizzo della fiamma di una lampada che si spegne. Da quel momento cadde ancor piú profondamente nel suo dolore e nella sua inerzia e soprattutto uscí quasi di senno, quando sentí che lo avrebbero potuto citare come teste contro quell'uomo che all'improvviso si era messo a negare la sua colpa.

Tutto quello che gli era successo di sgradevole nella sua vita attiva, lo scandalo all'ambasciata, tutto quello che non gli era riuscito, che lo aveva fatto soffrire, passava e ripassava nella sua mente. Gli sembrava che tutto questo giustificasse la sua inerzia, che fosse tagliato fuori da ogni prospettiva, incapace di compiere uno qualsiasi dei gesti coi quali si risolvono le faccende della vita quotidiana. E cosí, completamente abbandonato alla sua singolare sensibilità, al suo modo di pensare e alla sua passione senza fine, nell'eterna monotonia di un rapporto cosí doloroso con quell'amabile e amata creatura, della quale distruggeva la pace, dando l'assalto alle proprie energie e consumandole senza scopo e ragione, si avvicinava sempre piú alla sua triste fine.

Von seiner Verworrenheit, Leidenschaft, von seinem rastlosen Treiben und Streben, von seiner Lebensmüde[223] sind einige hinterlaßne Briefe die stärksten Zeugnisse, die wir hier einrücken wollen.

„Am 12. Dezember.

Lieber Wilhelm, ich bin in einem Zustande, in dem jene Unglücklichen gewesen sein müssen, von denen man glaubte, sie würden von einem bösen Geiste umhergetrieben. Manchmal ergreift mich's; es ist nicht Angst, nicht Begier[224] – es ist ein inneres, unbekanntes Toben, das meine Brust zu zerreißen droht, das mir die Gurgel zupreßt! Wehe! wehe! und dann schweife ich umher in den furchtbaren nächtlichen Szenen dieser menschenfeindlichen Jahrszeit.

Gestern abend mußte ich hinaus. Es war plötzlich Tauwetter eingefallen, ich hatte gehört, der Fluß sei übergetreten, alle Bäche geschwollen und von Wahlheim herunter mein liebes Tal überschwemmt! Nachts nach eilfe rannte ich hinaus. Ein fürchterliches Schauspiel, vom Fels herunter die wühlenden Fluten in dem Mondlichte wirbeln zu sehen, über Äcker und Wiesen und Hecken und alles, und das weite Tal hinauf und hinab eine stürmende See im Sausen des Windes! Und wenn dann der Mond wieder hervortrat und über der schwarzen Wolke ruhte, und vor mir hinaus die Flut in fürchterlich herrlichem Widerschein rollte und klang: da überfiel mich ein Schauer, und wieder ein Sehnen! Ach, mit offenen Armen stand ich gegen den Abgrund und atmete hinab! hinab! und verlor mich in der Wonne, meine Qualen, meine Leiden da hinabzustürmen[225]! dahinzubrausen wie die Wellen! O! – und den Fuß vom Boden zu heben vermochtest du nicht, und alle Qualen zu enden! – Meine Uhr ist noch nicht ausgelaufen, ich fühle es! O Wilhelm! wie gern hätte ich mein Menschsein

[223] Neologismo goethiano per *Lebensmüdigkeit*.
[224] *Begierde*.
[225] *hinabzustürzen*. Goethe usa il verbo *stürmen* (infuriare, imperversare, scagliarsi) come transitivo.

Della confusione della sua mente, della passione, dell'inquietudine e dell'ansia che non lo lasciavano mai, della stanchezza che aveva della vita le testimonianze piú convincenti sono alcune sue lettere, che vogliamo qui riportare.

«12 dicembre[70].

Caro Wilhelm, mi trovo nello stesso stato di quegli infelici dei quali si credeva che fossero perseguitati da uno spirito maligno. Qualche volta mi prende un non so che; non è ansia, non è smania – è una furia intima e sconosciuta che minaccia di dilaniarmi il petto e mi strozza la gola! Ahimè, ahimè! Io allora mi perdo e vago nelle orride scene notturne di questa disumana stagione.

Ieri sera sono dovuto uscire. All'improvviso era sopravvenuto il disgelo e avevo sentito che il fiume era straripato, che tutti i torrenti erano in piena e che da Wahlheim in giú la mia cara vallata era inondata! La sera dopo le undici corsi lassú. Era uno spettacolo orribile vedere dall'alto di una roccia le onde furiose che turbinavano sotto la luce della luna sommergendo i campi, i prati, le siepi e ogni cosa. L'intera vallata, verso il monte e verso la pianura si era trasformata in un mare in tempesta sotto la furia del vento! E mentre la luna tornava ad uscire e si arrestava al di sopra della nuvola nera e davanti a me i flutti si incalzavano e rombavano in quel riflesso di luce splendido e tremendo, fui preso all'improvviso da un brivido e da un desiderio irresistibile! Ah, stavo con le braccia spalancate al margine dell'abisso e ansimavo: giú! giú! e mi perdevo nella beatitudine di scagliare in quella tempesta i miei tormenti, i miei dolori e di precipitare là in fondo con il fragore delle onde! – Eppure non avesti il coraggio di alzare il piede da terra e di porre fine ai tuoi tormenti! – La mia ora non è ancora suonata, lo sento! Oh, Wilhelm, come avrei dato volentieri questa mia umana esistenza per poter lacerare le nubi e ab-

[70] Nella prima stesura le lettere del 12 e del 14 dicembre erano datate 8 e 17 dicembre e precedevano l'intervento dell'editore.

drum gegeben, mit jenem Sturmwinde die Wolken zu zerreißen, die Fluten zu fassen! Ha! und wird nicht vielleicht dem Eingekerkerten einmal diese Wonne zuteil? –

Und wie ich wehmütig hinabsah auf ein Plätzchen, wo ich mit Lotten unter einer Weide geruht, auf einem heißen Spaziergange, – das war auch überschwemmt, und kaum daß ich die Weide erkannte! Wilhelm! Und ihre Wiesen, dachte ich, die Gegend um ihr Jagdhaus! wie verstört[226] jetzt vom reißenden Strome unsere Laube! dacht' ich. Und der Vergangenheit Sonnenstrahl blickte herein, wie einem Gefangenen ein Traum von Herden, Wiesen und Ehrenämtern[227]. Ich stand! – Ich schelte mich nicht, denn ich habe Mut zu sterben. – Ich hätte – Nun sitze ich hier wie ein altes Weib, das ihr Holz von Zäunen stoppelt[228] und ihr Brot an den Türen, um ihr hinsterbendes, freudeloses Dasein noch einen Augenblick zu verlängern und zu erleichtern."

„Am 14. Dezember.

Was ist das, mein Lieber? Ich erschrecke vor mir selbst! Ist nicht meine Liebe zu ihr die heiligste, reinste, brüderlichste Liebe? Habe ich jemals einen strafbaren Wunsch in meiner Seele gefühlt? – Ich will nicht beteuern – Und nun, Träume! O wie wahr fühlten die Menschen, die so widersprechende Wirkungen fremden Mächten zuschrieben! Diese Nacht! ich zittere, es zu sagen, hielt ich sie in meinen Armen, fest an meinen Busen gedrückt, und deckte ihren liebelispelnden Mund mit unendlichen Küssen; mein Auge schwamm in der Trunkenheit des ihrigen! Gott! bin ich strafbar, daß ich auch jetzt noch eine Seligkeit fühle, mir diese glühenden Freuden mit voller Innigkeit zurückzurufen? Lotte! Lotte! – Und mit mir

[226] Forma antiquata per *zerstört* (distrutto). Oggi *verstört* significa 'turbato', 'sconvolto'.

[227] Tutte le edizioni riportano *Ehrenämtern* (cariche onorifiche) ma è opinione diffusa che si tratti di un errore di stampa e che Goethe intendesse scrivere *Ährenfeldern*: 'campi di spighe'.

[228] *Stoppeln* significa 'spigolare'. Qui ha il senso di *zusammensuchen*: 'raccogliere cercando qua e là'.

bracciare le onde insieme a quel vento! Ah, sarà mai concessa al prigioniero questa beatitudine?

E quando rivolsi lo sguardo verso il luogo dove un giorno, durante un'afosa passeggiata, mi ero riposato con Lotte sotto un salice, vidi che anche quel posto era sommerso dalle acque e riuscii a malapena a riconoscere il salice! Oh, Wilhelm! Pensai allora ai suoi prati e alla campagna intorno alla sua casa! Come sarà ora devastata dalle acque straripate, la nostra pergola! – pensavo. E il raggio di sole di quel passato arrivò fino a me come a un prigioniero arriva un sogno di greggi, di prati e di campi di spighe! Eppure rimasi dov'ero! Non mi faccio rimproveri, poiché so di avere il coraggio di morire. – Ma avrei dovuto. – E ora me ne sto qui seduto come una povera vecchia che raccatta la legna lungo gli steccati e mendica il pane di porta in porta per alleviare ancora per qualche istante la sua esistenza sconsolata e morente».

«*14 dicembre.*

Amico carissimo, cosa è mai questo? Ho orrore di me stesso! Il mio amore per lei, non è forse l'amore piú sacro, piú puro, piú fraterno? Ho mai sentito nella mia anima un solo desiderio colpevole? – Non voglio giurare. – E ora, i sogni! Oh, com'era vero il sentimento di quegli uomini che attribuivano effetti cosí contrastanti a forze sconosciute! Questa notte! tremo nel dirlo, l'ho tenuta fra le mie braccia, l'ho stretta forte al mio petto e ho coperto di baci infiniti la sua bocca che sussurrava parole d'amore; lo sguardo mi si perdeva nell'ebrezza del suo! Mio Dio! sono colpevole se sento ancora adesso la beatitudine, se rivivo con il piú appassionato fervore quelle gioie cocenti? Lotte! Lotte! – Per me oramai è finita! La mia

ist es aus! Meine Sinne verwirren sich, schon acht Tage habe ich keine Besinnungskraft mehr, meine Augen sind voll Tränen. Ich bin nirgend wohl[229], und überall wohl. Ich wünsche nichts, verlange nichts. Mir wäre besser, ich ginge."

Der Entschluß, die Welt zu verlassen, hatte in dieser Zeit, unter solchen Umständen in Werthers Seele immer mehr Kraft gewonnen. Seit der Rückkehr zu Lotten war es immer seine letzte Aussicht und Hoffnung gewesen; doch hatte er sich gesagt, es solle keine übereilte, keine rasche Tat sein, er wolle mit der besten Überzeugung, mit der möglichst ruhigen Entschlossenheit diesen Schritt tun.

Seine Zweifel, sein Streit mit sich selbst blicken aus einem Zettelchen hervor, das wahrscheinlich ein angefangener Brief an Wilhelm ist und ohne Datum unter seinen Papieren gefunden worden:

„Ihre Gegenwart, ihr Schicksal, ihre Teilnehmung an dem meinigen preßt noch die letzten Tränen aus meinem versengten Gehirne.

Den Vorhang aufzuheben und dahinter zu treten! das ist alles! Und warum das Zaudern und Zagen? Weil man nicht weiß, wie es dahinten aussieht? und man nicht wiederkehrt? Und daß das nun die Eigenschaft unseres Geistes ist, da Verwirrung und Finsternis zu ahnen, wovon wir nichts Bestimmtes wissen."

Endlich ward er mit dem traurigen Gedanken immer mehr verwandt[230] und befreundet und sein Vorsatz fest und unwiderruflich, wovon folgender zweideutige Brief, den er an seinen Freund schrieb, ein Zeugnis abgibt.

[229] *mir ist es nirgends wohl.*

[230] L'espressione *mit einem Gedanken verwandt werden* (abituarsi a un'idea) è ormai antiquata. Oggi: *sich mit einer Idee befreunden.*

mente è confusa, già da otto giorni non riesco piú a riflettere, ho gli occhi sempre pieni di lacrime, non c'è posto dove stia bene e in ogni posto sto bene. Non desidero nulla, non bramo nulla. Starei meglio se me ne andassi».

La decisione di lasciare questo mondo aveva preso, in questo tempo e in queste circostanze, sempre piú forza nell'anima di Werther. Da quando era ritornato da Lotte era stata per lui l'ultima via di uscita, l'ultima speranza. Tuttavia si era detto che non doveva essere un gesto precipitoso e sconsiderato, voleva compierlo nel miglior convincimento e con la piú meditata risolutezza.

I suoi dubbi, la sua lotta con se stesso traspaiono da un biglietto, che probabilmente è il principio di una lettera per Wilhelm e che è stato trovato senza data fra le sue carte:

«La sua presenza, il suo destino, la partecipazione che ha per il mio spremono dal mio cervello inaridito le ultime lacrime.

Alzare il sipario e scomparire là dietro! Questo è tutto. E perché allora queste paure e queste esitazioni? Forse perché non si sa quello che c'è là dietro? O perché di là non c'è ritorno? O forse perché è proprietà del nostro spirito immaginare caos e tenebre là dove non sappiamo nulla di certo?»

Alla fine si era sempre piú assuefatto a quel triste pensiero e il suo proposito era ormai fermo e irrevocabile, come prova questa ambigua lettera che scrisse al suo amico.

„Am 20. Dezember.

Ich danke deiner Liebe, Wilhelm, daß du das Wort so aufgefangen hast. Ja, du hast recht: mir wäre besser, ich ginge. Der Vorschlag, den du zu einer Rückkehr zu euch tust, gefällt mir nicht ganz; wenigstens möchte ich noch gern einen Umweg machen, besonders da wir anhaltenden Frost und gute Wege zu hoffen haben. Auch ist mir es sehr lieb, daß du kommen willst, mich abzuholen; verziehe nur noch vierzehn Tage, und erwarte noch einen Brief von mir mit dem Weiteren. Es ist nötig, daß nichts gepflückt werde, ehe es reif ist. Und vierzehn Tage auf oder ab[231] tun viel. Meiner Mutter sollst du sagen: daß sie für ihren Sohn beten soll, und daß ich sie um Vergebung bitte wegen alles Verdrusses, den ich ihr gemacht habe. Das war nun mein Schicksal, die zu betrüben, denen ich Freude schuldig war. Leb' wohl, mein Teuerster! Allen Segen des Himmels über dich! Leb' wohl!"

Was in dieser Zeit in Lottens Seele vorging, wie ihre Gesinnungen gegen ihren Mann, gegen ihren unglücklichen Freund gewesen, getrauen wir uns kaum mit Worten auszudrücken, ob wir uns gleich davon, nach der Kenntnis ihres Charakters, wohl einen stillen Begriff machen können, und eine schöne weibliche Seele sich in die ihrige denken und mit ihr empfinden kann.

So viel ist gewiß, sie war fest bei sich entschlossen, alles zu tun, um Werthern zu entfernen, und wenn sie zauderte, so war es eine herzliche, freundschaftliche Schonung, weil sie wußte, wie viel es ihm kosten, ja daß es ihm beinahe unmöglich sein würde. Doch ward sie in dieser Zeit mehr gedrängt, Ernst zu machen; es schwieg ihr Mann ganz über dies Verhältnis, wie sie auch immer darüber geschwiegen hatte, und

[231] *mehr oder weniger.*

«*20 dicembre.*

Devo al tuo affetto Wilhelm, se hai colto il senso delle mie parole. Sí, hai ragione. Starei meglio se me ne andassi. La proposta che mi fai di ritornare da voi, non mi persuade del tutto; per lo meno vorrei fare prima un altro viaggio, specialmente ora che possiamo sperare che il gelo duri e le strade siano buone. Mi è anche molto gradito che tu voglia venire a prendermi; ma aspetta ancora quindici giorni, e ti manderò notizie piú precise. Non bisogna raccogliere nulla che non sia ancora maturo. E quindici giorni di piú o di meno contano molto. Di' a mia madre che preghi per suo figlio e che le domando perdono per tutti i dolori che le ho dato. Questo è stato il mio destino, di rattristare coloro ai quali avrei dovuto procurare gioia e felicità. Addio, mio caro! Tutte le benedizioni del cielo su te! Addio!»

Cosa accadesse nel frattempo nell'anima di Lotte, quali fossero i suoi sentimenti per il marito e per l'infelice amico non osiamo esprimerlo in parole, anche se, conoscendo il suo carattere, possiamo farcene un'idea e ogni donna, che abbia un'anima bella[71], possa certo pensare e sentire con lei.

Comunque è certo che dentro di sé era fermamente decisa a fare di tutto per allontanare Werther e, se ancora esitava, era per un riguardo gentile e affettuoso, poiché sapeva quanto gli sarebbe costato e che anzi gli sarebbe stato quasi impossibile andarsene. In questo tempo tuttavia si sentí costretta a fare sul serio; suo marito taceva a proposito di questa relazione, come aveva sempre taciuto anche lei, e perciò le stava tanto

[71] L'anima bella è un concetto di origine platonica fondamentale in tutta la cultura del Settecento tedesco ed europeo. Nel pietismo la *schöne Seele* della donna godeva di un rapporto sereno e immediato con Dio. Friedrich Schiller ne farà in *Anmut und Würde* (*Della grazia e della dignità*) il momento privilegiato di una moralità come felice istinto che non conosce scissioni tra il dovere morale e l'inclinazione naturale. Qui Goethe intende piú semplicemente un'anima serena, equilibrata, priva di turbamenti e di emozioni smodate.

um so mehr war ihr angelegen, ihm durch die Tat zu beweisen, wie ihre Gesinnungen der seinigen wert seien.

An demselben Tage, als Werther den zuletzt eingeschalteten Brief an seinen Freund geschrieben, es war der Sonntag vor Weihnachten, kam er abends zu Lotten und fand sie allein. Sie beschäftigte sich, einige Spielwerke[232] in Ordnung zu bringen, die sie ihren kleinen Geschwistern zum Christgeschenke[233] zurecht gemacht hatte. Er redete von dem Vergnügen, das die Kleinen haben würden, und von den Zeiten, da einen die unerwartete Öffnung der Tür und die Erscheinung eines aufgeputzten Baumes mit Wachslichtern, Zuckerwerk und Äpfeln in paradiesische Entzückung setzte. – „Sie sollen," sagte Lotte, indem sie ihre Verlegenheit unter ein liebes Lächeln verbarg, „Sie sollen auch beschert kriegen[234], wenn Sie recht geschickt[235] sind; ein Wachsstöckchen und noch was." – „Und was heißen Sie geschickt sein?" rief er aus; „wie soll ich sein? wie kann ich sein? beste Lotte!" – „Donnerstag abend", sagte sie, „ist Weihnachtsabend, da kommen die Kinder, mein Vater auch, da kriegt jedes das Seinige, da kommen Sie auch – aber nicht eher." – Werther stutzte. – „Ich bitte Sie," fuhr sie fort, „es ist nun einmal so, ich bitte Sie um meiner Ruhe willen, es kann nicht, es kann nicht so bleiben." – Er wendete seine Augen von ihr und ging in der Stube auf und ab und murmelte das „Es kann nicht so bleiben!" zwischen den Zähnen. – Lotte, die den schrecklichen Zustand fühlte, worein ihn diese Worte versetzt hatten, suchte durch allerlei Fragen seine Gedanken abzulenken, aber vergebens. – „Nein, Lotte," rief er aus, „ich werde Sie nicht wiedersehen!" – „Warum das?" versetzte sie, „Werther, Sie können, Sie müssen uns wiedersehen, nur mäßigen Sie sich. O warum mußten Sie mit dieser Heftigkeit, dieser unbezwinglich haftenden Leidenschaft für alles, was Sie einmal anfassen, geboren werden! Ich bitte Sie," fuhr sie fort, indem sie ihn bei der

232 *Spielzeuge*.

233 Forma usata soprattutto nella Germania meridionale per *Weihnachtsgeschenke*.

234 *beschert werden*.

235 Qui nel senso di 'bravo' (*brav*), 'come si deve' (*wie es sich schickt*). L'aggettivo *geschickt* oggi significa 'abile', 'capace'.

piú a cuore di dimostrargli coi fatti che i suoi sentimenti erano degni di quelli di lui.

Lo stesso giorno in cui Werther aveva scritto al suo amico l'ultima lettera qui riportata, era la domenica prima di Natale, arrivò la sera da Lotte e la trovò sola. Era occupata a mettere in ordine alcuni giocattoli che aveva preparato come strenna per i suoi fratelli. Lui parlò della gioia che avrebbero avuto i piccoli e dei tempi beati, quando l'improvviso dischiudersi di una porta e l'apparizione di un albero decorato di candeline, di dolci e di mele davano una gioia paradisiaca. – Anche lei, – disse Lotte cercando di nascondere il suo imbarazzo dietro un gentile sorriso, – anche lei avrà un regalo, se sarà bravo; una candelina di cera e qualche cosa ancora. – E cosa vuol dire essere bravo? – esclamò, – come devo essere? cosa devo fare, cara Lotte? – Giovedí sera[72], – lei rispose, – è la vigilia di Natale; verranno i piccoli insieme con mio padre, per ricevere i loro regali, e naturalmente verrà anche lei, ma non prima –. Werther era stupefatto. – La prego, – continuò lei, – faccia come le dico, glielo chiedo per la mia quiete, non è possibile, non è possibile continuare cosí –. Lui distolse lo sguardo da lei e incominciò ad andare su e giú per la stanza mormorando fra i denti: – Non è possibile continuare cosí! – Lotte, che sentiva in che terribile stato lo avevano messo le sue parole, cercò di distrarlo dai suoi pensieri con ogni sorta di domande, ma inutilmente. – No, Lotte, – esclamò, – non la rivedrò piú! – E perché? – lei ribatté. – Werther lei può, lei deve tornare a vederci, solo bisogna che si moderi. Oh, perché doveva nascere con questa violenza, con questa passione irriducibile per tutto ciò che tocca e prende in mano? La prego, – continuò pren-

[72] Nel 1772 la vigilia di Natale cadeva di giovedí.

Hand nahm, „mäßigen Sie sich! Ihr Geist, Ihre Wissenschaften, Ihre Talente, was bieten die Ihnen für mannigfaltige Ergetzungen dar! Sein[236] Sie ein Mann, wenden Sie diese traurige Anhänglichkeit von einem Geschöpf, das nichts tun kann als Sie bedauern." – Er knirrte[237] mit den Zähnen und sah sie düster an. – Sie hielt seine Hand. „Nur einen Augenblick ruhigen Sinn, Werther!" sagte sie. „Fühlen Sie nicht, daß Sie sich betriegen, sich mit Willen zugrunde richten! Warum denn mich, Werther? just[238] mich, das Eigentum eines andern? just das? Ich fürchte, ich fürchte, es ist nur die Unmöglichkeit, mich zu besitzen, die Ihnen diesen Wunsch so reizend macht." – Er zog seine Hand aus der ihrigen, indem er sie mit einem starren, unwilligen Blick ansah. „Weise!" rief er, „sehr weise! hat vielleicht Albert diese Anmerkung gemacht? Politisch! sehr politisch[239]!" – „Es kann sie jeder machen." versetzte sie drauf. „Und sollte denn in der weiten Welt kein Mädchen sein, das die Wünsche Ihres Herzens erfüllte? Gewinnen Sie's über sich[240], suchen Sie darnach, und ich schwöre Ihnen, Sie werden sie finden; denn schon lange ängstigt mich, für Sie und uns, die Einschränkung, in die Sie sich diese Zeit her selbst gebannt haben. Gewinnen Sie es über sich, eine Reise wird Sie, muß Sie zerstreuen! Suchen Sie, finden Sie einen werten Gegenstand Ihrer Liebe, und kehren Sie zurück, und lassen Sie uns zusammen die Seligkeit einer wahren Freundschaft genießen."

„Das könnte man", sagte er mit einem kalten Lachen, „drucken lassen und allen Hofmeistern empfehlen. Liebe Lotte! lassen Sie mir noch ein klein wenig Ruh, es wird alles werden!" – „Nur das, Werther, daß Sie nicht eher kommen als Weihnachtsabend!" – Er wollte antworten, und Albert trat in die Stube. Man bot sich einen frostigen Guten Abend und ging verlegen im Zimmer neben einander auf und nieder.

[236] *seien*.

[237] *knirschte*.

[238] *ausgerechnet*.

[239] L'aggettivo *politisch* ha qui il senso di 'astuto' (*klug*). Nel XVIII era sinonimo di *weltklug* (esperto del mondo) e *praktisch* (con senso pratico).

[240] *überwinden Sie sich*. L'espressione *es über sich gewinnen* è oggi rara e significa 'avere o farsi coraggio', 'averla vinta su se stessi'.

dendolo per mano – si domini! Il suo spirito, la sua cultura, i suoi talenti, quante soddisfazioni potrebbero darle! Sia uomo! Rivolga altrove questo triste attaccamento per una creatura che non può fare altro che compiangerla –. Lui strinse i denti e la guardò cupamente. Lei teneva sempre la sua mano: – Solo un istante di calma, Werther! – disse. – Non si accorge che inganna se stesso, che si rovina di proposito! E perché poi me, Werther? Proprio me, che appartengo ad un altro? Proprio per questo? Io temo, io temo che sia proprio l'impossibilità di possedermi che le fa sembrare cosí irresistibile il suo desiderio –. Ritrasse la mano dalla sua e la guardò con rabbia. – Com'è saggia, – esclamò, – troppo saggia! Deve essere stato Albert a fare questa osservazione; è astuta, molto astuta! – Chiunque la potrebbe fare, – rispose lei allora. – È possibile che in tutto il mondo non ci sia altra donna capace di esaudire i desideri del suo cuore? Si faccia forza, la cerchi e le giuro che la troverà. Da un pezzo ho paura, per lei e per noi, dell'isolamento[73] in cui si è chiuso negli ultimi tempi. Si faccia forza! Un viaggio potrebbe, dovrebbe distrarla! Cerchi, trovi un oggetto degno del suo amore e poi ritorni qui e potremo tutti insieme godere delle gioie di un'amicizia sincera.

– Si potrebbero stampare tutte queste belle parole, – rispose lui con un gelido sorriso, – e raccomandarle a tutti i precettori[74]. Cara Lotte! Mi conceda ancora un po' di tempo e tutto si metterà in ordine! – Purché, Werther, purché lei non ritorni qui prima della vigilia di Natale! – Stava per risponderle, ma Albert entrò nella stanza. Si scambiarono un freddo buonasera e incominciarono a camminare imbarazzati l'uno accanto all'altro su e giú per la stanza. Werther incominciò un di-

[73] Cfr. nota 39.

[74] Nel romanzo *La nouvelle Héloïse* il precettore Saint-Preux intraprende un viaggio intorno al mondo con l'amico inglese che vuole aiutarlo a guarire da un'infelice passione per la sua allieva Julie. Il tema dell'amore proibito tra una giovane donna e il suo precettore aveva una grande fortuna tra i poeti dello *Sturm und Drang*, appassionati lettori di Rousseau. Ricordiamo a questo proposito il dramma di Jakob Michael Reinhold Lenz *Der Hofmeister* (*Il precettore*, 1774).

Werther fing einen unbedeutenden Diskurs an, der bald aus war, Albert desgleichen, der sodann seine Frau nach gewissen Aufträgen fragte und, als er hörte, sie seien noch nicht ausgerichtet, ihr einige Worte sagte, die Werthern kalt, ja gar hart vorkamen. Er wollte gehen, er konnte nicht und zauderte bis acht, da sich denn sein Unmut und Unwillen immer vermehrte, bis der Tisch gedeckt wurde, und er Hut und Stock nahm. Albert lud ihn zu bleiben, er aber, der nur ein unbedeutendes Kompliment[241] zu hören glaubte, dankte kalt dagegen und ging weg.

Er kam nach Hause, nahm seinem Burschen, der ihm leuchten wollte, das Licht aus der Hand und ging allein in sein Zimmer, weinte laut, redete aufgebracht mit sich selbst, ging heftig die Stube auf und ab und warf sich endlich in seinen Kleidern aufs Bette, wo ihn der Bediente fand, der es gegen eilfe wagte hineinzugehn, um zu fragen, ob er dem Herrn die Stiefeln ausziehen sollte, das er denn zuließ und dem Bedienten verbot, den andern Morgen ins Zimmer zu kommen, bis er ihm rufen würde.

Montags früh, den einundzwanzigsten Dezember, schrieb er folgenden Brief an Lotten, den man nach seinem Tode versiegelt auf seinem Schreibtische gefunden und ihr überbracht hat, und den ich absatzweise hier einrücken will, so wie aus den Umständen erhellet, daß er ihn geschrieben habe.

„Es ist beschlossen, Lotte, ich will sterben, und das schreibe ich dir ohne romantische[242] Überspannung, gelassen, an dem Morgen des Tages, an dem ich dich zum letzten Male sehen werde. Wenn du dieses liesest, meine Beste, deckt schon das kühle Grab die erstarrten Reste des Unruhigen, Unglücklichen, der für die letzten Augenblicke seines Lebens keine größere Süßigkeit weiß, als sich mit dir zu unterhalten. Ich habe eine schreckliche Nacht gehabt und, ach, eine wohltätige Nacht. Sie ist es, die meinen Entschluß befestiget, bestimmt hat: ich will sterben! Wie ich mich gestern von dir riß, in der

[241] Qui non nel senso piú comune di 'complimento', ma di 'vuota frase di cortesia' (*Höflichkeitsfloskel*).

[242] Qui nel senso di *romanhaft* (romanzesco).

scorso insignificante che presto cadde nel nulla, lo stesso successe ad Albert, il quale chiese poi alla moglie di certe commissioni, e quando sentí che non erano state ancora eseguite, disse alcune parole che a Werther sembrarono fredde, anzi addirittura dure. Voleva andarsene, ma non sapeva decidersi e rimase lí in forse fino alle otto, mentre il suo malumore e la sua scontrosità non facevano che aumentare, fino a quando non si apparecchiò la tavola e lui prese cappello e bastone. Albert lo invitò a rimanere, ma ebbe l'impressione che si trattasse di un semplice complimento, rifiutò freddamente e se ne andò.

Ritornò a casa, tolse di mano la candela al suo servitore che voleva fargli luce e andò solo in camera sua, pianse forte, parlò infuriato con se stesso, corse agitato su e giú per la stanza e finalmente si gettò vestito sul letto, dove lo trovò il servitore che, verso le undici, si era fatto coraggio ed era entrato per chiedere se il signore gli permetteva di togliergli gli stivali. Lo lasciò fare e gli proibí di entrare nella camera la mattina dopo finché non l'avesse chiamato.

Il lunedí mattina, il 21 dicembre, scrisse a Lotte la lettera seguente, che dopo la sua morte fu trovata sigillata sulla sua scrivania e che io voglio trascrivere qui con le stesse interruzioni con cui, a giudicare dal contenuto, sembra che lui l'abbia scritta.

«È deciso, Lotte, voglio morire, e te lo scrivo senza esaltazioni romantiche, sereno, la mattina del giorno in cui ti vedrò per l'ultima volta. Quando, mia carissima, leggerai queste righe, la gelida tomba coprirà già i resti irrigiditi dell'essere senza pace, dell'infelice che negli ultimi istanti della sua vita non sa trovare dolcezza piú grande di quella di parlare con te. Ho passato una notte terribile, eppure, ah!, anche benigna. È stata questa notte che ha determinato e rafforzato la mia decisione: voglio morire! Quando ieri mi sono strappato da te in un

fürchterlichen Empörung meiner Sinne, wie sich alles das nach meinem Herzen drängte und mein hoffnungsloses, freudeloses Dasein neben dir in gräßlicher Kälte mich anpackte – ich erreichte kaum mein Zimmer, ich warf mich außer mir auf meine Knie, und o Gott! du gewährtest mir das letzte Labsal der bittersten Tränen! Tausend Anschläge[243], tausend Aussichten wüteten durch meine Seele, und zuletzt stand er da, fest, ganz, der letzte, einzige Gedanke: ich will sterben! – Ich legte mich nieder, und morgens, in der Ruhe des Erwachens, steht er noch fest, noch ganz stark in meinem Herzen: ich will sterben! – Es ist nicht Verzweiflung, es ist Gewißheit, daß ich ausgetragen habe, und daß ich mich opfere für dich. Ja, Lotte! warum sollte ich es verschweigen? Eins von uns dreien muß hinweg, und das will ich sein! O meine Beste! in diesem zerrissenen Herzen ist es wütend herumgeschlichen, oft – deinen Mann zu ermorden! – dich! – mich! – So sei es denn! – Wenn du hinaufsteigst auf den Berg, an einem schönen Sommerabende, dann erinnere dich meiner, wie ich so oft das Tal heraufkam, und dann blicke nach dem Kirchhofe hinüber nach meinem Grabe, wie der Wind das hohe Gras im Scheine der sinkenden Sonne hin und her wiegt. – Ich war ruhig, da ich anfing, nun, nun weine ich wie ein Kind, da alles das so lebhaft um mich wird. –“

Gegen zehn Uhr rief Werther seinem Bedienten[244], und unter[245] dem Anziehen sagte er ihm, wie er in einigen Tagen verreisen würde, er solle daher die Kleider auskehren[246] und alles zum Einpacken zurecht machen; auch gab er ihm Befehl, überall Kontos[247] zu fordern, einige ausgeliehene Bücher abzuholen

[243] *Pläne. Anschlag* oggi significa ‘preventivo’, ‘manifesto’ e ‘attentato’.
[244] *rief nach seinem Bedienten.*
[245] *beim.*
[246] Forma antiquata per *ausbürsten* (spazzolare). Oggi *auskehren* significa ‘spazzare via’: *einen Raum auskehren* (spazzare una stanza).
[247] *Abrechnungen.*

tumulto spaventoso dei sensi e tutto faceva ressa nel mio cuore e la mia vita accanto a te, senza gioia e senza speranza, mi ha stretto in una morsa di gelo – a stento potei raggiungere la mia stanza, caddi in ginocchio fuori di me e, oh Dio! tu mi concedesti l'ultimo conforto delle lacrime piú amare! Mille propositi, mille intenzioni turbinavano nella mia anima, e alla fine eccolo, fermo e preciso, l'ultimo, il solo pensiero: Voglio morire! – Mi coricai, e stamani, nella calma del risveglio, è ancora fermo, ancora forte nel mio cuore: Voglio morire! – Non è disperazione, è certezza di avere finito di soffrire e di sacrificarmi per te. Sí, Lotte! Perché dovrei tacerlo? Uno di noi tre deve andarsene e quello voglio essere io! Oh mia amata! In questo cuore straziato quante volte si è insinuato furioso il pensiero – di uccidere tuo marito! – oppure te! – o me! – Cosí sia dunque! – Se in una bella sera d'estate salirai sulla collina, ricordati di me, di quando risalivo la vallata, e allora volgi lo sguardo verso il cimitero a cercare la mia tomba e vedi come il vento fa ondeggiare le erbe alte nel riflesso del sole che cade. – Ero tranquillo quando ho incominciato a scrivere ed ora, ora piango come un bambino perché vedo tutto questo come se fosse vero».

Verso le dieci Werther chiamò il servitore e vestendosi gli disse che tra qualche giorno sarebbe partito, e perciò doveva spazzolare i vestiti e preparare tutto per fare i bagagli; gli dette anche ordine di chiedere tutti i conti in sospeso, di andare a ritirare certi libri che aveva prestato e di pagare ad alcuni po-

und einigen Armen, denen er wöchentlich etwas zu geben gewohnt war, ihr Zugeteiltes auf zwei Monate voraus zu bezahlen.

Er ließ sich das Essen auf die Stube bringen, und nach Tische ritt er hinaus zum Amtmanne, den er nicht zu Hause antraf. Er ging tiefsinnig im Garten auf und ab und schien noch zuletzt alle Schwermut der Erinnerung auf sich häufen zu wollen.

Die Kleinen ließen ihn nicht lange in Ruhe, sie verfolgten ihn, sprangen an ihm hinauf, erzählten ihm, daß, wenn morgen, und wieder morgen, und noch ein Tag wäre, sie die Christgeschenke bei Lotten holten, und erzählten ihm Wunder, die sich ihre kleine Einbildungskraft versprach. – „Morgen!" rief er aus, „und wieder morgen! und noch ein Tag!" – und küßte sie alle herzlich und wollte sie verlassen, als ihm der Kleine noch etwas in das Ohr sagen wollte. Der verriet ihm, die großen Brüder hätten schöne Neujahrswünsche geschrieben, so groß! und einen für den Papa, für Albert und Lotten einen und auch einen für Herrn Werther; die wollten sie am Neujahrstage früh überreichen. Das übermannte ihn, er schenkte jedem etwas, setzte sich zu Pferde, ließ den Alten grüßen und ritt mit Tränen in den Augen davon.

Gegen fünf kam er nach Hause, befahl der Magd, nach dem Feuer zu sehen und es bis in die Nacht zu unterhalten. Den Bedienten hieß er Bücher und Wäsche unten in den Koffer packen und die Kleider einnähen[248]. Darauf schrieb er wahrscheinlich folgenden Absatz seines letzten Briefes an Lotten.

„Du erwartest mich nicht! du glaubst, ich würde gehorchen und erst Weihnachtsabend dich wieder sehn. O Lotte! heut oder nie mehr. Weihnachtsabend hältst du dieses Papier in deiner Hand, zitterst und benetzest es mit deinen lieben Trä-

[248] Werther ordina al ragazzo di avvolgere i vestiti in involucri di tela per proteggerli.

veri, ai quali aveva l'abitudine di dare ogni settimana qualcosa, quello che sarebbe spettato loro in due mesi.

Si fece portare da mangiare in camera e dopo colazione andò a cavallo dal podestà, che però non trovò in casa. Cupo e pensieroso passeggiò nel giardino e pareva che volesse raccogliere nella sua anima tutta la mestizia del ricordo.

Ma i bambini non lo lasciarono a lungo tranquillo, gli corsero dietro, gli si arrampicarono addosso, raccontandogli che quando fosse passato domani e dopodomani e un altro giorno[75] ancora sarebbero andati da Lotte per ricevere le loro strenne di Natale, e gli descrissero tutte le meraviglie che si ripromettevano nella loro piccola fantasia. – Domani! – esclamò, – e dopodomani! e un altro giorno ancora! – E li baciò con molto affetto, e stava per andarsene quando il piú piccolo gli volle dire ancora qualcosa all'orecchio. In gran segreto gli svelò che i fratelli piú grandi avevano scritto degli auguri per il nuovo anno, grandi cosí! uno per papà, uno per Albert e Lotte e uno anche per il signor Werther: li avrebbero consegnati la mattina di Capodanno. Tutto questo lo sconvolse, regalò qualcosa ad ognuno di loro, saltò a cavallo, lasciò i suoi saluti per il padre e corse via con le lacrime agli occhi.

Verso le cinque ritornò a casa, ordinò alla serva di badare al fuoco e di non lasciarlo spegnere fino a notte tarda. Al servitore disse di sistemare libri e biancheria in fondo al baule e di avvolgere e cucire i vestiti. Quindi probabilmente scrisse il seguente passo nell'ultima lettera a Lotte:

«Tu non mi aspetti! Credi che ti obbedirò e che ti rivedrò solo la vigilia di Natale. Oh Lotte! Oggi o mai piú. La sera di Natale tu terrai questi fogli fra le mani, tremerai e li bagnerai

[75] Goethe cita indirettamente *La nouvelle Héloïse* di Rousseau. Si tratta di un passo della lettera di Lord Bomston sul suicidio: «demain, après-demain, toute sa vie» (*NH*, 3, XXII). Lo stesso passo si legge nella lettera sulla vendemmia di Clarens: «le lendemain, le surlendemain, et toute sa vie» (*NH*, 5, VII). La citazione, che allude al motivo del suicidio, ricorre anche nella lettera all'amico Behrisch del 10 novembre 1767, nella lettera di addio a Lotte Buff dell'11 settembre 1772 e nel 12° libro di *Poesia e verità* a proposito di Wetzlar.

nen. Ich will, ich muß! O wie wohl ist es mir, daß ich entschlossen bin."

Lotte war indes in einen sonderbaren Zustand geraten. Nach der letzten Unterredung mit Werthern hatte sie empfunden, wie schwer es ihr fallen werde, sich von ihm zu trennen, was er leiden würde, wenn er sich von ihr entfernen sollte.

Es war wie im Vorübergehn in Alberts Gegenwart gesagt worden, daß Werther vor Weihnachtsabend nicht wieder kommen werde, und Albert war zu einem Beamten in der Nachbarschaft geritten, mit dem er Geschäfte abzutun hatte, und wo er über Nacht ausbleiben mußte.

Sie saß nun allein, keins von ihren Geschwistern war um sie, sie überließ sich ihren Gedanken, die stille über ihren Verhältnissen herumschweiften. Sie sah sich nun mit dem Mann auf ewig verbunden, dessen Liebe und Treue sie kannte, dem sie von Herzen zugetan war, dessen Ruhe, dessen Zuverlässigkeit recht vom Himmel dazu bestimmt zu sein schien, daß eine wackere Frau das Glück ihres Lebens darauf gründen sollte; sie fühlte, was er ihr und ihren Kindern auf immer sein würde. Auf der andern Seite war ihr Werther so teuer geworden, gleich von dem ersten Augenblick ihrer Bekanntschaft an hatte sich die Übereinstimmung ihrer Gemüter so schön gezeigt, der lange dauernde Umgang mit ihm, so manche durchlebte Situationen hatten einen unauslöschlichen Eindruck auf ihr Herz gemacht. Alles, was sie Interessantes fühlte und dachte, war sie gewohnt mit ihm zu teilen, und seine Entfernung drohete in ihr ganzes Wesen eine Lücke zu reißen, die nicht wieder ausgefüllt werden konnte. O, hätte sie ihn in dem Augenblick zum Bruder umwandeln können, wie glücklich wäre sie gewesen! Hätte sie ihn einer ihrer Freundinnen verheiraten dürfen, hätte sie hoffen können, auch sein Verhältnis gegen Albert ganz wieder herzustellen!

Sie hatte ihre Freundinnen der Reihe nach durchgedacht und fand bei einer jeglichen etwas auszusetzen, fand keine, der sie ihn gegönnt hätte.

con le tue care lacrime. Io voglio, io devo! Oh, come mi sento bene ora che sono deciso».

Lotte intanto si era trovata in uno strano stato d'animo. Dopo la sua ultima conversazione con Werther, si era accorta quanto le sarebbe costato separarsi da lui e quanto lui avrebbe sofferto se si fosse dovuto allontanare da lei.

Come per caso, era stato detto alla presenza di Albert che Werther non sarebbe ritornato da loro prima della vigilia di Natale e Albert si era recato a cavallo nei dintorni da un funzionario col quale doveva sistemare alcuni affari e dove sarebbe rimasto la notte.

Lei dunque era sola, nessuno dei bambini era con lei, e si abbandonava ai suoi pensieri che si muovevano intorno alla sua situazione. Si vedeva oramai unita per sempre ad un uomo del quale conosceva l'amore e la fedeltà, al quale era sinceramente legata, e la cui costanza, la cui serietà sembravano create dal cielo apposta perché una brava donna vi fondasse la felicità della propria vita; sentiva anche, in ogni momento, che cosa egli sarebbe stato per lei e per i loro figli. D'altra parte Werther le era diventato indicibilmente caro, fin dal primo momento della loro conoscenza la piena armonia dei loro animi si era manifestata nella sua bellezza, la lunga consuetudine con lui, le tante situazioni vissute insieme avevano fatto un'impressione incancellabile sul suo cuore. Tutto ciò che sentiva e pensava di piú interessante, era abituata a dividerlo con lui, e la sua assenza minacciava di creare in tutto il suo essere un vuoto che non avrebbe mai potuto essere colmato. Oh, se in quel momento avesse potuto trasformarlo in un fratello! Come sarebbe stata felice! – Avrebbe potuto dargli per moglie una delle sue amiche[76], avrebbe potuto sperare di ristabilire anche la sua buona amicizia con Albert!

Aveva passato in rassegna una per una tutte le sue amiche; in ognuna aveva trovato qualche difetto e non aveva trovato nessuna alla quale avrebbe potuto concederlo.

[76] Nella *Nouvelle Héloïse* Julie tenta di convincere la cugina Claire a sposare Saint-Preux (*NH*, 5, XIII).

Über allen diesen Betrachtungen fühlte sie erst tief, ohne sich es deutlich zu machen, daß ihr herzliches, heimliches Verlangen sei, ihn für sich zu behalten, und sagte sich daneben, daß sie ihn nicht behalten könne, behalten dürfe; ihr reines, schönes, sonst so leichtes und leicht sich helfendes Gemüt empfand den Druck einer Schwermut, dem die Aussicht zum Glück verschlossen ist. Ihr Herz war gepreßt, und eine trübe Wolke lag über ihrem Auge.

So war es halb sieben geworden, als sie Werthern die Treppe heraufkommen hörte und seinen Tritt, seine Stimme, die nach ihr fragte, bald erkannte. Wie schlug ihr Herz, und wir dürfen fast sagen zum erstenmal, bei seiner Ankunft. Sie hätte sich gern vor ihm verleugnen lassen, und als er hereintrat, rief sie ihm mit einer Art von leidenschaftlicher Verwirrung entgegen: „Sie haben nicht Wort gehalten." – „Ich habe nichts versprochen." war seine Antwort. – „So hätten Sie wenigstens meiner Bitte stattgeben sollen," versetzte sie, „ich bat Sie um unser beider Ruhe."

Sie wußte nicht recht, was sie sagte, ebensowenig was sie tat, als sie nach einigen Freundinnen schickte, um nicht mit Werthern allein zu sein. Er legte einige Bücher hin, die er gebracht hatte, fragte nach andern, und sie wünschte, bald daß ihre Freundinnen kommen, bald daß sie wegbleiben möchten. Das Mädchen kam zurück und brachte die Nachricht, daß sich beide entschuldigen ließen.

Sie wollte das Mädchen mit ihrer Arbeit in das Nebenzimmer sitzen lassen; dann besann sie sich wieder anders. Werther ging in der Stube auf und ab, sie trat ans Klavier und fing eine Menuett[249] an, sie wollte nicht fließen. Sie nahm sich zusammen und setzte sich gelassen zu Werthern, der seinen gewöhnlichen Platz auf dem Kanapee eingenommen hatte.

„Haben Sie nichts zu lesen?" sagte sie. – Er hatte nichts. – „Da drin in meiner Schublade", fing sie an, „liegt Ihre Übersetzung einiger Gesänge Ossians; ich habe sie noch nicht gelesen, denn ich hoffte immer, sie von Ihnen zu hören; aber zeither hat sich's nicht finden, nicht machen wollen." – Er lächelte, holte die Lieder, ein Schauer überfiel ihn, als er sie in die

[249] Il sostantivo *Menuett* era allora usato sia al neutro che al femminile.

Fra tutte queste riflessioni sentí però, per la prima volta in modo profondo, ma senza rendersene conto chiaramente, che il desiderio piú caldo e piú segreto del suo cuore era di tenerlo tutto per sé, ma intanto ripeteva a se stessa che non poteva e non doveva trattenerlo. Il suo animo, bello e puro, altrimenti cosí lieto e cosí svelto a riprendersi, sentiva il peso di una malinconia che le toglieva ogni speranza di felicità. Si sentiva il cuore oppresso e una fosca nube le gravava sugli occhi.

Erano suonate le sei e mezzo, quando sentí Werther salire le scale, riconobbe subito il suo passo e la sua voce che chiedeva di lei. Come incominciò a batterle il cuore, quasi per la prima volta, al suo arrivo! Avrebbe voluto fargli dire che non era in casa e, quando lo vide entrare, esclamò con una sorta di passionale sgomento: – Non ha mantenuto la sua parola. – Non avevo promesso nulla, – fu la sua risposta. – Avrebbe dovuto almeno dare ascolto alla mia preghiera, – replicò, – glielo avevo chiesto per la tranquillità di tutti e due.

Non sapeva bene cosa diceva e neppure cosa faceva quando mandò a chiedere a due amiche di venire da lei, per non rimanere sola con Werther. Lui depose alcuni libri che aveva portato con sé, gliene chiese altri e lei ora desiderava che le sue amiche arrivassero, ora che non venissero affatto. La cameriera ritornò con la risposta che tutte e due si scusavano di non poter venire.

Voleva dire alla cameriera di stare col suo lavoro nella stanza accanto, ma poi cambiò idea. Werther camminava su e giú, lei andò alla spinetta e attaccò un minuetto che fu costretta a interrompere. Si fece forza e si sedette tranquilla accanto a Werther che si era messo al suo solito posto sul canapè.

– Non ha niente da leggere? – chiese. Non aveva niente. – Là in quel cassetto, – disse allora, – c'è la sua traduzione di alcuni canti di Ossian[77]; non li ho ancora letti perché speravo sempre di sentirli recitare da lei, ma finora non c'è stata occasione, né modo di farlo –. Lui sorrise, andò a prendere i canti, un brivido lo scosse mentre stringeva in mano quei fogli e gli

[77] Cfr. nota 57. Goethe ha tratto i passi ossianici dalla rielaborazione della sua traduzione dei *Songs of Selma* eseguita a Strasburgo nell'autunno del 1771 e donata a Friederike Brion.

Hände nahm, und die Augen standen ihm voll Tränen, als er hineinsah. Er setzte sich nieder und las.

„Stern der dämmernden Nacht, schön funkelst du in Westen, hebst dein strahlend[250] Haupt aus deiner Wolke, wandelst stattlich deinen Hügel hin. Wornach blickst du auf die Heide? Die stürmenden Winde haben sich gelegt; von ferne kommt des Gießbachs Murmeln; rauschende Wellen spielen am Felsen ferne; das Gesumme der Abendfliegen schwärmet übers Feld. Wornach siehst du, schönes Licht? Aber du lächelst und gehst, freudig umgeben dich die Wellen und baden dein liebliches Haar. Lebe wohl, ruhiger Strahl. Erscheine, du herrliches Licht von Ossians Seele!

Und es erscheint in seiner Kraft. Ich sehe meine geschiedenen Freunde, sie sammeln sich auf Lora, wie in den Tagen, die vorüber sind. – Fingal kommt wie eine feuchte Nebelsäule; um ihn sind seine Helden, und, siehe! die Barden des Gesanges: Grauer Ullin! stattlicher Ryno! Alpin, lieblicher Sänger! und du, sanft klagende Minona! – Wie verändert seid ihr, meine Freunde, seit den festlichen Tagen auf Selma, da wir buhlten um die Ehre des Gesanges, wie Frühlingslüfte den Hügel hin wechselnd beugen das schwach lispelnde Gras.

Da trat Minona hervor in ihrer Schönheit, mit niedergeschlagenem Blick und tränenvollem Auge, schwer floß ihr Haar im unsteten Winde, der von dem Hügel herstieß. – Düster ward's in der Seele der Helden, als sie die liebliche Stimme erhob; denn oft hatten sie das Grab Salgars gesehen, oft die finstere Wohnung der weißen Colma. Colma, verlassen auf dem Hügel, mit der harmonischen Stimme; Salgar versprach zu kommen; aber ringsum zog sich die Nacht. Höret Colmas Stimme, da sie auf dem Hügel allein saß.

COLMA

Es ist Nacht! – Ich bin allein, verloren auf dem stürmischen Hügel. Der Wind saust im Gebirge. Der Strom heult

[250] *strahlendes.*

occhi gli si riempirono di lacrime quando li scorse. Si mise a sedere e incominciò a leggere.

«Stella della sorgente notte, già tu scintilli in occidente, sollevi dalla nube il tuo capo radioso e vaghi maestosa sulla collina. Cosa cerca il tuo sguardo sopra la landa? I venti tempestosi si sono placati; da lontano viene il mormorio del ruscello; sussurrando giocano le onde intorno alle rocce lontane; il ronzio degli insetti notturni sciama sui campi. Dove volgi i tuoi occhi, o bellissima luce? Ma tu sorridi e ti allontani, gioiose ti circondano le onde e bagnano la tua chioma gentile. Addio, raggio sereno. Appari, o splendida luce dell'anima di Ossian!

E la luce appare nella sua forza. Vedo i miei amici scomparsi che si raccolgono a Lora come nei giorni che ormai sono trascorsi. – Viene Fingal come un'umida colonna di nebbia, intorno a lui ci sono i suoi eroi, ed ecco i bardi del canto: Ullin, il grigio! Ryno, il maestoso! Alpin, il gentile cantore! E tu, Minona dai dolci lamenti! – Quanto siete mutati, amici miei, da quei festosi giorni di Selma, quando gareggiavamo insieme per l'onore del canto, come zefiri di primavera che passando sui colli piegano l'erba che lieve sussurra.

Allora uscí dalla schiera Minona in tutta la sua bellezza, lo sguardo rivolto a terra e gli occhi pieni di lacrime: pesante fluiva la sua chioma nel mutevole vento che spirava dalla collina. – Triste si fece l'anima degli eroi quando levò la sua voce soave; poiché spesso essi avevano veduta la tomba di Salgar, spesso l'oscura casa della bianca Colma. Colma piange, abbandonata su una collina, con la sua voce armoniosa; Salgar ha promesso di venire; ma intorno la buia notte si è chiusa. Udite la voce di Colma, mentre è sola sulla collina:

COLMA:

È notte! Sono sola, perduta sulla collina tempestosa. Ulula il vento nelle montagne. Urla il torrente precipitandosi giú tra

den Felsen hinab. Keine Hütte schützt mich vor Regen, mich Verlaßne auf dem stürmischen Hügel.

Tritt, o Mond, aus deinen Wolken, erscheinet, Sterne der Nacht! Leite mich irgend ein Strahl zu dem Orte, wo meine Liebe ruht von den Beschwerden der Jagd, sein Bogen neben ihm abgespannt, seine Hunde schnobend[251] un ihn! Aber hier muß ich sitzen allein auf dem Felsen des verwachsenen[252] Stroms. Der Strom und der Sturm saust, ich höre nicht die Stimme meines Geliebten.

Warum zaudert mein Salgar? Hat er sein Wort vergessen? – Da ist der Fels und der Baum und hier der rauschende Strom! Mit einbrechender Nacht versprachst du hier zu sein; ach! wohin hat sich mein Salgar verirrt? Mit dir wollt' ich fliehen, verlassen Vater und Bruder, die stolzen! Lange sind unsere Geschlechter Feinde, aber wir sind keine Feinde, o Salgar!

Schweig eine Weile, o Wind! still eine kleine Weile, o Strom, daß meine Stimme klinge durchs Tal, daß mein Wanderer mich höre. Salgar! ich bin's, die ruft! Hier ist der Baum und der Fels! Salgar! mein Lieber! hier bin ich; warum zauderst du zu kommen?

Sieh, der Mond erscheint, die Flut glänzt im Tale, die Felsen stehen grau den Hügel hinauf[253]; aber ich seh' ihn nicht auf der Höhe, seine Hunde vor ihm her verkündigen nicht seine Ankunft. Hier muß ich sitzen allein.

Aber wer sind, die dort unten liegen auf der Heide? – Mein Geliebter? Mein Bruder? – Redet, o meine Freunde! Sie antworten nicht. Wie geängstet ist meine Seele! – Ach sie sind tot! Ihre Schwerter rot vom Gefechte! O mein Bruder, mein Bruder, warum hast du meinen Salgar erschlagen? O

[251] *schnaubend*. Il verbo *schnauben* (sbuffare, ansimare, fremere) al preterito ha forme forti e deboli: *schnob* e *schnaubte*.

[252] Nei *Songs of Selma* del Macpherson si legge: *of the mossy stream* che Goethe, nella sua versione del 1771, traduce fedelmente con: *des mosigen Stromes*. Nel 1774, riprendendo per il *Werther* la traduzione giovanile, ha probabilmente trovato l'aggettivo *mosig* (muschioso) troppo idilliaco e l'ha quindi sostituito con *verwachsen* per evocare il paesaggio sublime di un torrente fragoroso che scorre sotto una vegetazione selvaggia.

[253] Audace costruzione goethiana, tipica del periodo giovanile, che accomuna il verbo di stasi *stehen* con il prefisso di moto *hinauf*, un ossimoro presente del resto anche nell'italiano: 'le rocce si inseguono'.

le rocce. Non c'è una capanna che mi ripari dalla pioggia, sono abbandonata sulla collina tempestosa.

Esci, o Luna, dalle tue nuvole! Apparite, stelle della notte! Mi sia concessa una luce che mi conduca fin dove il mio amore riposa dalle fatiche della caccia, gli è accanto l'arco allentato e gli stanno intorno i cani ansimanti! Io invece devo sedere qui sola sulla roccia in riva al fiume irto di arbusti. Il torrente e la tempesta ululano e io non sento la voce dell'amato.

Perché tarda il mio Salgar? Ha dunque dimenticato la sua parola? – Ecco là la rupe e l'albero e qui il torrente scrosciante! Qui egli mi promise di venire con l'incipiente notte; ah! dove si sarà smarrito il mio Salgar? Con te volevo fuggire, abbandonare il padre e il fratello! I due superbi! Da lungo tempo sono nemiche le nostre schiatte, ma noi non siamo nemici, o Salgar!

Taci per un istante, o vento, taci per un breve istante, o torrente, perché la mia voce risuoni attraverso la valle, perché il mio viandante mi possa udire! Salgar! Sono io che ti chiamo! Qui è l'albero e qui la rupe! Salgar! Mio amato! Io sono qui, perché tardi ancora a venire?

Ecco ora spunta la luna, i flutti rilucono giú nella valle, le rupi si innalzano grige sulla collina, ma io non lo vedo sulla vetta, i suoi cani non corrono davanti a lui per annunziare il suo arrivo. Devo restare qui sola.

Ma chi è steso laggiú in mezzo alla landa? – Mio fratello? Il mio amato? – Parlate, amici miei! Essi non mi rispondono. Come trema di terrore la mia anima! – Ah, sono morti! Ah, le spade sono rosse di sangue! Oh, fratello mio, fratello mio! Perché hai ucciso il mio Salgar! Oh, Salgar mio! perché hai

mein Salgar, warum hast du meinen Bruder erschlagen? Ihr wart mir beide so lieb! O du warst schön an dem Hügel unter Tausenden! Es war schrecklich in der Schlacht. Antwortet mir! hört meine Stimme, meine Geliebten! Aber ach, sie sind stumm, stumm auf ewig! Kalt wie die Erde ist ihr Busen!

O von dem Felsen des Hügels, von dem Gipfel des stürmenden Berges, redet, Geister der Toten! redet! mir soll es nicht grausen! – Wohin seid ihr zur Ruhe gegangen? In welcher Gruft des Gebirges soll ich euch finden? – Keine schwache Stimme vernehme ich im Winde, keine wehende Antwort im Sturme des Hügels.

Ich sitze in meinem Jammer, ich harre auf den Morgen in meinen Tränen. Wühlet das Grab, ihr Freunde der Toten, aber schließt es nicht, bis ich komme. Mein Leben schwindet wie ein Traum; wie sollt' ich zurückbleiben! Hier will ich wohnen mit meinen Freunden an dem Strome des klingenden Felsens – Wenn's Nacht wird auf dem Hügel, und Wind kommt über die Heide, soll mein Geist im Winde stehn und trauern den Tod meiner Freunde. Der Jäger hört mich aus seiner Laube, fürchtet meine Stimme und liebt sie; denn süß soll meine Stimme sein um meine Freunde, sie waren mir beide so lieb!

Das war dein Gesang, o Minona, Tormans sanft errötende Tochter. Unsere Tränen flossen um Colma, und unsere Seele ward düster.

Ullin trat auf mit der Harfe und gab uns Alpins Gesang – Alpins Stimme war freundlich, Rynos Seele ein Feuerstrahl. Aber schon ruhten sie im engen Hause, und ihre Stimme war verhallet in Selma. Einst kehrte Ullin zurück von der Jagd, ehe die Helden noch fielen. Er hörte ihren Wettegesang auf dem Hügel. Ihr Lied war sanft, aber traurig. Sie klagten Morars Fall, des ersten der Helden. Seine Seele war wie Fingals Seele, sein Schwert wie das Schwert Oskars[254] – Aber er fiel, und sein Vater jammerte, und seiner Schwester Augen waren voll Tränen, Minonas Augen waren voll Tränen, der Schwe-

[254] *Oslar* nel testo di Macpherson. Si tratta forse di un errore di stampa.

ucciso mio fratello? Vi amavo tanto entrambi! Oh, tu eri il piú bello in mezzo a mille in cima alla collina. Egli era terribile nella battaglia. Rispondetemi! Udite la mia voce, o miei amati! Ahimè, sono muti! Muti per sempre! Ah! Gelido, come la terra, è il loro petto!

Oh parlateci delle rupi sul colle, della vetta del monte burrascoso, o spiriti dei morti! Parlate! Io non avrò paura! – Dov'è ora la vostra ultima dimora? In quale avello del monte vi potrò ritrovare? – Nessuna flebile voce mi giunge nel vento, nessuna risposta mandata nella bufera sopra le colline.

Sto qui nel mio dolore, attendo il mattino tra le lacrime. Scavate la tomba, o amici dei morti, ma non la chiudete finché io non sia giunta. La mia vita si dilegua come un sogno, come potrei sopravvivere? Qui voglio restare con i miei amici lungo il fiume della rupe sonante. – Quando la notte scende sul colle e il vento sopravviene sulla landa, il mio spirito andrà col vento e piangerà la morte dei miei amici. Il cacciatore mi ode nel suo appostamento, ha timore della mia voce eppure l'ama; poiché dolce sarà la mia voce che piange i miei amici, entrambi a me cosí cari!

Questo fu il tuo canto, o Minona, o pudica figlia di Torman dal soave rossore. Le nostre lacrime scorrevano per Colma, e fosca era la nostra anima.

Ullin si fece avanti con la sua arpa e ci diede il canto di Alpin – gentile era la voce di Alpin, e l'anima di Ryno era un raggio di fuoco. Ma già essi giacevano nella loro angusta dimora e si era spenta a Selma la loro voce. Un giorno Ullin tornava dalla caccia prima che gli eroi fossero caduti e li udí cantare a gara sopra la collina. Dolce era la loro canzone, ma triste. Essi piangevano la morte di Morar, il primo degli eroi. La sua anima era come l'anima di Fingal, la sua spada come la spada di Oscar. – Ma egli cadde e suo padre si lamentava e gli occhi di sua sorella erano pieni di lacrime, pieni di lacrime erano gli occhi di Minona, la sorella del magnifico Morar. Al canto di Ul-

ster des herrlichen Morars. Sie trat zurück vor Ullins Gesang, wie der Mond in Westen, der den Sturmregen voraussieht und sein schönes Haupt in eine Wolke verbirgt. – Ich schlug die Harfe mit Ullin zum Gesange des Jammers.

RYNO

Vorbei sind Wind und Regen, der Mittag ist so heiter, die Wolken teilen sich. Fliehend bescheint den Hügel die unbeständige Sonne. Rötlich fließt der Strom des Bergs im Tale hin. Süß ist dein Murmeln, Strom; doch süßer die Stimme, die ich höre. Es ist Alpins Stimme, er bejammert den Toten. Sein Haupt ist vor Alter gebeugt und rot sein tränendes Auge. Alpin, trefflicher Sänger, warum allein auf dem schweigenden Hügel? Warum jammerst du wie ein Windstoß im Walde, wie eine Welle am fernen Gestade?

ALPIN

Meine Tränen, Ryno, sind für den Toten, meine Stimme für die Bewohner des Grabs. Schlank bist du auf dem Hügel, schön unter den Söhnen der Heide. Aber du wirst fallen wie Morar, und auf deinem Grabe wird der Trauernde sitzen. Die Hügel werden dich vergessen, dein Bogen in der Halle liegen ungespannt.

Du warst schnell, o Morar, wie ein Reh auf dem Hügel, schrecklich wie die Nachtfeuer am Himmel. Dein Grimm war ein Sturm, dein Schwert in der Schlacht wie Wetterleuchten über der Heide. Deine Stimme glich dem Waldstrome nach dem Regen, dem Donner auf fernen Hügeln. Manche fielen von deinem Arm, die Flamme deines Grimmes verzehrte sie. Aber wenn du wiederkehrtest vom Kriege, wie friedlich war deine Stirne! dein Angesicht war gleich der Sonne nach dem Gewitter, gleich dem Monde in der schweigenden Nacht, ruhig deine Brust wie der See, wenn sich des Windes Brausen gelegt hat.

Eng ist nun deine Wohnung, finster deine Stätte! Mit drei

lin essa si ritrasse, come si ritrae la luna in occidente quando sente venire nembi tempestosi e nasconde la bella testa in una nuvola. – Suonai l'arpa con Ullin per cantare il nostro dolore.

RYNO:

Sono finiti il vento e la pioggia, sereno è il meriggio, le nuvole si diradano. Fuggendo illumina il colle il sole incostante. Roseo scorre il torrente dal monte alla valle. Dolce è il tuo mormorio, o torrente, ma piú dolce è la voce ch'io odo. È la voce di Alpin che piange l'eroe caduto. Chinato dagli anni è il capo, e rossi i suoi occhi lacrimanti. Alpin! Eccelso cantore! Perché cosí solo sul colle silenzioso? Perché ti lamenti come una raffica di vento nel bosco, come un'onda su una riva lontana?

ALPIN:

Le mie lacrime, Ryno, sono per i caduti, la mia voce per gli abitanti della tomba. Agile tu sei in cima al colle, bello tra i figli della landa. Ma anche tu cadrai, come Morar, e sulla tua tomba siederanno in lutto i tuoi amici. Le colline ti dimenticheranno, il tuo arco non piú teso giacerà nell'atrio della casa.

Rapido tu eri, o Morar, come un capriolo sulla collina, terribile come i fuochi notturni nel cielo. La tua collera era una bufera, la tua spada nella battaglia come i fulmini sopra la landa. La tua voce assomigliava al torrente nel bosco dopo le piogge, al tuono sulle colline lontane. Molti son caduti per la tua mano, la fiamma della tua ira li ha consumati. Ma quando ritornavi dalla battaglia, come era serena la tua fronte! Il tuo volto era simile al sole dopo il temporale, simile alla luna nella notte silente, pacifico il tuo petto come il lago quando si è placato il furore del vento.

Stretta è oramai la tua casa! Tenebrosa la tua dimora! Con

Schritten mess' ich dein Grab, o du, der du ehe so groß warst! Vier Steine mit moosigen Häuptern sind dein einziges Gedächtnis; ein entblätterter Baum, langes Gras, das im Winde wispelt, deutet dem Auge des Jägers das Grab des mächtigen Morars. Keine Mutter hast du, dich zu beweinen, kein Mädchen mit Tränen der Liebe. Tot ist, die dich gebar, gefallen die Tochter von Morglan.

Wer auf seinem Stabe ist das? Wer ist es, dessen Haupt weiß ist vor Alter, dessen Augen rot sind von Tränen? Es ist dein Vater, o Morar, der Vater keines Sohnes außer dir. Er hörte von deinem Ruf in der Schlacht, er hörte von zerstobenen[255] Feinden; er hörte Morars Ruhm! Ach! nichts von seiner Wunde? Weine, Vater Morars, weine! Aber dein Sohn hört dich nicht. Tief ist der Schlaf der Toten, niedrig ihr Kissen von Staube. Nimmer achtet er auf die Stimme, nie erwacht er auf deinen Ruf. O wann wird es Morgen im Grabe, zu bieten dem Schlummerer: Erwache!

Lebe wohl, edelster der Menschen, du Eroberer im Felde! Aber nimmer wird dich das Feld sehen, nimmer der düstere Wald leuchten vom Glanze deines Stahls. Du hinterließest keinen Sohn, aber der Gesang soll deinen Namen erhalten, künftige Zeiten sollen von dir hören, hören von dem gefallenen Morar. –

Laut war die Trauer der Helden, am lautesten Armins berstender[256] Seufzer. Ihn erinnerte es an den Tod seines Sohnes, er fiel in den Tagen der Jugend. Carmor saß nah bei dem Helden, der Fürst des hallenden Galmal. ‚Warum schluchzet der Seufzer Armins?' sprach er, ‚was ist hier zu weinen? Klingt nicht Lied und Gesang, die Seele zu schmelzen und zu ergetzen? sie sind wie sanfter Nebel, der steigend vom See aufs Tal sprüht, und die blühenden Blumen füllet das Naß; aber die Sonne kommt wieder in ihrer Kraft, und der Nebel ist gegangen. Warum bist du so jammervoll, Armin, Herrscher des seeumflossenen Gorma?'

[255] Participio passato del verbo intransitivo *zerstieben* (polverizzarsi, disperdersi, dileguarsi). La forma transitiva è *zerstäuben*: 'ridurre in polvere'.

[256] Il verbo *bersten*, qui usato nel senso di *ausbrechen* (scoppiare, iniziare improvvisamente), significa 'fendersi', 'spaccarsi', 'esplodere'.

tre passi posso misurare la tua tomba, ahimè! tu che eri cosí grande! Quattro pietre dal capo muscoso sono l'unico ricordo di te, un albero senza foglie, erba lunga che sussurra nel vento, mostrano all'occhio del cacciatore la tomba del potente Morar. Non hai piú madre che possa piangerti, non hai piú sposa che versi su te le lacrime dell'amore. Morta è colei che ti generò, caduta è la figlia di Morglan.

Chi è quell'uomo appoggiato al suo bastone? Chi è costui, il cui capo è bianco per gli anni, i cui occhi sono rossi di lacrime? È tuo padre, Mostar, il padre di nessun altro figlio dopo di te. Udí della tua gloria in battaglia, udí dei nemici dispersi, udí la fama di Morar. E non udí, ahimè nulla della tua ferita? Piangi, padre di Morar! piangi! Ma tuo figlio non t'ode. Profondo è il sonno dei morti, basso il loro cuscino di polvere. Mai piú egli udrà la tua voce, mai piú si desterà al tuo richiamo. Oh, quando spunterà l'alba nella tomba per ordinare al dormiente: Ridestati!

Addio, nobilissimo fra gli uomini, tu conquistatore in battaglia! Mai piú ti vedrà il campo! Mai piú la cupa foresta risplenderà del lampo del tuo acciaio. Tu non lasci nessun figlio, ma il canto tramanderà il tuo nome, i tempi futuri udranno di te, udranno della morte di Morar.

Alto fu il lamento degli eroi, piú alti gli strazianti sospiri di Armin. Ricordava la morte del figlio caduto nei giorni della sua giovinezza. Carmor, il principe del Galmal sonante, sedeva accanto all'eroe. "Perché Armin singhiozza e sospira? – disse. – Che c'è da piangere? Non risuonano musica e canto per addolcire l'anima e farla gioire? Sono come nebbia soave che salendo dal lago irrora la valle e riempie di umori i fiori sboccianti; ma il sole ritorna con la sua forza e la nebbia scompare. Perché sei cosí triste, o Armin, signore di Gorma, circondata dai laghi?"

'Jammervoll! Wohl das bin ich, und nicht gering die Ursache meines Wehs. – Carmor, du verlorst keinen Sohn, verlorst keine blühende Tochter; Colgar, der Tapfere, lebt, und Annira, die schönste der Mädchen. Die Zweige deines Hauses blühen, o Carmor; aber Armin ist der Letzte seines Stammes. Finster ist dein Bett, o Daura! dumpf ist dein Schlaf in dem Grabe – Wann erwachst du mit deinen Gesängen, mit deiner melodischen Stimme? Auf, ihr Winde des Herbstes! auf, stürmt über die finstere Heide! Waldströme, braust! Heult, Stürme, im Gipfel der Eichen! Wandle durch gebrochene Wolken, o Mond, zeige wechselnd dein bleiches Gesicht! Erinnre mich der schrecklichen Nacht, da meine Kinder umkamen, da Arindal, der Mächtige, fiel, Daura, die Liebe, verging.

Daura, meine Tochter, du warst schön, schön wie der Mond auf den Hügeln von Fura, weiß wie der gefallene Schnee, süß wie die atmende Luft! Arindal, dein Bogen war stark, dein Speer schnell auf dem Felde, dein Blick wie Nebel auf der Welle, dein Schild eine Feuerwolke im Sturme!

Armar, berühmt im Kriege, kam und warb um Dauras Liebe; sie widerstand nicht lange. Schön waren die Hoffnungen ihrer Freunde[257].

Erath, der Sohn Odgals, grollte, denn sein Bruder lag erschlagen von Armar. Er kam, in einen Schiffer verkleidet. Schön war sein Nachen auf der Welle, weiß seine Locken vor Alter, ruhig sein ernstes Gesicht. ‚Schönste der Mädchen,' sagte er, ‚liebliche Tochter von Armin, dort am Felsen, nicht fern in der See, wo die rote Frucht vom Baume herblinkt, dort wartet Armar auf Daura; ich komme, seine Liebe zu führen über die rollende See.'

Sie folgt' ihm und rief nach Armar; nichts antwortete als die Stimme des Felsens. ‚Armar! mein Lieber! mein Lieber! warum ängstest du mich so? Höre, Sohn Arnarths! höre! Daura ist's, die dich ruft!'

Erath, der Verräter, floh lachend zum Lande. Sie erhob ih-

[257] In questo canto ossianico la voce narrante alterna l'invocazione diretta in seconda persona (*du*) alla narrazione in terza persona (*er*).

“Triste! Certo, lo sono, e non è piccola la causa dei miei lamenti. Carmor, tu non hai perduto un figlio, non hai perduto nessuna figlia fiorente. Colgar il valoroso vive e vive Annira, la piú bella delle fanciulle. Fioriscono i rami della tua casa, o Carmor; ma Armin è l’ultimo della sua stirpe. Cupo è il tuo letto, o Daura! Torpido è il tuo sonno nella tomba. Quando ti desterai con le tue canzoni, con la tua voce melodiosa? Su! Venti dell’autunno! Su! Scatenatevi per la landa tenebrosa! Strepitate, o torrenti nel bosco! Ululate, uragani, nella vetta delle querce! Attraversa le nuvole lacerate, o Luna, mostra e nascondi il tuo pallido volto! Ricordami l’orribile notte in cui perirono i miei figli, quando cadde Arindal il potente, si spense Daura la dolce.

Daura, figlia mia, com’eri bella! Bella come la luna sulle colline di Fura, bianca come la neve appena caduta, dolce come l’aria che respira! Arindal, forte era il tuo arco, rapida la tua lancia sul campo, il tuo sguardo come nebbia sulle onde, il tuo scudo come una nuvola di fuoco nella tempesta!

Armar, glorioso in guerra, venne e chiese l’amore di Daura; essa non gli resistette a lungo. Belle erano le speranze dei loro amici.

Erath, figlio di Odgall, nutriva astio e rancore, poiché suo fratello era stato ucciso da Armar. Venne travestito da barcaiolo. Bella era la sua barca sulle onde, bianche per età le sue chiome, calmo il suo volto severo. ‘O la piú bella delle fanciulle, – egli disse, – graziosa figlia di Armin, là sotto la rupe, non lontano sul mare dove i frutti purpurei scintillano dai rami, là Armar attende Daura; io son venuto per condurgli il suo amore sopra l’ondoso mare’.

Lei lo seguí e chiamava Armar; ma null’altro le rispondeva che la voce delle rupi. ‘Armar! Mio amore! Mio amore! Perché mi spaventi cosí? Ascolta? figlio di Arnath! Ascolta, sono io, Daura, che ti chiamo!’

Erath, il traditore, fuggí, ridendo, a riva. Essa alzò la sua

re Stimme, rief nach ihrem Vater und Bruder: ‚Arindal! Armin! Ist keiner, seine Daura zu retten?‘

Ihre Stimme kam über die See. Arindal, mein Sohn, stieg vom Hügel herab, rauh in der Beute der Jagd, seine Pfeile rasselten an seiner Seite, seinen Bogen trug er in der Hand, fünf schwarzgraue Doggen waren um ihn. Er sah den kühnen Erath am Ufer, faßt' und band ihn an die Eiche, fest umflocht er seine Hüften, der Gefesselte füllte mit Ächzen die Winde.

Arindal betritt die Wellen in seinem Boote, Daura herüber zu bringen. Armar kam in seinem Grimme, drückt' ab den grau befiederten Pfeil, er klang, er sank in dein Herz, o Arindal, mein Sohn! Statt Eraths, des Verräters, kamst du um, das Boot erreichte den Felsen, er sank dran nieder und starb. Zu deinen Füßen floß deines Bruders Blut, welch war dein Jammer, o Daura!

Die Wellen zerschmettern das Boot. Armar stürzt sich in die See, seine Daura zu retten oder zu sterben. Schnell stürmte ein Stoß vom Hügel in die Wellen, er sank und hob sich nicht wieder.

Allein auf dem seebespülten Felsen hört' ich die Klagen meiner Tochter. Viel und laut war ihr Schreien, doch konnt' sie ihr Vater nicht retten. Die ganze Nacht stand ich am Ufer, ich sah sie im schwachen Strahle des Mondes, die ganze Nacht hört' ich ihr Schreien, laut war der Wind, und der Regen schlug scharf nach der Seite des Berges. Ihre Stimme ward schwach, ehe der Morgen erschien, sie starb weg wie die Abendluft zwischen dem Grase der Felsen. Beladen mit Jammer starb sie und ließ Armin allein! Dahin ist meine Stärke im Kriege, gefallen mein Stolz unter den Mädchen.

Wenn die Stürme des Berges kommen, wenn der Nord die Wellen hochhebt, sitz' ich am schallenden Ufer, schaue nach dem schrecklichen Felsen. Oft im sinkenden Monde seh' ich die Geister meiner Kinder, halb dämmernd wandeln sie zusammen in trauriger Eintracht.'“

Ein Strom von Tränen, der aus Lottens Augen brach und ihrem gepreßten Herzen Luft machte, hemmte Werthers Gesang. Er warf das Papier hin, faßte ihre Hand und weinte die

voce chiamando il padre e il fratello: ‘Arindal! Armin! Non c’è nessuno che salvi la sua Daura?’

La sua voce giunse di qua dal mare. Arindal, mio figlio, scese dalla collina, terribile col suo bottino di caccia, le frecce tintinnavano al suo fianco, portava l’arco in mano e cinque mastini neri gli correvano intorno. Scorse l’ardito Erath sulla spiaggia, lo prese e lo legò a una quercia, strinse con solidi nodi i suoi fianchi, il prigioniero riempiva di gemiti il vento.

Arindal scese con la sua barca tra le onde per riprendere Daura. Armar giunse pieno di collera, scoccò la freccia dalle penne grige, che risuonò nell’aria e affondò nel tuo cuore, o Arindal, figlio mio! Invece di Erath, il traditore, peristi tu, la barca raggiunse le rocce e si infranse, tu affondasti e moristi. Ai tuoi piedi fu sparso il sangue di tuo fratello, o Daura, quanto fu il tuo dolore!

Le onde infransero il battello. Armar si gettò nel mare per salvare Daura o per morire con lei. Rapido come un colpo di vento si precipitò dal colle nelle onde, ma affondò e non tornò piú alla luce.

Solo sulle rupi flagellate dal mare udivo i lamenti di mia figlia. Molte ed altissime erano le sue grida, ma suo padre non poteva salvarla. Tutta la notte rimasi sulla riva, la vedevo nel debole raggio della luna, tutta la notte udii le sue grida, fragoroso era il vento e la pioggia batteva gelida contro i fianchi del monte. La sua voce si affievolí prima che apparisse l’aurora, si spense come il vento notturno fra l’erba delle rocce. Morí carica di dolore e lasciò solo Armin! Spenta è la mia forza in battaglia, caduto è il mio orgoglio fra le fanciulle.

Quando vengono le tempeste della montagna, quando la tramontana leva in alto le onde, io siedo sulla riva sonora e guardo le terribili rupi. Spesso, quando cala la luna, vedo gli spiriti dei miei figli, ombre evanescenti che passano in triste concordia”».

Un fiume di lacrime che sgorgò dagli occhi di Lotte dando sfogo al suo cuore angosciato interruppe il canto di Werther. Lui gettò il foglio e afferrò la sua mano piangendo amarissime

bittersten Tränen. Lotte ruhte auf der andern und verbarg ihre Augen ins Schnupftuch[258]. Die Bewegung beider war fürchterlich. Sie fühlten ihr eigenes Elend in dem Schicksale der Edlen, fühlten es zusammen, und ihre Tränen vereinigten sich. Die Lippen und Augen Werthers glühten an Lottens Arme; ein Schauer überfiel sie; sie wollte sich entfernen, und Schmerz und Anteil lagen betäubend wie Blei auf ihr. Sie atmete, sich zu erholen, und bat ihn schluchzend fortzufahren, bat mit der ganzen Stimme des Himmels! Werther zitterte, sein Herz wollte bersten, er hob das Blatt auf und las halb gebrochen:

„Warum weckst du mich, Frühlingsluft? Du buhlst und sprichst: Ich betaue mit Tropfen des Himmels! Aber die Zeit meines Welkens ist nahe, nahe der Sturm, der meine Blatter herabstört! Morgen wird der Wanderer kommen, kommen der mich sah in meiner Schönheit, ringsum wird sein Auge im Felde mich suchen und wird mich nicht finden. –"

Die ganze Gewalt dieser Worte fiel über den Unglücklichen. Er warf sich vor Lotten nieder in der vollen Verzweifelung[259], faßte ihre Hände, drückte sie in seine Augen, wider seine Stirn, und ihr schien eine Ahnung seines schrecklichen Vorhabens durch die Seele zu fliegen. Ihre Sinne verwirrten sich, sie drückte seine Hände, drückte sie wider ihre Brust, neigte sich mit einer wehmütigen Bewegung zu ihm, und ihre glühenden Wangen berührten sich. Die Welt verging ihnen. Er schlang seine Arme um sie her, preßte sie an seine Brust und deckte ihre zitternden, stammelnden Lippen mit wütenden Küssen. – „Werther!" rief sie mit erstickter Stimme, sich abwendend, „Werther!", und drückte mit schwacher Hand seine Brust von der ihrigen; „Werther!" rief sie mit dem gefaßten Tone des edelsten Gefühles. – Er widerstand nicht, ließ sie aus seinen Armen und warf sich unsinnig vor sie hin. – Sie riß sich auf, und in ängstlicher Verwirrung, bebend zwi-

[258] Nella Germania meridionale si usa spesso la parola *Schnupftuch* invece di *Taschentuch* (fazzoletto).

[259] *Verzweiflung*.

lacrime. Lotte appoggiava il capo sull'altra mano e nascondeva gli occhi nel fazzoletto. Terribile il turbamento di entrambi. Sentivano la loro sventura nel destino dei nobili eroi, la sentivano insieme e le loro lacrime si congiunsero. Le labbra e gli occhi di Werther ardevano sul braccio di Lotte, un brivido la prese, voleva allontanarsi, ma dolore e partecipazione la stordivano pesando su di lei come piombo. Per riaversi trasse un respiro e singhiozzando lo pregò di continuare e nella sua preghiera c'era la voce del cielo! Werther tremava, gli pareva che il cuore volesse scoppiargli, raccolse il foglio e lesse con voce rotta:

«Perché mi svegli, aura di primavera? Tu mi accarezzi e mi dici: Io ti irroro con la rugiada del cielo! Ma è vicino il tempo in cui sfiorirò, vicina è la tempesta che strapperà le mie foglie. Domani verrà il viandante, verrà colui che mi vide in tutta la mia bellezza, il suo occhio mi cercherà intorno alla landa e non mi troverà».

La forza di queste parole colpí l'infelice. Preso dalla disperazione si gettò ai piedi di Lotte, le afferrò le mani, se le premette sugli occhi, contro la fronte e per lei fu come se il presentimento del suo terribile proposito le attraversasse l'anima. Si sentí smarrire, strinse le sue mani, se le portò al petto, si chinò verso di lui in un gesto struggente e le loro guance infuocate si toccarono. Il mondo scomparve, la prese fra le braccia, se la strinse al petto e coprí di baci furiosi le sue labbra tremanti. – Werther! – gridò con voce soffocata scostandosi da lui, – Werther! – e con debole mano lo allontanò da sé. – Werther! – ripeté infine nel tono fermo del sentimento piú nobile. Lui non fece resistenza, la lasciò andare e si gettò come impazzito ai suoi piedi. Lei si alzò angosciata e confusa e, tre-

*Wehmütig = malinconico
struggente = qualvoll / quälend

schen Liebe und Zorn, sagte sie: „Das ist das letzte Mal! Werther! Sie sehn mich nicht wieder." Und mit dem vollsten Blick der Liebe auf den Elenden eilte sie ins Nebenzimmer und schloß hinter sich zu. – Werther streckte ihr die Arme nach, getraute sich nicht, sie zu halten. Er lag an der Erde, den Kopf auf dem Kanapee, und in dieser Stellung blieb er über eine halbe Stunde, bis ihn ein Geräusch zu sich selbst rief. Es war das Mädchen, das den Tisch decken wollte. Er ging im Zimmer auf und ab, und da er sich wieder allein sah, ging er zur Türe des Kabinetts und rief mit leiser Stimme: „Lotte! Lotte! nur noch ein Wort! Ein Lebewohl!" – Sie schwieg. – Er harrte und bat und harrte; dann riß er sich weg und rief: „Lebe wohl, Lotte! Auf ewig lebe wohl!"

Er kam ans Stadttor. Die Wächter, die ihn schon gewohnt waren, ließen ihn stillschweigend hinaus. Es stiebte[260] zwischen Regen und Schnee, und erst gegen eilfe klopfte er wieder. Sein Diener bemerkte, als Werther nach Hause kam, daß seinem Herrn der Hut fehlte. Er getraute sich nicht, etwas zu sagen, entkleidete ihn, alles war naß. Man hat nachher den Hut auf einem Felsen, der an dem Abhange des Hügels ins Tal sieht, gefunden, und es ist unbegreiflich, wie er ihn in einer finstern, feuchten Nacht, ohne zu stürzen, erstiegenhat.

Er legte sich zu Bette und schlief lange. Der Bediente fand ihn schreibend, als er ihm den andern Morgen auf sein Rufen den Kaffee brachte. Er schrieb folgendes am Briefe an Lotten:

„Zum letztenmale denn, zum letztenmale schlage ich diese Augen auf. Sie sollen, ach, die Sonne nicht mehr sehn, ein trüber, neblichter[261] Tag hält sie bedeckt. So traure denn, Natur! dein Sohn, dein Freund, dein Geliebter naht sich seinem Ende. Lotte, das ist ein Gefühl ohnegleichen, und doch kommt es dem dämmernden Traum am nächsten, zu sich zu sagen: das ist der letzte Morgen. Der letzte! Lotte, ich habe keinen Sinn für das Wort: der letzte! Stehe ich nicht da in meiner

[260] Goethe usa la forma debole di *stieben* (spazzare, spargersi, disperdersi come polvere) altrimenti prevalentemente forte (*stieben*, *stob*, *gestoben*). Qui ha il senso di *stöbern*: 'turbinare', 'sollevare polvere'.

[261] *nebliger*.

mando fra l'amore e lo sdegno, gli disse: – Questa è l'ultima volta, Werther! Lei non mi vedrà piú. – E con uno sguardo pieno d'amore per l'infelice corse nella stanza accanto e vi si rinchiuse. Werther tese le braccia verso di lei, ma non osò trattenerla. Era disteso sul pavimento con la testa sul canapé e restò in questa posizione piú di mezz'ora finché un rumore lo richiamò a se stesso. Era la cameriera che voleva apparecchiare la tavola. Andò un paio di volte su e giú per la stanza, e poiché si ritrovò solo, si avvicinò alla porta del salotto e chiamò sottovoce: – Lotte! Lotte! Solo una parola ancora! Un ultimo addio! – Lei non rispose. Lui rimase lí ad attendere, supplicò e attese ancora; poi si strappò via dalla porta gridando: – Addio, Lotte! Per sempre addio!

Giunse alla porta della città. Le guardie che erano abituate a vederlo lo lasciarono passare senza dir nulla. Cadeva con violenza il nevischio, e solo verso le undici tornò a bussare alla porta. Quando tornò a casa, il suo servitore si accorse che aveva perduto il cappello. Non osò fare domande. Piú tardi trovarono il suo cappello su una rupe che strapiomba sulla valle dall'alto della collina ed è incredibile che sia potuto salire lassú in una notte cosí umida e buia, senza precipitare.

Si coricò e dormí a lungo. Quando la mattina dopo il cameriere, da lui chiamato, gli portò il caffè, lo trovò che scriveva. Aveva aggiunto le seguenti righe alla lettera per Lotte:

«Per l'ultima volta, dunque, per l'ultima volta riapro gli occhi. Essi, ahimè, non vedranno piú il sole, una giornata fosca e nebbiosa lo nasconde. Piangi dunque, o natura! Il tuo figlio, il tuo amico, il tuo innamorato si avvicina alla fine. Lotte, è un sentimento inaudito, paragonabile forse alle prime ombre di un sogno, dire a se stessi: questa è l'ultimo mattino. L'ultimo! Lotte, non riesco a comprendere questa parola: l'ultimo! Non sono forse ancora qui nel pieno delle mie forze – e domani sarò

ganzen Kraft, und morgen liege ich ausgestreckt und schlaff am Boden. Sterben! was heißt das? Siehe, wir träumen, wenn wir vom Tode reden. Ich habe manchen sterben sehen; aber so eingeschränkt ist die Menschheit, daß sie für ihres Daseins Anfang und Ende keinen Sinn hat. Jetzt noch mein, dein! dein, o Geliebte! Und einen Augenblick – getrennt, geschieden – vielleicht auf ewig? – Nein, Lotte, nein – Wie kann ich vergehen? wie kannst du vergehen? Wir sind ja! – Vergehen! – Was heißt das? Das ist wieder ein Wort, ein leerer Schall, ohne Gefühl für mein Herz. – – Tot, Lotte! eingescharrt[262] der kalten Erde, so eng! so finster! – Ich hatte eine Freundin, die mein alles war meiner hülflosen[263] Jugend; sie starb, und ich folgte ihrer Leiche und stand an dem Grabe, wie sie den Sarg hinunterließen und die Seile schnurrend[264] unter ihm weg und wieder herauf schnellten, dann die erste Schaufel hinunterschollerte, und die ängstliche Lade[265] einen dumpfen Ton wiedergab, und dumpfer und immer dumpfer, und endlich bedeckt war! – Ich stürzte neben das Grab hin – ergriffen, erschüttert, geängstet[266], zerrissen mein Innerstes, aber ich wußte nicht, wie mir geschah – wie mir geschehen wird – Sterben! Grab! ich verstehe die Worte nicht!

O vergib mir! vergib mir! Gestern! Es hätte der letzte Augenblick meines Lebens sein sollen. O du Engel! Zum ersten Male, zum ersten Male ganz ohne Zweifel durch mein innig Innerstes durchglühte mich das Wonnegefühl: Sie liebt mich! Sie liebt mich! Es brennt noch auf meinen Lippen das heilige Feuer, das von den deinigen strömte, neue, warme Wonne ist in meinem Herzen. Vergib mir! vergib mir!

Ach, ich wußte, daß du mich liebtest, wußte es an den ersten seelenvollen Blicken, an dem ersten Händedruck, und doch, wenn ich wieder weg war, wenn ich Alberten an deiner Seite sah, verzagte ich wieder in fieberhaften Zweifeln.

[262] Il verbo *einscharren* (da *scharren*: raschiare, scavare a fondo) è sinonimo di *begraben* (seppellire) con forte connotazione peggiorativa.

[263] Oggi: *hilflos*.

[264] Parola onomatopeica che riproduce il rumore della corda mentre viene sfilata. Oggi *schnurren* significa 'ronzare', 'fare le fusa'.

[265] *der angsterregende Sarg*.

[266] *Ängsten* è forma poetica di *ängstigen* (spaventare).

steso esanime a terra? Morire! Che cosa significa? Vedi, noi sogniamo quando parliamo della morte. Ho visto morire piú d'uno; ma l'uomo è cosí limitato che non riesce a capire fine e principio della propria esistenza. La quale ora è ancora mia, no!, tua, tua, o mia amata! E fra un istante – separati, divisi – forse per l'eternità? No, Lotte, no. – Come è possibile che io scompaia? Come puoi tu scomparire? Se noi esistiamo! – Scomparire! Che significa? Ecco un'altra parola! un suono vuoto! senza senso per il mio cuore. – – Morto, Lotte. Imprigionato nella terra gelida, cosí fitta, cosí buia! – Avevo un'amica che era tutto per la mia desolata giovinezza; morí e io accompagnai la sua salma e stavo sull'orlo della fossa, quando calarono la bara e sentii il rumore sordo delle funi, che prima scorrevano sotto il legno e poi guizzarono in alto, e quindi il tonfo della prima palata di terra e la terribile cassa dava un rimbombo cupo, sempre piú cupo, finché non fu del tutto coperta! – Caddi accanto alla tomba. Il mio cuore era commosso, angosciato, sconvolto, straziato, eppure non capivo cosa mi stesse accadendo, cosa mi sarebbe accaduto – Morire! La tomba! Non capisco queste parole!

Oh, perdonami! perdonami! Ieri! – Avrebbe dovuto esser l'ultimo istante della mia vita. Angelo mio! Per la prima volta, per la prima volta senza alcun dubbio mi ha attraversato fin nel piú profondo del cuore il calore di un senso di beatitudine; lei mi ama! mi ama! Sulle mie labbra brucia ancora il sacro fuoco che veniva dalle tue labbra, nel mio cuore c'è una nuova, calda beatitudine. Perdonami! Perdonami!

Ah, lo sapevo che tu mi amavi, lo sapevo sin da quei primi sguardi pieni di sentimento, sin dalla prima volta in cui ci siamo stretti la mano. Eppure, non appena me ne andavo da te o quando vedevo Albert al tuo fianco, mi dibattevo di nuovo in dubbi febbrili.

Erinnerst du dich der Blumen, die du mir schicktest, als du in jener fatalen[267] Gesellschaft mir kein Wort sagen, keine Hand reichen konntest? o, ich habe die halbe Nacht davor gekniet, und sie versiegelten mir deine Liebe. Aber ach! diese Eindrücke gingen vorüber, wie das Gefühl der Gnade seines Gottes allmählich wieder aus der Seele des Gläubigen weicht, die ihm mit ganzer Himmelsfülle in heiligen, sichtbaren Zeichen gereicht ward.

Alles das ist vergänglich, aber keine Ewigkeit soll das glühende Leben auslöschen, das ich gestern auf deinen Lippen genoß, das ich in mir fühle! Sie liebt mich! Dieser Arm hat sie umfaßt, diese Lippen haben auf ihren Lippen gezittert, dieser Mund hat an dem ihrigen gestammelt. Sie ist mein! du bist mein! ja, Lotte, auf ewig.

Und was ist das, daß Albert dein Mann ist? Mann! Das wäre denn für diese Welt – und für diese Welt Sünde, daß ich dich liebe, daß ich dich aus seinen Armen in die meinigen reißen möchte? Sünde? Gut, und ich strafe mich dafür; ich habe sie in ihrer ganzen Himmelswonne geschmeckt, diese Sünde, habe Lebensbalsam und Kraft in mein Herz gesaugt. Du bist von diesem Augenblicke mein! mein, o Lotte! Ich gehe voran! gehe zu meinem Vater, zu deinem Vater. Dem will ich's klagen, und er wird mich trösten, bis du kommst, und ich fliege dir entgegen und fasse dich und bleibe bei dir vor dem Angesichte des Unendlichen in ewigen Umarmungen[268].

Ich träume nicht, ich wähne nicht! Nahe am Grabe wird mir es heller. Wir werden sein! wir werden uns wieder sehen[269]! Deine Mutter sehen! ich werde sie sehen, werde sie

[267] L'aggettivo *fatal* (fatale) ha qui il senso di *peinlich*, *unangenehm* (sgradevole).

[268] Questo passo ricorda l'ode di Klopstock *An Fanny*: «Dann eil ich zu dir... | Und dich umarmen! Dann, o Unsterblichkeit, | Gehörst du ganz uns!... | Dann wird ein Tag sein, den werd ich auferstehen! | Dann wird ein Tag sein, den wirst du auferstehen! | Dann trennt kein Schicksal mehr die Seelen | Die du einander, Natur, bestimmtest» (Poi correrò verso di te per abbracciarti! Allora, o eternità, ci apparterrai!... Verrà un giorno e io risusciterò! | Verrà un giorno e tu risusciterai! | Allora nessuno dividerà piú le anime | Che tu, o natura, volevi unite).

[269] Cfr. la lettera del 10 settembre 1771. Prima di uccidersi Jerusalem aveva concluso una lettera al dottor Herd con la frase: «Um ein Uhr – in jenem Leben sehen wir uns wieder» (All'una – Nell'altra vita ci rivedremo).

Ti ricordi ancora dei fiori che mi mandasti quando in quell'insopportabile ricevimento non potesti dirmi una sola parola, né darmi la mano? Oh, per metà della notte rimasi inginocchiato davanti a quei fiori poiché erano il suggello del tuo amore. Ma ahimè, queste impressioni si dileguarono, cosí come a poco a poco svanisce dall'anima del credente il sentimento della grazia di Dio che gli fu concessa nella sua celeste pienezza in segni sacri e visibili.

Tutto questo è fugace, ma nessuna eternità potrà spegnere la fiamma della vita che ieri ho bevuto dalle tue labbra e che ora sento dentro di me! Lei mi ama! Queste braccia l'hanno tenuta stretta, queste mie labbra hanno tremato sulle sue labbra, questa mia bocca ha sussurrato sulla sua. È mia! Sei mia! Sí, Lotte, per sempre.

E cosa importa che Albert sia tuo marito? Marito! Perché mai per il mondo, per questo mondo dovrebbe essere peccato che io ti ami, che io desideri strapparti dalle sue braccia e prenderti tra le mie? Un peccato? Ebbene, di questo peccato io voglio punirmi. L'ho goduto in tutta la sua celestiale delizia, questo peccato, ne ho succhiato nel cuore il balsamo di forza e di vita. Da questo momento tu sei mia! Sei mia, Lotte! Io ti precedo. Vado dal Padre mio, dal Padre tuo[78]. Gli dirò tutte le mie pene e lui mi consolerà finché tu non verrai e io ti volerò incontro, ti prenderò tra le braccia e resterò con te in un eterno abbraccio al cospetto dell'Infinito.

Non sogno, non vaneggio! Vicino alla tomba tutto mi diventa piú chiaro. Noi vivremo! Ci rivedremo. Rivedremo tua

[78] Cfr. Giovanni 14.28: «Vado al Padre, perché il Padre è piú grande di me». Nella traduzione di Lutero: «Ich gehe zum Vater; denn der Vater ist größer denn ich».

finden, ach, und vor ihr mein ganzes Herz ausschütten! Deine Mutter, dein Ebenbild."

Gegen eilfe fragte Werther seinen Bedienten, ob wohl Albert zurückgekommen sei? Der Bediente sagte: ja, er habe dessen Pferd dahinführen sehen. Darauf gibt ihm der Herr ein offenes Zettelchen des Inhalts:

„Wollten Sie mir wohl zu einer vorhabenden Reise Ihre Pistolen leihen? Leben Sie recht wohl[270]!"

Die liebe Frau hatte die letzte Nacht wenig geschlafen; was sie gefürchtet hatte, war entschieden, auf eine Weise entschieden, die sie weder ahnen noch fürchten konnte. Ihr sonst so rein und leicht fließendes Blut[271] war in einer fieberhaften Empörung, tausenderlei Empfindungen zerrütteten das schöne Herz. War es das Feuer von Werthers Umarmungen, das sie in ihrem Busen fühlte? War es Unwille über seine Verwegenheit? War es eine unmutige Vergleichung[272] ihres gegenwärtigen Zustandes mit jenen Tagen ganz unbefangener, freier Unschuld und sorglosen Zutrauens an sich selbst? Wie sollte sie ihrem Manne entgegengehen, wie ihm eine Szene bekennen, die sie so gut gestehen durfte, und die sie sich doch zu gestehen nicht getraute? Sie hatten so lange gegen einander geschwiegen, und sollte sie die erste sein, die das Stillschweigen bräche und eben zur unrechten Zeit ihrem Gatten eine so unerwartete Entdeckung machte? Schon fürchtete sie, die bloße Nachricht von Werthers Besuch werde ihm einen unangenehmen Eindruck machen, und nun gar diese unerwartete Katastrophe! Konnte sie wohl hoffen, daß ihr Mann sie ganz im rechten Lichte sehen, ganz ohne Vorurteil aufnehmen würde? Und konnte sie wünschen, daß er in ihrer Seele lesen möchte? Und doch wieder, konnte sie sich verstellen gegen

[270] Il testo del biglietto è quasi identico a quello scritto da Jerusalem a Kestner il 29 ottobre 1772: «Dürfte ich Ew. Wohlgeb. Wohl zu einer vorhabenden Reise um Ihre Pistolen gehorsamst ersuchen? J.».

[271] Ancora oggi *ein leichtes Blut haben* significa 'avere un temperamento lieto, allegro'.

[272] Oggi: *Vergleich*.

madre! Io la vedrò, la troverò e le aprirò, ahimè, tutto il mio cuore! Tua madre, la tua immagine!»

Verso le undici Werther chiese al suo servitore se Albert fosse ritornato. Il servitore rispose di sí, aveva visto in quel momento che riconducevano il cavallo. Allora il suo padrone gli diede un biglietto aperto di questo tenore:

«Mi può prestare le sue pistole per un viaggio che ho in mente di fare? Addio di cuore!»

La poveretta aveva dormito poco l'ultima notte. Quello che aveva temuto era già deciso e deciso in modo che non poteva né immaginare, né temere. Il suo temperamento, di solito cosí lieto e sereno, era in una agitazione febbrile, mille sensazioni diverse straziavano il suo nobile cuore. Era forse il fuoco dell'abbraccio di Werther che sentiva dentro di sé? O era lo sdegno per la sua audacia? O era il deprimente confronto fra il suo stato attuale e quei giorni di spontanea, spensierata innocenza e di serena fiducia in se stessa? Come affrontare suo marito? Come dirgli di quella scena che poteva benissimo confessare e che tuttavia non osava confessare nemmeno a se stessa? Avevano taciuto cosí a lungo di queste cose, e ora doveva essere lei la prima a rompere il silenzio e fare una confessione cosí inattesa a suo marito, proprio nel momento meno opportuno? Aveva paura che già la semplice notizia della visita di Werther facesse su di lui un'impressione sgradevole e ora c'era addirittura questa inattesa catastrofe! Poteva sperare che suo marito la vedesse nella giusta luce e la prendesse senza pregiudizi? E poteva desiderare che leggesse nella sua anima? E d'altra parte, poteva fingere nei confronti di un uomo per il

den Mann, vor dem sie immer wie ein kristallhelles Glas offen und frei gestanden und dem sie keine ihrer Empfindungen jemals verheimlicht noch verheimlichen können? Eins und das andre machte ihr Sorgen und setzte sie in Verlegenheit; und immer kehrten ihre Gedanken wieder zu Werthern, der für sie verloren war, den sie nicht lassen konnte, den sie – leider! – sich selbst überlassen mußte, und dem, wenn er sie verloren hatte, nichts mehr übrig blieb.

Wie schwer lag jetzt, was sie sich in dem Augenblick nicht deutlich machen konnte, die Stockung auf ihr, die sich unter ihnen festgesetzt hatte! So verständige, so gute Menschen fingen wegen gewisser heimlicher Verschiedenheiten unter einander zu schweigen an, jedes dachte seinem Recht und dem Unrechte des andern nach, und die Verhältnisse verwickelten und verhetzten sich dergestalt, daß es unmöglich ward, den Knoten eben in dem kritischen Momente, von dem alles abhing, zu lösen. Hätte eine glückliche Vertraulichkeit sie früher wieder einander näher gebracht, wäre Liebe und Nachsicht wechselsweise unter ihnen lebendig worden[273] und hätte ihre Herzen aufgeschlossen, vielleicht wäre unser Freund noch zu retten gewesen.

Noch ein sonderbarer Umstand kam dazu. Werther hatte, wie wir aus seinen Briefen wissen, nie ein Geheimnis daraus gemacht, daß er sich diese Welt zu verlassen sehnte. Albert hatte ihn oft bestritten, auch war zwischen Lotten und ihrem Mann manchmal die Rede davon gewesen. Dieser, wie er einen entschiedenen Widerwillen gegen die Tat empfand, hatte auch gar oft mit einer Art von Emfindlichkeit, die sonst ganz außer seinem Charakter lag, zu erkennen gegeben, daß er an dem Ernst eines solchen Vorsatzes sehr zu zweifeln Ursach' finde, er hatte sich sogar darüber einigen Scherz erlaubt und seinen Unglauben Lotten mitgeteilt. Dies beruhigte sie zwar von einer Seite, wenn ihre Gedanken ihr das traurige Bild vorführten, von der andern aber fühlte sie sich auch dadurch gehindert, ihrem Manne die Besorgnisse mitzuteilen, die sie in dem Augenblicke quälten.

[273] *geworden.*

quale era sempre stata limpida e trasparente come un cristallo senza mai nascondergli o potergli nascondere nessuno dei suoi sentimenti? L'una e l'altra alternativa la turbavano e la mettevano in imbarazzo; e intanto i suoi pensieri ritornavano di continuo a Werther, che era ormai perduto per lei, che non voleva lasciare, che, ahimè!, doveva abbandonare a se stesso, e al quale, se l'avesse perduta, non sarebbe rimasto piú nulla.

Come le pesava ora, cosa che in quel momento non riusciva del tutto a spiegare, la freddezza di rapporti che si era instaurata tra loro. Pur cosí buoni e cosí ragionevoli avevano incominciato a tacere per certe segrete divergenze; ognuno pensava alle proprie ragioni e ai torti dell'altro, e i loro rapporti si erano guastati e inaspriti a tal punto, che era diventato impossibile sciogliere il nodo proprio in quel momento critico dal quale dipendeva ogni cosa. Se una felice intimità li avesse riavvicinati prima, se amore e indulgenza reciproca fossero rinati tra loro e avessero riaperto il loro cuore, forse il nostro amico avrebbe potuto essere ancora salvato.

A tutto questo si aggiunse un'altra singolare circostanza. Come sappiamo dalle sue lettere, Werther non aveva mai nascosto che desiderava abbandonare questo mondo. Albert lo aveva spesso contraddetto e talvolta si era parlato di questo argomento anche tra Lotte e il marito. Questi, che sentiva una repulsione fortissima contro un simile atto, aveva persino fatto comprendere con una specie di esaltazione di solito estranea al suo carattere, che credeva di dover dubitare della serietà di un simile proponimento; si era persino permesso qualche scherzo in proposito e aveva comunicato a Lotte la sua incredulità. Tutto questo da un lato la tranquillizzava, quando i suoi pensieri evocavano questa triste immagine; dall'altro però le impediva di svelare a suo marito il timore che in quel momento la tormentava.

Albert kam zurück, und Lotte ging ihm mit einer verlegenen Hastigkeit entgegen, er war nicht heiter, sein Geschäft war nicht vollbracht, er hatte an dem benachbarten Amtmanne einen unbiegsamen, kleinsinnigen Menschen gefunden. Der üble Weg auch hatte ihn verdrießlich gemacht.

Er fragte, ob nichts vorgefallen sei, und sie antwortete mit Übereilung: Werther sei gestern abends dagewesen. Er fragte, ob Briefe gekommen, und er erhielt zur Antwort, daß ein Brief und Pakete auf seiner Stube lägen. Er ging hinüber, und Lotte blieb allein. Die Gegenwart des Mannes, den sie liebte und ehrte, hatte einen neuen Eindruck in ihr Herz gemacht. Das Andenken seines Edelmuts, seiner Liebe und Güte hatte ihr Gemüt mehr beruhigt, sie fühlte einen heimlichen Zug, ihm zu folgen, sie nahm ihre Arbeit und ging auf sein Zimmer, wie sie mehr[274] zu tun pflegte. Sie fand ihn beschäftigt, die Pakete zu erbrechen und zu lesen. Einige schienen nicht das Angenehmste zu enthalten. Sie tat[275] einige Fragen an ihn, die er kurz beantwortete, und sich an den Pult[276] stellte, zu schreiben.

Sie waren auf diese Weise eine Stunde nebeneinander gewesen, und es ward immer dunkler in Lottens Gemüt. Sie fühlte, wie schwer es ihr werden würde, ihrem Mann, auch wenn er bei dem besten Humor wäre, das zu entdecken, was ihr auf dem Herzen lag; sie verfiel in eine Wehmut, die ihr um desto ängstlicher ward, als sie solche zu verbergen und ihre Tränen zu verschlucken suchte.

Die Erscheinung von Werthers Knaben setzte sie in die größte Verlegenheit; er überreichte Alberten das Zettelchen, der sich gelassen nach seiner Frau wendete und sagte: „Gib ihm die Pistolen." – „Ich lasse ihm glückliche Reise wünschen." sagte er zum Jungen. – Das fiel auf sie wie ein Donnerschlag, sie schwankte aufzustehen, sie wußte nicht, wie ihr geschah. Langsam ging sie nach der Wand, zitternd nahm sie das Gewehr herunter, putzte den Staub ab und zauderte, und

[274] *öfters.*
[275] *stellte.*
[276] Si tratta di uno scrittoio con il piano inclinato al quale si scriveva in piedi, come del resto fa intendere il verbo *sich stellen* (mettersi stando in piedi).

Albert tornò e Lotte gli corse incontro impacciata e confusa, lui era di cattivo umore, non era riuscito a concludere i suoi affari e aveva trovato nel podestà del paese vicino un uomo ostinato e pedante. Anche le cattive strade lo avevano irritato.

Chiese se fosse accaduto qualcosa e lei, con troppa fretta, rispose che Werther era stato da loro la sera prima. Domandò se fosse arrivata la posta ed ebbe come risposta che nel suo studio c'erano alcuni plichi e una lettera. Andò di là e Lotte rimase sola. La presenza di suo marito, che amava e rispettava, aveva fatto una nuova impressione al suo cuore. Il pensiero della sua magnanimità, del suo affetto e della sua bontà aveva tranquillizzato il suo animo sentí un intimo desiderio di seguirlo, prese il suo lavoro e andò nello studio come aveva l'abitudine di fare spesso. Lo trovò occupato ad aprire i plichi e a leggere. Alcuni di questi pareva che non contenessero cose molto piacevoli. Ad alcune domande rispose evasivamente e quindi si mise al leggio per scrivere.

Rimasero cosí per un'ora l'uno accanto all'altra e l'animo di Lotte si fece sempre piú cupo. Sentiva come le sarebbe stato difficile rivelare a suo marito quello che le pesava sul cuore, anche se fosse stato di buon umore: cadde perciò in una malinconia tanto piú angosciosa quanto piú inutilmente cercava di nasconderla e di inghiottire le lacrime.

L'arrivo del servitore di Werther la mise nel piú grande imbarazzo; questi porse il biglietto ad Albert che si voltò calmo verso sua moglie dicendo: – Dàgli le pistole. Gli auguri buon viaggio da parte mia – aggiunse rivolto al giovanotto. Queste parole la colpirono come un fulmine, vacillò nell'alzarsi in piedi, non sapeva quel che le stesse accadendo. Lentamente andò verso la parete, ne staccò tremando l'arma, la spolverò e si fermò incerta e avrebbe esitato ancora a lungo, se Albert non

hätte noch lange gezögert, wenn nicht Albert durch einen fragenden Blick sie gedrängt hätte. Sie gab das unglückliche Werkzeug dem Knaben, ohne ein Wort vorbringen zu können, und als der zum Hause hinaus war, machte sie ihre Arbeit zusammen, ging in ihr Zimmer, in dem Zustande der unaussprechlichsten Ungewißheit. Ihr Herz weissagte ihr alle Schrecknisse. Bald war sie im Begriffe, sich zu den Füßen ihres Mannes zu werfen, ihm alles zu entdecken, die Geschichte des gestrigen Abends, ihre Schuld und ihre Ahnungen. Dann sah sie wieder keinen Ausgang des Unternehmens, am wenigsten konnte sie hoffen, ihren Mann zu einem Gange nach Werthern zu bereden. Der Tisch ward gedeckt, und eine gute Freundin, die nur etwas zu fragen kam, gleich gehen wollte – und blieb, machte die Unterhaltung bei Tische erträglich; man zwang sich, man redete, man erzählte, man vergaß sich.

Der Knabe kam mit den Pistolen zu Werthern, der sie ihm mit Entzücken abnahm, als er hörte, Lotte habe sie ihm gegeben. Er ließ sich Brot und Wein bringen, hieß den Knaben zu Tische gehen und setzte sich nieder, zu schreiben.

„Sie sind durch deine Hände gegangen, du hast den Staub davon geputzt, ich küsse sie tausendmal, du hast sie berührt! Und du, Geist des Himmels, begünstigst meinen Entschluß, und du, Lotte, reichst mir das Werkzeug, du, von deren Händen ich den Tod zu empfangen wünschte, und ach! nun empfange. O ich habe meinen Jungen ausgefragt. Du zittertest, als du sie ihm reichtest[277], du sagtest kein Lebewohl! – Wehe! wehe! kein Lebewohl! – Solltest du dein Herz für mich verschlossen haben, um des Augenblicks willen, der mich ewig an dich befestigte? Lotte, kein Jahrtausend vermag den Eindruck auszulöschen! und ich fühle es, du kannst den nicht hassen, der so für dich glüht."

Nach Tische hieß er den Knaben alles vollends einpacken, zerriß viele Papiere, ging aus und brachte noch kleine Schulden in Ordnung. Er kam wieder nach Hause, ging wieder aus

[277] Questo passo diaristico riproduce il frammento piú antico del romanzo, il cosiddetto *Frühestes Blatt für die Leiden des jungen Werthers*.

l'avesse sollecitata con uno sguardo interrogativo. Consegnò al giovane il fatale strumento, senza riuscire a pronunciare parola, e quando questi fu uscito, ripiegò il lavoro e ritornò in camera sua in uno stato di indicibile incertezza. In cuore presentiva ogni sorta di orrori. Stava quasi per gettarsi ai piedi di suo marito, raccontargli tutto, la storia della sera prima, la sua colpa, i suoi timori. D'altra parte però non vedeva che esito potesse avere un simile gesto e ancor meno osava sperare di poter persuadere il marito a recarsi da Werther. La tavola fu apparecchiata e una buona amica, che era entrata solo un momento per chiedere una cosa e voleva andarsene subito, ma poi invece rimase, rese piú sopportabile la conversazione a tavola; si fecero forza, parlarono, raccontarono, si distrassero.

Il giovane portò le pistole a Werther, che le prese eccitato e commosso quando sentí che era stata Lotte a consegnargliele. Si fece portare pane e vino, disse al giovane di andare a cena e si sedette per scrivere.

«Sono passate per le tue mani, sei tu che ne hai tolto la polvere; le bacio mille volte perché tu le hai toccate: tu, spirito del cielo, conforti la mia decisione! Sei tu, Lotte, che mi offri lo strumento, proprio tu, dalle cui mani bramavo la morte che ora ricevo. Oh, ho interrogato il mio giovane. Tremavi, quando gliele hai consegnate, e non mi hai mandato neppure una parola d'addio! – Ahimè! ahimè! neppure una parola d'addio! – È possibile che mi abbia chiuso il tuo cuore per via di quell'unico istante che mi ha legato a te eternamente? Lotte, nemmeno mille anni basterebbero a cancellare quell'impressione! E il mio cuore sa che non puoi odiare colui che arde tanto per te».

Dopo cena diede ordine al ragazzo di fare i bagagli, strappò molte carte, uscí e regolò ancora qualche piccolo debito. Ritornò a casa, tornò ad uscire fuori di porta incurante del-

vors Tor, ungeachtet des Regens, in den gräflichen Garten, schweifte weiter in der Gegend umher und kam mit anbrechender Nacht zurück und schrieb.

„Wilhelm, ich habe zum letzten Male Feld und Wald und den Himmel gesehen. Leb wohl auch du! Liebe Mutter, verzeiht mir! Tröste sie, Wilhelm! Gott segne euch! Meine Sachen sind alle in Ordnung. Lebt wohl! wir sehen uns wieder und freudiger."

„Ich habe dir übel gelohnt, Albert, und du vergibst mir. Ich habe den Frieden deines Hauses gestört, ich habe Mißtrauen zwischen euch gebracht. Lebe wohl! ich will es enden. O daß ihr glücklich wäret durch meinen Tod! Albert! Albert! mache den Engel glücklich! Und so wohne Gottes Segen über dir!"

Er kramte den Abend noch viel in seinen Papieren, zerriß vieles und warf es in den Ofen, versiegelte einige Päcke mit den Adressen an Wilhelm. Sie enthielten kleine Aufsätze, abgerissene Gedanken, deren ich verschiedene gesehen habe; und nachdem er um zehn Uhr Feuer hatte nachlegen und sich eine Flasche Wein geben lassen, schickte er den Bedienten, dessen Kammer wie auch die Schlafzimmer der Hausleute weit hinten hinaus waren, zu Bette, der sich dann in seinen Kleidern niederlegte, um frühe bei der Hand zu sein; denn sein Herr hatte gesagt, die Postpferde würden vor sechse vors Haus kommen.

„Nach eilfe.

Alles ist so still um mich her, und so ruhig meine Seele. Ich danke dir, Gott, der du diesen letzten Augenblicken diese Wärme, diese Kraft schenkest.

Ich trete an das Fenster, meine Beste, und sehe, und sehe noch durch die stürmenden, vorüberfliehenden Wolken einzelne Sterne des ewigen Himmels! Nein, ihr werdet nicht fallen! der Ewige trägt euch an seinem Herzen, und mich. Ich

la pioggia, arrivò fino al giardino del conte, girò ancora a caso per i dintorni e al calar della notte tornò indietro e scrisse:

«Wilhelm, ho visto per l'ultima volta i campi, i boschi, il cielo. Addio a te e anche a te, madre carissima! Perdonatemi! Confortala, Wilhelm, Dio vi benedica! Tutte le mie cose sono in ordine. Addio! Ci rivedremo ancora e saremo piú felici».

«Ti ho mal ricompensato, Albert, perdonami. Ho distrutto la pace della tua casa, ho portato il sospetto fra di voi[79]. Addio! voglio farla finita. Oh, che la mia morte possa rendervi felici! Albert! Albert! Fa' felice quell'angelo! E la benedizione di Dio sia su di te!»

Durante la sera frugò ancora a lungo tra le sue carte, ne strappò molte e le gettò nella stufa, sigillò alcuni pacchi indirizzati a Wilhelm. Contenevano brevi saggi, pensieri frammentari, molti dei quali io stesso ho potuto vedere; e verso le dieci, dopo aver fatto aggiungere legna al fuoco ed essersi fatto portare una bottiglia di vino, mandò a letto il servitore, la cui stanza, come anche le camere da letto degli altri di casa, era dall'altra parte dell'edificio. Il servitore si coricò vestito per essere pronto la mattina presto, poiché il padrone aveva detto che i cavalli della posta sarebbero stati condotti davanti a casa prima delle sei.

«*Dopo le undici.*

Tutto è cosí silenzioso intorno a me e cosí calma è la mia anima. Ti ringrazio, o Signore, di aver concesso questo calore, questa forza ai miei ultimi istanti.

Mi avvicino alla finestra, mia cara, e vedo ancora tra le nuvole che passano veloci nella tempesta qualche stella del cielo che è eterno! No, voi non cadrete! L'Eterno vi porta nel cuore, e me insieme con voi. Ho visto le stelle del timone del Car-

[79] Nella lettera a Herd Jerusalem si scusava per aver disturbato la quiete e la felicità del suo matrimonio.

sehe die Deichselsterne des Wagens, des liebsten unter allen Gestirnen. Wenn ich nachts von dir ging, wie ich aus deinem Tore trat, stand er gegen mir über[278]. Mit welcher Trunkenheit habe ich ihn oft angesehen, oft mit aufgehabenen[279] Händen ihn zum Zeichen, zum heiligen Merksteine meiner gegenwärtigen Seligkeit gemacht! und noch – O Lotte, was erinnert mich nicht an dich! umgibst du mich nicht! und habe ich nicht, gleich einem Kinde, ungenügsam allerlei Kleinigkeiten zu mir gerissen, die du Heilige berührt hattest!

Liebes Schattenbild! Ich vermache dir es zurück, Lotte, und bitte dich, es zu ehren. Tausend, tausend Küsse habe ich darauf gedrückt, tausend Grüße ihm zugewinkt, wenn ich ausging oder nach Hause kam.

Ich habe deinen Vater in einem Zettelchen gebeten, meine Leiche zu schützen. Auf dem Kirchhofe sind zwei Lindenbäume, hinten in der Ecke nach dem Felde zu; dort wünsche ich zu ruhen. Er kann, er wird das für seinen Freund tun. Bitte ihn auch. Ich will frommen Christen nicht zumuten, ihren Körper neben einen armen Unglücklichen zu legen. Ach, ich wollte, ihr begrübt mich am Wege, oder im einsamen Tale, daß Priester und Levit vor dem bezeichneten Steine sich segnend vorübergingen und der Samariter eine Träne weinte.

Hier, Lotte! Ich schaudre nicht, den kalten, schrecklichen Kelch zu fassen, aus dem ich den Taumel des Todes trinken soll! Du reichtest mir ihn, und ich zage nicht. All! all! So sind alle die Wünsche und Hoffnungen meines Lebens erfüllt! So kalt, so starr an der ehernen Pforte des Todes anzuklopfen.

Daß ich des Glückes hätte teilhaftig werden können, für dich zu sterben! Lotte, für dich mich hinzugeben! Ich wollte mutig, ich wollte freudig sterben, wenn ich dir die Ruhe, die Wonne deines Lebens wiederschaffen könnte. Aber ach! das ward nur wenigen Edeln gegeben, ihr Blut für die Ihrigen zu vergießen und durch ihren Tod ein neues, hundertfältiges Leben ihren Freunden anzufachen.

[278] *mir gegenüber*.

[279] Antica forma del participio passato di *heben* mantenutosi grazie alla Bibbia di Lutero e ancora presente nell'aggettivo *erhaben* (sublime).

ro dell'Orsa, la piú cara fra tutte le costellazioni. La notte, quando ti lasciavo e uscivo dal portone della tua casa, la vedevo sempre di fronte a me. Con quale ebrezza la guardavo, a mani levate ne facevo il simbolo, il sacro segno della mia beatitudine! e, o Lotte, cosa c'è mai che non sia un ricordo di te? Non sei forse da ogni parte intorno a me? E non ho io ghermito, avido come un bambino, ogni sorta di piccoli oggetti che tu, mia santa, avessi solo sfiorato?

Questo caro profilo[80]! Te lo restituisco, Lotte, e ti prego di conservarlo con amore. Mille, mille baci vi ho impresso, mille volte l'ho salutato con un cenno della mano, quando uscivo di casa o quando rientravo.

Ho scritto a tuo padre un biglietto per pregarlo di aver cura della mia salma[81]. Nel cimitero, nell'angolo che guarda verso i campi, ci sono due tigli; è lí che voglio riposare. Se vuole, può farlo per il suo amico. Chiediglielo anche tu. Non voglio costringere dei buoni cristiani a deporre la loro salma accanto a un povero sventurato. Ah, come vorrei essere sepolto lungo la strada oppure in una valle solitaria, sicché i sacerdoti e i leviti si segnassero passando davanti alla pietra, segno della mia tomba, e il samaritano versasse una lacrima[82].

Eccomi, Lotte! Afferro senza tremare il freddo, terribile calice dal quale mi verrà la vertigine della morte! Sei tu che me lo porgi e io non ho paura. Tutti! Tutti! Cosí si compiono tutti i desideri e tutte le speranze della mia vita! È cosí freddo, cosí duro bussare alle bronzee porte della morte.

Se avessi avuto la fortuna di morire per te, Lotte, di sacrificarmi per te! Morirei con coraggio, morirei con gioia, se potessi restituirti la pace, la felicità della tua vita. Ma ahimè! solo a pochi nobili esseri è stato concesso di versare il loro sangue per coloro che amavano e con la loro morte accendere per i loro amici il fuoco di cento vite.

[80] È la *silhouette* di Lotte di cui Werther parla nelle lettere del 24 luglio 1771 e del 20 febbraio 1772. Cfr. nota 22.

[81] Werther sa bene che i suicidi non avevano diritto a una sepoltura cristiana. Per questo chiede al padre di Lotte di occuparsi personalmente del suo cadavere.

[82] Allusione alla parabola del buon Samaritano, Luca 10.30-37.

In diesen Kleidern, Lotte, will ich begraben sein, du hast sie berührt, geheiligt; ich habe auch deinen Vater darum gebeten. Meine Seele schwebt über dem Sarge. Man soll meine Taschen nicht aussuchen. Diese blaßrote Schleife, die du am Busen hattest, als ich dich zum ersten Male unter deinen Kindern fand – O küsse sie tausendmal und erzähle ihnen das Schicksal ihres unglücklichen Freundes. Die Lieben! sie wimmeln um mich. Ach wie ich mich an dich schloß! seit dem ersten Augenblicke dich nicht lassen konnte! – Diese Schleife soll mit mir begraben werden. An meinem Geburtstage schenktest du sie mir! Wie ich das alles verschlang! – Ach, ich dachte nicht, daß mich der Weg hierher führen sollte! – – Sei ruhig! ich bitte dich, sei ruhig[280]! –

Sie sind geladen – Es schlägt zwölfe! So sei es denn! – Lotte! Lotte, lebe wohl! lebe wohl!"

Ein Nachbar sah den Blick vom Pulver und hörte den Schuß fallen; da aber alles stille blieb, achtete er nicht weiter drauf.

Morgens um sechse tritt der Bediente herein mit dem Lichte. Er findet seinen Herrn an der Erde, die Pistole und Blut. Er ruft, er faßt ihn an; keine Antwort, er röchelt nur noch. Er läuft nach den Ärzten, nach Alberten. Lotte hört die Schelle ziehen, ein Zittern ergreift alle ihre Glieder. Sie weckt ihren Mann, sie stehen auf, der Bediente bringt heulend und stotternd die Nachricht, Lotte sinkt ohnmächtig vor Alberten nieder.

Als der Medikus zu dem Unglücklichen kam, fand er ihn an der Erde ohne Rettung, der Puls schlug, die Glieder waren alle gelähmt. Über dem rechten Auge hatte er sich durch den Kopf geschossen, das Gehirn war herausgetrieben. Man ließ ihm zum Überfluß[281] eine Ader am Arme, das Blut lief, er holte noch immer Atem[282].

[280] Con queste parole termina il già citato *Frühestes Blatt*.

[281] *zum überfluß* ('per giunta', 'di soprappiú') può significare anche, come in questo caso, 'inutilmente', 'di troppo' nel senso di 'tanto per far qualcosa'.

[282] Kestner riferisce nel suo resoconto: «zum Überflusse habe er ihm eine ader geöffnet».

Con questi vestiti, Lotte, desidero essere sepolto, tu li hai toccati, consacrati; anche di questo ho pregato tuo padre. La mia anima sarà sopra la mia bara. Non voglio che mi guardino nelle tasche. Questo nastro rosa che tu portavi al seno quando ti ho visto per la prima volta in mezzo ai tuoi piccoli. – Oh baciali mille volte e racconta loro il destino dell'amico infelice! Quei cari! Ancora li vedo scatenarsi intorno a me. Ah, come sono legato a te! Fin dal primo momento non ti ho potuto lasciare! – Questo nastro deve essere sepolto con me. Me lo hai regalato per il mio compleanno. Con quanta avidità ho divorato tutto questo! Non avrei mai pensato che la via dovesse condurmi a questo punto! – – Sii calma, ti prego, sii calma!

Sono cariche, batte la mezzanotte! Cosí sia dunque! Lotte! Lotte, addio, addio!»

Un vicino vide il bagliore della polvere e udí lo sparo; ma poiché tutto tornò subito tranquillo, non ci pensò piú.

La mattina alle sei il servitore entra nella stanza con la candela. Trova il suo padrone a terra, la pistola e del sangue. Lo chiama, lo scuote: nessuna risposta, solo rantola ancora. Corre a chiamare i medici, a chiamare Albert. Lotte sente suonare il campanello, è tutta presa da un tremito. Sveglia il marito, si alzano, il servitore porta singhiozzando e balbettando la notizia, Lotte cade svenuta ai piedi di Albert.

Quando il medico giunse presso l'infelice, lo trovò a terra, non c'era nulla da fare, il polso batteva ancora, le membra erano tutte paralizzate. Si era sparato alla testa sopra l'occhio destro, il cervello era schizzato fuori. Ad ogni buon conto gli fecero un salasso al braccio, il sangue uscí, respirava ancora.

Aus dem Blut auf der Lehne des Sessels konnte man schließen, er habe sitzend vor dem Schreibtische die Tat vollbracht, dann ist er heruntergesunken, hat sich konvulsivisch um den Stuhl herumgewälzt. Er lag gegen das Fenster entkräftet auf dem Rücken, war in völliger Kleidung, gestiefelt, im blauen Frack mit gelber Weste.

Das Haus, die Nachbarschaft, die Stadt kam in Aufruhr. Albert trat herein. Werthern hatte man auf das Bett gelegt, die Stirn verbunden, sein Gesicht schon wie eines Toten, er rührte kein Glied. Die Lunge röchelte noch fürchterlich, bald schwach, bald stärker; man erwartete sein Ende.

Von dem Weine hatte er nur ein Glas getrunken. „Emilia Galotti" lag auf dem Pulte aufgeschlagen.

Von Alberts Bestürzung, von Lottens Jammer laßt mich nichts sagen.

Der alte Amtmann kam auf die Nachricht hereingesprengt, er küßte den Sterbenden unter den heißesten Tränen. Seine ältesten Söhne kamen bald nach ihm zu Fuße, sie fielen neben dem Bette nieder im Ausdrucke des unbändigsten Schmerzens, küßten ihm die Hände und den Mund, und der älteste, den er immer am meisten geliebt, hing an seinen Lippen, bis er verschieden war und man den Knaben mit Gewalt wegriß. Um zwölfe mittags starb er. Die Gegenwart des Amtmannes und seine Anstalten tuschten[283] einen Auflauf. Nachts gegen eilfe ließ er ihn an die Stätte begraben, die er sich erwählt hatte. Der Alte folgte der Leiche und die Söhne, Albert vermocht's nicht. Man fürchtete für Lottens Leben. Handwerker trugen ihn. Kein Geistlicher hat ihn begleitet[284].

[283] Forma ricercata per *beschwichtigen* (calmare, placare).

[284] Questa frase è direttamente ripresa dal resoconto di Kestner. Alla fine del XVIII secolo era normale che un funerale si svolgesse di notte e che degli artigiani portassero la bara (dei barbieri nel caso di Jerusalem). Doveva invece colpire il lettore di allora l'assenza di sacerdoti, segno evidente che Werther veniva condannato come suicida. Al funerale di Jerusalem la bara era preceduta dalla croce. Goethe omette questo particolare per rendere la condanna dell'ortodossia piú evidente (Cfr. p. XXXIX). Se Werther trova sepoltura al cimitero è probabilmente per intercessione del padre di Lotte che è il podestà della cittadina.

Dal sangue che macchiava il bracciolo della sedia, si poteva dedurre che aveva compiuto il gesto stando seduto davanti alla scrivania, poi era caduto a terra e nelle convulsioni si era rotolato intorno alla sedia. Era steso sulla schiena accanto alla finestra, completamente vestito, con gli stivali, il frac azzurro e il panciotto giallo.

La casa, il vicinato, la città intera erano in subbuglio. Entrò Albert. Werther era stato disteso sul letto, con la fronte fasciata; il viso come quello d'un morto, non si muoveva piú. Dai polmoni veniva ancora un orribile rantolo, ora debole, ora piú forte. Si aspettava la fine.

Del vino aveva bevuto solo un bicchiere. Sul leggio era aperta *Emilia Galotti*[83].

Dello smarrimento di Albert, della disperazione di Lotte non voglio dire parola.

Il vecchio podestà, appena avuta la notizia, arrivò di galoppo e tra lacrime cocenti baciò il moribondo. I suoi figli piú grandi arrivarono a piedi poco dopo di lui, caddero in ginocchio accanto al letto con l'espressione del dolore piú irrefrenabile, gli baciarono la bocca e le mani e il piú grande, che lui aveva amato di piú, non gli si staccò dalla bocca fino a quando non spirò e non si dovette portar via a forza il ragazzo. Morí a mezzogiorno. La presenza e le disposizioni del podestà impedirono l'accorrere della folla. Fu sepolto la sera verso le undici nel posto che aveva indicato. Il vecchio e i figli seguirono la salma, Albert non ne ebbe la forza. Si temeva per la vita di Lotte. Lo portarono a spalle alcuni artigiani. Nessun prete lo accompagnò.

[83] Anche questo dettaglio è tratto dal resoconto di Kestner. Nel dramma di Lessing *Emilia Galotti* (1772) il suicidio rappresenta l'affermazione della libertà morale del borghese che si sottrae al mondo corrotto dell'aristocrazia per mantenere la propria integrità. Emilia si fa pugnalare dal padre per non cedere alla seduzione del principe.

Indice

Stampato per conto della Casa editrice Einaudi
presso Mondadori Printing S.p.A., Stabilimento N.S.M., Cles (Trento)

C.L. 17777

Edizione						Anno			
8	9	10	11	12		2008	2009	2010	2011